LAS COSAS MÁS PRECIOSAS

Planeta Internacional

REBECCA YARROS

LAS COSAS MÁS PRECIOSAS

Título original: *Great and Precious Things*

Traducido por: Yara Trevethan Gaxiola
Diseño de portada: Bree Archer
Imágenes de portada: Marc Andreu/GettyImages, Michael Lane/Gettyimages
Fotografía de la autora: © Katie Marie Seniors

Bajo el sello editorial PLANETA M.R.
Avenida Presidente Masarik núm. 111,
Piso 2, Polanco V Sección, Miguel Hidalgo
C.P. 11560, Ciudad de México
www.planetadelibros.com.mx

Primera edición en formato epub: octubre de 2025
ISBN: 978-607-39-3585-2

Primera edición impresa en México: octubre de 2025
ISBN: 978-607-39-3273-8

Impreso en los talleres de Litográfica Ingramex, S.A. de C.V.
Centeno núm. 162-1, colonia Granjas Esmeralda, Ciudad de México
Impreso y hecho en México – *Printed and made in Mexico*

A mi padre, cuyas manos nunca me dejaron caer.
Te amo, papá.

CAPÍTULO 1

Camden

Los pulmones me ardieron cuando respiré hondo, buscando oxígeno que no encontrarían, y mis dedos morían de ganas de sostener un cigarro, un hábito que había abandonado seis años atrás. La altitud siempre me hacía sentir así, al menos en lo que respecta a la respiración.

¿El intenso deseo de fumar? Eso fue cortesía de Alba, Colorado, y sus 649 habitantes. O así lo anunciaba el letrero que pasé hace más de un kilómetro. Aunque, por supuesto, no iba a confiar en un cartel que no habían actualizado desde antes de que yo naciera, lo cual era algo normal en mi ciudad natal.

Nada había cambiado desde que me fui, y eso era en gran medida el problema de todo el poblado. Más allá de sus caminos pavimentados, Alba era el pueblo fantasma mejor preservado de Colorado, y los turistas que inundaban sus calles durante el verano lo mantenían vivo todo el invierno.

El total en la bomba de gasolina aumentaba mientras yo estiraba los brazos hacia el sol del crepúsculo y las cimas nevadas, en un intento por devolverle la vida a los músculos que se habían contraído durante el largo trayecto desde Carolina del Norte. El frío de la brisa de marzo espabiló mi agotamiento y le di la bienvenida a su roce helado sobre mi piel expuesta. Sin duda, el clima a un poco más de tres mil metros de altitud no era apto para usar solo una camiseta.

Un grito ahogado llamó mi atención y volteé hacia una minivan que se había estacionado detrás de mi Jeep un minuto antes. Una rubia con lentes de sol demasiado grandes para su rostro y una chamarra mullida, de invierno, se quedó boquiabierta, con un pie en el concreto y el otro dentro del vehículo, como si alguien le hubiera puesto pausa cuando salía de él.

Bajé los brazos y mi camiseta volvió a deslizarse a su lugar, por encima de la franja tatuada de mi vientre que sin duda la rubia alcanzó a ver bien.

Sacudió la cabeza con rapidez y empezó a llenar el tanque de gasolina de su coche.

Al menos no se persignó y se alejó.

O se había mudado a Alba en los últimos diez años, o mi reputación se había suavizado un poco desde que me enlisté en el ejército. Maldición, quizá la población de Alba me había olvidado por completo.

Terminé de llenar el tanque y me dirigí a la pequeña tienda de conveniencia para comprar una bebida. Solo Dios sabía lo que papá tendría en su refrigerador.

Unas campanas tintinearon cuando la puerta se cerró a mi espalda y asentí a modo de saludo en dirección del hombre mayor que estaba recargado en el mostrador. Al parecer, el señor Williamson seguía siendo el dueño de la gasolinera. Arqueó sus espesas cejas canosas y me lanzó una sonrisa rápida. Luego me miró de nuevo, sus cejas cayeron y su sonrisa desapareció mientras parpadeaba confundido. Fuen entonces que entrecerró los ojos y me reconoció.

«Parece que mi reputación sigue viva».

Con rapidez elegí unas botellas de agua de las escasas opciones y las llevé al mostrador.

La mirada del viejo iba a toda velocidad entre mis manos y las botellas, mientras las marcaba en la caja registradora, como si fuera a robarlas o algo parecido. He sido muchas cosas, pero nunca un ladrón.

Las campanas volvieron a tintinear y Williamson se relajó visiblemente.

—Buenas tardes, teniente Hall —saludó al recién llegado.

Increíble.

No me molesté en mirar. Ese viejo moralista y testarudo odiaba mi…

—¡Mierda! ¿Cam?

No era Tim Hall quien llevaba la insignia, sino su hijo, Gideon.

Gideon estaba boquiabierto, sus ojos café claro se abrieron por el asombro. Era una expresión similar a la que tuvo cuando Xander nos encerró en el vestidor de las chicas el otoño de nuestro primer año de universidad. Nunca encontré la manera de agradecerle a mi hermano esa novatada como se debía, aunque nadie creería que Xander fuera capaz de caer tan bajo. Después de todo, él era el hijo bueno.

—No sabía que los agentes de policía podían decir groserías en uniforme.

Lo examiné rápidamente. A diferencia de su padre, Gid seguía siendo demasiado delgado como para que su vientre sobresaliera por encima del cinturón.

—¿Y los soldados sí pueden? —repuso.

—De hecho, nos da puntos extra; además, ya no llevo el uniforme. —No lo llevaba desde hacía diecisiete días—. ¿Tu papá sabe que le robaste la insignia?

—¿Ya no? ¿Tú...? —Suspiró—. Carajo, ¡no se me ocurre nada! —Su carcajada desató la mía—. ¡Qué bueno verte!

Me jaló para darme un fuerte abrazo y unas palmadas en la espalda; su insignia se clavó en mi pecho.

—Lo mismo digo —dije con una sonrisa, al tiempo que nos separábamos—. De hecho, quizá seas la única persona a la que me da gusto ver.

—Hombre, vamos. ¿Ni siquiera al señor Williamson, aquí presente? —Gid miró por encima de mi hombro e hizo una mueca ante cualquiera que haya sido la expresión en el rostro de Williamson—. Okey, quizá a él no.

—Nunca le he caído bien —expliqué, encogiéndome de hombros, consciente de que me escuchaba.

—Lanzaste a alguien por la ventana la última vez que estuviste aquí —dijo Gid, señalando el vidrio que hacía mucho tiempo habían reemplazado—. Hombre, ¿hace cuánto fue? ¿Cuatro años?

—Seis —respondí en automático.

De las pocas cosas que recordaba de esa noche, la fecha seguía siendo muy clara.

—Seis. Cierto.

El rostro de Gideon se ensombreció, sin duda recordaba el motivo de mi última visita a Alba: el funeral de Sullivan.

Un sentimiento de dolor amenazó con ahogarme y robarme lo poco que me quedaba de oxígeno en los pulmones, pero lo reprimí por millonésima vez desde que enterramos a Sully.

Dios mío, aún podía escuchar su risa…

—¿Vas a pagar esas botellas de agua, Camden? —preguntó el señor Williamson.

—Sí, señor —respondí, agradecido por la interrupción, y me volteé hacia el mostrador para terminar la transacción. No se me escapó la expresión de asombro de Williamson al escuchar mi tono ni cuando le di las gracias y tomé la bolsa.

—Esa porquería te va a matar —le dije a Gideon cuando compró un paquete de seis refrescos.

—Tú y Julie, hombre —masculló entre dientes, al tiempo que extendía su tarjeta de débito—. ¿Qué un hombre no puede beber en paz?

Qué curioso. Esto era más de lo que había sonreído todo el mes pasado.

—¿Cómo están Julie y los niños?

—Me motivan a beber. —Levantó el refresco en el aire—. No es cierto, están bien. Julie ya es enfermera, pero eso lo sabrías si pertenecieras al mundo de las redes sociales.

—No, gracias. ¿Para qué?

Gideon le agradeció al señor Williamson, y él y yo salimos.

—¿Para qué? No sé. ¿Para mantenerte en contacto con tu mejor amigo?

—No, para eso está el correo electrónico. Las redes sociales son para personas que necesitan comparar sus vidas. Sus casas, sus vacaciones, sus logros. No le veo sentido pararme en el porche de la entrada de mi casa con un megáfono para anunciar lo que cené.

—Hablando de cena, ¿cuánto tiempo te quedas en el pueblo? —preguntó cuando nos detuvimos entre mi Jeep y su descolorida patrulla—. A Julie le encantaría que nos fueras a visitar.

—Para siempre —respondí, antes de que se me atoraran las palabras.

Parpadeó.

—Sí, a mí también me cuesta trabajo procesarlo —agregué.

Alcé mi vista hacia las montañas entre las que Alba dormía. Montañas que había jurado nunca más volver a ver.

—¿Renunciaste? Pensé que sería tu carrera de por vida.

Lo había hecho. Una cosa más que lamentar.

—¿Oficial Malone? —La voz entrecortada de una mujer se escuchó por la radio.

—¿Marilyn Lakewood sigue haciendo las llamadas desde la central? ¿Cuántos años tiene... setenta?

—Setenta y siete —corrigió Gideon—. Y antes de que lo preguntes, Scott Malone tiene veinticinco y es un verdadero dolor de cabeza.

—¿Qué esperabas del hijo del alcalde?

—¿El hijo del alcalde? ¿Cuándo fue la última vez que hablaste con...?

—¿Oficial Malone? —repitió Marilyn. Su voz se agudizó con evidente molestia.

—¿Tienes que contestar eso? —pregunté, señalando la radio sobre su hombro.

—Malone tiene que contestar eso —masculló mientras agitaba la cabeza—. Probablemente es Genevieve Dawson para quejarse de que el gato de los Livingston está otra vez en su jardín. Si es grave, Marilyn me llama. Ahora, ponme al día. ¿Cuándo llegaste? ¿Regresaste para quedarte? ¿Te vas a mudar? ¿Al lugar que llamaste el culo de Sata...?

—Xander me llamó —lo interrumpí con una media verdad antes de que me recordara otra razón por la que había jurado nunca regresar—. Como ya habían pasado seis años, le respondí.

—Tu papá —dijo Gideon en voz baja.

—Mi papá.

Hubo un momento de silencio en el que nos comprendimos.

—¡Gideon Hall! —exclamó Marilyn por la radio.

—Teniente —murmuró hacia el cielo antes de responder—. ¿Sí, Marilyn?

—Parece que Dorothy Powers perdió otra vez a Arthur Daniels. Se despertó de la siesta y ya no estaba.

El alma se me cayó a los pies y miré hacia la montaña. Según Xander, papá se salía de su casa algunas veces a la semana, pero nunca iba muy lejos. El hecho de que Dorothy Powers fuera mayor que papá no ayudaba, y probablemente ella necesitaba su propia enfermera.

—En camino. Llama a los buscadores habituales.

Gideon me miró y soltó la radio.

—Mi papá.

¿Qué tan lejos pudo haber ido?

—Es la segunda vez este mes —explicó, apretando los labios—. Voy a la estación por el todoterreno. En la patrulla no podré llegar a tu casa.

—Vente conmigo. Yo te llevo.

Fue más una orden que una propuesta, no quería esperar. Mi Jeep era elevado y tenía buenas llantas deportivas, un motor V8 y capacidad de tracción como para sobrevivir al apocalipsis. Aunque el camino a casa de papá no estaba tan mal en esta época del año.

Aceptó, y un minuto después salimos a la avenida Gold Creek, la arteria principal del pueblo. No eran necesarios los semáforos, y las motonieves eran opcionales.

—¿Cuánto tiempo te fuiste?

—Seis años.

Lo miré. ¿No acababa de responderle eso?

—No, quiero decir hoy. ¿A qué hora saliste de la casa? ¿Dorothy está despierta? ¿Tu papá? —preguntó mientras tecleaba a toda velocidad en su celular con los pulgares.

—Quisiera poder darte un cronograma, pero aún no llego a casa.

Señalé el asiento trasero del Jeep Rubicon de cuatro puertas.

—¿Apenas acabas de llegar al pueblo? —Miró las maletas y cajas que habían sido mis únicos compañeros durante el trayecto de más de tres mil kilómetros.

—Sí —respondí cuando pasamos frente al único edificio posterior a la década de los cincuenta que había en Alba. Cruzamos el puente que se extendía a lo largo de nueve metros sobre el río Rowan. El fin del pavimento cubierto de nieve marcaba nuestra entrada a la cápsula de tiempo que mantenía a Alba con vida—. Pensé que sería buena idea llenar el tanque. Alguien me dijo una vez que es más fácil escapar de la policía con el tanque lleno.

A mi izquierda se abría la calle Main. A ambos lados del camino de terracería se alineaban edificios de madera con techos de metal, que se llenarían de turistas los siguientes meses, todos en busca de la experiencia de un auténtico pueblo minero del oeste de la década de 1890.

—Ese alguien maduró. Además, por favor no me obligues a perseguirte. Esta cosa es una maravilla. Quizá deba decirle a Julie que encontré el regalo de cumpleaños perfecto.

—Seguro, pero que también te regale una escalera.

Dimos vuelta en el centro Hamilton, donde se acababa el financiamiento de la subvención para la preservación del pueblo. Bajo la sombra, la nieve se apilaba contra estructuras que hacía mucho tiempo habían perdido el techo, las ventanas o las paredes.

—Cállate. No todos nacimos de 1.93.

—Todo está en la genética. Por lo menos eso nos facilitará localizar a papá.

—Se ve de lejos, pero Cam… Se ha deteriorado mucho —dijo Gideon cuando giramos en la calle Rose Rowan y empezamos el ascenso—. Las últimas veces que lo vi, o no sabía quién era yo o pensaba que era mi papá.

Mis manos apretaron el volante.

—Xander llegó a su límite. Básicamente me dijo que viniera o que enviarían a papá a un hogar para ancianos en Buena Vista, lo que mandaría al diablo la promesa que hizo mi padre: «Tu mamá murió en esta casa y yo también lo haré».

—Dame un segundo. —Se llevó el teléfono a la oreja—. Hola, señora Powers. Sí, Gideon. —Hizo una pausa y se frotó el puente de la nariz—. Sé que lo está. Sé cómo está. Vamos a encontrarlo y ya tenemos a algunos buscadores en su… Ah, ¿en serio? Bien. Eso ayudará. Estamos como a cuatro minutos.

Di el último giro hacia la propiedad de papá y maldije la condición en la que se encontraba. La escorrentía de primavera siempre deterioraba el camino, pero parecía que no le habían dado mantenimiento en años. Las tuberías, que sin duda estaban bajo el montón de nieve, eran fáciles de arreglar, pero las zanjas, profundas como desfiladeros que el pequeño río había formado, habían erosionado el lado derecho del camino y sería necesario mucho trabajo para repararlo.

No es que no hubiera visto senderos más deteriorados en Afganistán o en cualquiera de los otros lugares en los que se suponía que nunca estuve, pero este maldito camino era mío.

Gideon colgó el teléfono cuando frené y puse el Jeep en doble tracción.

—¿Cómo llega Dorothy hasta aquí todos los días? —le pregunté cuando empezamos la subida.

El Jeep se balanceó con la fuerza suficiente como para que las cajas en la parte trasera se agolparan. Gideon se sostuvo de la barra antivuelco cuando giramos en una curva sombreada y congelada. Ese lugar en particular siempre era el último en descongelarse.

—Corta por la propiedad de los Bradley. Sabes que el juez siempre mantiene su camino pavimentado y limpio.

La propiedad era adyacente a la nuestra, pero eso nos hubiera retrasado diez minutos más y no estaba de humor para pasearme… ni para ver a los Bradley.

Dios, si había alguien en este mundo que tenía derecho a odiarme más de lo que yo me odiaba era…

Un destello azul en el espejo retrovisor llamó mi atención.

Gideon volteó.

—Xander —dijo, respondiendo a la pregunta que no formulé—. Esa es su camioneta.

—Bueno, pues será divertido.

—¿Bienvenido a casa? —bromeó.

Lo ignoré descaradamente y giré en la última curva hasta llegar al claro. Había regresado solo una vez en la última década, pero en mis sueños veía este paisaje casi todas las noches.

El sol del ocaso se reflejaba en las ventanas de la estructura de dos pisos en la que crecí y la bañaba con una luz pintoresca que correspondía a la majestuosidad de la cima desnuda que se alzaba imponente detrás de ella.

Papá siempre bromeaba diciendo que era más seguro criar a su familia al borde del bosque, donde los incendios forestales no eran una gran amenaza.

Personalmente, me parecía que obtenía un placer perverso al vivir al borde, donde apenas había oxígeno suficiente para cultivar algo.

Puse la marcha en neutral, apagué el motor y tomé mi chamarra del piso detrás de mí, donde había caído.

Cuando Xander se estacionó junto a mí, yo ya había salido del Jeep y me había puesto y cerrado la chamarra negra North Face, deseando que fuera mi chaleco Kevlar. Hubiera preferido esquivar balas que enfrentarlo a él… o a papá, de hecho.

—Yo… mmm… no debería estar aquí —dijo Gideon incómodo, antes de dejarme solo en el jardín.

Escuché que la puerta de la casa se abría y se cerraba al mismo tiempo que Xander hacía lo mismo con la de su coche.

Rodeó su camioneta nueva y encerada y se detuvo de pronto, sin terminar de subir el cierre de su chamarra.

Toda una vida de recuerdos me asaltaron: lo bueno, lo malo y lo peor. En ese orden.

Pasó una mano por su perfecto cabello rubio de muñeco Ken y aspiró profundo.

—Camden.

—Alexander. —Pasé mis dedos por el borde de la visera de mi gorra de beisbol.

Supongo que ambos teníamos nuestros tics nerviosos.

No había cambiado mucho. Los mismos ojos azules. La misma figura esbelta. Seguía siendo el regalo genético evidente de papá para el mundo. Seguía siendo lo opuesto a mí en todos los sentidos.

Agitó la cabeza como si le costara trabajo encontrar las palabras, y en lugar de recitar todas las maneras en las que yo le había fallado a la familia avanzó sobre la grava de la entrada del garaje y me abrazó.

—Estoy muy contento de que estés en casa.

Sus palabras me afectaron mucho más que cualquier insulto. Un insulto podía manejarlo, estaba preparado para eso. Pero la manera en que se alejó, tomó mis brazos flojos en sus manos y me sonrió, con la boca apretada y el ceño fruncido, reteniendo emociones que yo ya no podía… era algo contra lo que no podía defenderme.

Su risa estaba cargada de seis años de ausencia.

—Estás enorme. ¿Con qué los alimentan a ustedes, los Delta? ¿Y qué es esto? —preguntó señalando mi barba incipiente, al tiempo que daba un paso hacia atrás.

—«Boinas Verdes», no «Delta» —lo corregí con la broma de hace una década y una sonrisa forzada. El estómago se me revolvió.

—Sí, sí. Los tipos como yo, que nunca vemos la acción, no conocemos la diferencia. —Recorrió mis rasgos con la mirada, como si tratara de memorizarlos antes de que yo desapareciera… de nuevo—. Dios mío, Cam. Es solo que…

Sentí náuseas. El hueco que sentía en la boca del estómago empeoró hasta convertirse en un abismo de arrepentimiento y culpa.

Sonrió, presumiendo sus dientes blancos y parejos, y una felicidad que no estoy seguro de haber experimentado—. Es solo que estoy muy contento de que estés aquí.

—Ya lo dijiste.

Iba a vomitar. ¿Cómo podía ser tan amable conmigo?

—Pues es cierto. —Me dio una palmada en el hombro—. ¿Qué te parece si vamos a buscar a papá?

—No pareces muy preocupado.

—Los estoy. Aunque olvide mi nombre con frecuencia, jamás se ha perdido en su propiedad. Solo tenemos que localizarlo antes de que baje la temperatura.

Asentí y él volteó hacia la casa. Estábamos a veintitantos grados, pero llegaríamos a cifras de un solo dígito en cuanto el sol se ocultara.

—Ah, bonito Jeep. Va contigo —dijo sobre su hombro.

Apreté los párpados y respiré profundo por la nariz varias veces para que la bilis se deslizara de regreso por la garganta. Era como si mi cuerpo no pudiera manejar físicamente las emociones.

Por supuesto que me perdonaba. Por supuesto que me daba la bienvenida con brazos abiertos. Por supuesto que no había malicia en sus ojos, solo amor puro y franco. No tenía que agobiarme con todos mis defectos. Él siempre había vivido como un ejemplo; con ser quien era me demostraba cada día que yo jamás estaría a su altura.

Justo cuando recuperé la compostura, volteó hacia mí.

—¿Estás bien? —Su voz se hizo grave por la preocupación.

—Sí —mentí. Porque eso era algo en lo que me distinguía.

—¿La altitud?

—Algo así.

—Solo asegúrate de beber suficiente agua —me recordó, arqueando una ceja hasta que asentí, luego se dirigió a la escalera del porche.

Esa ceja estaba atravesada por el único defecto que jamás había visto en Xander: una cicatriz que no estaba ahí la última vez que lo vi. Una cicatriz corta y delgada que me hizo luchar contra el impulso de vomitar el almuerzo ahí mismo.

La cicatriz que yo le provoqué cuando lo lancé por la ventana de la tienda del señor Williamson.

Xander estaba a media escalera cuando la puerta principal se abrió de par en par y Gideon salió corriendo de la casa.

—¡Tiene un arma! —gritó.

Xander se paralizó, dio media vuelta y vio a Gideon bajar corriendo la escalera.

—¿Cómo?

Me quedé viendo a Gid fijamente, con la esperanza de que corrigiera esa estúpida afirmación.

—¡Tiene la escopeta! Dorothy me lo acaba de decir.

Un par de grupos de búsqueda llegaron por el lado de los Bradley. Gid pasó frente a mí avanzando a grandes zancadas. Hablaba por la radio en su hombro.

—¿Cómo mierdas papá tiene acceso a una escopeta? —le grité a Xander.

—Yo… —Agitó la cabeza—. Pensé que las había puesto todas bajo llave, en la caja fuerte. Escondí la llave y todo.

—¿En la lavandería? —preguntó Dorothy al salir al porche con una botella vieja de suavizante de telas que me era muy familiar.

Al parecer, el tiempo había decidido no meterse más con la señora Powers, porque no había cambiado en los diez años que habían pasado desde que me enlisté. Su cabello era del mismo tono plateado y tenía el mismo corte hasta la barbilla. Incluso llevaba el mismo abrigo verde de invierno.

—Sí, justo encima de… —Xander suspiró y cerró los ojos—. Justo encima del suavizante de telas que se niega a usar.

—¿Este suavizante que encontré en el pasillo de la entrada? —preguntó, lanzándole una severa mirada de mamá.

—Ese. —Tensó la mandíbula.

—Dime que escondiste las municiones en otro lugar.

«Dime que al menos recordaste eso después de servir tres años en el ejército».

Xander palideció. Increíble.

—Tenemos que encontrarlo antes de que mate a alguien.

Di media vuelta y regresé al Jeep. Por extraño que pareciera, me sentía más cómodo cuando se trataba de armas que de reuniones sentimentaloides.

Me quité la chamara, subí al Jeep y abrí el cerrojo del portaequipajes que había sujetado al toldo para el viaje a través del país. Vender casi todo lo que poseía me había parecido lo lógico en ese momento, pero conservé algunas cosas por razones que no tuve tiempo de reflexionar.

—¿Qué vamos a hacer? —preguntó Xander mirándome.

—¿Qué quieres decir?

Encontré lo que buscaba y cerré el portaequipajes. Luego salté al suelo y aterricé frente a Xander, cuyos ojos estaban más grandes que los faros de mi coche.

Dos camionetas más y una patrulla se estacionaron en la entrada.

—Quiero decir… —Xander vio que los recién llegados hablaban con Gideon y bajó la voz cuando se dirigió a mí—. ¿Qué vamos a hacer? Tiene una escopeta y como el setenta y cinco por ciento del tiempo no sabe quién soy.

Un peso reconfortante se instaló en mi pecho mientras me vestía para la ocasión, antes de que cerrara mi chamarra y atara las agujetas de mis botas.

—Supongo que iremos a buscar a papá.

Hurgué en la guantera del coche y saqué una linterna de mano y una de cabeza; las metí en mis bolsillos y solo me detuve lo suficiente para acomodar el pequeño alfil blanco de ónix junto al manual del conductor, para que no se perdiera. Teníamos a lo mucho una hora más de buena luz, pero si estaba equivocado, nos tomaría más que eso para cubrir las poco más de cuarenta hectáreas que papá poseía, y eso si se quedaba dentro de su terreno.

—¿No crees que deberíamos dejar que Gideon y la policía se encarguen por ahora? —preguntó Xander en voz baja.

Volteé hacia donde estaban Gideon y los otros cuatro oficiales que conformaban el Departamento de Policía de Alba. Todos iban armados. Más de dos me fulminaron con la mirada. No podía culparlos, al menos tres de esos hombres me esposaron en algún momento.

—¿Quieres decir que voy a dejar que esos hombres armados encuentren a nuestro papá, que tiene su propia arma? —Avancé hacia la sección norte de la propiedad.

—¡Espera! —Xander me sujetó por el codo.

Me tensé e hice un gran esfuerzo por no agarrarlo a golpes por tocarme sin avisar.

—Suéltame.

Debió advertir mi tono, porque me soltó de inmediato.

—Hay reglas, Cam. Normativas. Ellos saben cómo manejar estas situaciones. Lo último que necesitamos es que pierdas el control.

Ah, ahí estaba, el guante blanco, la velada de condescendencia a la que Xander recurría cuando pensaba que los dos años que me llevaba de edad le daban el derecho a darme órdenes. Nunca había sido muy sutil o delicado para salirse con la suya; sencillamente insistía de manera burda hasta que uno quedaba demasiado cansado como para objetar.

Yo prefería una estrategia más directa y abierta.

—Tú y tus reglas. ¿Me estás diciendo que, si les apunta con el arma, ellos no van a disparar?

Xander rio.

—Vamos, son los chicos.

—¿Estás dispuesto a depositar la vida de papá en ese bravucón de veinticinco años que no se molesta en contestar su radio y ha abierto la funda de su pistola al menos cuatro veces desde que empezaron a hablar? Yo no. Sé dónde está y voy a llegar antes que ellos.

Xander volteó de inmediato hacia el pequeño grupo de Gideon, y yo comencé a seguir unas huellas tenues que sabía que desaparecerían tan pronto como llegara a la hierba que cubría la montaña. Eso era suficiente para saber hacia dónde se había ido. Maldije entre dientes por la altitud. Me llevaría apenas unos días acostumbrarme, justamente el tiempo que no tenía.

—¿Adónde van? —gritó Gideon.

—¡A encontrar a nuestro papá! —respondió Xander, irradiando confianza.

Puse los ojos en blanco ante esa declaración pública, pero seguí adelante.

Me alcanzó rápido y se adaptó a mi paso cuando nos adentramos en zonas en las que la nieve ya se había derretido. Nuestras zancadas eran iguales. Siempre lo fueron. Éramos de la misma estatura, aunque yo tenía unos dieciocho kilos más de músculo que él.

—Espero que sepas lo que estás haciendo —dijo cuando las huellas desaparecieron.

—Sí.

Recorrí el terreno con la mirada en busca de alguna señal de que papá hubiera pasado por ahí.

—¿En serio crees saber dónde está?

—¿Desde hace cuánto tiempo tiene esa botella de suavizante de ropa? —pregunté, al tiempo que la grava crujía bajo mis pies. Al menos no nevaba.

—Años —respondió Xander, encogiéndose de hombros.

—Sí. Una década, por lo menos. Paula Bradley la trajo cuando él se enfermó ese año, ¿recuerdas? Trató de ayudar con el lavado de ropa.

—¿Cómo diablos te acuerdas de eso?

—Mi maldición es tener una memoria excelente. —Volteé hacia la parte de la propiedad en donde estaba enterrado Sullivan—. Créeme, hay mierdas que me encantaría olvidar. ¿Recuerdas por qué no lo usaba? —Llegamos a cima de una ladera y empezamos el descenso hacia el límite del bosque, manteniendo la cumbre a nuestra derecha conforme avanzábamos por una sección cubierta de nieve.

—Apenas recuerdo que la señora Bradley lo trajera.

—No la dejaba usarlo, pero se negaba a tirarlo —le recordé.

Xander me miró como si no tuviera idea de lo que hablaba.

—Tiene aroma a lavanda —dije, respondiendo mi propia pregunta.

Xander contuvo el aliento.

—Mamá.

—Mamá —repetí cuando llegamos al borde del bosque y empezamos a caminar entre los pinos. En la sombra, la temperatura bajaba hasta resultar incómoda.

—Pero está enterrada al otro extremo de la propiedad, con…

—No es ahí donde va cuando la extraña. Aunque nunca ha admitido que la extraña.

Admitirlo equivaldría a asumir su debilidad, y Arthur Daniels era todo menos débil.

—El barranco.

—Sí.

Avanzamos por la franja de bosque que cubría esa parte de la propiedad y salimos a un claro que yo conocía muy bien.

Maldije entre dientes cuando quedó a la vista.

—Oh, no —murmuró Xander.

Ese «oh, no» ni siquiera empezaba a describir la situación. Mi corazón se detuvo a medio latido y luego empezó a bombear adrenalina por todo mi cuerpo.

Papá estaba como a treinta metros a nuestra izquierda, en medio del claro, apuntando con el arma a la única persona que yo esperaba nunca volver a ver.

Reconocería en cualquier parte esa complexión, la trenza gruesa de cabello castaño, el perfil con la ligera protuberancia en el puente de la nariz. Mierda, yo había estado ahí el día que se la rompió, cuando éramos niños. Fui yo quien la sacó cargando de esa mina.

Ella estaba a unos quince metros frente a nosotros, con las manos extendidas hacia adelante, pero no se alejaba de la escopeta de dos cañones que apuntaba directamente a su pecho. Retroceder nunca había estado en su naturaleza, y si bien siempre me había intrigado su tenacidad, en este momento maldije su estúpida testarudez.

Willow Bradley estaba a punto de ganarse un balazo.

La Willow de Sullivan.

«Tienes que ayudarme, Sully». Pensé sin decirlo en voz alta, pues sabía que Xander no lo comprendería.

—Avanza entre los árboles hasta que puedas acercarte a él por la espalda. Tan pronto como te dé la señal, quítale el arma —le murmuré a Xander sin darle oportunidad a que discutiera.

—¿Qué señal?

—Lo sabrás, créeme.

—No te reconocerá. Te va a disparar —dijo entre dientes.

—Mejor a mí que a ella.

Nunca me había dado miedo la muerte. Habíamos jugado al gato y al ratón desde que tenía memoria, y algún día me tocaría perder. Era así de simple.

Estaba dispuesto a morir ese día.

Avancé.

CAPÍTULO 2

Willow

«Piensa, Willow. Piensa».

Era el señor Daniels. Lo conocía desde siempre. Con o sin alzhéimer, no me dispararía, ¿o sí?

Aunque había un factor preocupante: no tenía ni idea de quién era yo. Ah, y me apuntaba al pecho con una escopeta. Eso también era preocupante.

—Señor Daniels —dije de nuevo, sin elevar la voz—. Soy yo. Soy Willow. Vivo al lado de usted, ¿recuerda?

Si una distancia de kilómetro y medio podía considerarse al lado.

La brisa golpeaba un mechón suelto de cabello contra mi cara, pero no me atrevía a atorarlo bajo mi sombrero. El sol se había puesto unos valiosos minutos antes y ya estaba oscureciendo. ¿Bastaría con que no pudiera verme?

—¡Cállate! —gritó, agitando la escopeta.

Tenía los ojos muy abiertos, desorbitados, pero sin maldad. Sencillamente no me reconocía ni entendía las circunstancias que lo habían llevado ahí.

Contuve el aliento, el corazón me latía en la garganta. ¿Y si jalaba el gatillo? ¿Y si se disparaba la siguiente vez que sacudiera así el arma? Estábamos a poco menos de un kilómetro de la casa de los Daniels y poco más de un kilómetro de la de mis padres. Llevaba el celular en mi bolsillo, pero tuve la sensación de que dispararía si trataba de sacarlo. A esta distancia, estaría muerta antes de que pudieran llevarme a un hospital… si me encontraban.

Por lo menos había algunos equipos de búsqueda en la zona. Llegarían cuando escucharan el disparo.

—Por aquí hay pumas, ¿lo sabes? —espetó.

Como el que había atacado a su esposa quince años atrás, en este mismo claro.

—¿Qué haces aquí? ¡Estás invadiendo propiedad privada!

No me molesté en discutir sobre la invasión, pues técnicamente era verdad. Pero Dorothy me había llamado muerta de pánico y de inmediato salí a buscar al señor Daniels, como había hecho algunas veces el último mes. El arma… eso sí era inesperado.

—Sé que hay pumas —le dije con voz un poco temblorosa—. Usted me enseñó qué hacer si alguna vez me encontraba uno.

Yo tenía siete años cuando nos daba lecciones a Sullivan y a mí. Por supuesto, Cam jugaba a ser el puma mientras Alexander miraba y nos juzgaba en silencio.

Cam. Sentí una presión en el pecho, ese dolor físico que siempre me venía cuando pensaba en él, incluso frente al peligro actual. Maldita sea, quizá se debía al peligro.

—¡No te conozco! ¡Deja de mentir! ¿Qué haces aquí? ¿Por qué estás en mi propiedad? ¡Lárgate! —Volvió a sacudir el arma en mi dirección.

—Okey —dije, asintiendo y dando un paso atrás.

—¡Deja de moverte! —gritó con la voz aguda de alarma—. ¡No hables!

Me detuve de inmediato. Cada vez desvariaba más, y dejé de negarme a la posibilidad de que me disparara, mis músculos se bloquearon en una aceptación paralizante.

Un movimiento a mi izquierda llamó mi atención y giré la cabeza una milésima de centímetro para ver la silueta de un hombre a poca distancia, que se acercaba con las manos arriba y las palmas hacia afuera. ¿Quién era? ¿De dónde había salido?

No podía distinguir su rostro debajo de la gorra de beisbol, pero era grande. En cuanto avanzó para ponerse entre el señor Daniels y yo, mis 1.60 metros de estatura me hicieron sentirme diminuta. Su espalda ancha bloqueó toda mi vista.

No lo reconocí. Era extraño porque solo éramos como doce personas quienes acostumbrábamos buscar al señor Daniels, pero había algo familiar en su postura que, si bien era dócil, irradiaba una energía de total audacia. Tuve la impresión, por completo ilógica, de que este hombre era mucho más peligroso que la escopeta cargada que me apuntaba. Al menos, asumí que estaba cargada. De no ser así, por lo menos sería una anécdota no tan divertida que podría contarle a Charity más tarde.

Aunque papá acusara a mi hermana de ser impetuosa, nunca nadie había amenazado a Charity con un arma.

—¿Qué es esto? ¿Quién diablos eres tú? ¿Cuántos de ustedes están aquí? —preguntó el señor Daniels con pánico en la voz.

Los hombros que estaban frente a mí se alzaron como si se prepararan para...

—¡No hables! —prosiguió—. ¡Todas son mentiras! ¡Ustedes, los que invaden las propiedades, solo dicen mentiras!

Bueno, esa historia cambió rápido.

El hombre extendió el brazo hacia atrás, lo pasó alrededor de mi cintura y me acercó a él. Me tensé, aunque la violación de mi espacio personal no era nada comparada con el arma que nos apuntaba. Su brazo era como un torniquete que me mantenía en mi lugar con una fuerza relajada. Igual que el primer año de universidad cuando... Me paralicé. «No es posible».

—Ten cuidado —le dije en voz baja al desconocido—. Tiene alzhéimer. No sabe lo que hace.

Me apretó con más fuerza contra su espalda, y el olor a menta y pino me llenó la nariz cuando empezó a hacer pequeños movimientos para que yo quedara de espaldas a los árboles, no al barranco. Dios mío, ese olor... Lo sabía.

—Solo somos excursionistas —le dijo al señor Daniels despacio, en voz baja.

La certeza me golpeó con la fuerza de una avalancha, y me sacó todo el aire de los pulmones. Cerré los ojos y me hundí en la oleada de recuerdos, esperando con desesperación que esto no fuera una alucinación.

—Cam —murmuré, dejando que mi frente descansara contra su espalda, al tiempo que apretaba su chamarra en mi puño.

—¿Estás bien, Willow? —preguntó en voz tan baja que hubiera asumido que era una alucinación, de no ser porque sentí su voz profunda retumbar en su pecho.

Asentí. La tela de su chamarra se sentía suave contra mi piel. Quizá el señor Daniels ya había jalado el gatillo. Quizá nunca sentí el impacto. Quizá me había matado al instante. Esa era la única explicación lógica de la presencia de Cam.

Porque Camden Daniels había jurado que la única razón por la que volvería a Alba sería para que lo enterraran aquí. Pero parecía tan real. Tan sólido. Olía exactamente como yo recordaba. Y si en verdad estuviera muerta, ¿no estaría entre los brazos de Sullivan? No en los de Cam. Nunca podrían ser los de Cam, no para mí.

Seguí el movimiento casi imperceptible de Cam conforme nos alejaba de su padre.

No era posible que estuviera aquí. No había venido en años. Y definitivamente no podía detener una bala. Sin embargo, me inundó un sentimiento de seguridad. No importaba que el resto del mundo lo considerara una amenaza ni que se hubiera ganado a pulso esa reputación, Cam siempre había sido mi refugio improbable. Me había protegido por la simple razón de que toda mi vida les pertenecí. Yo era la niña que siempre seguía a los chicos Daniels.

La adolescente ingenua que se quedó atrás cuando los tres hermanos fueron a la guerra.

La mujer que se vino abajo cuando solo dos volvieron a casa.

Cam podría estar aquí ahora, pero un paso en falso y ambos acabaríamos enterrados junto con Sullivan.

—¡Dejen de moverse o disparo! —gritó el señor Daniels. Cam obedeció—. ¡Vacíen sus bolsillos! ¡Más les vale que no me estén robando!

—Te voy a dejar ir y quiero que regreses al bosque despacio y que luego te vayas —me ordenó Cam en voz baja.

A la distancia, escuché vagamente el balbuceo agitado del señor Daniels.

—No puedo dejarte aquí —protesté.

—Por una vez en tu vida, escúchame, Pika. Estoy tratando de salvarte el pellejo. Alexander llegará detrás de papá y la ayuda ya viene en camino, pero tienes que irte.

El apodo me cerró la garganta con un nudo tan grande que no pude tragarlo.

—No te reconoce, Cam. Disparará. Hace seis años que no te ve. Ni siquiera me reconoce a mí y yo lo veo casi todos los días.

—Me recordará.

—Sí, eso era lo que yo pensaba hasta que me apuntó con el arma, terco idiota.

—¿Qué fue eso? —murmuró—. Creo que escuché un chirrido, pero mi chamarra debió amortiguarlo.

En cualquier otra circunstancia lo hubiera pellizcado como castigo.

—No se va a acordar te ti —repetí—, y si tratas de recordarle quién eres, solo lo vas a alterar aún más.

El balbuceo del señor Daniels se hizo más fuerte hasta que empezó a gritar de nuevo.

—¡Invasores de propiedad, están tratando de robarme lo que es mío! ¡No pueden tenerlo! No pueden…

El corazón de Cam seguía latiendo tranquilo y rítmico, su respiración era profunda y uniforme. Si no hubiera visto a Arthur Daniels con mis propios ojos jamás hubiera pensado que nos apuntaban con un arma.

—¡No pueden tenerlo!

Se escuchó un disparo y unos pájaros salieron volando del bosque a mi espalda. Me paralicé y apreté la chamarra de Cam con más fuerza.

Extendió la mano sobre mi espalda baja.

—¡Cam! —murmuré lo más alto que me atreví.

Si estaba herido, si regresó solo para que lo enterraran… Yo no sobreviviría si tuviera que enterrar a otro de los chicos Daniels. Me asomé para ver a un lado de Cam, pero él me apretó con más fuerza y me inmovilizó detrás de él.

—Estoy bien —respondió en el mismo tono—. Apuntó al cielo.

—Supongo que ahora sabemos que está cargada.

Mi corazón golpeaba mis costillas, el miedo cubría mi lengua con un sabor amargo y metálico.

—Qué optimismo.

Esbocé una leve sonrisa.

—Hay una bala más en el cañón. Recuerda lo que te dije. Avanza despacio hacia el bosque.

—No —protesté.

—Sí —repuso, y su mano desapareció de mi espalda—. Ahora, Willow.

La sangre se heló mis venas.

Dio un paso adelante y dejé que la tela de su chamarra resbalara entre mi mano, quedando a escasos centímetros de Cam.

—Papá —gritó Cam—. Podría jurar que me dijiste que nunca amenazara a una chica bonita con un arma.

Me quedé inmóvil viendo cómo Cam caminaba hacia su papá como si no le estuviera apuntando al pecho con la escopeta.

—¿Qué? —gritó el señor Daniels—. No soy tu… ¿Quién eres? ¿Qué quieres?

Eso era todo, su tono de voz se suavizó. Si Cam pudiera hablar con él quizá ambos lo superarían. Pero las probabilidades de que eso sucediera eran tan pequeñas que casi no valía la pena mencionarlas.

—Soy yo, papá. Camden. Parecía que ibas a dispararle a Willow, así que pensé en intervenir. No quieres lastimar a Willow, ¿verdad? ¿La pequeña Willow? ¿Nuestra vecina?

—¿Willow? ¿Quién es…?

Conforme se alejaba de mí, pude ver a su papá con más claridad. Yo tenía que moverme, necesitaba regresar al bosque para que nada de esto fuera en vano. Pero la idea de dejarlo ahí para que enfrentara solo a su padre me parecía impensable.

Sullivan había estado solo. No pude ayudarlo. No pude tenerlo entre mis brazos. No pude quitarle el cabello de la cara una última vez.

No iba a abandonar a Cam.

—Vamos, papá. Baja el arma. Regresaremos a casa y te cocinaré pollo igual que mamá lo hacía, ¿okey?

Cam mantenía los brazos extendidos con las palmas abiertas hacia su papá.

—¡Sal de mi propiedad! ¡No puedes tenerla!

Se escuchó otro disparo y grité cuando el cuerpo de Cam voló hacia atrás y aterrizó en el campo con un horrible golpe seco.

—¡No!

La palabra rasgó mi garganta y salí corriendo por el terreno accidentado al lugar donde yacía Cam, sobre la hierba quemada por el frío del invierno.

—¡Willow! —gritó Xander desde detrás de su padre, al tiempo que le quitaba el arma de las manos—. ¡Llama al 911!

En un abrir y cerrar de ojos mis rodillas golpearon el suelo áspero al lado de Cam. ¿Cómo carajos lo bajaríamos de la montaña? ¿Un helicóptero podía aterrizar aquí?

Su chamarra estaba rasgada, unas plumas diminutas cubrieron su pecho y volaron con el viento.

Pero no eran rojas. Todavía. Tampoco había sangre en la hierba, ¿cierto? Aunque ya estaba muy oscuro.

Toqué su chamarra, arqueó la espalda y examiné su rostro dolorido. Dios, cuánto extrañaba esa cara. Luego, sin pensarlo acerqué mis palmas a su barba incipiente. Un movimiento en mi vista periférica me advirtió que los otros buscadores habían llegado. Demasiado tarde. Demasiado tarde. Siempre demasiado tarde.

—Aquí estoy —le dije, mirando sus ojos tan oscuros que me devoraron completa—. Todo va a estar bien —prometí, sin tener el derecho a hacerlo, forzando un optimismo en mi tono con un asentimiento exagerado y una sonrisa temblorosa—. Ya viene ayuda.

Tenía los ojos desorbitados y luchaba por respirar, pero apenas podía hacerlo; su miedo era palpable mientras recorría desesperado con la mirada mi cuerpo y mi chamarra blanca.

—Estoy bien. No tengo nada. Tú sí —le aseguré. Qué tonta, como si eso lo tranquilizara.

—Necesito ver cómo estás.

Levantó las manos entre nosotros y buscó a tientas en su chamarra. Me alejé un poco y con cuidado aparté sus manos.

—Déjame ver.

«Él está bien. Está bien. Está bien. No puedes llevártelo también. ¿Entiendes? Te llevaste a Sullivan. No puedes llevarte a Cam».

Los pulmones de Cam silbaron cuando entró la primera bocanada de aire. Nuestras miradas se encontraron. Tenía el ceño fruncido, le costaba trabajo respirar.

Abrí el cierre de su chamarra de un solo movimiento y me preparé para lo que pudiera encontrar debajo de ella.

—¡Dios mío, Cam! —exclamó Gideon, al tiempo que se arrodillaba al otro lado.

—Arthur le disparó. —Abrí su chamarra con manos temblorosas; la tela oscura estaba agujerada en donde cayó el perdigón. ¿Dónde estaba la sangre? —. ¡Está muy oscuro! ¡No puedo ver!

—Estoy bien —dijo Cam con voz ronca.

Gideon encendió una linterna con un clic.

—Cállate —le ordené—. Estúpido, ni siquiera puedes darte cuenta de que te han… —La luz iluminó el pecho de Cam y reflejó unos pedacitos de metal como si fueran una constelación con un cielo oscuro de fondo—. Espera. ¿Cómo?

—¡Maldita sea! —exclamó Gideon. Su risa hacía que la luz temblara. Volteó y lanzó por encima de su hombro—: ¡Está bien!

—Dije que estaba bien —gruñó Cam.

—¿Cómo? Te dispararon…

Podía ver el disparo… el perdigón. Contra toda lógica, metí el dedo en el pequeño agujero y sentí metal frío. Deslicé los dedos sobre el pecho duro, muy duro, de Cam.

—Pika, basta. —Cam detuvo mi mano y la aplastó contra la superficie anormalmente dura de su pecho—. Estoy bien. Solo me quedé sin aliento.

Soltó mi mano y abrió un broche de velcro en el hombro y otro a un costado. Era una pieza gigante de… «¿Qué carajos es eso?».

—Increíble. ¿Qué clasificación es? —preguntó Gideon, haciendo un gesto con la cabeza hacia el trozo blindado que cayó a un lado, dejando al descubierto la camiseta de Black Flag de Cam.

Una camiseta muy limpia, muy blanca, intacta.

Parpadeé y volví a parpadear, tratando de convencer a mi cerebro de que mis ojos decían la verdad y que no era algo que había imaginado por la desesperación. No había ningún orificio de bala. No había sangre. No había daño.

—Es nivel cuatro —respondió Cam, quien había recuperado la fuerza de su voz. Pasó la mano sobre su pecho y abdomen, luego suspiró con alivio y descansó la cabeza en el piso.

—Increíble. ¿Y lo llevas siempre contigo?

—Es lo bueno de tener todas tus pertenencias en el coche —dijo Cam con una sonrisa sarcástica.

—¿Estás preparado para cuando tu papá te dispara inesperadamente? —rio Gid.

—Algo así.

Cam se incorporó con un gesto de dolor.

—Estás bien —dije, echándome hacia atrás para sentarme sobre las suelas duras de mis botas de senderismo.

Las voces que escuchaba a mi espalda como ruido de fondo se hicieron más fuertes y todo zumbaba en mi cabeza, salvo el hecho de que Cam no estaba herido, no sangraba ni se estaba muriendo.

—Ya dije que estaba bien. —Se jaló la camiseta y bajó la mirada al cuello—. Tal vez tengo un horrible moretón, pero está muy oscuro para verlo.

—Solo digo que es bueno que estuvieras aquí —dijo una voz a mi izquierda—. La manera en la que le quitaste el arma fue… heroico, Xander.

El sargento Acosta entró en mi campo visual, estaba dándole unas palmaditas en la espalda a Xander. Ambos tenían la misma edad, pero Acosta parecía mucho más cómodo con su arma en la funda que Xander con la escopeta de Arthur en su mano.

—No, no hice nada —respondió Xander, poniéndose en cuclillas al lado de Cam—. Cam fue quien se llevó la peor parte. ¿Estás bien? —preguntó después de echarle un vistazo al chaleco antibalas.

Cam asintió y se puso de pie.

—Sí, la peor parte significa sacar de quicio a tu padre para que te dispare —dijo Acosta riendo.

Apreté los puños hasta que mis uñas se hundieron en mis palmas. Abrí la boca para decirle a Acosta que Cam me había salvado la vida, pero Cam negó con la cabeza en mi dirección y me hizo callar. Siempre se había conformado con dejar que otros pensaran lo peor de él, y supongo que nada había cambiado.

—Llevémoslo a casa —dijo Cam a nadie en particular.

Se abrochó el chaleco y miró hacia adelante. Su tono era el mismo que había escuchado a menudo cuando éramos niños: cerraba la conversación y me hacía saber que se desentendía de cualquier cosa que pudiera afectarlo emocionalmente.

Ahora que el peligro había pasado, lo devoré con la mirada. Era más grande; no más alto, por supuesto, sino más corpulento, más fuerte, y lo mismo podía decir de su presencia. Tenía una arrogancia que no poseía cuando se fue de Alba hacía diez años, y esos muros impenetrables que siempre erigía a su alrededor ahora parecían imposibles de franquear. Pero su mirada tenía el mismo dolor que había hecho eco en la mía la última vez que lo vi.

Él y Xander avanzaron, deteniéndose sin duda para hablar de lo que le sucedía a su padre, mientras Art permaneció con el capitán Hall, quien lo examinaba con la mirada. El señor Daniels sacudía la cabeza como si tratara de explicar la situación.

La muerte de la señora Daniels había sido trágica. Enterrar a Sullivan nueve años después fue desgarrador. Pero ver a Arthur Daniels estos últimos dos años era como enterrar una parte de él poco a poco, y era un tormento.

—No te vemos mucho en el pueblo, Willow. ¿Sigues jugando con tus pinturas? —preguntó Robbie Acosta, mirándome con una sonrisa sarcástica, al tiempo que Gideon alcanzaba a los hermanos Daniels.

—¿Tú sigues fingiendo que aquí hay suficientes delitos que justifiquen tu trabajo? —repuse con voz melosa.

Mi negocio de diseño gráfico me brindaba un sustento financiero bastante cómodo, pero nadie se daba cuenta de eso. De lo único que querían hablar era de mis pinturas, o la falta de ellas. Supongo que para ellos era más divertido hurgar en mis llagas que examinar las suyas.

—Guau. —Robbie alzó las manos como si lo hubieran arrestado, igual que había hecho Cam cuando apareció en el campo frente a mí—. Mete tus garras, Willow. Solo bromeaba.

—Ajá. No estoy de humor.

Seguía concentrada por completo en la espalda de Cam. Un anhelo bastante familiar invadió mi pecho. ¿Cuándo había llegado? ¿Cuánto tiempo se quedaría? ¿Qué, o más bien, a quién destrozaría esta vez?

—Necesitas salir más, solo socializas con un hombre con demencia y un arma cargada —dijo Robbie con la voz aguda que le había escuchado en preparatoria, al tiempo que se frotaba la nuca—. Qué dices, quizá podría llevarte a cenar.

—¿Perdón? —le pregunté, inclinando un poco la cabeza hacia un lado en genuina confusión—. ¿Quieres invitarme a cenar?

—Sí —respondió, encogiéndose de hombros con una sonrisa avergonzada.

—Yo… yo no te gusto —dije despacio, negando con la cabeza.

Siempre le habían atraído las reinas de las fiestas de graduación, las chicas que llevaban un maquillaje perfecto en secundaria. Las de Buena Vista, adonde fue a la escuela, las que tenían estilo y seguidores en Instagram. Yo tenía veinticinco años y ni siquiera tenía Instagram… y Robbie no me interesaba en lo más mínimo.

—Digo… tú estás soltera, yo estoy soltero. Tiene sentido, ¿no?

—Claro, si los humanos estuviéramos en peligro de extinción o algo así. —De inmediato me arrepentí de mi descaro cuando apartó la mirada—. Sí sabes que hay una vida fuera de Alba, ¿no, Robbie? No tienes que salir con chicas que están dentro de los límites del pueblo solo porque ya eres un adulto.

—Cierto —admitió avergonzado—. Ah, hombre, apuesto a que todavía no estás lista, ¿verdad? Mierda, esa fue una propuesta estúpida.

—¿Qué?, ¿invitarme a salir después de que Art Daniels me apuntó con una escopeta?

Él parpadeó.

—No. Quiero decir que quizá no estás lista para salir con alguien todavía…

Arqueó las cejas.

«¿Es en serio?».

—Ah. No. Estoy bien. Por supuesto que extraño a Sullivan, pero ya pasaron seis años.

Supongo que el tiempo transcurre más despacio en los pueblos pequeños. Mi corazón había sanado en los años que pasé en la universidad, pero todos aquí actuaban como si lo hubiera enterrado la semana pasada. Me imagino que suponían que debía seguir traumada.

—Bien, me da gusto por ti, que te mantengas fuerte —dijo asintiendo y dándome una palmada en la espalda antes de responder a las llamadas del grupo que se encontraba al borde del bosque.

Estaba demasiado oscuro como para saber quiénes eran, pero seguramente serían los sospechosos habituales, salvo mi papá. Si él hubiera estado aquí, se hubiera puesto furioso.

Xander se acercó al señor Daniels y yo llegué al lado de Cam, igual que un millón de veces antes.

—Aún no puedo creer que estés aquí —dije antes de pensarlo.

«Boca, ponte el filtro».

—Yo tampoco. —Sus ojos estaban fijos en Xander y su papá—. ¿Qué hacías aquí? —preguntó con brusquedad.

—Buscaba a tu papá —respondí, ofendida por su tono.

—Pues sin duda lo encontraste.

—Siempre ayudo a buscarlo. No es nada.

Un músculo se movió en su mandíbula tensa.

—¿Y cuántas veces te ha amenazado con una pistola?

Despacio, volteó a verme y de pronto la oscuridad me pareció, como nunca, una bendición. Vi lo suficiente en esos ojos como para saber que estaba enojado.

—Nunca. Y estoy segura de que Xander guardará las armas y que esto no volverá a suceder.

Cam lanzó una risita.

—Ajá, sí. Pudo haberte disparado.

—Te disparó a ti —dije, dando un golpecito a su chaleco antibalas.

La sombra de una sonrisa cruzó por sus labios y casi lanzo un grito de victoria.

—Parece que está listo para irse —dijo Cam al ver que el señor Daniels empujaba el brazo que Gideon le ofrecía para ayudarlo a cruzar el terreno accidentado—. Igual de testarudo que siempre —masculló cuando su padre se acercó.

—Debe ser hereditario, ¿o no recuerdas cuando te advertí que no iba a recordarte? —bromeé, tratando de aligerar su estado de ánimo. Cam siempre se sentía más cómodo cuando podía cambiar el dolor en algo risible. Aunque esto no lo fuera.

—¿Recordarlo a él? —respondió el señor Daniels en lugar de Cam, deteniéndose frente a él. Era pocos centímetros más bajo que su hijo, pero tenía una presencia que lo hacía parecer mucho más alto—. Te disparé.

—Lo hiciste.

Aparte de apretar el puño derecho, Cam no mostró ninguna emoción. Supongo que eso tampoco había cambiado.

—Art —dijo el capitán Hall, dándole una palmada en el hombro al señor Daniels—. No estoy seguro de que puedas ver en esta oscuridad, pero él es…

—Sé perfectamente quién es —respondió furioso.

Me preparé mentalmente para el siguiente ataque de demencia que nos tendría reservado.

Cam alzó una ceja, el señor Daniels lo fulminaba con la mirada.

—Este es el hijo de puta que mató a mi Sullivan.

Contuve el aliento y me acerqué un poco más a Cam, hasta que mi brazo rozaba el suyo. Por su reacción, bien hubiera podido ser una estatua.

—Señor Daniels…

—No sé por qué mierdas estás aquí, pero ya te puedes ir —me interrumpió, desestimando de golpe al hijo que no había visto en seis años.

Luego le dio la espalda a Cam y caminó hacia el borde del bosque con el capitán Hall a su lado.

—Cam —dijo Xander en voz baja. Lo que sea que vio en los ojos de Cam hizo que negara con la cabeza y se alejara, siguiendo a su padre.

—Lo siento. No sabe lo que dice —murmuré, a pesar del nudo que me cerraba la garganta.

—Claro que lo sabe, y tiene razón. —Me miró con ojos vacíos y una sonrisa sarcástica que me hicieron sentir de nuevo en preparatoria. Siempre había sido capaz de poner un millón de kilómetros de distancia conmigo, con cualquiera, con una sola mirada—. Te dije que me recordaría.

Se alejó en dirección a su familia.

—¡Cam! —grité, en un intento desesperado por mantenerlo a mi lado, aunque fuera un poco más, por conservar al Camden que se había puesto frente al arma de su padre para protegerme.

Pero su transformación en el Camden frío al que no le importaba nada había tomado el relevo.

—Vete a casa, Willow.

Y se había apoderado de él.

Lo vi desaparecer entre los árboles y luché contra el deseo urgente de seguirlo. Ahí acababa el regreso a casa que, como una tonta, me había permitido imaginar todos estos años.

Pero él estaba aquí. Estaba en casa.

Y yo deseaba con desesperación saber la razón.

CAPÍTULO 3

Camden

Fui un ingenuo al pensar que podría pasar un día, incluso dos, antes de que alguien mencionara la muerte de Sullivan, o el papel que yo había jugado en ella.

Apenas pasé veinte minutos en compañía de mi padre y ya me había disparado y acusado de fratricidio. Bienvenido a casa.

El silencio me hizo compañía de regreso a casa; las linternas de mano y de cabeza bailaban a lo largo del sendero. Éramos once, ya que Acosta había acompañado a Willow a casa.

Willow. Alejé esa idea de mi cabeza. No, no me metería en eso.

Dios, el alivio que percibí en su voz cuando murmuró mi nombre y se acercó… No me odiaba. Merecía su odio, su absoluto rencor, y en vez de eso confió en mí como si los últimos seis años no hubieran ocurrido.

—Creo que ya está bastante lúcido —dijo Gideon cuando me alcanzó y empezó a caminar a mi lado—. Puedes ir a hablar con él.

—Creo que estaba bastante lúcido cuando estábamos en el barranco, y no, gracias. Está muy bien allá con Xander.

Salté por encima de la zanja de casi un metro por la que ahora pasaba un arroyo. Con cuánta facilidad volvía todo, la memoria muscular me guiaba en los lugares donde la luz fallaba. Si tan solo hubiera recordado cambiarme la gorra del equipo de hockey Avalanche por una que me cubriera las orejas antes de salir en busca de papá.

—¿En serio piensas que te habría disparado si…? —Gideon se quejó y dio un traspié—. Dios mío, espera. Sigues siendo una cabra montés, ¿verdad? —Resopló y se apresuró a alcanzarme.

—No, no creo que me hubiera disparado si me hubiera reconocido en ese momento —respondí su pregunta… y la mía—. Aunque sin duda lo hubiera considerado. Diablos, apuesto que se lo ha imaginado algunas veces mientras estaba perfectamente lúcido.

—Vaya bienvenida —masculló Gideon cuando pudimos ver la casa al otro lado del claro.

—¿Por qué crees que permanecí tanto tiempo lejos?

—¿Porque sabías que te dispararía en cuanto te viera? —preguntó, dándome un empujoncito en el hombro que me hizo tensarme durante una fracción de segundo.

Era un gesto familiar de Gid, pero nadie se me acercaba tanto sin que yo lo invitara a hacerlo.

—Algo así.

Miré hacia el norte como si pudiera cortar la oscuridad y la cima boscosa hasta la pequeña arboleda de álamos donde Sullivan yacía junto a mamá y el tío Cal.

—Ya te acostumbrarás. Oye, ¡siempre puedes venir a trabajar conmigo en el departamento de policía! —Sus dientes brillaron bajo la luz tenue.

—La última vez que revisé, ustedes ya eran cinco para nuestro pequeño pueblo, y mi apellido no es Hall, por lo que las probabilidades de progresar son nulas.

—Desgraciado —masculló Gideon con una tos fingida.

—Nunca pretendí ser otra cosa.

Quizá no era popular. Tal vez era el hijo desagradable, la mala hierba, la oveja negra. Cada maldito cliché que existía cuando me comparaban con la insufrible perfección de Xander. Hacía veinte años que me había dejado de importar y sencillamente decidí aceptarlo. Cuando nada te importa un carajo, tienes poder.

Las luces de la casa brillaban por las ventanas cuando llegamos a lo que antes eran los jardines en los que mamá pasaba todas las mañanas. Todas sus plantas exuberantes habían desaparecido y solo sobrevivían las valientes que crecían de las semillas de los restos del año anterior, el resto había sido invadido por hierba de montaña.

Papá decía que era una locura tener un jardín tan cerca del límite del bosque. Mamá ponía los ojos en blanco y, a pesar de eso, lo conservaba.

Rodeamos la casa por un costado y tomé nota de los lugares en los que el revestimiento de los muros estaba dañado. Las canaletas goteaban y el sistema de drenaje era un desastre, lo indicaban los pequeños agujeros en las bocas de los desagües.

Dorothy recibió a papá en el porche delantero y los dos desaparecieron al interior de la casa, mientras el capitán Hall y Xander hablaban al pie de la escalera.

—Eso no parece agradable —comentó Gideon cuando nos acercamos a mi Jeep.

Abrí la puerta del copiloto; ignorando el frío, me quité la camiseta y aventé el chaleco antibalas al asiento. Cuando decidí conservar mi equipo personal lo hice por un inexplicable sentimiento de apego, no porque pensara que necesitaría esta maldita cosa.

Me puse la chamarra arruinada y nos dirigimos hacia donde estaba Xander.

—Esto no puede volver a pasar —sermoneó el capitán Hall a mi hermano, lo que de inmediato me puso los pelos de punta.

—No volverá pasar. Jamás pensé que encontraría la llave. Te ofrezco mis más sinceras disculpas. —La boca de Xander formó una línea recta, que era lo más molesto que se mostraba frente a una figura de autoridad.

Me paré junto a él, al tiempo que Gideon se posicionaba al lado de su padre.

—Respeto lo que has hecho, Alexander. En serio. —Arrugó la frente en lo que hubiera podido considerarse una expresión preocupada de no ser porque la luz del porche hacía que la mitad de su rostro quedara bajo una sombra que lo hacía parecer villano del Viejo Oeste. Ese tipo en serio necesitaba dejar de usar el sombrero de vaquero.

—Gracias —respondió Xander—. Ahora vamos a ver a nuestro…

—Pero llegó el momento en que lo pongan en el asilo para ancianos de Buena Vista —interrumpió el capitán Hall con esa voz de superioridad que siempre me hacía desear contrariarlo.

—Por eso estoy aquí —dije, cruzando mis brazos sobre el pecho.

—Y es bueno verte, Camden. En serio. Esto es muy aburrido cuando no estás aquí destruyendo todo. ¿Qué sabes de lo que implica cuidar a tu padre? ¿Cuánto tiempo tienes de licencia para quedarte aquí? ¿Qué va a pasar cuando regreses a donde sea que vives?

Gideon tragó saliva, su mirada pasaba de su papá a mí, pero no se movió ni respondió como lo hubiera hecho en otra época. Supongo que algunas cosas sí habían cambiado.

—No estoy de licencia. Vine para quedarme. Xander me llamó y vine.

«De ahí mi Jeep cargado hasta el techo, imbécil».

—Okey, tienes cinco minutos de haber llegado y tu padre te dispara. ¿Eso suena a que debería vivir solo?

Alzó las cejas y se inclinó un poco hacia el frente.

Esa mierda intimidatoria no funcionó en mí durante una buena década, y sin duda no tenía ningún efecto ahora. Pero tampoco no iba a dejar que me provocara.

—Parecía que Xander necesitaba que regresara a casa y lo hice. Vamos a hacer algunos cambios que sean más seguros para papá y lo haremos en familia. Estamos muy agradecidos por los grupos de búsqueda, más de lo que crees. Gracias por ayudarnos a traerlo a casa. Nos encargaremos a partir de ahora.

Entrecerró los ojos.

—Escucha, hijo, no tienes idea de lo que ha sido…

—No soy tu hijo. —Mi voz bajó hasta ese pequeño espacio tranquilo y letal que reservaba para los momentos en los que necesitaba quitar el dedo del gatillo—. Y tienes razón, yo no lo sé, pero Xander sí lo sabe. Así que, si nos disculpas, vamos a entrar. Gid, ¿alguien puede llevarte?

—Sí, no hay problema. Vámonos, capitán.

Me aseguré de que Xander estuviera conmigo y empecé a subir la escalera del porche.

—Camden —dijo el capitán Hall.

Ambos giramos.

—Hazme un favor y no te metas en problemas mientras estés aquí. No me gustaría ver que arrojen a alguien por la ventana.

Xander se tensó a mi lado.

En mi carrera había matado a hombres peores. También a mejores. Su comentario tuvo el efecto deseado: la rabia tensó mis músculos, que estaban listos para saltar.

—Que tenga buena noche, capitán —dijo Xander, poniendo una mano en mi hombro, mientras con la otra todavía sostenía el rifle.

Por supuesto que tranquilizó a ese imbécil. Por supuesto que retrocedió hasta el lugar donde debía estar, el lugar donde todo era seguro y cada quien sabía cuál era su papel. El de Xander era mantener la paz; el mío siempre había sido traer la guerra.

—Gracias, alcalde Daniels —respondió Hall.

Apreté la mandíbula para evitar que se cayera al suelo por el asombro.

Los dos Hall asintieron en nuestra dirección, cada uno con un significado diferente, y se subieron al todoterreno.

Nos quedamos ahí en silencio, hombro con hombro, como los centinelas reacios en los que nos habíamos convertido para cuidar al hombre que nunca hizo lo mismo por nosotros. Un momento después, cuando los buscadores y la policía se dispersaron, solo quedaba un coche en la entrada que no reconocí.

—Así que... ¿alcalde Daniels? —le pregunté a mi hermano cuando volteó para subir el resto de los escalones.

Se encogió de hombros.

—¿En serio? No eres lo suficientemente deshonesto ni ávido de poder para ser un político. Créeme, los conozco.

—Es posible prestar servicio sin tener ambiciones presidenciales, ¿sabes? Me gusta donde estoy. Y tampoco es que seamos una metrópolis a reventar. —Puso los ojos en blanco y abrió la puerta de la casa.

—Hasta el verano.

Me detuve y miré el tapete bajo mis pies. Había jurado nunca cruzarlo de nuevo.

—Sí, esas cincuenta mil personas más que aparecen de pronto tienden a complicar las cosas, pero el ingreso mantiene al pueblo el resto del año, así que yo lo llamo un trato justo. ¿Qué? ¿Vas a entrar o piensas dormir en el porche?

«Jamás regresaré a Alba».

«Jamás dejaré el servicio».

«Jamás escucharé a papá echarme la culpa de nuevo».

«Jamás volveré a interesarme por Willow Bradley».

Comparado con la última promesa que me había hecho a mí mismo y que rompí, el acto de cruzar este umbral no era nada.

Entré antes de que mi sentido común pudiera detenerme. Después de todo, ¿cómo carajos se suponía que iba a ayudar a papá si no entraba en la casa?

Xander cerró la puerta detrás de mí cuando me quedé parado en el recibidor, asimilando los cambios en la casa en la que crecí. Hogar. Solo lo fue mientras mamá estuvo viva. Poco a poco, el sentimiento se había drenado de la casa como el agua que gotea de la fuga en el baño del segundo piso. Todos habíamos estado demasiado distraídos por otras cosas como para ir a buscar una llave inglesa. El amor se había desangrado en un chorrito continuo que ignoramos por pura apatía.

A Sullivan le había importado.

Sullivan murió y con él desaparecieron los últimos latidos indolentes de este cadáver de hogar.

—Voy a guardar esto en la caja fuerte —dijo Xander, señalando la escopeta.

—¿Él todavía tiene la llave?

—Me la regresó cuando salimos del claro. Ya sabes, solo está lúcido como el cincuenta por ciento del tiempo. Deberías ir a hablar con él mientras es… él.

—Claro.

Porque el verdadero él era un encanto.

Xander subió la escalera y desapareció en el rellano.

Me quité los zapatos, por costumbre, y los recargué contra la pared.

«Niños, ¿cómo puedo mantener estos pisos limpios si insisten en meter la mitad de la montaña en sus zapatos?».

Me inquieté con el recuerdo que tenía ante mis ojos: la alfombra justo al final del pasillo que ocultaba la mancha de sangre que nunca pudimos limpiar de la duela. El lugar donde papá se sentó, sosteniendo a mamá que se desangraba por el ataque del puma. Le suplicó que permaneciera con ella, que la dejara morir en el lugar en el que construyeron una vida.

Él respetó sus deseos y dijo que era un milagro que hubiera aguantado mientras la llevaba en brazos a casa, que ella nunca hubiera podido aguantar y bajar la montaña hasta el hospital.

Tenía razón.

—Dios mío, ¿Camden? ¿En verdad eres tú?

Me puse de pie y miré hacia el pasillo. Ahí estaba Hope Bradley, la mamá de Willow, mirándome boquiabierta.

Otra persona que tenía permiso para odiarme. Qué maravilla.

Sus labios temblaban y sus ojos se llenaron de lágrimas. Tuve que hacer un gran esfuerzo para no interponer la puerta de la entrada entre nosotros, pero ella avanzó con rapidez en mi dirección.

—Eres… —Sacudió la cabeza y me sonrió débilmente—. Eres exactamente igual a como te recordaba. ¡No sabía que habías vuelto!

—Llegué hoy —dije, metiendo las manos a los bolsillos.

—Oh, ¡guau! ¿Willow lo sabe? Apuesto que le encantaría verte.

La bondad en sus ojos color avellana, tan parecidos a los de Willow, fue casi mi ruina. Había una razón por la que había sido la mejor amiga de mamá.

—Sí. De hecho, la vi hace como una hora.

¿Por qué Xander tardaba tanto allá arriba?

—Ah, ¡qué bien! Siempre es la primera en ayudar cuando Art sale a pesear. —Frunció el entrecejo al ver mi chamarra. Unas plumas blancas sobresalían de los agujeros que habían dejado los perdigones—. ¿En qué te metiste, Cam?

—Hope, estaré lista en un segundo —dijo Dorothy, al tiempo que cruzaba el pasillo rumbo a la cocina.

—Yo la llevo a su casa —explicó la señora Bradley—. Además, así puedo asegurarme de que Art tiene todo lo que necesita o puedo darle un pequeño descanso a Xander. ¡Estoy tan contenta de que estés aquí! ¿Cuánto tiempo te quedas?

—Volví para quedarme.

Las palabras me supieron a limón amargo en la lengua.

Juntó las palmas.

—¿En serio? Bueno, ¡eso es lo mejor que he escuchado esta semana! —Volvió a mirar mi chamarra y negó con la cabeza—. Tal vez necesites una chamarra nueva.

—Estoy lista —dijo Dorothy, mientras salía de la cocina—. Cam, le di a tu padre sus medicinas de la noche. Quizá puedan tomar turnos, tú puedes dormir en la recámara de Art para que Xander se vaya a su casa esta noche. Ese chico está exhausto. Ah, ¿y cómo te sientes después de todo el…?

Actuaba como si no hubieran pasado años desde que estuve en esta casa, como si me hubiera ido a media conversación y ella sencillamente la retomara.

—¿Todo el qué? —preguntó Hope.

—Le dispararon al chico por salvar a tu hija; al menos eso es lo que Art me acaba de decir.

Dorothy pasó frente a nosotros para tomar su abrigo del perchero que estaba junto a la puerta.

—¿Te dispararon? —Miró el agujero en mi chamarra—. ¿Y Willow?

Su mirada de pánico se encontró de inmediato con la mía.

—Está bien —le aseguré.

Ese había sido el único resultado aceptable.

—Porque tú estabas ahí —intervino Xander mientras bajaba por la escalera.

Genial, hasta ahora aparecía. Lo fulminé con la mirada, pero eso no impidió que mi hermano siguiera hablando.

—Cam se interpuso justo entre ellos, aun cuando la escopeta le apuntaba directo al pecho.

Xander resplandecía como un padre orgulloso.

El infierno. Estaba en el infierno. Y conociendo a Hope, me leía como un libro abierto.

—Tú te interpusiste… Él tenía una…

Hope parpadeó con rapidez y giró hacia la sala cuando papá entró por el pasillo.

—¿Le apuntaste a mi hija con un arma? —le preguntó.

—Ya sacaron las garras —murmuró Xander.

—Porque tú no pudiste mantener la boca cerrada —espeté.

—Como si todo el pueblo no fuera a saberlo mañana en la mañana —dijo, lanzando una risita.

—¿Qué diablos estás haciendo aquí? —gritó papá, sacudiendo el índice en mi dirección.

—¿Le apuntaste a mi Willow con un arma? —repitió Hope, poniéndose frente a papá.

—No sabía que era Willow, y te ofrezco mis más sinceras disculpas —dijo en voz baja. Luego concentró su veneno en mí, como de costumbre—. Explícate.

—Papá, es Camden. ¿Recuerdas? Estaba hace un rato con nosotros en el barranco. Ya volvió a casa —explicó Xander despacio, como si le hablara a un niño… o a un hombre que no podía recordar quién era la mitad del tiempo.

—Sé quién carajos es, Alexander. ¿Por qué estás en mi casa, Camden?

Hope contuvo el aliento y retrocedió.

—Estoy aquí para ayudarte —le dije con la voz más tranquila posible, reuniendo toda la emoción en mi cuerpo para encerrarla en una caja, igual que hacía en mis misiones.

—¿Tú? ¿El que juró nunca más poner un pie en esta casa? ¿El que incendió la barraca en un ataque de aburrimiento? ¿El que vino aquí una sola vez en los últimos diez años, y solo para enterrar a su hermano? ¿Estás aquí para ayudar?

El niño que fui hubiera llorado.

El adolescente que dejé de ser lo hubiera insultado y se hubiera largado.

El hombre que yo era ahora permaneció ahí y soportó, porque ya era lo suficientemente fuerte para hacerlo.

—¡Papá! —exclamó Xander, dando un paso al frente—. ¡Basta! No sabes lo que estás diciendo.

—Sé perfectamente lo que estoy diciendo. Él es la razón por la que Sullivan no está aquí. Es la razón por la que tu hija —continuó mirando a Hope— enterró al amor de su vida cuando tenía diecinueve años. Es la razón por la que todo se va a la mierda.

—Art, sabes que eso no es cierto —dijo Hope en voz baja.

—Él dio la orden que mató a Sullivan.

Contuve el aliento cuando los ojos azul claro de papá encontraron los míos. No podía negarlo, todo era verdad.

—No sabía… —mascullé.

—¡Hiciste que lo mataran! No vas a dormir bajo mi techo. Aquí no eres bienvenido. Lárgate.

El estómago me dio un vuelco y se me cayó a los pies.

—¡Papá! ¡No! —gritó Xander.

No había la más mínima compasión en los ojos de mi padre, ninguna clemencia, ningún atisbo de que cambiara de opinión… pero había sido él quien me pidió que viniera. ¿No se acordaba?

Al carajo. Al carajo todo esto. Nunca me escucharía. Lo había decidido en el momento en el que leyó el informe que Xander había prometido no mostrarle.

Di media vuelta y salí de la casa, y dejé que la puerta mosquitero se azotara a mis espaldas. Las piedras se incrustaron en mis pies cuando bajé al camino. Mierda. Había dejado mis botas adentro. En fin. Tenía otros diez pares en el Jeep. Encontraría un hotel…

—¡Cam! —gritó Xander cuando llegué a mi Jeep.

Me subí, pero él llegó a la puerta antes de que pudiera cerrarla. De sus dedos extendidos colgaba un juego de llaves. Mantuve la mirada al frente, negándome a ver la inevitable compasión en su mirada.

—Ve a mi casa. Todo esto pasará. Te lo prometo.

Había hecho la misma promesa cuando el estado de ánimo en casa seguía bajo tras el funeral de mamá. El optimismo de Xander era un montón enorme de mentiras que se decía a sí mismo para que fuera más fácil tragar la mierda.

—No —respondí.

El último lugar en el que quería estar era en la casa del alcalde Daniels, no deseaba ensuciar su vida perfecta. Ni siquiera sabía dónde vivía.

—Vamos —suplicó—. Tengo HBO.

—No veo mucha televisión.

—Sigues siendo un maldito terco —murmuró, metiendo la mano a un bolsillo para sacar otro juego de llaves con un llavero de los Broncos de Denver de los años ochenta.

—Entonces, por lo menos ve a casa del tío Cal —insistió—. Bueno, en realidad te la heredó a ti, así que es tu casa.

El tío Cal. La única persona en la que había podido confiar. El único que entendió la rabia que siempre parecía bullir en mí justo debajo de la superficie.

Xander sacudió las llaves.

—Anda. No vayas a un hotel. Ninguno de los lugares turísticos por aquí está abierto todavía y Buena Vista está a cuarenta y cinco minutos. La casa tiene electricidad y agua corriente. La reviso cada mes. Tampoco es que la limpie ni nada, y no es el Four Seasons, pero es tuya. Hazlo por mí, por favor. No puedo dejar que te vayas y esperar otros seis años para saber si vas a regresar.

—No voy a salir del estado, por Dios. Solo me voy de casa de papá —aseguré.

No tenía intención de regresar cuando me fui la última vez. Ambos lo sabíamos. No podía culparlo por la preocupación en su voz, así que tomé las llaves y él suspiró con alivio.

—Mañana pasaré a verte.

—Estaré bien. ¿Y tú? —pregunté, señalando hacia la casa—. Sé que necesitas descansar.

—Lo haré cuando papá haya recapacitado.

Ja. Cómo si eso fuera a suceder.

—Escucha —dijo con voz más tranquila—, todos sabemos que no mataste a Sullivan. Papá solo… —Sacudió la cabeza.

—Yo di la orden. Fue como jalar el gatillo —dije en voz baja, mirando hacia el porche.

Habían llamado a nuestro equipo para dar apoyo a un puesto de avanzada que estaba siendo atacado, y cuando nuestro helicóptero pudo aterrizar, el infierno ya se había desatado. Me ordenaron atacar sus defensas con los soldados que tuviera disponibles.

—Tú solo transmitiste las órdenes. Eso es todo.

—Elegí a un líder de escuadrón para reforzar el lado de la avanzada que estaba bajo fuego más intenso —lo corregí—. Ese sargento llevó a su equipo e hizo precisamente eso. —Habíamos dividido lo que quedaba del pelotón. Pude haber elegido al sargento a mi derecha. En su lugar, escogí al de mi izquierda y me dirigí al muro con sus soldados—. Sullivan estaba en ese escuadrón.

—No lo sabías. —Negó con la cabeza para hacer énfasis—. ¿Cómo podías saberlo? Leí el informe. No había manera de que pudieras verlo en medio de ese caos.

Para el momento en que reconocí a Sully ya era demasiado tarde. Apreté el volante con las manos. Le dispararon a tres metros de mí.

Si hubiera elegido al hombre de la derecha, Sullivan estaría vivo. Ahí fue cuando papá dejó de escuchar.

—Tengo que irme de aquí.

—La puerta sigue abierta —dijo.

Cuando fue evidente que no respondería, balbuceó algo sobre mi terquedad y cerró la puerta.

Esperé que se fuera y encendí el motor. En lugar de tomar el camino de regreso a Alba, seguí el sendero de terracería hacia el oeste, con el Jeep en doble tracción, y bordeé la propiedad de los Bradley durante unos minutos hasta llegar a la siguiente cima y giré hacia el norte.

Crucé la reja abierta oxidada hacia el terreno del tío Cal, aunque de acuerdo con los impuestos sobre la propiedad que había estado pagando, ya era mía. Sin embargo, seguía sintiendo que le pertenecía a él. Había muerto un año antes que Sullivan, y yo había estado en misión, por lo que no pude enterrar al hombre que me había amado más que mi propio padre.

Unos minutos después frené el coche.

A la luz del sol hubiera podido ver lo que quedaba de las ruinas de las fuentes termales en la cordillera y una parte de la mina abandonada Rose Rowan debajo de ellas. Pero dada la distancia que iluminaban los faros de mi vehículo, quizá era mejor que estuviera oscuro.

El paisaje estaba descuidado alrededor de la casa de un solo piso, y al techo le faltaban tantas tejas que parecía más una sugerencia que una realidad. El tío Cal construía recámaras adicionales conforme se le antojaba y eso le daba a la casa un aspecto asimétrico, ecléctico, que siempre me encantó de niño. Ahora que era un adulto, solo significaba que había una cantidad endemoniada de techo que debía reparar. Solo esperaba que los paneles solares hubieran tenido mejor suerte.

Sí, sería una enorme cantidad de trabajo, pero al menos no tendría que dormir con el chaleco antibalas puesto. No podría decirse lo mismo de la casa en la que me crié.

Salí del Jeep, me dirigí a la puerta principal y me detuve en el porche. Con el pulgar limpié el polvo de las marcas que el tío Cal había grabado en la piedra vertical que él, en broma, llamaba su dirección.

—Elba —repetí agitando la cabeza y lanzando una risita por la broma que nadie en nuestra familia jamás entendió: la isla de Napoleón.

Supongo que ahora yo era el verdadero exiliado.

¿Cómo mierdas se suponía que iba a lograr lo único que papá me había pedido si ni siquiera hablaba conmigo?

CAPÍTULO 4

Willow

Mi teléfono celular mandó una alerta de que alguien había entrado por la puerta principal y el video empezó automáticamente. Me quité los audífonos, que quedaron colgando de mi cuello; de inmediato dejé de escuchar el álbum de Banners y vi a mi mejor amiga en la pantalla, hacía malabares con una charola portavasos y la llave de mi casa.

Una hora más y este proyecto para Vaughn Holdings estaría terminado, pero algo me decía que estaba a punto de retrasarme considerablemente. Thea nunca venía sin una razón, y yo tenía la vaga sospecha de que esa razón era Cam.

—¿Willow? —me llamó Thea.

—¡En la oficina!

Me despedí de mi productividad y dejé los audífonos sobre el escritorio de vidrio.

—¡Aquí estás!

Me lanzó una sonrisa tan radiante como el sol de la mañana y me ofreció un café de la cafetería Alba Perks.

Se lo agradecí, le di un sorbo a la bebida con sabor a chocolate y moka, mientras esperaba que me diera la razón de su visita temprana. A ella le gustaba ir a su estudio de yoga antes de las nueve, incluso fuera de temporada.

—Esperaba que estuvieras en casa. —Sus cejas se alzaron sobre sus ojos azules.

—¡Ja! Son las 8:30 a. m., estoy trabajando. ¿Dónde más pensaste que podía estar?

Le di otro sorbo y saboreé el moka, preguntándome cuánto tiempo le llevaría hablar de él.

—Ah, no sé… ¿en casa de los Daniels? —preguntó con fingida inocencia, soplando el vapor que salía de su vaso.

No fue mucho tiempo.

—Okey, ¿qué sabes?

Me recargué en el respaldo de la silla y ella se sentó sobre mi escritorio. No había extrañado los chismes cuando estaba en la universidad, pero a Thea la sí, todos los días mientras estuve en la Universidad Rutgers.

—Sé que cuando dejé a Jacob en el preescolar, las otras mamás tenían algunas historias fascinantes sobre ese Daniels tatuado, tan sexi, que se detuvo en la gasolinera antes de dirigirse a la montaña. Tú no sabrás algo de eso, ¿o sí? —Sus ojos azules brillaron y ladeó la cabeza.

—¿Por qué carajos sabría yo quién se detiene a cargar gasolina?

—Oh, vamos. Julie Hall fue a dejar a Sawyer y después iba al hospital, y dijo…

Mi celular mandó la advertencia de que entraba otra persona. Con mirar de reojo, supe que era mi madre.

«Trabaja desde casa, decían. Será divertido y productivo, decían».

—¡Mamá! ¡Límites! —grité hacia el pasillo.

—¡Thea! Qué gusto verte —saludó mi madre, ignorando mi comentario.

Su sonrisa animada de inmediato me puso nerviosa. ¿Qué tramaba ahora?

—Mamá, ¿es en serio? Pensé que ya habíamos hablado de que usarías la llave solo en caso de emergencia.

Sin duda, mi mudanza de vuelta el año pasado había puesto a prueba la tendencia de mi mamá a rondar, pero yo sabía que lo hacía por amor. Estaba en su elemento cuando tenía a alguien por quién preocuparse, y, últimamente, ese alguien era yo.

—Bueno, te pones tan gruñona cuando interrumpo tu trabajo que imaginé que era mejor entrar y ver si estabas aquí antes de molestarte.

Ni de lejos hablaría de la falta de lógica de su afirmación.

—Está bien, mamá. ¿Qué pasa? Sé que no manejaste hasta aquí para ver si estaba en casa. Lo hubieras sabido con una llamada telefónica.

Pasó su enorme bolso de tela de un hombro al otro.

—¿Es un crimen que quiera ver a mi hija? Digo, te fuiste durante cuatro años y me parece que apenas me estoy acostumbrando a que hayas regresado. Me encanta tener de nuevo a mis dos niñas en casa. —Su tono era tan exagerado que casi me ahogo en su almíbar—. Pero necesito un favor de una de ustedes.

—Ambas sabemos que Charity está dormida, ¡así que dilo! —exclamé riendo.

Sin duda mi hermana mayor se habría ido a dormir después de llevar a Rose a la escuela. Seguido trabajaba el último turno en su bar, puesto que vivía justo arriba.

Mamá me devolvió la sonrisa y puso su bolso en el sillón morado de mi oficina. Cuando compré mi casa, a la que amorosamente llamé el «puesto de avanzada», pinté cada pared y moldura de blanco y las decoré de explosiones de colores brillantes que fácilmente podía modificar si cambiaba de opinión. La escuela de Arte me enseñó que el color afecta el estado de ánimo, y cuando perdí a Sullivan necesité mucho color. Ahora, tan solo un poco era suficiente.

—Tienes razón, ambas sabemos que Charity está durmiendo, así que pensé que quizá podías llevarle algunas cosas a Camden por mí.

—¡Ja! ¡Sabía que lo sabías! —exclamó Thea mientras saltaba de mi escritorio, haciendo temblar mi monitor.

Estabilicé el equipo, que me había costado más de lo que gané el primer año, y suspiré, mirando la torre de ónix que estaba junto al monitor. Esa pequeña pieza de ajedrez era más valiosa que cualquiera de mis aparatos electrónicos.

—Sí, lo sabía —le dije a Thea—. ¿Por qué no puedes llevarlas tú, mamá? La casa de los Daniels está mucho más cerca de la tuya que de la mía.

Había aplazado pensar en Cam desde el momento en que desperté esta mañana. Por «aplazado» me refería a que me negaba a reconocerlo cada vez que lo hacía; es decir, cada minuto o algo por el estilo. El plan estaba funcionando a la perfección.

No era algo que pudiera evitar. Al fin y al cabo, se había ido diez años, era lógico que me provocara algunos pensamientos… algunos sentimientos.

—Porque no está en la casa de los Daniels. Está en casa de Cal. Aunque ya no es de Cal, sino suya, ya sabes —explicó mamá, asintiendo al final.

—¿Está en casa de Cal? —pregunté en voz baja.

Siempre se sintió más cómodo ahí cuando era niño, todos nos sentíamos mejor, pero ese sitio no estaba muy limpio como para que alguien viviera ahí.

—Art... Anoche estuvo muy difícil, como bien sabes. —La forma en la que mamá me miró me dio a entender que ya le habían dicho lo que había pasado en el barranco.

Dios, ¿Cam acababa de llegar a casa y Art ya lo había corrido? Esa era la única explicación de que se quedara en casa de Cal. Volteé hacia el enorme ventanal en mi oficina que daba a la cordillera oriental y mi corazón se hundió en mis costillas como si se dispusiera a partir sin mí. Si estaba en casa de Cal, eso quería decir que solo había kilómetro y medio entre nuestras casas. Durante diez años estuvo a miles de kilómetros de distancia, a veces medio mundo, y ahora se encontraba lo suficientemente cerca como para que pudiera visitarlo con una caminata.

Si me atreviera... que, por supuesto, nunca lo haría. Era idiota, no masoquista.

—¿Willow? —dijo mamá, sacándome de mis pensamientos.

Siempre aquí, pero nunca presente. Eso era lo que decía papá con amor cuando, de niña, me perdía en mis pensamientos. Ahora que ya era una adulta, ya no le parecía tan encantador.

—Perdón —me disculpé por costumbre—. Entonces, ¿por qué no vas tú?

Mamá tembló de escalofríos.

—Bueno, traje sus botas... Es una larga historia, pero yo estaba ahí cuando pasó todo. Pensé que quizá se sentiría un poco avergonzado de verme.

—¿Y eso significa que estará encantado de verme a mí? —pregunté ladeando la cabeza—. Sabes que no me soporta.

El odio que Cam sentía por mí era un secreto a voces en todo Alba, y aquí los chismes corrían rápido. Incluso mientras fui novia de Sully, Cam apenas toleraba mi presencia aquellos últimos meses antes de que se marchara para hacer el entrenamiento básico, y eso fue bajo obvia coerción.

No siempre fue así, pero sin duda ahí acabamos.

—Sí, y por eso se puso frente a un arma cargada para salvarte —me retó mamá.

Claro, se sentía ofendida porque no fui yo quien le contó todo anoche.

—¿Que hizo qué? —gritó Thea, su voz hizo eco en las paredes.

—Cálmate —balbuceé—. Tenía un chaleco antibalas.

«No lo sabía en ese momento. Cuando pensé que la bala había perforado su pecho... No quería volver a sentirme así. En cuanto a lo que sentía, en fin, tampoco me detendría para examinarlo».

—No, en su mente no era así —repuso mamá.

—¿Quién tenía un arma? —Ahora era Thea quien me fulminaba con la mirada.

—Arthur Daniels —explicó mamá—. No te preocupes, Xander se la quitó. Pero no puedes decirme que ese chico te odia cuando literalmente puso su vida en peligro por salvarte.

Recordé su aroma a menta y pino. Su brazo fuerte alrededor de mi cintura. La manera en la que me ordenó que me fuera, tanto antes como después de que su padre le disparara. Me alegraba saber que seguía siendo una contradicción andante.

Suspiré y dejé caer mi cabeza contra el respaldo de mi silla. Algo que había aprendido de Camden era que, aunque él aborrecía por completo mi presencia, jamás se había quedado sin hacer nada si veía que me lastimaban.

—Nunca dije «odiar». Sin duda lo hizo porque los aprecia a ustedes. Siempre los ha querido. Y estoy segura de que tiene un extraño sentido de responsabilidad por la muerte de Sullivan.

Tanto mamá como Thea desviaron la mirada, como de costumbre.

—Puedo decir su nombre. Ustedes también. No me lastima más de lo que ya me duele.

Claro, aún me dolía haberlo perdido, pero no como antes. El primer año fue una herida abierta en el pecho que me agobiaba. No podía respirar, no podía dormir. No podía ver más allá de los siguientes minutos.

Ahora era como si me hubieran operado una rodilla que dolía cuando cambiaba el clima. Sabía que el sentimiento podía volver en cualquier momento, cuando las condiciones se dieran, pero solo me atormentaba en raras ocasiones. Hacía años que lo había superado. Por desgracia, nadie en Alba entendía que estaba curada. Seguían tratándome como si pudiera convertirme en un mar de lágrimas a la menor provocación.

—Lo sabemos —dijo mamá en voz baja con una sonrisa triste—. Es solo que… nos preocupa.

Thea apretó los labios y asintió. Sully había sido el mejor amigo de su esposo, Pat, y a él le costó tanto como a mí.

Pero Cam fue quien más sufrió. Con solo verlo en el funeral, supe que estaba irreversiblemente destrozado por lo que le había sucedido a Sullivan.

—¿Sus botas están en la mochila? —pregunté para volver al tema y permanecer alejada del tsunami de aflicción que amenazaba con inundar la habitación.

—Ah, sí. Y otras cosas que quizá necesite. ¿Te importaría llevárselas? Te lo agradecería mucho. Y sé que ustedes dos no se llevan muy bien, aunque antes eran muy cercanos.

Diablos, cómo le encantaba recordarme que en algún momento fui inseparable de los chicos Daniels, en particular de Cam.

—Es solo que… —prosiguió al ver que yo permanecía en silencio—. Sé que no es mi hijo, pero si Lillian estuviera aquí… —Sacudió la cabeza, incapaz de continuar.

—Yo lo hago —acepté, sabiendo que eso la aliviaría y quizá a mí también—. Si me apuro puedo estar de regreso a las diez y terminar mi trabajo.

—Oh, ¡tengo que ir al estudio! —exclamó Thea, dando un salto, como si acabara de darse cuenta de la hora que era—. Tengo una clase a las diez y me tengo que preparar.

—¿El negocio va bien? —preguntó mamá.

Empezar algo nuevo en Alba siempre era arriesgado. Claro, en temporada, en los meses de verano, había una cantidad impresionante de negocios, pero en el otoño todo era lento, y en invierno el pueblo se moría por completo antes de volver a cobrar un poco de vida en primavera. Esa era una de las razones por las que los jóvenes se marchaban.

—¡Nada mal! Nos asociamos con ese pequeño complejo turístico que está en Mount Princeton y nos mandan clientes. ¡Hoy tenemos una despedida de soltera! —señaló Thea emocionada.

La expresión de mamá cambió y solo yo lo advertí. Era una punzada de dolor que, con los años, había aprendido a camuflar muy rápido, pero ahí estaba.

En cierto sentido, perder a Sullivan fue más difícil para ella que para mí. Yo perdí al hombre que amaba, con quien había planeado pasar el resto de mi vida. Ella perdió su sueño de tener en brazos a un nieto en el que tanto ella como Lillian pudieran reconocerse. Fue como perder a su mejor amiga otra vez, junto con el duelo de lo que consideraba mi futuro.

Lo veía todo el tiempo en nuestro pequeño pueblo: el espectro del «¿Y si…?». Aquí, los futuros que los padres soñaban para sus hijos morían irremediablemente, y enterrarlos requería miles de funerales improvisados en el curso de una vida. El pasado podía enterrarse y ser liberador. ¿Las esperanzas y sueños de futuros que nunca darían frutos? Esos desgraciados eran los verdaderos fantasmas.

Mamá parpadeó para apartar de su mente el funeral más reciente.

—¡Qué bueno, Thea! Estoy muy orgullosa de ti. Te acompaño afuera. Podrás contarme cómo está Jacob. Me encanta ver su dulce carita en el pueblo.

Thea estuvo de acuerdo y luego me abrazó con fuerza.

—Llámame. En serio. Quiero que me cuentes todo.

Se apartó y me miró igual que hacía en los casilleros en la preparatoria.

—Lo prometo.

—Ah, Willow, si tienes algo que creas que a Cam pueda parecerle… útil, ¿por qué no se lo llevas también? —propuso mamá—. Dice que volvió para quedarse, así que quizá lo necesite.

Me ruboricé.

—Sí. Ahora mismo veo eso. Nos vemos después. —Forcé una sonrisa y las acompañé a la puerta principal.

Cuando la cerré, me recargué contra la superficie de roble e hice un gran esfuerzo por respirar como una persona normal en un día normal.

¿Y qué si él sacaba conclusiones apresuradas? ¿Y si yo me exponía a un enorme ridículo y a esa mirada fría y cruel? Mamá sabía muy bien lo que tenía guardado en mi recámara para invitados, por lo que quizá sería mejor que se lo entregara antes de que accidentalmente le contara a Cam mi secreto. Lo único más vergonzoso que lo que estaba a punto de hacer sería que él viniera aquí a pedírmelo.

Lo haría ahora para ahorrarme más humillación... no porque estúpidamente quisiera verlo. Bien.

Crucé con los pies descalzos la duela caliente por el sol de mi pequeña casa, pasando por el espacio abierto de la sala, comedor y cocina, luego a mi oficina camino a las dos recámaras, de las cuales solo una estaba ocupada.

Mamá y papá construyeron el «puesto de avanzada» el verano que decidí no ir a la universidad. El verano que decidí quedarme en casa y esperar que Sullivan regresara de su misión. Los hostales aquí eran enormes, pero las pequeñas casas donde las familias podían vacacionar eran aún más grandes. La rentaron durante un par de años antes de que mamá decidiera que los arrendamientos no eran para ella, y ahora era mía. Bueno, lo sería en otros trescientos cuarenta y ocho pagos de la hipoteca.

Abrí la recámara vacía y suspiré al ver lo que contenía.

—No seas cobarde —me sermoneé.

Luego me puse los zapatos, me sujeté el cabello en un chongo apresurado y puse manos a la obra.

Media hora más tarde mi todoterreno subía el último tramo de terracería cubierto de nieve que llevaba a la casa de Cal. El Jeep negro de Camden estaba estacionado en la entrada, las llantas y la parte baja estaban cubiertas de lodo.

Paré el coche y apagué el motor, y antes de que estuviera lista, ya tocaba la puerta principal.

Solo pasó un minuto antes de que la puerta se abriera de par en par. Realmente era más grande que cuando se había ido; mi mente no lo había registrado ayer. Me hubiera hecho sentir intimidada, de no conocerlo tan bien.

Camden podía destrozarme emocionalmente con unas cuantas palabras dichas con descuido, pero estaba cien por ciento segura con él y siempre lo había estado. Era curioso que quizá yo fuera la única persona en Alba que pudiera decir eso.

—¿Qué quieres, Willow? Estaba tratando de prender el Scout todoterreno.

Su voz era más áspera que la barba descuidada que se había dejado crecer.

Bueno, eso explicaba las manchas de grasa en la camiseta blanca que cubría su cuerpo musculoso y los jeans que se adaptaban tan bien a esas caderas.

«Ya basta. Es Cam».

—Quería traerte unas cosas —dije, mostrándole la mochila que llevaba colgada al hombro—. ¿Puedo entrar un momento?

La duda brilló en esos ojos oscuros durante un momento, luego asintió y dio un paso atrás para permitirme entrar.

El lugar estaba igual a como la recordaba: un homenaje ecléctico al hombre que la construyó entre sus visitas a casa de cualquier lugar en el que estuviera trabajando. La suave duela de la entrada llegaba hasta las paredes, pintadas de colores cálidos que se vanagloriaban de exóticas obras de arte enmarcadas entre vigas expuestas de madera reciclada.

Esbocé una ligera sonrisa y miré alrededor.

—¿Qué? —preguntó Cam.

Responder «nada» solo lo molestaría, así que decidí ser honesta con mis pensamientos fortuitos.

—Pensaba en que Cal fue un visionario de la moda de madera reciclada. Hoy podría ser el hípster por excelencia.

Parpadeó en mi dirección y sentí que el calor me subía por el cuello.

—Ya sabes, porque los hípsters hacen todo antes de que se ponga de moda —agregué esperando disminuir la incomodidad de mi broma.

No fue así.

—Bien.

Me miró como si esperara algo y me aclaré la garganta.

—Mi mamá me pidió que te trajera esto.

Cuando no extendió el brazo para tomar la mochila, me quité los zapatos, rodeé su enorme cuerpo y me dirigí a la cocina. De niña había estado en esta casa casi tan a menudo como Cam, por eso conocía el camino. Cuando llegué a la vieja mesa hecha a mano puse ahí la mochila y vacié su contenido.

Unas galletas hechas en casa empezaron el asalto al espacio vacío de la mesa, seguidas de muffins y pan de plátano en cantidades que sugerían que mamá esperaba un pequeño ejército.

—Supongo que anoche horneó —murmuré.

Luego puse sus botas en el suelo.

Miró las botas y luego me miró a mí. La tensión entre nosotros era tanta que hubiera podido colgar ropa en ella. Odiaba la manera en la que él no hablaba sino hasta después de volverme loca de imaginar lo que estaba pensando. Odiaba cómo siempre sabía exactamente cómo sacarme de quicio. Odiaba que me obligara a adivinar qué pasaba por su cabeza cuando yo no paraba de expresar a bocajarro lo que me viniera a la mente.

—Entonces, ¿te estás quedando aquí? —pregunté, apartando la mirada para observar las formas familiares de la cocina. Había polvo en algunos lugares, en particular en las grietas del protector contra salpicaduras hecho a mano que mostraba un dibujo de las montañas que nos rodeaban, en piezas de granito cuidadosamente elegidas.

—Eso parece. Dale las gracias a tu mamá por mí.

Ignoré su respuesta brusca y pasé la palma sobre la superficie de piedra.

—Siempre amé esta pieza.

—Deberías. Tú la hiciste.

Lo miré de inmediato. ¿Lo recordaba? Apenas estuvo aquí ese último verano.

—Solo ayudé —dije, encogiéndome de hombros.

—Como tú digas.

—Gracias. Por ayer. Me salvaste la vida. —Hice una pausa entre cada frase, esperando que dijera algo—. Los rumores dicen que volviste para quedarte.

—¿Desde cuándo le haces caso a los rumores?

—¿Es cierto?

Si iba a ignorar mi pregunta, yo ignoraría la suya.

—Sí, me quedo.

Cruzó los brazos sobre el pecho y llamó mi atención la tinta que decoraba su piel desde las muñecas hasta las mangas cortas de su camiseta. En el antebrazo izquierdo tenía una escena de pinos y álamos que albergaban un arroyo sinuoso que formaba un estanque justo encima del codo, un estanque que reconocí. Los manantiales que se extendían entre las propiedades que habían sido de nuestros padres, pero que ahora eran nuestras.

—¿Qué piensas? —preguntó como siempre hacía.

La mayoría de la gente me permitía vivir en mis pensamientos o trataba de sacarme de ellos con conversación. Cam siempre había hurgado en ellos, y yo se lo permitía, aunque a menudo se burlara después.

Quizá sí era masoquista.

—Que siempre supuse que te habías ido sin mirar atrás. —Recorrí ligeramente con el dedo el contorno de los manantiales en su brazo, su piel se sentía suave y cálida bajo la mía. Luego me detuve en una interpretación de la estructura abandonada sobre la que acostumbrábamos saltar cuando éramos niños—. Pero nos llevaste contigo.

¿Dónde habrá encontrado el dibujo? ¿Sabía que era mío?

Su aroma llamó mi atención y me di cuenta lo cerca que estaba de él, lo estaba tocando. Me aparté de inmediato y en mis mejillas sentí un calor que me subió hasta las orejas.

Él no dijo ni una palabra, ni siquiera se movió. No, permaneció ahí, como el muro de ladrillo que era, sin dejar ver nada en esa mirada ilegible, tan suya, pero por lo menos no se burlaba de mí.

—En fin, te traje algunas cosas. Puedo ir a buscarlas al coche y luego me iré.

—¿Necesitas ayuda para traerlas?

Solo pensar que pudiera ver todo lo que tenía en el coche me hizo responder de inmediato.

—No. Sigue con tu moto. Solo son una o dos cajas. Me las puedo arreglar. Me iré cuando acabe.

Entrecerró un poco los ojos, pero al final asintió.

—Está bien, como quieras. Estaré en el garaje si cambias de opinión.

Se dirigió al garaje, que se extendía en el lado oriente de la casa. Me puse los zapatos y salí por la puerta principal. Aunque la entrada del garaje estuviera abierta, él no vería la colección que estaba a punto de meter a la casa.

El aire dulce y fresco me llenó los pulmones, y el contraste con el interior me hizo darme cuenta de lo necesario que era airear la casa y limpiarla a fondo. ¿Hacía cuánto tiempo que nadie vivía aquí? Desde antes de que Sullivan muriera.

Hice varios viajes de ida y vuelta de mi coche al pasillo de la entrada. Primero empujé las cajas contra la pared y después las apilé hasta que metí todo lo que le había llevado.

El reloj de pie sonó y esbocé una sonrisa. Amaba ese reloj. «Lo mandé a hacer en Alemania», me dijo Cal antes de enseñarme cómo darle cuerda.

Mis pies me llevaron por el vestíbulo hasta mi habitación favorita de la casa: la biblioteca. El aire estaba cargado de polvo cuando la luz entró por la hilera de ventanas que eran más altas que yo. Las paredes estaban forradas de libros que llegaban hasta el techo en montones y líneas desorganizadas. Era un revoltijo de color, libros de bolsillo y forrados de piel, pero si bien el polvo cubría el piso, no había nada de suciedad en los estantes ni en el tablero de ajedrez vacío que estaba en un rincón.

Camden llevaba solo una noche en la casa y ya había quitado las sábanas con las que Sullivan y yo cubrimos los libros y los muebles cuando Cal murió. Ese día con Sullivan, cuando faltaba tan poco para que se enlistara, hubiera podido ser el recuerdo al que me aferrara, el que hiciera que ahora tocara los lomos de los volúmenes, pero no era así.

Era el sonido de la voz de Cam, más suave y agudo, leyendo en voz alta mientras yo pintaba en el rincón, en el pequeño caballete que Cal siempre tenía listo para mí. Mis manos estaban ocupadas y mi mente tranquila, llena de las historias de otras personas y de la voz de Cam.

Saqué un pequeño ejemplar de un estante y estaba viendo los pasajes resaltados en varios colores justo cuando Cam me encontró.

—Perdón, me distraje —le dije, arrugando la nariz.

—Eso veo.

Miró alrededor y no pude evitar preguntarme si recordaba las mismas cosas que yo.

Se acercó y sus botas resonaron fuerte en el piso; hice una mueca de vergüenza por mis malos modales.

—Perdón, olvidé quitarme los zapatos después de traer las últimas cajas.

Lanzó una risita sarcástica.

—Esa es la regla de mis padres. No la mía, por si notas la diferencia. —Tomó el libro de mi mano y me sorprendió que no lo puso de inmediato en su lugar, sino que lo cerró y leyó la portada—: *Al este del Edén*. Buena elección.

—Steinbeck —comenté.

—Así parece. —La comisura de su labio se elevó un poco—.

Y citó con facilidad un fragmento sobre lo doloroso de la verdad.

—Tú siempre tuviste muy buena memoria para los libros.

Por decir lo menos. Podía recordar pasajes y detalles que la mayoría de la gente miraba de pasada y nunca volvía a recordar.

—Es uno de mis favoritos. Además, los libros son fáciles —dijo, encogiéndose de hombros—. Muestran su verdad en blanco y negro, literalmente. Quizá por eso nunca le gustaron a papá. Prefería inventar sus propias historias para que se adaptaran a lo que ya creía.

—La gente es más difícil —opiné—. ¿En serio estás bien? Digo, te disparó.

Formulé la pregunta que me atormentaba desde anoche.

—Fresco como una lechuga. —Se levantó la camisa con una sonrisa sarcástica, mostrando sus abdominales cubiertos de tatuajes en un costado y en el pecho. En el centro, justo debajo de sus pectorales, la piel estaba de un rojo lívido, salpicada de una serie de moretones oscuros—. ¿Ves?

—Cam —murmuré, acercándome.

Se alejó, bajó su camiseta y su sonrisa desapareció.

—No hay problema.

—No estaba preocupada por lo físico —balbuceé a sus espaldas mientras él salía de la biblioteca.

Sin embargo, sabía que esa era la única respuesta que obtendría. Cam diría que estaba perfecto aunque se estuviera desangrando.

—Mierda, ¿cuántas cajas trajiste? —preguntó al llegar al recibidor.

Maldita sea. Debí haberme ido cuanto antes. En verdad no quería que se diera cuenta de lo que su padre había hecho. Lo que yo había hecho.

—Mmm. Unas pocas.

Crucé el vestíbulo en línea recta mientras él abría algunas cajas al azar.

—Este es mi uniforme de futbol americano.

Me detuve con la mano en el pomo de la puerta. Casi lo lograba.

—Sí —respondí en voz baja.

Me maldije por ser una tonta y di media vuelta para mirarlo. Frunció el ceño, confundido, y siguió hurgando en la caja.

—Mis trofeos, mi... —Alzó la cabeza de un golpe y me miró a los ojos—. Esto estaba en mi recámara.

Asentí.

—Pero... —Sacudió la cabeza—. Pero Xander dijo que papá lo había puesto todo en cajas y que lo había tirado después de... —Su voz se apagó.

—Después de que Sullivan murió —dije por él—. ¿Lo sabías?

Ahora era él quien asentía.

—Xander me llamó esa noche y me dijo lo que había hecho tu papá. Me dijo que había dejado todo a la entrada del sendero para que lo recogiera la basura. —Volteé hacia las cajas para que mis ojos no se encontraran con su mirada que siempre era demasiado intensa para sostenerla por mucho tiempo—. Esperé hasta un poco después de medianoche para que nadie me viera, luego fui a ese lugar y me llevé todo.

—Te llevaste todo.

—¿No parece que es todo?

Mi pecho se tensó con la necesidad de salir de aquí, para que este momento humillante terminara.

—Willow.

Negué con la cabeza y abrí la puerta.

Una mano grande apareció por encima, cerró la puerta y me dejó atrapada.

—Willow, mírame.

Despacio, arrastré la mirada por su camiseta, sobre las líneas flexibles de su garganta, pasando por sus labios hasta encontrar su mirada profunda sobre mí. Esa mirada siempre me había vuelto loca. La gente que no lo conocía bien decía que era frío, y yo ponía los ojos en blanco y dejaba que pensaran lo que quisieran. Esos ojos estaban tan llenos que sencillamente no había cabida para colores más tenues, ya estaban saturados con cada emoción que nunca se permitió mostrar.

—¿Por qué hiciste eso? ¿Salirte de la cama en medio de la noche para rescatar mis cosas? ¿Desafiar a mi padre y al tuyo?

—Porque Sullivan lo hubiera hecho por ti.

Se apartó. Un destello de dolor fue evidente por la manera en la que su boca se tensó.

—Gracias —dijo al fin con voz ronca y grave.

Asentí, abrí la puerta y avancé hacia mi coche, dejando a Cam en la entrada abarrotada de cajas que contenían su niñez rechazada.

Nunca le había mentido a Cam, ni una vez. No era capaz de hacerlo cuando esos ojos me miraban. No era eso lo que acababa de hacer… no realmente. Solo le ofrecí la más fácil de ambas verdades.

Sí, Sullivan lo hubiera hecho por él. Eso era cierto.

Pero no lo hice solo por Sullivan. Me escabullí de casa de mis padres y llené mi coche con todas y cada una de las cajas por una verdad que Camden jamás admitiría.

Es posible que Sullivan lo hubiera hecho por Cam, pero incluso en nuestros peores momentos, Camden lo hubiera hecho por mí.

Estaba a punto de llegar a casa cuando me di cuenta de que aún no sabía por qué Cam estaba aquí. Pero si iba a quedarse, mi pequeña y segura existencia se agitaría como una esfera de nieve si no era capaz de guardar mis sentimientos para mí.

CAPÍTULO 5

Camden

—Tuberías —mascullé, al tiempo que anotaba en el cuaderno—. El revestimiento.

Llevaba ya veinte minutos frente a la casa de papá, haciendo una lista de todas las cosas que la casa necesitaba, y posponiendo el momento de tocar a la puerta, para ser honesto.

En mi defensa, habían pasado menos de cuarenta y ocho horas desde que me había corrido de su casa. Pero había renunciado a la vida que tenía para venir aquí, y eso significaba que no podía lamerme las heridas si quería solucionar las cosas.

—Cambiar el barandal de la escalera del porche.

Otro elemento a la lista.

La puerta principal crujió y mis dedos se detuvieron en la última palabra.

—He visto muchas cosas en mi vida —dijo Dorothy desde el porche, sus pasos eran firmes al acercarse a donde yo estaba, al pie de la escalera—. Pero nunca había visto a un hombre tan grande tratando de esconderse detrás de un cuaderno tan pequeño.

—No me estoy escondiendo. —Corregí cuando acabó de hablar—. Solo estoy rehuyendo.

—Ajá. —Cruzó los brazos y me lanzó una mirada comprensiva—. Veo que recuperaste tus botas.

—Así es.

Gracias a Willow. Tengo mucho más que mis botas gracias a ella.

—¿Por qué no entras? Estoy segura de que encontrarás mucho para tu lista.

—Me corrió.

—Y aquí estás.

Nunca pude sostener la mirada de Dorothy Powers, y algo me decía que este no era el día en que sucedería.

—No quiero molestarlo —admití—. Vine a casa para ayudar, no para alterarlo.

—Bueno, él no sabe quién es hoy, así que no creo que le importe que estés aquí. Además, es miércoles. Walter Robinson lo mantiene ocupado ahí adentro. Entra a la casa.

Me hizo una seña para que subiera las escaleras como si yo tuviera ocho años. Subí.

—¿Cómo está Walt? —pregunté mientras la seguía por la puerta principal.

—Terco, testarudo y ruidoso.

—El mismo de siempre —dije, quitándome los zapatos para ponerlos contra la pared, al tiempo que me prometía no olvidarlos esta vez.

—La gente no suele cambiar sin una buena razón, y el Señor nunca le ha dado ninguna a Walter, eso es seguro. Además, sigue siendo tan apuesto como siempre, y eso no parece muy justo. Bien, te daré algo de tomar y platicaremos un poco.

Seguí a Dorothy por el pasillo en el que di mis primeros pasos y me detuve al ver los retratos de graduación de Xander y Sullivan que colgaban ahí.

En el lugar donde el mío colgó alguna vez había un rectángulo de color más oscuro. Ni siquiera tenía que preguntarme cuál había sido su destino. Lo encontré esta mañana en una de las cajas que Willow había rescatado de mi exorcismo, junto con la caja que mi mamá había guardado de cuando era bebé, mi primer mechón de cabello, mi primer diente y todo eso.

Willow, quien jamás había infringido una sola maldita regla en su vida, a menos que yo la incitara, rescató mi infancia de la destrucción. Una pequeña chispa de… algo se encendió en mi pecho al pensarlo, y rápidamente lo aparté lo más lejos posible de mí. Willow era intocable, tanto que ni siquiera entraba en la lista de intocables. Pertenecía a la lista de impensables.

Sin embargo, no podía evitarlo…

—¿Y bien? ¿Vienes? —preguntó Dorothy desde la cocina.

—Sí, señora.

Miré por el pasillo hacia la sala, donde escuché la risa estridente de Walter, y entré a la cocina.

Los armarios de mamá, de madera de cerezo, estaban descoloridos en ciertas partes por la luz del sol, y el papel tapiz de manzanas que ella había puesto ya se había despegado en las esquinas, pero aparte de eso, se veía exactamente igual.

—¿Café? —preguntó Dorothy, acercándose a la tetera humeante que estaba debajo de la antigua cafetera.

—No, gracias.

Saqué la silla que estaba más cerca de la pared y la puse frente a la mesa.

—Como quieras. —Se sirvió una taza y se sentó frente a mí—. Lo que pasó allá afuera con tu padre y su rifle fue desafortunado.

—Por decir lo menos.

Puse mi cuaderno sobre la mesa y cubrí la mancha en la madera donde vertí la acetona de uñas de mamá hacía veinte años.

—Diría que lo siento, pero si ofreciera disculpas por cada cosa inapropiada que tu padre ha dicho o hecho nunca acabaría. —Se encogió de hombros y bebió un sorbo.

Esbocé una pequeña sonrisa.

—Eres más divertida de lo que recordaba.

—Siempre he sido así de divertida. Nunca fuiste lo suficientemente maduro como para apreciarlo.

—No era lo suficientemente maduro como para apreciar muchas cosas.

Era fácil reconocerlo con ella porque nunca la había lastimado con mis acciones. ¿Cuáles eran las posibilidades de que dijera lo mismo a papá? ¿A Xander? ¿A Willow? Aún no era tan maduro.

Dorothy alzó las cejas.

—Y ahora viniste a casa a ayudar.

—Así es.

Asintió despacio, al tiempo que me evaluaba de tal manera que me hizo quitar los codos de la mesa.

—Muy bien.

La tensión disminuyó en mi pecho y alivió la carga que no había advertido que llevaba encima.

—Dime qué necesita. —Saqué la pluma y abrí el cuaderno en una página en blanco—. Qué puedo hacer y qué es lo que no me dejará hacer.

Dorothy sonrió y empezó a hablar. Necesitaba una enfermera para la noche, puesto que no sabíamos si me echaría de la casa en cualquier momento, y Xander merecía dormir en su propia cama. Ella podía encargarse durante el día, pero contratar a alguien que hiciera el trabajo durante el periodo de inactividad también era buena idea.

Tragué saliva al darme cuenta de que papá necesitaba cuidado las veinticuatro horas.

—Le di a Xander una lista de nombres que me dio el doctor Sanderson, pero me dijo que eran muy caros.

Dejé de escribir y miré a Dorothy. Seguramente se expresó mal.

—Lo sé —agregó, haciendo una seña con la mano.

A menos que papá se hubiera vuelto loco con los gastos esta última década, no había manera de que no pudiera pagarlo. Habíamos crecido con la certeza del valor financiero de nuestra familia y cómo gastar de forma responsable para que esa fortuna no disminuyera.

—Hablaré con Xander —dije, asintiendo.

Dorothy continuó y mi pequeña lista dejó de ser pequeña.

—Xander hace todo lo que puede —me aseguró—. Ese chico es un santo.

—No lo dudo.

La culpa se asentó en mi estómago como una piedra, pero fui capaz de asentir. La santidad de Alexander no era una novedad para mí.

Acababa de escribir su última recomendación cuando las voces de Walter y papá se hicieron más cercanas.

—Gracias —le dije a Dorothy, poniéndome de pie de inmediato.

—...y sabes que no hay manera... —Walter alzó las cejas hasta el borde de su cabello canoso—. Bienvenido a casa —dijo en voz baja, estrechando mi mano.

Dorothy tenía razón, Walter no había envejecido mucho. No tenía arrugas en su piel morena, salvo en el contorno de los ojos castaños, siempre listos con una sonrisa.

—Gracias —respondí, devolviéndole el saludo.

Estaba de pie entre la salida y yo, lo cual hacía que la ventana de la cocina pareciera una buena opción, de no ser por la caída de nueve metros hasta el suelo. Maldito sótano con salida a la calle.

—Se ve bien, ¿verdad, Walt? —preguntó papá dándole una palmada a su amigo en la espalda.

Ambos voltearon a verme asombrados. La sonrisa de papá se ensanchó al mirarme fijamente.

—Tan joven para ser tan dotado, también. Definitivamente, un hombre de quien estar orgulloso.

—Lo es —accedió Walt.

Contuve el aliento, como si guardar el aire al interior fuera a hacer estallar este momento como la pequeña burbuja que era.

—Estoy muy sorprendido de verte aquí —continuó papá.

—Solo vine a ver si necesitabas algo —respondí con cuidado.

Su sonrisa se suavizó.

—Tan buen chico. Dorothy, ¿por qué diablos no me dijiste que Rich había vuelto de la universidad?

El aire salió de mi pecho a borbotones como un globo que se desinfla. Rich era diez años más grande que yo y era dueño del único taller mecánico de Alba. Eso significaba que papá no solo no sabía quién era yo, tampoco sabía en qué año estábamos.

—Art —dijo Walter, pero su voz se apagó.

Nos miramos y negué con la cabeza. No valía la pena. Los hombros de Walter se desplomaron, sin embargo, asintió.

—Nunca sé qué se trae este chico entre manos —dijo Dorothy, dándome unas palmaditas en la espalda, al tiempo que se acercaba a papá—. Ya se iba a su casa.

Aproveché su intervención, tomé el cuaderno y me dirigí a la puerta. De cualquier forma, no podía preguntarle a papá sobre el mensaje de voz. Necesitaba que estuviera lúcido y que no me odiara. Maldita sea, aceptaría cualquiera de las dos situaciones en este momento.

—Es muy bueno verte —me dijo papá con una sonrisa cálida.

Por una fracción de segundo fingí que en verdad me hablaba a mí, que me había extrañado y quería que regresara a casa.

—A ti también.

Salí rápido, tomé mis zapatos y salí con ellos al porche, me senté en la escalera y empecé a ponérmelos. La puerta se abrió y se cerró a mi espalda cuando terminaba con el segundo.

—Eso seguro fue difícil —dijo Walter.

Se sentó a mi lado y descansó los brazos sobre las rodillas de su pantalón de vestir.

—¿Qué parte? ¿Qué no supiera quién era o que le alegrara verme? —Recorrí con la mirada del sendero hasta los pinos, donde se entreveían las montañas—. Todo está bien.

Me miró y lanzó un suspiro.

—¿Sabes?, creo que no importa que seamos adultos. Siempre hay una parte de nosotros que busca la aceptación del padre, su aprobación. Aunque no lo reconozcamos o ni siquiera luchemos contra eso, no deja de doler cuando no la tenemos.

—Renuncié a eso hace mucho tiempo, Walt.

—De todas formas, me alegra que estés aquí, Cam.

—Eres el único.

—Art también está contento, es solo que no siempre puede demostrarlo.

—Me disparó antier, literalmente. —El pecho me dolía muchísimo.

Hizo una mueca.

—Okey, sí… —Me miró a los ojos—. Francamente, no sé qué decir.

—Está bien. —Me puse de pie y disfruté el aire frío cuando el viento empezó a arreciar—. Prefiero que me trate como acaba de hacerlo. Puedo ayudarlo más si no tengo que esquivar sus disparos.

—No te mentiré, en estos días es bastante impredecible. La mitad del tiempo que estoy aquí sabe quién soy, pero puede confundir el año, como acabas de ver.

—¿Y la otra mitad?

—Esos días son más difíciles. Si hace diez años me hubieran dicho que Arthur Daniels perdería la razón por principios de alzhéimer me hubiera desternillado de risa. No, con lo terco y voluntarioso que es.

Había muchas cosas que sucedieron esta última década que yo no hubiera creído. Perder a Sullivan estaba en el primer lugar de la lista.

—¿Cómo está Simon? —pregunté, tratando de recordar mis buenos modales y cambiar el tema al mismo tiempo.

Walt sonrió.

—Ese chico es una maravilla. Trabaja en derecho familiar en Buena Vista.

—Qué bien. Tienes mucho de qué enorgullecerte.

Por lo que recordaba, Simon siempre había sido honesto.

—Tú también, Cam. Hablo en serio. Fue muy valiente volver.

Asentí y levanté mi cuaderno.

—Supongo que empezaré con esto. O al menos con lo que él me deje hacer.

—¿Necesitas algo? Dudo que tu papá o Alexander te hayan preguntado.

—Estoy bien, en casa de Cal. Aunque supongo que ya no es de Cal. Es mía.

Además de que siempre la sentí más como mi hogar que este, pero sin Cal ahí me parece extraño.

—Bien, en fin, si cambias de opinión o si necesitas un trabajo o algo, dime. Este pueblo no siempre es el lugar más fácil para regresar. Créeme, lo sé.

Se puso de pie y metió los pulgares a las trabillas del cinturón.

—Gracias por el ofrecimiento.

Tenía bastantes ahorros y por lo pronto no tenía de qué preocuparme, pero lo agradecía porque sabía que las buenas personas de Alba no soportarían que me ofreciera un empleo en el Rowan Inn, puesto que era el hotel más grande en Alba. Sin embargo, no había muchas ofertas de trabajo por aquí para un ingeniero civil.

—Y deberías venir a la reunión de la Sociedad Histórica la próxima semana —me instó—. Sé que no te interesaba cuando eras más joven, y por supuesto Alexander es quien vota en nombre de tu papá, pero si te presentas a la reunión la gente de Alba no podrá negar que eres uno de los nuestros. Es solo mi opinión.

¿Xander votaba en nombre de papá? ¿De qué más se encargaba?

Me arriesgaba al abrir la boca, pero Walter era el mejor amigo de papá y lo había sido desde que nosotros éramos niños, así que al final de todas formas lo averiguaría.

—¿Xander también se ocupa de la atención médica de papá?

Frunció el ceño.

—Sí. Él tiene el poder notarial médico. ¿Por qué?

—Solo trato de saber cómo están las cosas. Además, tengo algunas preguntas.

Pasé el pulgar sobre el lomo de tela de mi cuaderno.

—Alexander lo lleva a todas sus citas, pero ahora que volviste a casa, estoy seguro de que estará feliz de compartir esa tarea contigo. Le dará un poco de tiempo. Volviste a casa, ¿verdad? ¿Para siempre?

—Eso parece. No puedo ayudarlo si no estoy aquí, lo quiera él o no.

—Así es. —Miró mis brazos tatuados, desnudos hasta el codo donde me había remangado la camisa—. ¿Un consejo?

No respondí, no tenía que hacerlo. Walter me lo daría, aunque yo no lo quisiera.

—Sé que no soy tu papá, ni siquiera tu tío, pero hagamos como que te importa lo que pienso. No te metas en problemas, Camden.

Si su voz no hubiera sido tan suave me hubiera reído.

Mis músculos se tensaron, pero mantuve la vista fija en él mientras continuaba.

—Sé que eres buena persona, no por lo que fuiste de adolescente, sino porque ese chico insensato maduró hasta convertirse en el hombre que volvió cuando su familia lo llamó. Sabías a qué te enfrentabas, por lo que sucedió la última vez que estuviste aquí, y eso dice mucho de tu carácter, de quién eres ahora. Pero algunas personas en el pueblo, sobre todo las que se apellidan Hall, no te darán un trato justo. Si lo que dijo esta mañana en el negocio de Earl es alguna indicación, tiene muy presente todo lo que has hecho la última década. Está buscando una razón para encerrarte o echarte de aquí.

La advertencia era conmovedora de cierta manera, aunque mi adolescente interior quería echársela en cara y decirle que no se metiera en mis asuntos.

—¿Siguen reuniéndose en el negocio de Earl?

En la vieja barbería corrían más chismes que en el salón de Ivy.

—¿No te has dado cuenta de que aquí nada cambia? —preguntó sonriendo.

—Sí, lo estoy empezando a ver. —Bajé los escalones y giré, recargándome en el cofre del Jeep—. Y gracias. Agradezco la advertencia.

Alzó un poco las cejas.

—De nada. Y si necesitas algo, sabes dónde encontrarme. Solo no me hagas pagar una fianza, ¿okey?

Sonrió en un intento fallido por permanecer serio.

—Oye, eso solo fue una vez. Dos, si contamos…

—La cuento. Todos lo hacen. Es bueno verte, Camden.

Mis labios formaron una línea recta y asentí. Luego, me largué de ahí.

—Cuando dije «Hay que vernos» no quise decir que tenía que ser esta noche o en el bar —le dije a Xander cuando, unos días más tarde, nos sentamos en la mesa del rincón al fondo del Mother Lode, el único bar de Alba—. Es sábado en la noche. Estoy seguro de que tienes mejores cosas que hacer que salir con tu hermano menor.

Xander se recargó en su asiento y se aflojó la corbata, su saco ya colgaba del respaldo de la silla.

—Hace años que no te veo. Claro que voy a aprovechar la oportunidad de cenar contigo dos veces en una semana.

—Pudimos ir a Bigg's. Hombre, cómo he extrañado esas hamburguesas.

—Si quieres, podemos ir mañana. Ya no tenemos límite de tiempo, ¿o sí?

—Cierto. —Porque nunca saldría de esta pequeña burbuja de anacronismo—. ¿Estás seguro de que tienes tiempo que perder en el bar, señor alcalde?

Miré desde el rincón y advertí al menos a veinte personas, todas haciendo su mejor esfuerzo para no vernos fijamente.

Una de esas personas era Tim Hall, quien no se molestaba en ocultar su furia. Al menos la rocola pasaba una selección de rock de los ochenta y hacía que el bar fuera lo suficientemente ruidoso para que nuestras palabras no fueran alimento para chismes.

Xander rio y con ello atrajo más miradas.

—Tampoco soy el alcalde de la ciudad de Nueva York. Además, me hace más accesible. Al menos eso me gusta pensar.

Sacudí la cabeza.

—Político desde niño.

—Desde que naciste, soy yo quien mantiene la paz, así que ¿por qué no hacerlo de manera profesional? —Le dio un sorbo a su cerveza artesanal—. ¿Estás esperando a adaptarte a la altitud? —preguntó señalando mi vaso de agua.

—No. —Agité el vaso y observé el hielo moverse—. Ya no bebo alcohol.

Xander abrió los ojos como platos.

—¿Desde cuándo?

—Desde el día en que enterramos a Sullivan.

Hizo una mueca y dejó la botella en la mesa.

—Porque…

—Porque cuando bebo suceden cosas malas y, para ser franco, soy muy bueno para sacar a la gente de sus casillas. Mira lo que te hice a ti. —Me froté la frente y su boca se tensó—. Nunca te dije cuánto lo lamenté. Lo mucho que lo siento.

Lo jodidamente enfermo que me sentía cada vez que veía la cicatriz.

—No. Esa no fue tu culpa. —Xander negó con la cabeza y se inclinó hacia adelante para que nuestra conversación fuera privada en este bar ruidoso—. Yo te tomé por el hombro. Sabía lo mal que estabas por Afganistán. Debí pensarlo. Reaccionaste. Fue mi culpa, no la tuya.

—Le estaba dando una paliza a Oscar Hudgens en el callejón de la gasolinera. Tú me detuviste y te lancé por esa estúpida ventana. —Apreté el vaso con fuerza—. No disculpes mis estupideces.

—Oscar se lo merecía. —Se encogió de hombros y bajó la voz—. Escuché cuando dijo que, puesto que Sully ya no estaba, se abalanzaría sobre Willow.

La rabia, tan inquietante como agradable y familiar, tensó mi mandíbula por un momento y respiré profundamente por la nariz al advertir que Oscar estaba sentado en el bar. Incluso todos estos años después, deseaba golpearle la cabeza contra la barra. A diferencia de como era antes, había aprendido a controlar mi carácter... la mayor parte del tiempo.

Willow era la única mujer por quien me había peleado a golpes. Aquella noche tampoco había sido la primera vez.

—Creo que no hubiera podido detenerme —admití, y volteé mi gorra de beisbol hacia atrás para que pudiera ver mis ojos y advirtiera mi sinceridad.

—Lo sé —dijo, empujando la etiqueta de la cerveza con la uña—. ¿Sí sabes que este lugar ahora le pertenece a Charity?

—No sabía —respondí, agradecido por el cambio de tema.

Con un movimiento de cabeza señaló hacia el bar, así que me incliné hacia la izquierda y vi a una hermosa morena que hablaba con nuestra mesera.

—Nunca pensé que vería el día en el que la hija del juez Noah Bradley fuera la dueña de este lugar. ¿A él le dio un infarto?

—No —dijo Xander—. Pero no hablan mucho. No desde que Rose nació, supongo. Todo sucedió mientras yo no estaba aquí. Sabes cómo se pone cuando cree que tiene la razón.

—Y que se pudran sus hijas y su nieta, supongo —murmuré.

La noticia del embarazo de Charity fue un golpe justo antes de que yo partiera para el entrenamiento básico militar, fue como si un machete se abatiera sobre el pueblo para dividirlo entre quienes apoyaban a Charity y quienes respaldaban a Noah. Nadie se puso del lado de Gabe, quien abandonó durante unos años tanto a su amor de preparatoria como a su hijo.

Me froté los dedos como si aún hicieran girar esa pequeña torre de ónix que dejé en el alféizar de la ventana de Willow aquella noche para que no la extrañara. No porque me necesitara, puesto que tenía a Sullivan. Con él estaba mucho mejor.

—Los padres —suspiró Xander tomando la botella.

—Hablando de padres —dije, sin poder terminar porque nuestra mesera llegó con las dos órdenes de huevos con jamón.

—Gracias, Jenny —agradeció Xander a la joven, quien parecía como cinco años más joven que yo.

Me lanzó una mirada juguetona y le agradecí, ganándome así una sonrisa tímida.

—¿Estás en una relación? —me preguntó Xander cuando la chica se fue, meneando las caderas de forma evidente.

—No —respondí, al tiempo que echaba sal a mi plato. Diablos, me encantaba cenar el desayuno—. Tampoco busco una. ¿Tú?

Sonrió hacia su platillo.

—Más o menos. Vive por el centro turístico, pero todavía no es nada serio. ¿Qué decías sobre los padres? —preguntó tomando un bocado.

Era extraordinario cómo podía cambiar de tema.

—Ah, sí. Esto va a sonar muy extraño, pero me preguntaba cuánto te había comentado papá sobre sus instrucciones médicas anticipadas.

Xander hizo una pausa con lo que estaba masticando y luego se lo tragó, mirándome de modo extraño.

—¿A qué te refieres?

—A que me pidió una orden de no resucitar.

Ahí estaba, lo había lanzado sobre la superficie brillante de madera donde permaneció entre nosotros, enorme como un elefante.

—¿Una orden de no resucitar?

—Sí.

—Pensé que habías dicho que no supo quién eras cuando fuiste a la casa.

Frunció el ceño.

—Me dejó un mensaje de voz hace como un mes.

Xander se enderezó y se olvidó de su comida.

—Te dejó un mensaje de voz.

—Lo hizo. Francamente, por eso vine. Es cierto que hacía ya mucho tiempo que debí regresar a casa para ayudarte, pero fue la primera vez que me llamaba en seis años.

Su expresión no cambió. No movió ni un solo músculo.

—Y te pidió una orden de no resucitar. Por mensaje de voz.

Saqué mi teléfono celular del bolsillo trasero de mis jeans y lo abrí en los mensajes de voz. Presioné los mensajes guardados, luego el altavoz y lo puse entre nosotros.

—«Camden. Habla tu padre. Ni siquiera sé dónde estás. No es fácil para mí decirlo, pero necesito que regreses, esto es demasiado para Alexander. Tiene que hacer muchas cosas por mí, por el pueblo… Ya lo conoces. Cada día me pierdo más y lo estoy arrastrando conmigo. Tu hermano te necesita. Es muy bueno pero muy terco. Ve el mundo en blanco y negro, no en grises. No como tú. Quiero una orden de no resucitar, Camden. Alexander cree que eso significa que estoy listo para morir, pero no se trata de eso. Viviré tanto como Dios lo diga, pero si me llama para estar con tu madre, con Sullivan, entonces no quiero que tomen medidas extraordinarias para mantenerme aquí. Merezco poder tomar esa decisión. Eres el único a quien Alexander le hará caso y…».

El mensaje acabó.

Xander parpadeó y tomó el teléfono, sin duda en busca de la segunda parte del mensaje.

—Eso es todo —dije, al tiempo que me lo devolvía.

—No puede… —Xander titubeó y negó con la cabeza—. No tiene idea de lo que está pidiendo. Quizá ni siquiera estaba lúcido cuando dejó ese mensaje.

Volvió a ocuparse de su cena.

—Está pidiendo una orden de no resucitar. ¿La tiene? —pregunté inclinándome hacia adelante.

—Demonios, no. No la tiene —espetó Xander—. ¿Crees que quiero enterrar a nuestro padre? Tiene cincuenta y ocho años.

Mierda. Esto iba a ser mucho más difícil de lo que pensé.

—¿Te lo ha mencionado?

—Claro. —Agitó el tenedor—. Algunas veces, de pasada, pero siempre estaba deprimido y yo no voy a ayudar a nuestro padre a que se mate. —Volvió a agitar el tenedor en mi dirección.

—No es eso lo que está pidiendo.

Traté de mantener la voz lo más baja posible, mientras veía que sus mejillas se sonrojaban.

—Es muy parecido.

—Aunque fuera así, es él quien lo está pidiendo. Es su vida. Su cuerpo. Su decisión. El hecho de que tú tengas el poder notarial sobre su salud significa que eres el único que puede hacerlo por él legalmente.

¿Cómo era posible que Xander fuera en contra de los deseos evidentes de papá?

—Sí. Así es. Y digo que no, Camden. No va a tener esa orden de no resucitar.

—La decisión no es tuya —dije con un tono un poco agudo.

—Papá hizo que fuera mi decisión en el momento en que firmó ese maldito poder notarial —exclamó, golpeando el plato con el tenedor—. Mira, en serio me da mucho gusto que estés en casa. Te extrañé y te necesitamos. Pero que me parta un rayo si me pides que mate a nuestro padre una semana después de que llegas al pueblo porque tienes un mensaje de voz. Ni siquiera sabes si estaba lúcido cuando te lo dejó.

—Eso no es lo que dije.

Blanco y negro, las líneas estaban trazadas justo como papá había dicho.

—Sin duda eso parece —dijo tensando la mandíbula.

Una década en el ejército me había enseñado cuándo partir en retirada para reagruparme. Este era definitivamente el momento.

—Solo quiero respetar sus deseos —dije tranquilo—. Dejémoslo ahí.

—Y yo solo estoy tratando de mostrarle que hay días buenos que vale la pena vivir. Lo diagnosticaron apenas hace dos años y los días que está lo suficientemente lúcido como para saber qué está pasando son devastadores para él. Sigue lidiando con eso. Los dos lo hacemos.

¿Y yo no? Quizá perdí ese derecho cuando regresé a nuestro hermano menor en un ataúd.

Empecé a comer para mantener la boca ocupada y Xander hizo lo mismo.

Minutos después entró Willow. Se quitó la chamarra y se la lanzó a su hermana que estaba detrás de la barra. Yo dejé de masticar. De respirar. De pensar.

Su camisa rosa de manga larga dibujaba cada maldita curva de la parte superior de su cuerpo, mientras que los jeans hacían el mismo trabajo en sus nalgas, demasiado bien. El cabello le caía sobre la espalda en ondulaciones suaves, cada color, desde caoba hasta ámbar, atrapaba la luz en su movimiento.

Bueno, quizá sí me estaba volviendo loco al analizar tan de cerca su maldito cabello. Pero mis manos sentían la urgencia de entrelazarse en él, de tenerlo en mis palmas para acercarla un poco más.

Y esa sonrisa…

Aparté rápido la vista hacia mi plato. «No pienses en ella de esa forma». Si hubiera podido convertirme en pájaro, lo hubiera hecho. Tratar de convencerme de no imaginarla debajo de mí era una cosa, y hacer que mi mente cooperara, otra muy distinta.

Era Willow, ¡por Dios! La misma Willow con quien había crecido. La que pasaba los veranos nadando en los manantiales termales entre nuestras casas. La que me puso hielo en la cara a los doce años después de que gané la primera pelea en la que me metí, la pelea que ella trató de detener poniéndose en medio de mí y de Scott Malone, quien la acosaba como el imbécil mimado que era. La misma Willow que me había dejado dormir en su departamento un año después, la noche que murió mamá, y entrelazó sus dedos con los míos cuando me escuchó llorar.

La misma Willow que se enamoró de mi hermano menor el verano que cumplió diecisiete años.

Ese hecho eclipsaba cualquier otro detalle. Era de Sullivan.

—Entonces, ¿piensas venir a la próxima reunión de la Sociedad Histórica? Sin duda nos servirían tus opiniones y experiencia —dijo Xander, rompiendo el silencio.

—¿Desde cuándo mi experiencia te ha parecido útil? —repuse.

—Eres ingeniero civil, ¿o no?

—Eso dice mi título.

Me llevó ocho años terminar la licenciatura, entre los despliegues y los operativos que me dieron mucha experiencia del mundo real.

—Entonces eres el hombre más útil en Alba. —Brindó con su botella hacia mí como en una especie de homenaje—. No estoy seguro de que te hayas dado cuenta, pero tenemos algunos edificios que no cumplen precisamente con las normas. —Hizo una pausa—. Bueno, ¿sí sabes que se construyeron al final de la década de 1880?

Willow se sentó en la barra. Oscar Hudgens la vio y se inclinó tanto sobre su banco que pensé que quizá la gravedad actuaría en mi favor.

—¿Cam? —preguntó Xander.

—Sí. —Centré mi atención de vuelta a mi hermano—. Ahí estaré.

—Bien. Ah, mira, Jonathan Young acaba de sentarse —dijo, señalando con la cabeza hacia una mesa—. Dame un segundo, por favor. Necesito su ayuda con el voto en el consejo.

Asentí. O algo así. Alexander desapareció cuando Oscar bajó del banco para acercarse a Willow.

Mis pies me llevaron al otro extremo del bar antes de que mi cabeza se opusiera.

—Hola, Charity. ¿Puedes darme la cuenta antes de que mi perfecto hermano mayor trate de pagarla? —pregunté, inclinándome sobre el banco libre junto a Willow.

—¡Cam! ¡Pensé que eras tú! Claro, dame un segundo para llamar a Jenny — exclamó Charity con una enorme sonrisa.

—Gracias.

Fue a buscar a nuestra mesera y volteé a ver a Willow, quien ya tenía los ojos sobre mí.

Sostuve su mirada silenciosa e inquisitiva mientras la canción de la rocola cambiaba.

—Willow Bradley —dijo Oscar, arrastrando las palabras—. Te ves tan… ¡Guau! ¿Cam? —exclamó, farfullando aún más.

Giré y sentí una oleada de lástima. Estaba hecho una porquería.

—Estás en casa —agregó, volteando en mi dirección.

—Así parece.

—Bien.

Se balanceó para lanzar todo su peso en un golpe que me llegó sorpresivamente rápido, para alguien tan borracho.

Pude haberlo detenido. En vez de eso, dejé que su puño me golpeara.

CAPÍTULO 6

Willow

Mi corazón dio un vuelco cuando Oscar se balanceó y la cabeza de Cam salió volando hacia un lado. Ese golpe seco del puño contra la cara era un sonido que no quería volver a escuchar. Era irónico que solo lo hubiera escuchado en presencia de Camden Daniels. Sin embargo, en general era Cam quien lanzaba los golpes, no quien los recibía.

—He esperado seis años para hacer eso —gritó Oscar, señalando a Cam sin dejar de balancearse.

—Y quizá lo merecía —admitió Cam mientras se enderezaba—. Pero es el único que podrás darme.

No se tocó la mejilla para ver si tenía sangre. Sencillamente se hizo a un lado y se colocó entre Oscar y yo.

Conforme la gente se levantaba se escuchó el crujido de las sillas sobre la duela y de reojo vi a Tim Hall, quien se acercaba veloz a nosotros. Sin duda buscaba la primera excusa para arrestar a Cam.

Me levanté, pero Xander lo interceptó primero.

—Oye, él ni siquiera fue quien lanzó el golpe —dijo Xander, bloqueando el camino de Tim.

—Ah, ¿sí? —dijo Oscar.

Me acerqué para ver qué estaba pasando. Oscar volteó de nuevo hacia Cam, pero mientras la multitud se quedaba sin aliento, Cam le atrapó el puño para detener el siguiente golpe.

Dios santo, Cam era rápido.

Mientras Oscar seguía boquiabierto, tomé la mano libre de Cam.

—Ven conmigo.

Me miró con una sonrisa divertida.

—Ahora —agregué, dejando que mi mirada dijera todo.

Su sonrisa se esfumó y me siguió cuando lo jalé por el bar hasta la trastienda del Mother Lode. Vi cómo Charity me hacía una seña hacia el piso de arriba y asentí. En este momento, Cam necesitaba salir de la vista y de la mente de Tim Hall.

Le hice una señal a Marie, la cocinera, sin detenerme ni dejar de jalar a Cam por la cocina y los cuartos de almacén hasta que llegué a las escaleras que llevaban a la casa de Charity. Subimos, abrí la puerta con el código de cuatro cifras, guié a Cam hasta el departamento y por último cerré la puerta.

—Rose está dormida arriba, así que no armes un alboroto —le advertí.

—¿Quién carajos dice «alboroto»?

Lo fulminé con la mirada y lo empujé por la sala, el comedor y hasta la cocina, encendiendo las luces en el camino.

—Siéntate —le ordené, señalando la mesa del desayunador.

Se sentó.

Okey, eso fue suficiente para dejarme atónita uno o dos segundos. No podía recordar la última vez que Camden había hecho algo que le pidiera… quizá porque nunca había sucedido.

—¿Ahora qué? —preguntó, burlándose de mí con esos ojos oscuros.

Di media vuelta, abrí el congelador de Charity y saqué el paquete de hielo de Rose. Era un unicornio hecho con tela delgada, una melena brillosa y una bolsa en el vientre donde cabía un paquete de hielo. Cerré el congelador y volteé a ver a Cam, haciendo un gesto ante la violenta marca roja que encendía su mejilla.

Tenía que darle crédito a Cam, no se quejó cuando puse el unicornio sobre su cara.

—Detén esto ahí.

Lo hizo.

—No está tan mal. Me volteé y la mayor parte de la fuerza pasó de lado. Su anillo ni siquiera me cortó.

—¿Cómo sabes? —pregunté, levantando el borde del unicornio para asegurarme de que Oscar no había lacerado la piel de Cam con su anillo de graduación—. Ni siquiera te has visto en un espejo.

—Sé bastante bien cuándo se me abre la piel —respondió.

—Bueno, eso me tranquiliza —mascullé, al darme cuenta de que tenía razón. La piel estaba intacta—. ¿Por qué no le devolviste el golpe? Nadie te hubiera culpado por hacerlo.

Aunque eso era una mentira. Si había que buscar a un culpable, Hall culparía a Cam, sin importar que Oscar hubiera golpeado primero.

—No le voy a dar a Tim Hall una razón para que me saque del pueblo. Se necesitará mucho más que un puñetazo de Oscar para provocarme a pelear, sobre todo porque no quiero enfrentar cargos por homicidio imprudente.

Escudriñé su rostro en busca de alguna señal que me dijera que estaba bromeando, pero no encontré nada.

—¿Crees que podrías matar a un hombre así nada más?

Alzó un poco las cejas.

—No lo creo. Lo sé. No soy el niño que se fue de aquí hace diez años, Willow.

Sus ojos estaban cargados de una experiencia que por más que añoraba comprender, decidí ignorar. Mientras estuve lejos en la escuela de Arte para aprender sobre la belleza, Cam estuvo en la guerra.

—Es obvio. El Cam que conocí lo hubiera despedazado sin mirar atrás.

Y nos hubiera dejado al resto de nosotros solucionar el inevitable caos.

Pasó la mano sobre la mía, que permanecía sobre el unicornio.

—Sigo siendo el Cam que conociste, no el que todos los demás conocieron. El mismo Cam, pero que toma mejores decisiones.

La caricia fue tan rápida que pensé haberla imaginado.

Cam inclinó la cabeza hacia un lado.

—Rose se despertó.

—¿Qué? ¿Cómo…?

Por supuesto, antes de terminar la pregunta sobre sus aterradoras habilidades de ninja, mi sobrina de nueve años asomó la cabeza en la cocina, vestida con su pijama de Taylor Swift.

—¿Tía Willow? —preguntó.

Sus enormes ojos castaños demasiado alertas porque acababa de despertar. Sus rizos igual de castaños seguían trenzados en coletas suaves y perfectas.

—Hola, Rosie. Disculpa que te hayamos despertado. —Miré el reloj, eran las 8:30. Charity seguro la había metido a la cama antes de bajar al bar.

Rosie miró de inmediato a Cam y abrió los ojos sorprendida.

—¡Ah! ¡Hola! ¿Quién eres? —preguntó.

—Camden Daniels. Gusto en conocerte, Rosie —dijo con voz suave, y eso me enterneció.

—Igualmente —respondió, mirándome para sentirse segura.

—Cam y yo somos amigos desde que éramos niños. Crecimos juntos. Era vecino de tu mamá y mío.

—¿Como el alcalde Daniels? —preguntó, mirando de reojo a Cam otra vez.

—Si, es mi hermano mayor —respondió Cam.

—Ah. ¡Me cae bien!

—A todos les cae bien.

—Tuvimos que pedirte prestado tu unicornio —le dije a Rose, extendiendo los brazos. Ella caminó directo a ellos y me dio un fuerte abrazo—. ¿Necesitas algo? —le pregunté antes de besarla en la frente.

—No. Solo escuché el sonido de la puerta y pensé que era mamá.

—Sigue allá abajo, pero creo que solo está revisando unas cosas. Esta noche no trabaja. ¿Quieres que vaya por ella?

Negó con la cabeza contra mi pecho.

—No, estoy bien. Te quiero, tía Willow —dijo, y me dio un apretón más fuerte.

—Te amo, Rose.

—Gracias por prestarme tu unicornio —le dijo Cam, apartándose el paquete de hielo de la cara.

Rose arrugó la nariz.

—De nada… y tal vez deberías volver a ponértelo —dijo, asintiendo para animarme a hacerlo—. Te va a quedar una marca —agregó en un tono tan parecido al de Charity que no pude evitar reír.

—Eso haré.

De inmediato, Cam se volvió a poner el hielo sobre el rostro.

La solté. Asintió hacia Cam con timidez y volvió a su recámara.

—Charity no trae hombres aquí, quizá le diste a Rose el susto de su vida —expliqué, al tiempo que me recargaba contra la barra de la cocina—. Incluso cuando Gabe viene a verla, Charity lo hace esperar abajo. No la culpo. No volvió a aparecerse hasta que Rose cumplió dos años.

—¿Se va a enojar de que hayas hecho subir a un hombre?

—Bueno, no diría que tú eres *un hombre* —respondí, encogiéndome de hombros, luego reí un poco al ver su expresión herida—. Quiero decir que… eres tú. Eres nuestro amigo, no cualquier hombre. Además, Charity fue la que me hizo una seña para que subiera contigo.

Pronuncié rápidamente esa última parte, esperando frenar mi parloteo.

—¿Por eso compró el bar? ¿Para poder vivir arriba? —preguntó mirando los dibujos pegados en el viejo refrigerador.

—Exacto. Usó la herencia de nuestro abuelo. Cuando nació Rose, Charity y papá no se hablaban. Mamá y yo la apoyábamos cuando nos dejaba, pero quería hacerlo sola. Hubiéramos cuidado a la bebé, pero ella instaló una alarma, conectó las cámaras a su teléfono celular, hizo todo para poder estar abajo mientras Rose dormía y pasaba todo el día con ella.

—Lo entiendo —dijo mirando la cámara que estaba en el rincón de la cocina—. Entiendo que a veces necesitas hacer las cosas solo.

—Eres igual de terco que ella —comenté negando con la cabeza.

—Bueno, sabes que somos las ovejas negras. Cuando rechazas el camino que todo el mundo toma, tienes que abrirte el tuyo.

—¿Eso es lo que estás haciendo?

Me aferré con fuerza a la barra y salté para sentarme en ella.

—¿En qué usaste tú la parte de tu herencia? —preguntó, ignorando mi pregunta.

—¿Por qué rechazaste ese camino? —lo reté, cruzando los brazos sobre el pecho.

Me miró un momento. Contuve el aliento y mi cuerpo se tensó mientras él decidía si debía o no responder, o qué partes estaba dispuesto a compartir conmigo.

Dios sabía que Cam me tenía en vilo, cambiaba las reglas con tanta frecuencia que yo nunca sabía cómo actuar. Jamás estaba segura si lo hacía para mantenerme desconcertada o porque genuinamente él no sabía lo que hacía.

—Charity lo hizo por amor. Primero por Gabe y luego por Rose. Pero ¿tú por qué rechazaste ese camino? —pregunté de nuevo.

—El camino me rechazó a mí —respondió en voz baja—. No me quiso a mí, así que decidí que yo no lo quería a él.

Tragué el nudo que tenía en la garganta, mi mente recorrió a toda velocidad con las posibles situaciones en las que podía aplicar esa filosofía y me preguntaba cuántas veces su desdén ocultaba nostalgia.

—Ahora tú. ¿La herencia?

—Fui a la escuela de Arte. Tras la muerte de Sully me llevó como seis meses darme cuenta de que yo no… que no importaba cuánto tiempo esperara aquí en Alba, no volvería a casa. —Aparté la vista. ¿Cam lo consideraría una traición como lo hizo mi padre?—. Así que los planes que habíamos hecho para ir a la universidad juntos cuando terminara sus tres años ya no importaban. Tuve que considerar muy seriamente cómo sería mi futuro sin él y hacerme una pregunta imposible.

—¿Cuánto de ese plan fueron elecciones tuyas y cuánto de Sullivan?

La pregunta de Cam atrajo mi mirada de inmediato. Mi corazón latía con fuerza, sentía la lengua pesada e indispuesta a decir las palabras que nunca antes había podido decir.

—Todo —acabé por admitir, la palabra se llevó seis largos años de culpa al abandonar mis labios—. Y me di cuenta a cuánto había renunciado por tener una relación fácil. Y era fácil… con Sullivan, quiero decir. No quiero que pienses que no lo era o que él no era bueno para mí.

—No lo pienso.

—Ah, qué bueno. —Mis dedos temblaban un poco y me pasé un mechón de cabello detrás de la oreja—. Porque éramos felices y creo que yo hubiera sido feliz de seguir con nuestro plan. Ir a Boulder, luego quizá a la escuela de Derecho. Regresar aquí. Pude haber sido feliz... —murmuré las últimas palabras de manera poco convincente.

—Solo que no hubieras sido tú.

La forma en que me miraba raspó las barreras que con tanto cuidado yo había pulido.

—O quizá esa era yo realmente, y esta es la realidad alternativa en la que todo es un caos.

Se puso de pie, llenando la habitación con mucho más que su enorme cuerpo. Cam era una presencia que las paredes no podían contener. No estaba segura de que algo pudiera hacerlo.

—La chica que pintó los murales en las ruinas de los manantiales termales no hubiera sido feliz. Tal vez se hubiera sentido satisfecha, pero no feliz. Hay una diferencia, Willow. Y quisiera pensar que Sullivan habría acabado por darse cuenta y que tú habrías ido a la escuela de Arte de cualquier manera.

Negué con la cabeza.

—A Sully nunca le gustó llamar la atención. Quiero decir, si Alexander era el hijo bueno y tú eras el rebelde, entonces él era el que solo quería existir sin conflicto. Por eso aceptó el plan de papá. Era dócil, y era tan fácil amarlo.

En estos últimos años me había dado cuenta de que no fue el amor correcto, el que consume, que apasiona, que abarca todo, el que estaba presente en los libros y las canciones que yo amaba. Pero la verdad nunca escaparía de mis labios. Dejaría que se ulcerara y se pudriera en mi interior antes de admitirla.

—Era fácil amarlo, por todas esas razones y más —admitió Cam—. Pero eso no explica por qué tuviste que usar tu herencia para ir a la universidad.

—Mi padre pensó que seguía mal por la muerte de Sully, que era irracional y que me estaba desquitando contra lo que él consideraba que era un plan lógico y aceptable. En realidad, estaba tratando de respetar mi primer sueño, puesto que había perdido el último. Estaba tratando de averiguar quién era yo sin Sullivan. —«Y sin ti», pensé, aunque ya había perdido a Cam años antes, cuando se enlistó—. Papá se negó a pagarla. No había problema, después de todo, es su dinero. Pero una vez que me di cuenta de qué significaba esa decisión, su necesidad de controlarme porque había perdido el control sobre Charity, yo misma la pagué.

—Tú te abriste tu propio camino.

Se acercó, aunque no demasiado.

—Durante cuatro años lo hice. Aprendí y viví. Incluso salí con algunos chicos, aunque nadie en Alba me creyó. —Respiré profundo y reuní valor—. ¿Eso hace que me odies?

—¿Qué?

—Que haya seguido adelante.

Frunció el ceño.

—No. Por supuesto que no. ¿Por qué carajos pensarías algo así?

Se adelantó para recargarse contra la barra a mi lado hasta que rompimos el contacto visual.

—Xander se decepcionó cuando se lo dije en Navidad. Su mirada... Era como si hubiera engañado a Sully. Para ser franca, así me sentí en mi primera cita.

—Willow, no puedes engañar a alguien que está muerto —dijo, mirando al suelo.

—Lo sé ahora. Me llevó algunos años entenderlo, pero finalmente lo hice. Sin embargo, cada vez que regresaba a casa en las vacaciones sentía que yo había seguido adelante, pero el pueblo no. Y lo entiendo. En serio. El cambio es literalmente el peor enemigo de Alba. Si pudieran, los habitantes de este pueblo me obligarían a seguir vistiendo de luto y les encantaría verme llorando en el altar de Sullivan.

—Sin embargo, regresaste.

—Es mi hogar. —Giré la cabeza para mirarlo—. Y tú también lo hiciste, te recuerdo.

«¿Por qué?».

Su mirada encontró la mía y se quitó la bolsa de hielo de la mejilla.

—Regresé a casa porque papá me dejó un mensaje en el que decía que Xander no quería hacer una orden de no resucitar, y que necesitaba ayuda. Luego me disparó, me echó de su casa y olvidó quién era… todo en un periodo de cuarenta y ocho horas, así que no estoy muy seguro en cuál de todas esas estuvo lúcido.

—Cam —murmuré.

La pesadumbre de lo que enfrentaba me hizo un nudo en el estómago. Solo pensar en perder a mi papá y pelearme con Charity me daba náuseas.

—Pero tú elegiste regresar… ¿Por qué? Para echar raíces y ¿hacer qué? ¿Casarte con un hombre que, para los habitantes de Alba, jamás le llegará a los talones a San Sully? ¿Para que te ridiculicen porque no hiciste luto ni nada de lo que ellos esperaban? ¿Porque no seguiste sus reglas?

—Regresé a casa por la misma razón que tú. La familia. Y la gente cambia. El pueblo tendrá que adaptarse.

—No te engañes, Willow. Este pueblo existe para los muertos, no para los vivos. Cuando las generaciones jóvenes se van, solo regresan a los funerales, el de sus parientes o el suyo. Alba es un enorme mausoleo, literalmente financiado por turistas que llegan aquí para ver cosas muertas que nos negamos a soltar. Solo somos piezas de la exhibición. Si esperas cambio o aceptación, te equivocas. La supervivencia aquí depende de nuestra capacidad de no cambiar, de preservar el pasado. El cambio y el progreso son dos cosas que matarían este pueblo.

Sus palabras me apuñalaron en lo profundo, era una verdad ante la cual no estaba preparada a rendirme.

—Esa es una manera muy obtusa de considerar nuestro hogar. Y como dijiste, es nuestro. Si tú eres capaz de cambiar, ellos también.

—Ese es el punto. —Se empujó contra la barra y se apartó unos pasos antes de volver a girar—. No importa quién sea ahora. No me dejarán ser nadie más que el niño que lanzaba demasiados puñetazos, rompía demasiadas reglas e hizo que mataran a Sullivan. No pueden dejarme cambiar, de la misma manera en que no te dejarán a ti. Es una cuestión de autopreservación. Y lo sabes, de lo contrario no vivirías tan arriba en la montaña, tan apartada y protegida de las miradas curiosas y las bocas sentenciosas.

—¿Estás diciendo que estoy condenada a una vida de soledad? ¿A convertirme en la vieja loca, ermitaña y excéntrica? Porque voy a enamorarme de nuevo, Cam. Voy a amar, a casarme y a tener hijos. Todo.

Entrecerré los ojos y me ruboricé.

—No, estoy diciendo que hubieras sido más feliz en otro lugar, al menos hasta que supieras que tu hombre era lo suficientemente fuerte para soportar el peso de la sombra de Sullivan.

Reí, bajé de la barra de un salto y giré hacia la puerta antes de que pudiera decir algo que ambos lamentáramos.

Tomó mi brazo con una delicadeza que me sorprendió a pesar de su fuerza. Fue suficiente como para detener mi impulso. Pude quitármelo de encima, no me tomó con demasiada firmeza, pero en vez de eso disfruté el contacto.

—Sé que eres fuerte, Pika. Pero este pueblo no va a ser amable con nadie a quien tú consideres digno de darle tu amor, a menos que los dejes decidir por ti. Y no creo que tú quieras eso. Dejaste que el pueblo te dictara qué hacer una vez, y sé que lo amaste y que él te amó, pero ¿en verdad vas a dejar que Alba elija por ti otra vez? ¿Tanto amas tu zona de confort?

Me tranquilicé y soltó mi brazo. Tenía razón y eso solo me enfurecía más. Amar a Sully había sido fácil porque nos adaptamos. Todo el mundo a nuestro alrededor nos apoyó y nos animó, permitieron que sucediera.

Puso el unicornio sobre la barra de la cocina.

—Gracias por cuidarme. Ha pasado muchísimo tiempo desde que alguien hizo eso por mí. Voy a bajar. Espero poder pagar mi cuenta e irme a casa.

Sus espaldas anchas llenaron mi visión cuando avanzó frente a mí. ¿Cómo era posible que nadie lo hubiera cuidado en la última década?

—Deberías venir a la Sociedad Histórica —dije de pronto.

Se detuvo, pero no volteó.

—Si quieres ayudar a tu papá vas a tener que enfrentarte a Alexander. Necesitarás cooperación y recordarles que eres hijo de una familia fundadora ayudará mucho. No tiene que gustarte el juego para jugarlo.

—Lo tendré en cuenta.

Salió, y menos de un minuto después Charity entró a la cocina.

—Sin duda Camden está de malas —comentó, tomando un vaso de la alacena y jugo de manzana del refrigerador—. ¿Quieres?

Negué con la cabeza.

—Camden siempre está de malas. Maldito terco.

Mi voz definitivamente carecía de su suavidad acostumbrada cuando hablaba del segundo hermano de los Daniels.

Sus hombros se sacudieron de la risa mientras se servía el jugo.

—¿Cómo fue que ustedes dos no terminaron juntos? —pregunté—. Son idénticos. Siempre pensé que acabarías por salir con él cuando terminaran la preparatoria. Los dos son rebeldes hasta la médula.

Sin hablar de que Charity tenía una belleza atemporal, mientras que yo era agraciada, quizá pasablemente bonita, en el mejor de los casos.

Me miró como si fuera una completa tarada y guardó el jugo.

—¿Hablas en serio?

Bebió el jugo sin dejar de mirarme sobre el borde del vaso.

—¿Qué? No está nada mal, y se graduaron el mismo año.

Era una conclusión lógica. Carajo, quizá alguna vez tuvieron algo y yo nunca lo supe. Me froté el pecho tratando de aliviar el dolor que me producía esa idea.

—Cam es sexi y de alguna manera se ha vuelto más atractivo con la edad. ¿Ya viste esos brazos? ¿Y la manera en la que atrapó el puño de Oscar? Supersexi, hermana.

Quizá no tenía ganas de escuchar la respuesta a la pregunta que no debí formular. Tampoco quería que mi hermana entrara por la puerta que abrí de manera tan estúpida. «Deja de ser egoísta».

—Sí, me voy a casa. ¿Quieres que meta el unicornio de Rose en la lavadora? —pregunté.

—Yo lo hago.

Su mirada reflejaba más de lo que yo estaba dispuesta a mostrar.

Mis pies me llevaron a la puerta y mi hermana me siguió.

—Te quiero, maniaca de las reglas —dijo, dándome un abrazo fuerte.

—Te quiero, rebelde sin causa —respondí antes de irme, y me pregunté por millonésima vez si papá habría sabido en quiénes nos convertiríamos cuando nos dio esos apodos en la primaria.

Y Cam tenía razón. Yo necesitaba cambio y progreso, pero lo que deseaba era que las normas cambiaran, que cedieran.

Él siempre las había infringido, igual que Charity.

Iba a la mitad de la escalera cuando Charity asomó la cabeza por el umbral.

—Willow.

—¿Sí?

Di media vuelta, preguntándome qué habría olvidado.

—Nunca tuve nada que ver con Cam por una razón: él solo tenía ojos para una de las Bradley, y no era yo.

No había ni un poco de burla en su tono ni en su expresión.

—¿Q…qué? —balbuceé. Definitivamente esa no era la respuesta que esperaba.

—Piénsalo. Eres la única chica que ha durado más de cinco minutos en su órbita. Quizá veía a otras, pero solo tenía ojos para ti.

—No. Eso no… —Algo de verdad había, aunque no de la manera en la que ella pensaba—. Me ve como a una hermana.

Por esa razón me protegió cuando éramos niños. Por eso me acompañaba hasta el autobús cuando Scott Malone empezaba a molestarme. Por eso se sentaba al otro lado del pasillo en el trayecto de media hora de Buena Vista a Alba. Por eso hizo todo eso hasta que crecimos y… dejó de hacerlo.

—Porque casi fuiste su hermana. Pero no seas ciega, Willow. Te miró durante años. Dejó de hacerlo cuando empezaste a salir con Sullivan.

Eso era imposible.

—No. Te equivocas. A Cam nunca le importó que Sully y yo empezáramos a salir. Apenas me hablaba en esa época, no me soportaba.

Puso los ojos en blanco.

—Okey. Si tú lo dices.

—¡Sí lo digo!

—Ajá. Está bien. Nos vemos mañana. ¡Buenas noches!

Cerró la puerta y me dejó en las escaleras, boquiabierta.

—Te equivocas —murmuré, aunque tener la última palabra no me hacía sentir mejor.

Ella estaba tan lejos de la verdad que ni siquiera era gracioso. Me negué a aceptarlo todo el camino de vuelta a casa, mascullando para mis adentros mientras me estacionaba en el garaje de mi casa. Charity no tenía idea de lo que hablaba. Cam había sido implacablemente apático ese último año. Le importaba un comino lo que yo hacía.

Levanté la torre de ónix que estaba sobre mi escritorio y jugueteé con ella entre mis dedos.

«El camino me rechazó a mí. No me quiso a mí, así que decidí que yo no lo quería a él».

Repetía sus palabras en mi mente mientras me preparaba para acostarme.

—Te equivocas, Charity —murmuré en la oscuridad.

No porque quisiera que se equivocara, sino porque necesitaba que fuera así. Y Cam también.

¿Y si ella tuviera la razón?

CAPÍTULO 7

Camden

Contuve el aliento y giré la llave para arrancar. El motor del Scout traqueteó un poco hasta que cobró vida.

—¡Sí! —exclamé, poniéndome de pie con los puños alzados hacia el cielo en señal de victoria.

El International Harvester Scout todoterreno de 1967 no había funcionado desde antes de que me enlistara, aun con el toque mágico del tío Cal. Requirió de un nuevo alternador, bandas, mangueras y más de unas cuantas plegarias a un dios en el que no estaba seguro de creer, pero funcionaba.

Pasé la mano por el marco del parabrisas y asentí, disfrutando la momentánea satisfacción. Llevaba una semana completa en Alba y ya había limpiado la casa, cambiado el aceite del Scout y de la motonieve, programado que repararan el techo y llenado la alacena.

Yo siempre tan hogareño desde… nunca. Pero claro, llevaba solo una semana y ya había roto tres veces mi promesa de nunca volver a ver a Willow. Por esa razón me quedé en casa todo el día. En este momento, mi sincera promesa de dejarla tranquila para que fuera feliz se estaba convirtiendo en una sugerencia bien intencionada. Si tan solo pudiera dejar de pensar en ella, sería perfecto.

Bajé del Scout y lo dejé encendido en campo abierto para que se cargara la batería. De pronto recordé: baterías era lo siguiente en mi lista.

La puerta eléctrica del cobertizo se atoró un momento, pero con un empujón del hombro se abrió. De un costado del garaje pasé a la pequeña habitación y silbé.

Al parecer, el tío Cal se había convertido en todo un preparacionista estos últimos años. En sus estantes industriales había no menos de veinte baterías solares, todas conectadas desde los paneles en el techo a la red eléctrica de la casa. Tres hubieran mantenido la casa en funcionamiento veinticuatro horas al día sin tener que usar el generador.

Veinticinco era definitivamente un nivel apocalíptico experto.

A estas alturas, solo le faltaba desviar el arroyo e instalar un microsistema hidroeléctrico. Esas cosas eran limpias y eficientes.

Mi celular vibró en el bolsillo trasero. Lo saqué, deslicé el dedo sobre la pantalla y vi el nombre de Dorothy.

—¿Camden?

—Hola, Dorothy. ¿Recibiste la lista de cuidadores a domicilio que te dejé ayer? —pregunté, al tiempo que revisaba la fecha de la batería que tenía más cerca.

—¿Hablas de la que dejaste en el buzón porque fuiste demasiado cobarde como para entrar?

Mis labios se curvaron en una leve sonrisa.

—Sí, esa misma.

—La recibí y se la pasé a Alexander. Bueno, me pediste que te llamara si estaba teniendo un buen día, igual que lo hice ayer y antier.

Sentí una presión en el pecho.

—¿Y está teniendo un buen día hoy también?

—Bueno, sabe que estás aquí y recuerda que te echó de la casa la semana pasada, así que diría que sí.

El silencio se extendió más que el poco más de medio kilómetro entre nuestras casas.

—Camden Daniels, ¿vas a venir?

Eché la cabeza hacia atrás y miré al cielo.

—¿Va a gritarme desde el porche como hizo ayer?

—Es probable.

Casi podía verla encogerse de hombros desde aquí.

—Okey, llegaré en un momento.

—Se lo diré.

—Primero tengo que ir por mi chaleco antibalas.

Colgué el teléfono y advertí que las baterías solares tenían nueve años. Eso me daba aproximadamente otros seis años antes de que caducaran.

—De verdad estabas preparado para el exilio, ¿o no, tío Cal? —pregunté en voz alta.

«Depender de alguien es lo que te hará caer, Cam. Debes ser autosuficiente en todos los ámbitos de tu vida».

El consejo que me dio cuando tenía catorce años respondía por él.

Después de un baño rápido y de estacionar el Scout bajo la protección del garaje, me dirigí a casa de papá en el Jeep.

El viento empezaba a arreciar de nuevo y mecía los pinos. El clima debía estar cambiando. Punto a favor de no estar en la red eléctrica del pueblo.

Pasé por el borde del bosque y me detuve frente a la casa de papá. De inmediato me cubrí con toda la armadura que tenía y, con un suspiro resignado, me dirigí a la puerta.

No había acabado de subir la escalera cuando papá salió hecho una tromba por la puerta principal, vestido con una camisa de franela y jeans, el cabello peinado y agitando el dedo en mi dirección.

—No eres bienvenido aquí, Camden. Te lo dije ayer.

Aparté mi respuesta instintiva de mandarlo al diablo y me detuve en el último escalón.

—Vine a ayudar.

—¡diablo lo vas a hacer! Arruinas todo con tu ayuda, así que discúlpame si no la quiero.

Sus ojos estaban desorbitados por la emoción, pero no por la demencia.

—¿Sabes? Eres mucho más agradable cuando no sabes quién soy.

—Sal de mi propiedad antes de que…

—¿De que qué? ¿De que me dispares? —Alcé las manos—. Ya hicimos eso una vez, así que haz algo que sea más creativo, ¿sí?

Sus ojos dudaron con algo que sabía bien que no era arrepentimiento.

—Mira, papá, vine porque tú me lo pediste.

—Mentiras —espetó—. Eres la última persona a la que le pediría ayuda.

Metí el pequeño insulto en el montón etiquetado «nunca vuelvas a pensar en eso» y le lancé una sonrisa burlona.

—Pues lo hiciste. Y quizá cuando hayas dejado de portarte como un imbécil, te daré la prueba.

—Sal-de-mi-propiedad.

—Okey —accedí y me encaminé al Jeep mientras cerraba el cierre de mi chamarra.

Cuando abrí la puerta de la cajuela él ya había azotado la puerta.

—Maldito terco —dije entre dientes, sacando la silla de campamento.

Acomodé la silla junto al Jeep y me senté con una botella de agua y el ejemplar de *Al este del Edén* que tomé de la casa. El viejo lomo del libro crujió y se abrió en el pasaje donde Steinbeck describe lo que es vivir entre dos cordilleras.

—¡Te dije que te largaras de mi propiedad! —gritó papá desde el porche.

Dorothy miraba desde el umbral.

—Estoy fuera de tu propiedad —respondí, volviendo a mi libro.

—¿Qué?

—De acuerdo con Fiscalización de Bienes, esta parte es el usufructo que le vendiste al tío Cal para que tuviera acceso a su casa.

Mis ojos siguieron las letras de la página que tenía enfrente, pero no entendía nada, todos mis sentidos estaban centrados en papá.

—Tú... Él... Vete al diablo.

Esperaba que azotara la puerta, sin embargo, cuando lo hizo no pude evitar hacer una mueca. Una hora después, Dorothy apareció con una taza humeante en las manos.

—Para darte calor. La temperatura va a bajar pronto.

—Gracias —dije, tomando el café que me ofrecía.

—Él...

Se frotó el entrecejo.

—Él es él —acabé su frase—. No te preocupes. Procreó al único hombre más terco que él.

Lanzó un suspiro largo, exasperado.

—Xander dijo que no va a pagar el cuidado a domicilio. Dice que es más barato y más seguro llevarlo al asilo de Buena Vista, donde puede obtener cuidado las veinticuatro horas.

Carajo, ¿iba a tener que pelearme con Xander por todo?

—Hablaré otra vez con él —prometí.

Asintió, sus labios apretados formaban una línea recta. Me miró con tanta compasión que casi sentí escalofríos.

—Cuánto quisiera que Art no dejara que su corazón se llenara con todo ese odio injustificado. Sé que nunca serás perfecto, Cam, pero no te mereces esto.

Miré hacia el extremo oriental de la propiedad, donde Sullivan yacía bajo una lápida que jamás había visto.

—Me lo gané.

El café estaba caliente y amargo, rico en recuerdos de mañanas apresuradas y mochilas que se cerraban.

—Gracias —le dije, devolviendo la taza tras vaciar su contenido.

—De nada. Se le pasará.

Asintió en mi dirección y volvió a la casa.

Volví a mi libro y pasó otra hora. El sol se deslizó detrás de la cordillera de los Collegiates, enviando sombras sobre las páginas.

Sus ojos estaban fijos en mí, como lo habían estado la mayor parte del tiempo mientras doblaba la silla y la subía al Jeep.

—Regresaré mañana y pasado mañana y así en adelante —grité hacia la ventana desde donde me miraba—. Tú eres la razón por la que estoy aquí y no tengo nada mejor que hacer.

La cortina se cerró y casi me río de los insultos que sin duda lanzaba en la casa.

—Siempre y cuando no saque el rifle —murmuré.

Al día siguiente empecé mi sesión de lectura más temprano, sin siquiera molestarme en llamar a la puerta antes de acomodarme en la entrada frente a la casa de papá.

El día después, lo mismo. Para el miércoles pensé en llevarme una silla más cómoda.

Luego de una hora de haber abierto mi libro, papá salió al porche con los brazos cruzados sobre el pecho y la mirada fija en mí. Era extraño verlo y no saber quién sería hoy.

Dejé el libro sobre mi regazo y él bajó la escalera, sus pasos fuertes hicieron crujir la madera.

—Viniste a ayudar. —La condescendencia colgaba de cada palabra.

—Vine porque tú me lo pediste.

Entrecerró los ojos.

—¿Para qué, precisamente, te pedí ayuda?

«Es posible que no haya estado lúcido en ese mensaje». Por primera vez me pregunté si Xander tendría razón.

—Para morir.

El asombro pasó como un rayo por su mirada y maldije en mi interior.

—Dorothy hizo de comer.

Fue todo lo que dijo y volvió a la casa.

—Increíble —balbuceé y volví a abrir el libro.

—Si tienes hambre, entra. Está muy vieja como para traerte la comida —agregó desde el porche.

Lo miré de inmediato, solo para asegurarme de que me hablaba a mí.

—No voy a esperar todo el día —dijo, con la puerta abierta, respondiendo a la pregunta que no formulé.

Me puse de pie, abandoné el libro sobre la silla y lo seguí al interior.

—Quítate esos malditos zapatos —ordenó.

Hice exactamente lo que me dijo antes de reunirme con él en la cocina, donde Dorothy se sentó en la mesa en la que ya había servido el almuerzo. Nos miraba como si fuéramos halcones.

—Comida para conejo —se quejó papá al sentarse frente a su ensalada.

—Es bueno para ti —repuso Dorothy.

—Gracias —dije, antes de meter el tenedor en el pollo a la parrilla que descansaba sobre una cama de verdura.

—¿Cuál es tu prueba? —preguntó papá—. Dijiste que tenías una prueba.

Supongo que no se andaba con rodeos.

Sin dejar de masticar, puse mi teléfono sobre la mesa y reproduje el mensaje de voz. Luego lo miré mientras escuchaba. Como siempre, no mostró nada. Dios nos libre de que dejara que alguien supiera cómo se sentía.

El mensaje terminó y volví a meter el teléfono a mi bolsillo.

—¿En dónde está el resto? —preguntó, taladrándome con los ojos.

—Eso es todo. No dejaste otro.

Asintió despacio, luego dirigió su atención a la ensalada, apartando pedazos de queso con el tenedor.

—En verdad no quiero preguntarlo, pero Xander me hizo pensar en algo —dije.

—¿Le enseñaste esto a tu hermano? —espetó.

—Sí. Esperaba que ya te hubiera dado lo que le pediste.

Todo mi cuerpo se tensó como si tuviera que equilibrar mis pasos en un campo minado. No tenía adónde moverme sin estallar en pedazos.

—Haz tu pregunta.

Dorothy alzó las cejas, pero permaneció en silencio.

—¿Recuerdas haber dejado el mensaje? ¿Fuiste... tú quien me lo pidió?

El mango del tenedor se enterró en mi piel por la fuerza con la que lo sostenía.

Papá me estudió con una mirada implacable y severa. Luego pinchó otro queso, evitando la lechuga.

—No. No recuerdo haberlo dejado.

Me hundí en la silla. ¿En verdad había venido hasta aquí...?

—Pero es cierto. Quiero una. Ya llevo un tiempo diciéndoselo.

Se metió un bocado en la boca y empezó a masticar.

—Hablaré otra vez con Xander.

No mencioné que mi hermano no me hablaba desde que le hablé de la orden de no resucitar.

Su postura se relajó.

—No cambiará de opinión. Cuando Xander piensa que algo es lo correcto, no hay nada más.

—Es tu decisión, no la suya. —El peso de lo que significaría pelearme con Xander se asentó en mi corazón—. Si esto es lo que quieres, lucharé.

Soltó una risita.

—¿Estás dispuesto a enfrentarte al pueblo? Porque el juez que preside es Bradley. No estoy seguro de que lo recuerdes, pero te odia.

—No te cohíbas si tienes algo que decir, papá.

Empujé la ensalada en mi plato. Mi mente iba a mil por hora.

—Nunca he tenido que hacerlo contigo —dijo.

—Y el juez Bradley difícilmente implica enfrentar a todo el pueblo. Es un solo un hombre.

Aunque era un hombre que no se molestaría en orinarme encima, aunque yo estuviera en llamas.

—Un hombre que está buscando permanecer en su puesto en las elecciones de noviembre —intervino Dorothy—. Considerará la opinión pública, puedes estar seguro.

—¿En qué sentido eso es justo? Es un juez.

—¿Desde cuándo la política es justa? No lo olvides, tu propio hermano es el alcalde —respondió.

—Xander no es corrupto —espetó papá—. No te atrevas a insinuarlo.

—Tranquilo, Art. Solo digo que el juez Bradley no olvidará que al otro extremo del tribunal estará el alcalde Daniels.

Papá resopló.

—Eso sí lo creo. —Me miró y agitó la cabeza—. Por desgracia, eres la única persona a la que Xander escuchará. Si ya lo intentaste y te dijo que no, entonces no hay mucho más que hacer sin que te den una paliza en la corte.

Dejó caer el tenedor y se recargó en el respaldo de la silla.

La lista de desventajas en mi cabeza era mucho más larga que la de las ventajas, pero sabía que una sola las superaría a todas.

—Dime tus razones. Quiero escucharlas mientras estás…

Hablé con suavidad, pero mi solicitud no podía malinterpretarse.

—No estoy tratando de suicidarme, si eso es lo que preguntas. Es solo que no quiero quedarme más tiempo del necesario. Si el Señor me va a quitar la razón, entonces que me lleve el diablo si no quiero que mi cuerpo se quede por aquí. Lo último que deseo es despertar sin tener idea de quién soy o dónde estoy, atado a una cama de hospital con una sonda en la garganta. No puedo imaginar que alguien quiera tener una vida así…

Enfrentarme a Xander… papá tenía razón. Significaría enfrentarme al pueblo, y yo no era precisamente bienvenido como el hijo pródigo. El juez Bradley me despreciaba. Era probable que Xander ya le hubiera pedido a Milton Sanders que lo representara, y no había otro abogado en el pueblo. Me clasificarían como peor villano de lo que ya era, la mala semilla que volvió a casa de la guerra solo para matar a su papá, frente al alcalde rubio y perfecto de Alba que luchaba por mantener a su padre con vida.

Aquí nunca tendría paz.

Quizá esa era mi penitencia, vivir una vida larga llena de batallas para pagar por la persona a la que no pude proteger.

—Lo haré —dije, mirando a papá—. Lo llevaré al tribunal. Lucharé por tu derecho a determinar tu propio destino. Lo mereces. Pero quiero dos cosas.

Papá frunció el ceño.

—No me sorprende. ¿Qué cosas?

—Primero, quiero una tregua —formulé cada palabra de manera clara y lenta para que no hubiera malentendidos.

—Una tregua.

—Estoy consciente de que compartes la misma opinión de mí que el resto del pueblo. No soy estúpido. Pero a partir de este momento, tenemos una tregua. Tú no me corres de la casa, no me atacas verbalmente y, sobre todo, no vuelves a dispararme.

—La casa… —Inclinó la cabeza hacia un lado.

—Me estoy quedando en la casa de Cal… en mi casa. Ya era hora e imagino que quedarme aquí solo lo haría más difícil.

Papá asintió despacio, considerando mis palabras.

—¿Y la segunda?

El estómago me dio un vuelco, pero sabía que esta era mi única oportunidad.

—Me odias porque Sullivan murió por mi culpa.

Papá se tensó, su mirada se ensombreció de dolor y rabia, pero yo continué.

—Nunca has querido escuchar lo que pasó ese día. Nada después de esa decisión que tomé.

Un músculo de su mandíbula se movió.

—Cuando esto acabe, cuando te dé lo que deseas, me escucharás. Quizá me odies aún más cuando sepas la verdad. Esa es una posibilidad a la que estoy dispuesto a arriesgarme. Al menos sabré que tu odio se basa en hechos.

Era lo más que había hablado dicho sobre Sullivan en seis años.

Vi cómo papá se rebelaba, los puños apretados, el aleteo nasal, en un esfuerzo por mantener el control.

—Si tú mereces determinar tu futuro, entonces yo merezco explicar mi pasado.

Sus ojos se encontraron con los míos en un enfrentamiento de voluntades y dolor, pero al final asintió.

—Está bien. Pero tengo una advertencia.

— No me sorprende —respondí, usando sus palabras.

—Hay días y momentos en los que no podré mantener nuestra tregua. No puedo recordar quién soy, y no se diga quién eres tú. Y habrá días en los que, aunque te reconozca, quizá no sea esta versión tuya que veo ahora. —Hizo un gesto con la mano hacia mi torso.

—Okey. Puedo con eso.

La tristeza que se apoderó de mí me sorprendió y mi garganta se cerró cuando admitió que no era él mismo, cien por ciento, todo el tiempo. Ya no estaba por completo cuerdo ni era confiable. El hombre que solía predicar que uno solo vale tanto como su palabra ya no era capaz de cumplir la suya.

—Entonces, tenemos un trato.

Extendió la mano y la estreché. Su fuerza seguía siendo la misma. Todo acabó en un abrir y cerrar de ojos.

—Entonces, ¿dónde debería empezar toda esta guerra contra el pueblo? —pregunté, regresando a mi ensalada.

Papá miró a Dorothy, quien negó con la cabeza, al tiempo que se enjugaba los ojos.

—No sé por qué me miras, Arthur Daniels. No recuerdo la última vez que aceptaras alguno de mis consejos.

—Vamos, Dorothy —dijo papá.

—Ya sabes lo que estoy pensando.

—La Sociedad Histórica —adivinó.

Todos los caminos parecían llevar a esa maldita organización.

—Es la manera más rápida de recordarle a este pueblo quién es y de dónde viene. De los treinta y cinco miembros votantes solo cinco fundadores viven en Alba, y tu hijo es de uno de ellos. —Volteó en mi dirección—. Pero tú tienes que empezar a actuar como si no odiaras a todos y todo lo que representa este pueblo.

—Puedo hacer eso.

No odiaba a todos, solo a la gran mayoría en Alba.

—Y taparte eso —agregó, haciendo una seña hacia mis tatuajes—. Manga larga al menos durante un mes. Asustas a los niños pequeños.

Reí, pensando en Rose y su absoluta ausencia de miedo cuando usé su paquete de hielo de unicornio.

—Quieres decir que ofendo al grupo matutino del salón de Ivy.

Rio.

—No subestimes el poder de las viejas chismosas del salón de belleza.

—¿Y cómo exactamente quieres que conquiste a la Sociedad Histórica cuando sé que Xander ya usa su voto y tiene un lugar en el consejo? Además, ya me odian.

Xander y yo no teníamos acceso a los afiliados con derecho a voto hasta que papá muriera, e incluso en ese momento, no tenía ninguna propiedad personal para contribuir al distrito histórico. Todo lo poseía la compañía minera.

Entrecerró los ojos, pensando, mientras miraba por la ventana, sobre el barranco que daba a mi casa y más allá.

—Incendiar la barraca sin duda no te hizo muchos amigos en la Sociedad.

Mi mandíbula se tensó.

—Tienes que darles algo que hayan querido durante años —dijo él despacio.

Dorothy abrió los ojos como platos.

—Dijiste que eso era muy peligroso.

Papá se encogió de hombros.

—Gran parte de la propiedad es peligrosa. Pero la conozco mejor que cualquiera en el condado, y la única persona que me llega a los talones es Camden.

Observé hacia donde miraba y me puse lívido.

—No hablas en serio. Ese lugar está condenado al desastre.

—Lo está. Pero es la única propiedad a la que nunca he podido acceder y tú eres el único que puede dárselas. Es la joya de la corona en su tiara turística.

—¿Y qué haremos cuando Xander también impida eso? Nunca estará de acuerdo. Siempre ha dicho que es demasiado peligroso, y tanto tú como yo sabemos que ese lugar lo mata de pánico. Siempre ha sido así. Aunque soy dueño de las acciones del tío Cal de la mina, Xander controla las tuyas.

Los laberintos y recovecos de la mina Rose Rowan eran casi imposibles de comprender, a menos que la conocieras como la palma de tu mano, y Xander nunca se molestó en intentarlo. Para mí, era un refugio, mi parque de juegos, mi primera experiencia para tentar al destino.

—¿Has leído los documentos de Cal después de que murió? ¿O te parecía muy aburrido? —me retó papá—. Ve a tu casa y lee ese maldito archivo, Camden. No solo el testamento, sino los papeles de la compañía minera. Las ventas de la propiedad. Todo. Luego ofrecele la mina al pueblo y confía en mí.

—En serio quieres que vuelva a abrir la mina.

—No, pero es la única manera en la que te considerarán como algo más que una molestia peligrosa.

Mierda. Esa mina había estado cerrada a las visitas los últimos treinta años, y por buenas razones. Algunos de los soportes databan de los cincuenta, pero en otros lugares estaban las vigas originales de 1880. Era un laberinto de pisos derruidos, desmoronados, aire viciado y solo Dios sabía qué más.

—¿Sabes cuánto dinero se necesita para restaurarla?

—Deja que yo me encargue de eso —dijo Dorothy con una sonrisa—. Estoy esperando una llamada de la junta de financiamiento de Historia Estatal y quizá pueda reorientar algunas cosas.

—Es una locura.

—Puedes diseñar y construir cosas en Afganistán y Somalia, en cualquier parte, pero ¿no crees que puedes hacerlo en nuestro patio trasero? —me retó papá.

—Pensé que no sabías dónde estuve.

Entrecerró los ojos.

—¿Lo vas a hacer o no? Porque en cualquier momento Xander me va a enviar a ese asilo para ancianos.

Al instante comprendí: abrir la mina mataría dos pájaros de un tiro.

—Lo haré.

Horas después, cuando acabé de leer todos los documentos del tío Cal, un estremecimiento de aprensión recorrió mi columna.

El pueblo podría amarme por lo que estaba a punto de ofrecerle, pero igual de fácil podían odiarme por lo que me disponía a hacerle a mi hermano.

CAPÍTULO 8

Willow

—Cada año pedimos vender las palomitas de maíz caramelizadas, y cada año se las das a los Halverson —se quejó Peter Mayville en el podio de madera frente al todopoderoso consejo de la Sociedad Histórica de Alba.

El consejo municipal se encargaba de la administración del pueblo, pero el verdadero poder lo tenía el consejo de la Sociedad Histórica. En general, las reuniones se celebraban una vez al mes, pero ahora que solo faltaban siete semanas para abrir la temporada, se llevaban a cabo cada semana. La asistencia también aumentaba de manera significativa, ya que las familias que no pasaban aquí el invierno regresaban a prepararse para el fin de semana de apertura. En el ayuntamiento municipal, que fungía como el edificio multiusos del Alba moderno, la temperatura subía rápidamente con los casi cien cuerpos que se presionaban unos contra otros, al tope de su capacidad.

Cada persona en esa habitación era dueña de algún edificio, cívico o comercial, en el pueblo fantasma, que le otorgaba un voto en la Sociedad, y su ingreso estaba directamente vinculado con el dinero que aportaba durante la temporada turística.

Nada como las noches de viernes en un pueblo.

—Vamos, Peter, te escucho. En verdad. Pero no se trata tanto de que les demos las palomitas caramelizadas, sino de que ellos conserven el negocio. No es justo quitarles una antigua tradición cuando la han perfeccionado a lo largo de los últimos cincuenta años —respondió Walter Robinson, mirando sobre el armazón de sus lentes desde el centro de la tarima en forma de herradura donde presidía el consejo.

Me removí en mi silla plegable, al fondo de la sala, y miré el orden del día de esta semana. La reunión ya llevaba veinte minutos y seguíamos lidiando con el tercer tema, en el que los miembros con derecho a voto solicitaban cambios en sus planes de negocios para el verano. Por fortuna, había llevado qué picar, porque esto estaba a punto de convertirse en un campo de batalla y tenía que aguantar hasta el asunto número siete para presentar mi nuevo logotipo para la publicidad de Alba.

—Todos los años echa pestes sobre lo mismo —masculló Thea a mi lado—. Ya supéralo, Peter, y sé feliz con tu máquina de algodón de azúcar, por Dios santo —exclamó.

El pretzel se me atoró en la garganta y Thea me dio unos golpecitos en la espalda hasta que dejé de toser.

—Señora Lambert, si pudiera evitar sus comentarios —dijo mi papá en el micrófono.

Como miembro fundador, había ocupado ese escaño en el consejo desde que el abuelo murió. Cinco de los asientos estaban reservados para los miembros de mayor edad de las familias fundadoras, y los otros cuatro se elegían cada año entre los miembros con derecho a voto.

En concreto, si las familias fundadoras querían algo o no, se salían con la suya.

—Evitaré los comentarios si él deja de hacer la misma pregunta un año tras otro —respondió Thea, cruzando los brazos sobre el pecho.

Vaya, conocía esa mirada y papá no estaba contento.

—Bien, volvamos al asunto —dijo Walter, inclinándose hacia adelante en su asiento de presidente del consejo—. Peter, lo siento, pero voy a tener que rechazar tu solicitud. Sé que todos creemos en el capitalismo, pero no es lo más aconsejable competir entre nosotros cuando estamos en temporada, y lo sabes. Las palomitas caramelizadas son las que mantienen a flote el negocio de la señora Halverson. Además, hasta donde sé tú eras el único que podía vender crema solar. ¿Quieres intercambiar con la señora Halverson? ¿Sus palomitas por tu crema solar?

Peter miró a Mary Murphy, la secretaria de la Sociedad, quien levantaba su pluma para plasmar la moción en el acta.

—No —respondió de inmediato, negando con la cabeza—. Estoy contento con lo que tengo. Gracias.

Tomó el montón de papeles y fue a sentarse al extremo de la tercera fila.

—Maldito avaro —murmuró Thea—. Es dueño de la farmacia. Gana más dinero que casi todos los demás durante la temporada.

—A tu mamá también le va muy bien con su restaurante —le recordé.

—Cierto, pero ella no trata de quedarse con el maldito negocio de palomitas de Jennifer.

—En eso tienes razón.

Garabateé en el cuaderno que llevaba conmigo, esbozando una idea de logotipo que me habían encargado hoy. El negocio iba bien y era muy bueno poder trabajar a distancia.

James Hudgens tomó el podio y habló de los cambios en su plan de la vieja estación de bomberos de Alba para el verano. Nunca sabría cómo ese hombre había podido procrear a un imbécil como Oscar.

Un cuerpo ocupó el asiento a mi lado mientras sombreaba el diseño que estaba esbozando.

Thea me dio un empujoncito con el codo, me sobresalté y la fulminé con la mirada. Alzó las cejas y miró fijamente hacia el asiento al otro lado mío.

—¿En verdad cree que las fundas para latas de cerveza del cuerpo de bomberos de Alba se van a vender?

La voz de Cam me inundó como una avalancha, derrumbando las miserables defensas que había tratado de erigir en la casi semana desde que lo había visto. No era que estuviera contando los días.

Respiré profundo para tranquilizar mi corazón, pero esa porquería no me hacía caso. Al parecer podía estar muy bien sin verlo durante seis años, pero seis días me convertían en una adolescente. Era increíble, sí estaba contando los días.

—Es difícil para tipos como James —le dije en voz baja—. El fondo adicional ayuda, pero sabes que los propietarios de los edificios cívicos no ganan mucho.

—No me quejo de su mercadotecnia, solo de su mercancía —dijo, encogiéndose de hombros.

¡Uf!, su perfil era imperfectamente perfecto, muy irritante. Incluso su frente tenía un estilo arrogante. Llevaba la barba cortada al ras y eso suavizaba su mentón, pero por la forma en la que pasaba el pulgar sobre ella, sabía que se la rasuraría pronto.

Odiaba saber eso.

¿Por qué no se había puesto más feo en la última década? ¿Por lo menos que tuviera una calvicie incipiente o algo parecido?

—¿Qué haces aquí?

—Pensé que me habías dicho que viniera —respondió, sin dejar de mirar al frente.

—Cierto. ¿Y cuándo fue la última vez que me hiciste caso?

—Al parecer, ahora. —Sonrió burlón.

Luché contra el impulso de sacarle la lengua como cuando estábamos en la primaria. Dos semanas antes todo había estado tan ordenado, tan seguro… incluso predecible. Las mismas razones por las que me gustaba Alba ya no existían ahora que Cam estaba aquí.

—¿Qué es eso? —pregunté al ver el sobre manila en sus manos.

—Eso lo sé yo, tú tendrás que averiguarlo —respondió con voz cantarina.

Al parecer yo no era la única que tenía problemas para aparentar la edad que teníamos.

—Si esa es nuestra última solicitud, propongo votar como definitivos todos los planes de negocios para esta temporada —dijo papá.

Cam apretó la mandíbula.

—De hecho, hay un asunto en el orden del día que planteará la señora Powers que podría afectar los planes para el verano. Me gustaría dejar abierto este asunto hasta el final de la reunión —dijo Mary Murphy desde su asiento en el consejo, jugueteando con su collar de perlas.

—¿La señora Murphy tiene un asiento ahora? —preguntó Cam, aunque saltaba a la vista.

—La eligieron hace como cinco años —explicó Thea—. Y es un gusto verte, Cam.

—A ti también, Thea. ¿Cómo está Patrick? —Se inclinó hacia adelante y le sonrió.

—Probablemente muy aburrido a estas alturas —respondió, señalando hacia su marido, que estaba a dos asientos de mi papá—. Lo eligieron para el consejo el año pasado, tras la muerte de su padre.

Cam buscó a Patrick con la mirada.

—¡Guau!, no lo reconocí.

Su mirada se ensombreció y la bajó hacia el sobre que tenía en el regazo.

—Estoy segura de que le encantará verte —mintió Thea.

—Ya. Algo me dice que no.

Se arremangó la camisa sobre los antebrazos, luego pareció recapacitar y las volvió a bajar.

—¿Qué te tiene nervioso? —le pregunté mientras Tyler Williamson subía al podio para presentar su nuevo negocio.

Al fin me miró y sentí mariposas en el estómago. «No reacciones. No re-ac-cio-nes». Lo curioso de mi cuerpo era que siempre traicionaba mi lógica cuando Cam estaba cerca.

—Después te digo —prometió.

Dorothy Powers subió al podio, dejando vacío el asiento al lado de Arthur Daniels.

—Me sigue pareciendo extraño ver a Xander en el asiento de tu papá.

Como si Xander me hubiera oído, volteó a ver a Cam entre el público y forzó una sonrisa.

Cam lo saludó agitando dos dedos y apartó rápidamente la mirada. Mi desconcierto aumentó cuando Art volteó a ver a Cam y asintió ligeramente.

¿Qué diablos estaba pasando?

—Como saben… —Dorothy se inclinó hacia el micrófono y su voz retumbó en la sala—. Uno de los nuestros, de Alba, acaba de regresar a nuestro hermoso pueblo. Me emociona anunciar que Camden

Daniels quiere presentar su plan para el verano. Es posible que lo que propone no sea factible hasta el final de la temporada...

Parpadeé. Lo más seguro era que no hubiera escuchado bien.

—Con todo respeto, señora Powers, tengo que detenerla ahí —interrumpió papá—. Solo los miembros con derecho a voto pueden proponer un plan de verano, y como, por fortuna, Art sigue aquí con nosotros, la familia Daniels solo tiene un voto en la Sociedad Histórica.

—¿Tienes un plan para el verano? —pregunté a Cam entre dientes; aunque fuera irracional, me sentí insultada de que no me lo hubiera comentado.

Tener un plan para el verano no solo implicaba que había vuelto a casa, sino que en verdad se quedaría. Mi corazón latió a trompicones y luego se aceleró.

Cam me ignoró y apretó el sobre con más fuerza.

La atención de todos los miembros del consejo titubeó entre Dorothy y Cam, en un asombro abierto, evidente.

—Con todo respeto —retomó Dorothy con voz dulzona—, conozco muy bien nuestro reglamento, señor Bradley. He sido miembro con derecho a voto los últimos veinte años. Si no mal recuerdo, usted ha ocupado ese asiento... ¿los últimos siete?

Mi papá hizo una mueca, pero no dijo nada. Dios, estaba feliz de ya no vivir en su casa, porque estaría furioso durante días.

—En fin, por supuesto que tiene razón —agregó Dorothy para calmarlo—, pero si consideran esto... —Le hizo una seña a mi mamá, quien se acercó al podio con una carpeta de la que sacó juegos de papeles que repartió entre los miembros del consejo— ...verán que cuando Cal Daniels falleció le dejó todas sus propiedades a su sobrino Camden. No las dividió entre los chicos Daniels. Eligió a Cam como su único heredero, y eso también le transfiere su lugar como miembro.

Los miembros del consejo taparon sus micrófonos para que no los oyeran y empezaron a murmurar. La gente del público volteó descaradamente para mirar boquiabiertos a Cam.

—¿Milton? —preguntó Genevieve desde su asiento en el consejo.

Milton Sanders, el único abogado practicante en Alba, puesto que Simon tenía práctica en Buena Vista, se puso de pie y avanzó al estrado. Se pasó la mano por el grueso cabello castaño mientras leía los documentos de Dorothy.

—Me odia —murmuró Cam.

—Eso no importa. Es el abogado de la Sociedad Histórica —dije en un murmullo que provocó que tres mujeres que estaban frente a mí me fulminaran con la mirada.

La señora Rhodes sacudió la cabeza en mi dirección y volteó al frente. Bueno, esto estuvo fuera de lugar.

—Esto es Alba. Sí importa —concluyó Cam.

Miré fijamente a todos los que observaban a Cam hasta que cada uno de ellos apartó la mirada. Él no merecía que lo trataran así.

—Parece que el chico tiene voz y voto —respondió Milton.

Los murmullos se alzaron hasta convertirse en un clamor.

—No se puede dejar la membresía con derecho a voto en un testamento —repuso papá.

—No, pero la sección siete, párrafo tres de nuestros estatutos establece que los asientos se pueden heredar a los herederos reconocidos de la familia, y el testamento de Cal nombra a Camden como su único heredero reconocido —contrapuso Milton, encogiéndose de hombros.

—Él sabía lo que hacía —murmuré.

—Siempre lo supo —dijo, sin apartar la mirada del consejo.

—Entonces, ¡no es válido! —exclamó Genevieve en un chillido.

—Bueno, parece que el juez Bradley aceptó el testamento como válido cuando Cal murió, así que…

Milton miró a papá, cuyo rostro ahora parecía un tomate. No estaba segura si se debía a la vergüenza o a la rabia; como fuera, el hombre estaba rojo como un tomate.

—Pero no cumple los requisitos —repuso Pat desde su asiento en el consejo—. Tiene que ser residente de Alba a tiempo completo durante un año antes de que pueda ejercer su membresía.

Thea cruzó los brazos. Pat se llevaría una reprimenda en casa.

¿Todos estaban en su contra?

Las cabezas a nuestro alrededor asintieron en acuerdo.

Supongo que sí.

—Normalmente, así debería ser, pero el párrafo cinco estipula que la cláusula de residencia se puede ignorar cuando se regresa de servicio militar, siempre y cuando el miembro no tarde en solicitarlo. —Milton miró al público—. ¿Camden? ¿Deseas que se dispense la cláusula de residencia?

—Sí —respondió Cam, poniéndose de pie.

Atrajo todas las miradas de quienes no podían verlo antes.

—En fin, por mucho que odie decirlo, Camden Daniels cumple los requisitos para ser miembro con derecho a voto —anunció Milton al consejo—. Ahora tenemos 27 miembros con derecho a voto y nueve miembros del consejo.

—¿Y qué propiedad personal presenta para que se le incluya en el distrito histórico? —preguntó Xander.

Sentí que oprimían mi corazón. ¿Xander estaba hablando en contra de su hermano? Incluso en nuestros peores días jamás me opondría a Charity.

Cam no mostró un solo signo de sorpresa. ¿Se esperaba la falta de apoyo de Xander?

—Sube, Cam —dijo Dorothy, y le hizo una señal.

Cam caminó por el pasillo central con la cabeza erguida.

—Esta es la mejor reunión de la Sociedad Histórica a la que he asistido en años —comentó Thea.

Ese comentario hizo que las tres mujeres frente a nosotras la miraran con furia, pero advertí que la señora Rhodes no la vio a ella, su rostro amargado se dirigía a mí.

—No va a reclamar la barraca como de su propiedad, ¿o sí? —dijo entre dientes—. Tú apenas saliste viva de ese incendio, Willow Bradley. Creí que tendrías más juicio.

Quedé boquiabierta y ella solo se volteó hacia el frente, sacudiendo la cabeza en desaprobación.

—Él no… —dije, pero Thea me detuvo poniendo una mano sobre mi pierna.

—No te molestes. Van a pensar lo que se les dé la gana.

—Me alegra que lo preguntes, hermano —dijo Camden frente al micrófono—. Soy propietario del edificio Rose Rowan, en Main Street. Cal compró la propiedad a la compañía minera y me lo heredó en el testamento.

Si mis músculos se tensaban más se quebrarían a la mitad.

—¿Hablas en serio? —preguntó Xander, al tiempo que mi papá sonrió burlón.

—Sí —insistió Cam—. Y aunque no está en condiciones de…

—Hay casi un metro de nieve al interior de ese edificio en este momento, porque no tiene techo —continuó Xander.

—Cierto, y de acuerdo con la sección dos, párrafo cuatro de nuestros estatutos, un propietario que desea ejercer su voto tiene dos temporadas para renovar su propiedad, para que se pueda considerar en beneficio de la Sociedad Histórica, pero puede hacer uso de su condición de miembro con derecho a voto de inmediato.

—¿Adónde quiere llegar con eso? —espetó la señora Rhodes.

—Probablemente quiere incendiar el lugar —respondió otra mujer—. A ese chico nunca le ha importado este pueblo.

No me molesté en ver quién lo dijo, no cuando hubiera sido necesario un milagro para apartar la mirada de Cam.

—Entiendes que necesitarás a un experto en restauración —exclamó papá en su micrófono—. Un experto aprobado por la Sociedad Histórica.

Me quedé paralizada. Dios mío. Yo no tendría que decirlo, ¿o sí? Sin duda…

—Sin duda no seré yo quien se porte voluntaria para ayudarlo —agregó Genevieve con la cabeza erguida—. Ya hiciste bastante para dañar este pueblo, Camden, y no estoy dispuesta a usar mis conocimientos para que tú puedas destruir a la Sociedad Histórica. Nosotros somos lo único que mantiene vivo a Alba.

Un murmullo de acuerdo recorrió la habitación.

Maldición. Me gustaba mi vida tranquila y sin complicaciones. Me gustaba diseñar logotipos y hacer cosas por la Sociedad Histórica, pero no que me comprometieran mucho más que para lo que tenía tiempo. Me gustaban los límites y tenía el sentimiento de que estaba a punto de sobrepasarlos todos por el chico al que había jurado nunca darle nada más.

Solo que ese chico temerario era ahora un hombre que parecía estar haciendo un gran esfuerzo para demostrar que había cambiado a un pueblo que no se lo permitía.

—Supongo que eso lo resuelve —dijo mi papá—. ¿O no, presidente?

Walter miró a Cam con tristeza.

—Lo siento, hijo, pero a menos que tengas bajo la manga a un especialista en restauración aprobado por la Sociedad, tengo que cumplir los estatutos, aunque algunos miembros actúen solo por resentimiento.

Papá sonrió con suficiencia. Era cruel, feo, encendió algo en mí, tan fuerte, que no pude ignorarlo.

Me puse de pie y mi cuaderno cayó al suelo con un sonido seco; la indignación encendió mis mejillas.

—Yo lo haré —exclamé.

El ruido aumentó. Me subí en la silla, me llevé dos dedos a la boca y lancé un silbido agudo.

Se hizo el silencio, casi todos voltearon a verme.

—¡Dije que yo lo haré!

Estaba segura de que me habían escuchado hasta Buena Vista.

—¡Willow Bradley, bájate de esa silla! —gritó papá.

Obedecí, por pura costumbre. Luego respiré profundo y me dirigí al pasillo, avancé por el siniestro camino hacia donde Cam esperaba; me miraba con una concentración tan intensa que casi tropiezo.

—¿Qué haces? —murmuró cuando llegué a donde estaba.

—Tú me protegiste de una bala, ahora yo recibiré una por ti. Muévete y déjame hablar.

No me molesté en ocultar mi determinación mientras lo miraba fijamente. ¿A quién le importaba lo que el pueblo pensara o lo enojado que estaba mi papá?

Justo cuando pensaba que Cam no se rendiría, se movió y se puso a mi lado cuando subí al podio. Mis dedos temblaban cuando me incliné hacia el micrófono.

—Yo seré su experta en restauración.

Mi voz era mucho más firme que mis nervios, a Dios gracias. Ya me consideraban una niña, lo último que necesitaba era actuar como una también.

—Willow, sabemos que eres una buena persona —dijo Genevieve con compasión—. Después de todo, Camden es el hermano de Sullivan y sé que debes de sentirte obligada de ayudarlo en nombre de Sullivan. Pero, querida, ¿de dónde sacas que eres experta en restauración? ¿No haces tus cosas en la computadora? Eso no es histórico.

Mi determinación se endureció y de ser acero pasó a ser de titanio.

—Esto no tiene nada que ver con Sullivan. Se trata de Cam. Más que eso, se trata de hacer lo correcto. Cam tiene derecho y ustedes están tratando de negárselo por pura mezquindad. —Agité la cabeza, enojada—. El año pasado me gradué de Rutgers, una de la cinco mejores escuelas de Arte del país —dije, centrando mi atención hacia Walter. Como presidente, él tenía el poder para aprobarme.

—En diseño gráfico —interrumpió papá—. No es lo mismo.

Pensé en la pequeña torre de ónix que estaba en mi escritorio. El caballo lo tenía en el cajón de mi buró. Las otras piezas las guardé, todos los recuerdos del niño que estaba a mi lado en el cuerpo de un hombre.

—Tengo una doble licenciatura —dije, dirigiéndome a papá, quien palideció—. Sí, tengo un título en diseño gráfico, pero también uno en Restauración de Arte y Conservación, especializado en el oeste estadounidense.

Sabía que este día llegaría, en algún momento tendría que ponerme en los zapatos de Genevieve si quería asegurar la supervivencia de nuestro pueblo.

Pensé que eso sucedería en otros veinte años, no en veinte minutos. Genevieve apretó los reposabrazos de su silla como si fuera a levantarse de un salto de un trono al que yo no tenía ninguna pretensión.

—¿Y me lo dices hasta ahora? —dijo papá, furioso, a pesar de su tono tranquilo.

No estaba enojado por el diploma en sí. Hubiera presumido su satisfacción si hubiera sido él quien me presentara en ese puesto.

Lo que lo sacaba de quicio era perder el control y que yo apoyara a Cam.

Cam se acercó a mi lado y su brazo rozó mi hombro, lanzando corrientes de electricidad por todo mi cuerpo.

—Papá, lo dijeron mientras caminaba por el estrado de graduación. No era un secreto. Mamá lo filmó y todo.

Porque él no había asistido, enojado todavía porque tuve la osadía de desviarme de su plan.

El público murmuró, pero mantuve mi atención en papá.

—Supongo que no tendrás ningún problema en que tu propia hija preste servicio a la Sociedad Histórica. No sería muy caritativo si me quedara callada y dejara que el pueblo sufriera por eso.

Por suerte había comprado mi casa este año, o probablemente dormiría en el sofá de Charity esta noche. Qué rápido me deshice de toda la buena voluntad que había ganado desde que volví a Alba.

Si antes parecía un jitomate, ahora mi padre era un globo bermellón gigante, listo para explotar.

—Aceptaré tu experiencia —declaró Walter, y exhalé de alivio, mi cuerpo se relajó contra el de Camden—. Camden, también acepto el edificio Rose Rowan de la compañía minera como tu contribución histórica. Bienvenido a la sociedad.

—Ahora, escuchemos su plan para el verano —dijo Dorothy a mi lado acercándose al micrófono.

Su cercanía lleno mi nariz de un olor a aerosol de uva para el cabello.

Batalla ganada, ahora iba a la guerra. Cualquiera que fuera.

—Eso no se puede proponer en este momento. —Tim Hall volteó a ver la mirada furiosa de mi padre hacia mí—. Es su primer año… carajo, lleva un día como miembro. No puede proponer un plan hasta su segundo año si no cuenta con un miembro del consejo que lo apoye, por supuesto. Las reglas son las reglas.

—Sin duda alguno de ustedes lo apoyará —intervino Dorothy alzando las cejas hacia el consejo—. Créanme, lo que va a ofrecer les interesará.

Si no hubiera estado tan pendiente de él, no hubiera reconocido el sutil movimiento de cabeza de Cam hacia Dorothy.

Walter miró el estrado de arriba abajo. Como presidente, no podía respaldar el plan y no estaba segura quién más podría apoyar a Cam aquí.

—Yo lo respaldaré —intervino Julie Hall, inclinándose hacia adelante, desviando la mirada descaradamente del lugar donde estaba su suegro.

Era el miembro más joven del consejo, heredó su lugar de su madre, después de que muriera en un accidente de coche el año pasado.

—¡Esa es mi chica! —gritó Gideon desde la segunda fila, provocando con eso un estallido de risas.

—¿Cuál es el plan? —preguntó Walter antes de que alguien objetara.

Camden se inclinó a mi lado para tomar el micrófono y me aparté a la izquierda para darle el podio. Cuando me moví para alejarme, Dorothy me puso la mano en la espalda para detenerme.

—Quiero ofrecer la mina Rose Rowan para visitas.

De nuevo, todos se quedaron sin aliento, y esta vez yo también. La mina Rose Rowan era la propiedad que este consejo siempre deseó tener, pero Art y Cal la habían mantenido cerrada durante décadas.

—¿Qué dices, hijo? —preguntó Walter para aclarar, con los ojos engrandecidos.

—Quiero abrir la mina para visitas. Empezaré de inmediato, pero no puedo garantizar que esté lista para este verano. Quizá el siguiente pueda ya estar abierta.

—¿Cómo? —gritó papá. Su conflicto entre el odio que sentía por Cam y las ganas de tener la mina era visible.

—Supongo que un letrero gigante que diga «Abierto» funcionará.

Genial. Había llegado hasta este punto solo para arruinar todo el maldito plan con su bocota. ¡Vaya!, Camden Daniels perdía su sangre fría en el último momento y dejaba que todo se fuera al diablo.

—No era esa mi pregunta —repuso papá—. Esa mina es un caos y no puede recibir visitas. Todos queremos abrirla, eso no es un secreto, pero ¿lo has pensado? ¿Contrataste a un ingeniero?

Era curioso cómo su tono de voz cambiaba cuando se trataba de algo que le interesaba.

—Yo soy ingeniero civil, tengo los conocimientos. He trabajado en proyectos más difíciles, de Afganistán a Somalia. Tengo el título universitario, puesto que el currículum parece ser tan importante ahora. Supongo que si el gobierno de Estados Unidos me confió el diseño y la construcción de presas, puentes y edificios, ustedes también deberían hacerlo.

—Pero… ¿y el dinero? —preguntó John Royal.

—El Fondo Histórico Estatal nos ofreció una subvención de 200 mil dólares para el proyecto —agregó Dorothy—. Hoy confirmé que lo vamos a obtener, pero me estoy saltando tres asuntos en el orden del día.

—¡Eso es para todo el distrito! —exclamó Tim Hall—. ¿Qué hay de la restauración de la curtiduría?

Al menos Tim era consistente. No le importaba lo que Cam ofreciera. Solo quería que se fuera.

—Ofrecer recorridos en la mina Rose Rowan aumentará sin problema otros treinta mil visitantes al año, cabeza dura —espetó Dorothy—. ¿Me estás diciendo que no quieres eso? ¿Que no lo necesitamos? ¿Estás dispuesto a castigar a la gente del pueblo de Alba solo porque Camden Daniels no te cae bien?

Esta vez, el público murmuró su acuerdo.

—Yo ayudaré también con la mina —ofrecí, esperando cambiar los ánimos.

—Bueno, si es así, yo podría… —intervino Genevieve.

—Acepto el ofrecimiento de Willow —interrumpió Cam.

Cam giró y miró a cada uno de los miembros del consejo hasta que llegó a su hermano.

—Pero no tienes la autoridad para abrir la mina —dijo Xander frunciendo el ceño—. No quiero decir que no es lo que el pueblo necesita, pero ambos sabemos que es sumamente peligroso, por eso la cerraron. Solo imagina el riesgo. Un turista se pierde y no seremos pueblo fantasma solo de nombre. Lo siento, Cam, pero no tienes los medios para que sea lo suficientemente segura. En nombre de la mitad de papá de la compañía minera Rose Rowan, en buena conciencia, no puedo permitírtelo. Es posible que Cal te heredara el edificio en Main Street, pero los dos somos dueños de la compañía minera.

Todos los miembros del consejo voltearon a ver a Xander como si hubiera estado chupando un dulce que todos codiciaban.

—No podemos permitir que nuestros turistas se lastimen. Eso acabaría con el pueblo más que cualquier otra cosa —agregó, y otros miembros del consejo asintieron—. Cam lleva solo un par de semanas en casa. No es tiempo suficiente para evaluar lo que la mina necesita. Me emociona que esté dispuesto a abrir esa posibilidad, pero en realidad es un asunto que tendremos que manejar hasta después de la temporada. No de forma apresurada, no ahora.

Camden tensó la mandíbula y sus dedos apretaron el atril hasta que sus nudillos se pusieron blancos.

—Entonces es muy bueno que yo esté más que capacitado para encargarme tanto de la seguridad como de la restauración mecánica de la mina. Cuando abramos será por completo segura en los caminos designados para el recorrido y el acceso a todas las otras zonas quedará bien cerrado. Y en cuanto a mi capacidad para hablar en nombre de la compañía minera, ¿por qué no lees la primera página de los documentos que adjunté?

Todos los miembros del consejo empezaron a hojear las páginas engrapadas.

—¿Estás bromeando? —exclamó Xander.

—Me temo que no, hermano. Era fácil no verlo, puesto que la compañía no ha tenido un solo centavo de ganancia los últimos setenta años.

Xander negó con la cabeza mientras leía esa página una y otra vez.

—¿Qué dice? —preguntó alguien en el público.

—Dice que el tío Cal era el propietario mayoritario de la familia. Quizá puedas ejercer el voto de papá, pero yo sigo teniendo el cincuenta y cinco por ciento de la compañía y digo que abramos la mina.

Cam no sonrió ni apartó la mirada de su hermano.

—Denos un momento —dijo Walter.

Llamó a los otros miembros del consejo. Cubrieron sus micrófonos y formaron un círculo para hablar entre ellos.

—Mírate, rompiendo las reglas y oponiéndote al pueblo —murmuró Cam a mi oído.

—Más bien, doblar las reglas. ¿Y por qué no me dijiste que querías abrir la mina? —le pregunté en voz baja—. Hubieran aceptado de inmediato en lugar de hacerte pasar por esto.

—Necesito la ventaja de la mina para algo mucho mayor que obtener un voto en la Sociedad Histórica.

—¿Tu papá?

Asintió.

—Mi papá. Francamente, imaginé que si no me dejaban entrar a su valioso club debido a mi pasado, no se merecían lo que significaría la mina para su futuro.

—Entiendo.

—No sabía que tenías un título. Por lo menos, no esa parte. Gracias por estar de mi lado.

Inclinó la cabeza en mi dirección sin dejar de poner atención al consejo.

—Siempre —respondí, antes de poder cerrar mi tonta boca.

—No siempre —repuso con una sonrisa irónica.

—Sí, tienes razón. Pero ahora lo hago.

—Gracias —repitió.

—De nada.

Tenía razón. En cuanto empecé a salir con Sullivan me había puesto de su lado, no del de Cam. La dinámica cambió, como todos hubieran esperado.

Pasó un momento más de tensión hasta que el consejo volvió a tomar asiento. Mis uñas marcaron medias lunas en las palmas de mis manos mientras rezaba que, aunque fuera una vez, rompieran el rígido molde de sus tradiciones. Ni siquiera me importaba que actuaran por codicia, siempre y cuando actuaran.

—Camden, el consejo acepta considerar tu plan de verano. Necesitaremos un plan detallado tanto para la mina Rose Rowan como para la restauración del edificio Rose Rowan para la reunión del 29 de marzo, así que tienes dos semanas. Siempre y cuando todo esté en orden, no veo por qué no puedas empezar a trabajar en la mina de inmediato —anunció Walter con una sonrisa.

Me tapé la boca con la mano, el asombro y la alegría me inundaban por turnos. Por primera vez desde que tenía memoria, el pueblo de Alba vitoreaba a Camden Daniels.

Reabrir la mina implicaba que había vuelto para quedarse, y si bien eso me emocionaba, también provocaba que mi sonrisa flaqueara. No podría ocultar mis sentimientos por Cam durante mucho tiempo y algo me decía que trabajar con él solo apresuraría lo inevitable.

CAPÍTULO 9

Camden

—Se nota que ha pasado por mucho.

Me levanté desde donde examinaba la estructura de los castillos interiores y volteé. Mi hermano estaba de pie en el umbral del edificio Rose Rowan. En unos veinte minutos Willow llegaría, en medio de la polémica que mi hermano sin duda estaba a punto de desatar.

—Ese bien podría ser el lema de Alba —dije.

—Sin embargo, aquí estás. Entras cabalgando como un caballero blanco, listo para salvarnos a todos.

Cruzó los brazos sobre el pecho, pero me regaló una enorme sonrisa.

—Ni tantito. —La nieve crujió bajo mis botas cuando avancé los cuatro metros y medio hasta donde estaba—. El pueblo está bien. Abrir la mina podría impulsarlo un poco más, pero eso es todo. En serio, me asombra que no lo hayas pensado antes.

Frunció los labios, pero de inmediato los relajó.

—Sabía que no había una sola maldita oportunidad para traerte de regreso, y mucho menos de que me cedieras tu mitad de la compañía minera. Sin hablar de encontrar a un ingeniero que estuviera dispuesto a emprender la obra. Este lugar es una pesadilla para quien se haga responsable.

Más de la mitad de la compañía minera. Aunque por supuesto no lo diría. No necesitaba echarle sal a su herida abierta.

—No te estoy pidiendo que me cedas tu parte. Pero participar en esto será todo un éxito, ¿no crees? Al menos para ti en la política.

—¿Es eso lo que estás buscando? ¿Influencia política? ¿Ahora quieres postularte para alcalde? Cam, hace apenas un minuto que regresaste y de pronto sabes mejor que nadie qué hacer con papá, conmigo, cuáles son las necesidades del pueblo. ¿Qué estás haciendo?

—Mi mejor esfuerzo para cumplir la promesa que hice.

—¿De qué hablas? —Sus manos se movieron para hacer énfasis en cada palabra.

—Le dijimos a papá que podía morir en esa casa. No me mires así. Lo hicimos. —Metí las manos a los bolsillos para calentarlas un poco.

—Éramos niños —dijo despacio—. Mamá acababa de morir. Tú tenías, cuántos, ¿doce?

—Y tú catorce —le recordé.

—¡Y papá estaba borracho! —gritó Xander.

Respiró hondo y giró la cabeza de izquierda a derecha, quizá para asegurarse de que nadie hubiera escuchado su exabrupto. Pero nadie escuchaba. Esta sección de la calle Main tenía al menos seis edificios abandonados que aún debían restaurarse, y ninguno de los que ya eran funcionales había abierto aún.

—No te preocupes, estamos solos. No tienes que ser perfecto, solo honesto. Sí, papá estaba borracho, pero nosotros no. Estaba destrozado y dijo que moriría en esa casa, igual que ella. Y luego volteó a vernos y nos dijo: «Prométanme que cuando sea viejo, podré morir en esta casa». Y tú lo prometiste.

—¡No sabíamos que tendría alzhéimer precoz! No sabíamos que Sullivan moriría ni que tú estarías diez años lejos de casa. Las cosas cambiaron, Cam. ¿Qué carajos tiene que ver todo esto con la mina? Porque ambos sabemos que a ti te importa un carajo lo que le pase a Alba.

Observé el edificio sin techo en el que me encontraba, desde las paredes de madera vieja hasta los paneles de vidrio en el muro norte que por milagro habían sobrevivido los últimos 140 años.

—Este es mi hogar. Por supuesto que me importa lo que pasa aquí. Y sí, me fui diez años y puedes juzgarme por eso. Estoy acostumbrado. No sabíamos lo que pasaría con papá, con mamá, ni siquiera con Sully. Pero ahora está en nuestras manos que se quede en su casa. Y no me digas que es muy caro, los dos sabemos que papá puede pagar atención a domicilio.

—¿Quieres que deje las cuentas de papá en ceros? —preguntó Xander entre incrédulo y furioso—. Te das cuenta de lo que significa, ¿verdad? Cuando muera, todo lo que nos quedará será la compañía minera y la tierra. Eso es todo. No es como si papá fuera a regresar a trabajar en el Servicio Forestal.

—Es su dinero. Si el cuidado a domicilio deja sus cuentas en cero, tendremos que adaptarnos. Por favor, no me digas que tu argumento para ponerlo en un asilo es conservar tu herencia.

Las palabras me dejaron un sabor amargo en la boca.

—Solo tiene cincuenta y ocho años. No sabemos cuántos años vivirá, pero que me parta un rayo si no le quedan otros treinta con cuidado a domicilio que tenga que pagar, Cam. En cuanto a la herencia, para ti es fácil decirlo. Regresaste a una casa que es tuya, tierra que es tuya. Este edificio es tuyo. Tienes el cincuenta por ciento de la compañía minera y una membresía con derecho a voto en la Sociedad Histórica.

—¡Tú tienes un maldito lugar en el consejo! —espeté—. ¿En verdad te importa que vote?

—No tengo un lugar, papá lo tiene. Yo solo actúo en su nombre porque está incapacitado y lo sabes. Y cuando muera, ¿qué pasará entonces?

—¿En serio me estás preguntando por su asiento? —Mis pulmones ardieron y las llamas cosquillearon mi lengua como si me motivaran a decir algo imprudente, explotar como Xander sabía que era capaz—. ¿Crees que me importa un carajo quién se sienta en el consejo?

—No pensé que te importara la compañía o la mina, y aquí estás —dijo, haciendo un gesto hacia el lugar con sus manos cubiertas por guantes de piel.

—Solo estoy en este edificio porque tengo que presentar un plan al consejo la próxima semana. ¡Es la única forma en la que puedo reabrir la mina! Es un medio para mi fin.

—¿Por qué es tan importante para ti?

—¡Porque eso pagaría el cuidado de papá si tú no lo vas a hacer! —grité, señalándolo con el índice.

Quedó boquiabierto una fracción de segundo y luego cerró la boca.

—¿Vas a abrir la mina para pagar el cuidado de papá?

Sin duda este no era el momento de hablar de la orden de no resucitar. Xander era un político, pero yo había pasado los últimos diez años haciendo la guerra y construyendo infraestructura. No iba a mostrar mi juego aún. No, cuando no podía confiar en tener una conversación racional con él sobre el tema.

—Sí. No tengo ningún control aquí, Xander. Tú lo tienes todo. Tú controlas el cuidado de papá, sus finanzas, su asiento en el consejo y toda su vida. Así que si el dinero es la verdadera y única razón por la que no lo dejas permanecer en la casa en la que nació, en donde murió nuestra madre, entonces voy a quitarte esa preocupación. El dinero que traerá la mina con los recorridos lo cubrirá con creces. Incluso si solo puedo darle a papá el cincuenta y cinco por ciento del total.

Hizo una mueca al oír mis últimas palabras.

—Pensé que solo necesitabas un trabajo. Un ingreso —admitió en voz baja.

—¿Un ingreso? Ni siquiera he gastado la mitad de mi sueldo del ejército en los últimos diez años. Renuncié a mi trabajo para venir aquí y ya tengo una docena de ofrecimientos con distintas compañías que hacen mucho más dinero que cualquier cosa que la mina pudiera sacar en la temporada. Si solo quisiera un empleo, hubiera aceptado alguna de esas ofertas y me hubiera ahorrado toda la mierda que he tenido que soportar. ¿En serio crees que estoy aquí porque no tenía nada más?

Bajó la mirada hacia sus relucientes zapatos de vestir. Apostaría que los dedos de sus pies estaban congelados, y en parte lo deseaba.

—Lo pensé, sí. No es que no me alegre de que estés aquí.

—Lo demuestras muy bien.

Suspiró y alzó la vista como si rezara pidiendo paciencia. Quizá Dios seguía escuchándolo. Me alegro por Xander.

—Lo hiciste todo a mis espaldas —dijo en voz baja; su mirada mostraba dolor.

—¿Volver a casa? —aclaré—. Llevas cinco años pidiéndome que vuelva a Alba. Carajo, tú me pediste que me fuera después de lo de Sullivan.

—No, con la mina. Pudiste haberlo hablado conmigo. Pudimos presentar el plan como un equipo. Preferiste dejarme fuera y me hiciste pasar por un tonto frente al consejo por no saber lo que tenías planeado.

Evité mi instinto de contraargumentar para decirle que él solo estaba enojado porque las cosas no habían salido como quería. Había algo más detrás, ¿no? Por supuesto, su imagen le importaba más que a mí, pero esto no podía tratarse únicamente de su reputación.

—Lo siento —dije, con tanta sinceridad en la voz como pude ser capaz para que supiera que decía la verdad—. Tenía miedo de que reaccionaras... bueno, como reaccionaste. Después de la cena la otra noche no confiaba en que tuvieras la mente abierta. Debí hacerlo, lo siento.

Se quedó inmóvil durante un momento incómodo y acabó por negar con la cabeza.

—Me gustaría pensar que te hubiera escuchado y te hubiera apoyado. Pero quizá tienes razón. El asunto con papá la otra noche me puso a la defensiva. No quiero verte como enemigo, Cam. Eres el único hermano que tengo.

«Que te queda. Soy el último hermano que te queda».

—No quiero ser tu enemigo. Nunca. Solo estoy tratando de hacer lo mejor para papá y si eso significa que te molestes a veces, entonces tendré que aceptarlo. Pero lamento no haberte hablado de la idea de la mina antes. Fue una jugada tonta.

Negó con la cabeza.

—Acabas de pedirme disculpas dos veces en los últimos dos minutos. Debí grabarlo, porque no creo que vuelva a escuchar esas palabras.

Media sonrisa se dibujó en su rostro.

—Estoy destinado a echarlo todo a perder, pero soy lo suficientemente hombre como para asumirlo.

—No acostumbrabas serlo.

—No acostumbraba ser muchas cosas.

—Okey —dijo despacio, como si él hubiera llegado a una suerte de decisión—. Tengo ya mucho con qué lidiar con papá, con mi despacho contable…

—Y tu puesto de alcalde —agregué.

—Creo que los dos sabemos que estar a cargo de Alba no es precisamente un empleo a tiempo completo. La cuestión es que tengo las manos llenas. Y sé que, técnicamente, no lo necesitas, pero tienes mi apoyo con la mina. Sigo pensando que es una decisión estúpida y que puede provocar la muerte de personas, pero confío en tus habilidades. Confío en ti. Así que cuando estemos solos hablaré claramente y a menudo de mis preocupaciones, te apoyaré cuando estemos en el consejo.

—¿En serio?

Traté de mantener la voz lo más neutral posible, no quería que la esperanza o la incredulidad se oyeran en mi tono.

—En serio. —Se encogió de hombros—. Si hubiera sabido por qué lo hacías, hubiera estado de tu lado desde el principio.

—Pero ahora lo estás.

—Sí. Y podemos hablar del cuidado a domicilio para papá. Cenemos en mi casa esta semana, te enseñaré lo que he investigado sobre sus finanzas y quizá podamos resolver las cosas juntos.

Sus labios apretados me decían lo que sus palabras callaban: no quería ceder ningún control, pero haría un esfuerzo por hacerlo.

—Yo llevaré la comida.

—Suena bien. Te dejo que regreses a tu… —Miró por el edificio, que estaba en mucho peores condiciones que cuando éramos niños.

—Mi ruina gigante —dije, terminando su frase.

—Tu ruina gigante —repitió, y luego sonrió—. Luego nos vemos.

—Nos vemos —respondí, despidiéndome con la mano.

Cuando su deslumbrante camioneta azul cruzó la reja de entrada sin puerta del edificio de la mina, regresé a mi inspección. En mi mente catalogué todos los problemas estructurales, al tiempo que volvía a pensar en la conversación con Xander.

Sullivan hubiera aligerado la situación sin ningún esfuerzo.

—Me va a matar cuando averigüe lo que realmente estoy haciendo. Lo sabes, ¿verdad? —dije en un murmullo—. Claro, existe una pequeña posibilidad de que lo convenza, pero sabes cómo es él.

Me acerqué al marco de la ventana del lado sur del edificio y tuve que pasar sobre la viga de soporte rota que se había caído del techo antes incluso de que yo me fuera de Alba.

—Mira todo esto —murmuré—. Sin embargo, te hubiera encantado, ¿verdad? Lo hubieras visto como una aventura, como una manera de recuperar un poco el legado familiar. Yo solo veo una pesadilla de ingeniería con demasiadas reglas de restauración con las que lidiar.

Me acuclillé para pasar debajo de otra viga caída para poder ver mejor los pilotes.

—Voy a tener que reemplazar casi todos. Solo tengo que agregarlos a la lista. Pelear por papá, pelear contra el pueblo, averiguar qué voy a hacer con mi vida... Tú lo hubieras tomado todo con tranquilidad y una sonrisa, ¿verdad?

—Hola —dijo Willow a mi espalda.

Me levanté y me golpeé la cabeza en la viga que había tratado de evitar.

—Carajo —maldije, sobándome la cabeza al tiempo que me agachaba para salir.

—Perdón. Traté de no sorprenderte.

Se mordió el labio e hizo una mueca bajo su gorro verde de invierno del mismo color que sus ojos.

—No lo lograste. —Maldición, me dolía la cabeza—. Miento. Debí oírte. Seguramente estaba perdido pensando en todo el trabajo de restauración que debemos hacer.

Me lanzó una leve sonrisa dulce.

—Está bien. Yo también hablo con él.

—¿Con quién?

Tragué saliva, esperando que dijera cualquier cosa salvo la verdad.

—Con Sullivan.

Avanzó al interior del edificio, evaluando la estructura con la mirada. Casi podía ver los engranes que giraban en su cabeza, era fascinante. Sus ojos se iluminaron con un fuego que no había visto en años; pasaban sobre las paredes, las ventanas, incluso las vigas caídas. De su bolso sacó una tableta electrónica y empezó a escribir en ella con un lápiz óptico. Genial, ahora miraba la manera elegante en la que movía las manos, incluso con los guantes puestos.

—Él no lo hubiera tomado con tranquilidad, ¿sabes? —dijo, interrumpiendo mis pensamientos.

—¿Sullivan? —Recordé la sonrisa de mi hermano y mi corazón se estrujó con la agridulce sensación que se había vuelto tan familiar estos últimos seis años—. Sí, lo hubiera hecho. Se hubiera lanzado de lleno con una sonrisa que hubiera facilitado todo.

Willow resopló, un bufido un poco histérico. Lo peor es que me pareció encantadora.

«Encantadora como una hermana pequeña», me obligué a pensar.

—Sí, okey —repliqué.

—Claro, se hubiera lanzado de lleno con una sonrisa y ningún sentido común. —Se detuvo y me miró sobre el hombro—. Sully hacía que todo pareciera fácil porque para él era fácil. Era fácil porque el pueblo lo amaba y tú lo amabas. Tú y Xander hacían desaparecer cualquier cosa que remotamente supusiera un reto para él.

Metí las manos en los bolsillos traseros, esperando que se calentaran un poco para sentirlas de nuevo. Hoy debíamos estar como a menos cinco grados.

—No sé si debería sentirme insultado u orgulloso.

—Los dos. —Sonrió y volvió a garabatear en su tableta—. Seamos sinceros, Sully jamás hubiera estado en tu posición.

—Porque el pueblo le hubiera dado la bienvenida con una sonrisa.

Salté sobre una viga y me acerqué a donde tomaba notas.

—Sí, eso también —admitió, encogiéndose de hombros—. Más bien pensaba en que él nunca se hubiera opuesto a Xander. Sully jamás hubiera cuestionado a Xander y hubiera pasado a otra cosa. Nunca se hubiera enfrentado a él como tú lo hiciste. Como lo estás haciendo

Me miró y me quedé sin aliento. Verde, oro, azul y bronce. ¿Cómo era posible que alguien tuviera todos esos colores en los ojos?

—Quizá —admití, cuando al fin miró hacia otro lado y mi cerebro empezó a funcionar—. Para empezar, tal vez no estaría en esta situación.

—Debiste volver a casa después de tres años —dijo en voz baja, mirando su tableta.

No, no debí hacerlo. Por una razón muy jodida.

—Quizá estarías casada con Sullivan.

No quise decirlo. Ella se tensó, pero me miró un minuto des-pués. Donde empezaba su gorra, su frente se surcaba por arrugas de conflicto.

—Quizá —murmuró.

«Tal vez no». Las palabras tácitas colgaron entre nosotros, donde no tenían derecho a estar.

Porque eran una maldita mentira. Me alejé de ella y decidí examinar las juntas donde convergían las paredes sur y este.

Por supuesto que se habría casado con Sullivan. Eran la pareja estrella de Alba. El chico extrovertido y la chica callada que hablaba a través de su arte. Se enamoraron después de ser vecinos durante años.

Eran el maldito cuento de hadas y yo el dragón que exhalaba fuego. Y era cierto que yo había provocado incendios, pero ellos nunca. Él, jamás.

Ella, nunca.

Hubiera preferido morir a que cualquiera de mis estupideces los tocara. Sin embargo, de alguna manera fui yo quien dio la orden y Sullivan murió en mis brazos.

Ahora estaba aquí, junto a la mujer que él amó. La mujer con la que quiso casarse. La mujer que dejó para enlistarse en el ejército, no porque Xander ya estaba terminando sus tres años como recluta, sino porque pensaba que era genial que yo hubiera entrado al entrenamiento de las Fuerzas Especiales.

Yo llevaría una boina verde y Sullivan portaría su uniforme de gala por toda la eternidad.

Willow nunca llegó a ponerse el anillo de mi mamá.

Yo era un desgraciado de primera categoría por siquiera pensar en Willow o en sus ojos, o en lo suave que era su cabello. Era la absoluta traición para mi hermano menor.

—Tengo las dimensiones en el archivo de la Sociedad Histórica, así que creo que puedo empezar con este plano. Al menos la parte de la restauración. ¿Eres bueno en estructuras?

—Sí. Sé bastante bien cómo trazar un plano.

Luché contra mi instinto de quedarme ahí, frente al rincón, para bloquear todo en el mundo salvo la madera frente a mí. En vez de eso me levanté y giré para verla.

—Okey —respondió sin apartar la mirada de la tableta—. Entonces, ¿qué te parece si vemos los míos el miércoles? Tengo un proyecto que debo terminar mañana.

—Suena bien —acepté, dispuesto a decir cualquier cosa si eso significaba acabar con este momento.

—Perfecto. ¿Hasta el miércoles? —preguntó y levantó la mirada.

—Sí —respondí, asintiendo brevemente.

Movió los labios como si fuera a decir algo, pero cambió de opinión. Con una sonrisa forzada se despidió apresurada y salió de inmediato del edificio.

Cuando escuché que el coche se alejaba encontré la fuerza para moverme, pero en vez de irme, caí de rodillas. La nieve se derritió con el calor de mis jeans y empapó rápidamente la tela hasta congelarme la piel.

Me quedé ahí, arrodillado, hasta que mi respiración se estabilizó. Miré hacia donde debió estar el techo y admiré el cielo azul claro.

—Lo siento —le dije.

Era verdad. Aunque no estaba seguro de si lamentaba lo que ya había hecho o lo que temía que aún debía hacer.

CAPÍTULO 10

Willow

—Oye, ¿por qué me estás evitando? —me preguntó Thea.

—No lo hago —respondí, al tiempo que saltaba en una pierna mientras trataba de ponerme las medias en la otra—. Si te estuviera evitando no hubiera contestado el teléfono, ¿o sí?

—Lo creería si no llevara tres días llamándote.

—¿Tres días? —Perdí el equilibrio y caí en la cama—. Uf.

Me di por vencida de intentar mantener el equilibrio y puse a Thea en altavoz.

—Sabes que es cierto. ¡Jacob! Te juro que si no te acabas la cena por comerte esas galletas… Pat, ¿me puedes ayudar?

Thea no se molestó en tapar la bocina del teléfono. Entre nosotras había suficiente confianza.

Me puse las medias negras y miré las faldas que tenía como opción.

—Gracias, querido —dijo Thea—. Ya, perdón. Creo que conseguí cinco minutos de calma.

—No te preocupes. —Reí suavemente, imaginando la felicidad caótica que Jacob había traído en la vida de Thea y Pat—. ¿Qué cuentas?

—¿Tú me preguntas a mí que qué cuento? ¿Tú, que expusiste tu segunda licenciatura en media reunión de la Sociedad Histórica y luego te pusiste del lado de Camden Daniels y no del de tu padre? ¿Tú me preguntas qué cuento?

—Mira, esa es la razón por la que no te contestaba. No voy a volver a la preparatoria, Thea. Me niego.

La falda blanca era más segura y a papá le gustaría. La roja, más corta, era mi favorita cuando estaba en la escuela, pero sin duda me habría ganado un sermón.

—¡Lo sabía! ¡Sí me estabas evitando! Y cuando hablas de volver a la prepa, ¿te refieres a cuando platicábamos horas sobre chicos o solo a los chicos Daniels?

Supongo que yo sola me gané el comentario.

—No tengo nada que decir de Cam.

—Yo podría decir mil cosas. Después de todo, se trata de Cam.

Sí. De vuelta a la preparatoria.

—Sí, se trata de Camden —mascullé, mientras me ponía la falda negra.

—Anda, vamos. ¿Es divertido pasar tiempo con él? Por favor, dime algo. Me tienes en ascuas.

—Divertido no es la palabra que usaría —expliqué subiendo el cierre en la parte posterior.

Me dirigí al clóset llevándome el teléfono.

—¿Estimulante? ¿Emocionante? ¿Palpitante? ¿Qué?

—Tienes una idea distorsionada de lo que pasa entre nosotros. Deberías decir frustrante, confuso, molesto y sencillamente extraño.

Encontré las botas altas que me llegaban a las rodillas y las saqué. Sin duda mi papá, incluso mamá, harían un comentario al respecto, pero no iba a salir descalza.

Thea lanzó un suspiro largo y ruidoso.

—Willow, tienes que recordar que yo estaba ahí. No puedes engañarme. Y si no quieres hablarme de lo que sientes con su regreso, está bien. Sé cómo se siente Pat porque cree que él complica todo. Solo asegúrate de hablar con alguien. Ese chico… ese hombre te pone de cabeza, siempre lo ha hecho.

—¿No podemos fingir que no estabas ahí? —pregunté en un murmullo y me agaché para ponerme las botas.

—No. —Bajó el tono—. Porque tú no puedes fingir, querida. Pasaste años haciendo a un lado tus sentimientos y tengo miedo de que, si lo haces otra vez, te derrumbes.

—Voy a estar bien.

Siempre estaba bien. Era la única opción.

—Quizá. Pero la última vez cada uno se alejó a su rincón. Tú empezaste a salir con Sullivan y Cam tomó sus cosas y huyó. ¿Trabajar juntos en la mina? Eso es mucho.

—Cam no huyó. No tenía nada de qué huir. Y yo amaba a Sullivan.

—Sé que lo amabas. Es solo que…

Contuve el aliento mientras esperaba que lanzara el misil nuclear que haría desaparecer cualquier vestigio de negación al que me aferraba. Tener una mejor amiga que me conocía desde la infancia era a veces una verdadera molestia. Nunca me dejaría olvidar nada ni cambiar la historia en mi cabeza.

—Estoy aquí si necesitas algo. Eso es todo —dijo al final y exhaló.

—Gracias. Quizá te tome la palabra. Por ahora, tengo que ir con papá y mamá a otra cena incómoda.

—Está bien. Por lo menos tus locuras le darán un respiro a tu hermana de las miradas asesinas del juez Bradley. Dale un beso a Rosie de mi parte. Te quiero.

—Te quiero —repetí y colgué.

Me detuve un momento para evaluar mi imagen en el espejo. El negro era una buena elección, sensata. El rojo me haría llamar un poco más de atención y desviarla de Charity.

Rojo, entonces.

Por más incómodo que fuera, no fue como si llegara el primer día de clases desnuda y sin la tarea, y eso era todo lo que podía decir de la situación.

Por fortuna, Rosie mantuvo la conversación fluida con mamá, porque papá difícilmente nos miraba a Charity o a mí.

La siempre excelente cocina de mamá me sabía a cartón, pero seguí masticando, pues sabía que se debía más a mis nervios que al sabor. Esperaba que pudiéramos terminar esta velada superdivertida con relativa celeridad. Esta tarde había entrado otro frente y cuando llegué a la entrada de la casa, la nieve ya empezaba a formar un manto grueso.

—¿Desde cuándo te convertiste en persona non grata? —preguntó Charity entre dientes cuando nos sentamos en el comedor.

Papá ocupaba la cabecera de la mesa, mamá estaba en el otro extremo, Charity y yo en un costado y Rose en el otro. Su falda multicolor y la camiseta con un unicornio de lentejuelas le daban la vida que esa habitación de madera de cerezo y cristal que tan desesperadamente necesitaba.

—Desde que decidió apoyar a ese chico Daniels en lugar de a su propia familia —respondió papá.

—Oídos supersónicos —murmuró Charity.

La miré por el rabillo del ojo y volteé a ver a mi padre.

—Papá, no escogí a Cam en lugar de a ti.

—¿Cam? Vaya, apuesto que esperaba que por lo menos fuera Xander —intervino Charity.

—Charity —le advirtió mamá.

—Cam me cae bien —intervino Rose—. Es amable.

—Tú... —El rostro de papá se llenó de manchitas rojas, se esforzaba por mantener el control—. ¿Llevaste a ese chico cerca de Rose?

—Noah —lo reprendió mamá—. Yo no le llamaría chico a un hombre de veintiocho años. Es todo un adulto ya.

—Con mayor razón puede provocar más daño —espetó papá—. ¿En qué estabas pensando, Willow?

Me miró fijamente, apretaba el cuchillo y el tenedor en las manos como si fuera cortarme a mí en lugar del pavo.

—¿A qué te refieres? —pregunté.

—¿Te estás burlando de mí? —preguntó bajando la voz.

—Quiere decir que si estás preguntando por qué tomó su lado, algo que me encantaría saber, o por qué dejó que conociera a Rose. —La mirada de Charity iba de mamá y a mí, ignorando por completo a papá—. ¿Qué? Pensé que podía ayudar con la interpretación.

—Usó mi unicornio —dijo Rose, encogiéndose de hombros antes de meterse un bocado de puré de papa.

—¿Cómo, querida? —preguntó mamá.

Rose tragó el bocado y miró a mis padres, luego eligió a papá. La niña era valiente.

—Usó mi bolsa de hielo. El unicornio que guardo en el congelador.

Lo conoces, abuelo. Tú me lo diste cuando era pequeña y lo llamabas el paquete de los moretones.

Porque ahora ya era muy grande. Apreté los labios para ocultar una sonrisa y rápido comí un bocado de brócoli.

—Lo recuerdo, Rosie.

El tono de papá cambió por el que reservaba para Rose, el que acostumbraba usar cuando éramos pequeñas y aún no lo decepcionábamos.

—Pues tenía un chichón y la tía Willow se lo prestó. Ni siquiera le importó que fuera un paquete de niña ni nada. Aunque ya está grande. Ocupaba toda la cocina.

Que alguien me ayude, esto se iba a poner feo. Tragué el brócoli, que se deslizó por mi garganta con la suavidad de la ceniza.

—¿Llevaste a Camden Daniels a su departamento? ¿Dónde vive Rose? —vociferó papá.

—¿Qué crees que iba a hacer, papá? ¿Llenar el lugar de pintas? ¿Tapar las tuberías e inundar el departamento? Ya no es un niño —espeté—. Oscar Hudgens lo golpeó de la nada y Tim Hall quería echarle las manos encima, así que subí con él y lo saqué de la línea de fuego.

—Y pensaste que el departamento era apropia…

—Es mi departamento —interrumpió Charity dirigiéndose directamente a papá.

El infierno se había congelado, literalmente. Si bien siempre trataba de llevarle a Rose para promover la relación, cuando la niña cumplió dos años renunció a hacer esfuerzos y ahora le hablaba tres veces al año, exactamente.

Feliz cumpleaños.

Feliz Navidad.

Feliz Día del Padre.

Era marzo, y no era ninguna de esas opciones.

El tenedor de mamá golpeó el plato, pero ni Charity ni papá apartaron la mirada uno de otro.

—Es mi departamento —continuó—. Mío. Yo soy dueña de todo el edificio y yo digo quién entra en mi bar y, para el caso, en mi hogar. Es mío. Así como Rose es mía.

Papá dejó los cubiertos con cuidado sobre la mesa.

Quizá este era el momento de ponerme de pie y dar un giro con mi falda roja supercorta como si fuera un matador frente a un toro enfurecido.

—Lamento que te moleste que Camden estuviera en mi casa, pero yo confío en él. Confío en Willow.

—Pues yo no confío en Camden y no estoy seguro de poder confiar en ti tampoco —dijo papá, mirándome—. Te pusiste de su lado después de todo lo que ha hecho.

—Pequeños vandalismos y algunas peleas difícilmente me parecen razón suficiente para no considerarlo digno de confianza.

—¿Incendiar la barraca lo llamas pequeño vandalismo? Ese edificio sobrevivió ciento treinta años antes de que Cam lo destruyera.

—Ese incendio se dictaminó como accidental, y lo sabes —espeté.

—Casi mueres.

Mis recuerdos se llenaron de un humo acre que me raspaba la garganta.

—Cam me salvó la vida.

—Después de ponerte en peligro. Lo habrán dictaminado como accidental, pero todos sabemos lo que realmente sucedió. Lo incendió porque podía hacerlo. Ese chico siempre ha sido destructivo y peligroso.

—Papá, era un niño. Ha pasado toda una década que en la que sirvió a su país y terminó sus estudios. ¿Eso no significa nada para ti?

Examiné el rostro de mi padre en busca de compasión, por pequeña que fuera, una grieta en su código moral de acero reforzado.

—Significa que el chico propenso a la violencia encontró una carrera en la que podía ejercer esa violencia y lo condecoraron como héroe por ella. La gente cambia muy poco, Willow. Modificamos nuestras decisiones, incluso nuestras acciones, pero no cambiamos quienes somos —dijo, dándose unas palmaditas sobre el pecho.

—Una carrera en la que podía ejercer esa violencia —repetí—. Eso no fue lo que dijiste cuando Sullivan se enlistó. Le dijiste lo orgulloso que estabas de él, que era un hombre admirable por servir a su país igual que lo hicieron su padre y sus hermanos. ¿Por qué la elección de Cam es menos honorable? Tomaron la misma decisión. Entonces, ¿por qué aplauden a Sullivan mientras desprecian a Cam?

Papá inspiró con fuerza y se irguió más que los barandales del estrado detrás de los que le gustaba sentarse.

—Pensé que el ejército era bueno para Camden y eso mismo le dije a Art. El chico necesitaba disciplina.

—Y ahora es ingeniero, papá. Este pueblo lo necesita, pero trataste de correrlo, no por seguir las reglas, sino porque no te cae bien. —Negué con la cabeza—. Nunca había visto que te desviaras de tu pequeño código en blanco y negro, y que involucraras tus propios prejuicios en una decisión como esa.

—Este pueblo necesitaba más a Sullivan. Tú necesitabas más a Sullivan.

Frunció el ceño y sus ojos se llenaron de dolor poco antes de que parpadeara para alejarlo.

No indagué sobre la verdad o la mentira de su afirmación.

—La muerte de Sullivan no es culpa de Cam.

Las palabras escaparon de mi boca como si llevaran haciéndolo los últimos seis años, aunque nunca había sido así. No es que yo hubiera culpado a Cam. Sabía lo que había pasado. Simplemente nunca contradije a papá porque nunca había tenido el descaro de decirlo frente a mí.

«Hay más belleza en la verdad». Las palabras de Cam en la biblioteca cuando leía ese libro se instalaron en mi pecho con una calidez que yo no merecía. La vergüenza subió por mi cuello, caliente, incómoda. Sabía lo que mi padre había pensado todos estos años. Debí haberlo dicho mucho tiempo antes. Mi silencio bien pudo ser una aprobación de la absurda idea de papá. De la de todo el pueblo.

—Él estaba ahí. ¿Lo sabías? —me retó papá.

Charity extendió el brazo sobre mi regazo y tomó mi mano.

—Sí.

Era bien sabido que la unidad de Cam se había precipitado en el combate que cobró la vida de Sullivan.

—Él dio la orden que hizo que lo mataran.

Yo también había escuchado ese rumor.

—No fue una bala de Cam la que mató a Sullivan, papá.

—Y te aseguro que no fue él quien lo salvo, ¿o sí? Si tú estuvieras en una batalla con tu hermana te quedarías a su lado. —Su acusación condenatoria quedó flotando en el aire.

Charity apretó mi mano con más fuerza y le devolví el gesto.

—No puedo responder a eso, papá. Nunca he ido a la guerra. ¿Tú sí?

Se quitó la servilleta del regazo y la aventó sobre la mesa.

—Gracias por la cena, querida. Voy a empezar a lavar los platos. —Se apartó de la mesa, se puso de pie y se llevó su plato. Parecía que luchaba con sus pensamientos, luego volteó a verme—. Vi lo que la muerte de Sullivan te hizo. Cuando veas a la persona que más amas perder lo que ella ama más, lo entenderás. Pero le pido a Dios que eso nunca te suceda, Willow.

Salió de la habitación, llevándose con él un poco de la tensión.

Miré a Rose, quien masticaba despacio con los ojos muy abiertos, luego a mi madre, quien nos fulminaba a Charity y a mí con la mirada.

—Voy a ayudar al abuelo —anunció Rose, levantándose de un salto con el plato en la mano.

—Traidora —murmuró Charity con una sonrisa de satisfacción hacia su hija cuando esta dio media vuelta.

—¿En serio, niñas? Tú, con tus ideas de «mi vida, mis reglas» —dijo, señalando a Charity—. Y tú con…

—¿La verdad? —agregué para terminar la frase.

—No pueden obligarlo a que acepte a Cam. El día que te llevó a casa con la nariz rota, tu papá tomó una decisión respecto a él. —Mamá negó con la cabeza mientras se escuchaba la llave del fregadero en la cocina—. Ese incendio lo decidió.

—Tenía nueve años y me caí en la mina —objeté—. Cam fue quien me encontró y me llevó a casa después de… —Solté la mano de Charity y puse mi servilleta sobre la mesa. No importaba cuántas veces explicara lo que había pasado ese día, papá siempre estaría del lado de Xander, en contra de Cam—. Y fue Cam quien me sacó del incendio cuando le perdí la pista a Sullivan. Cam, mamá, no Sullivan. ¡Y eso fue hace casi diez años!

Casi diez años desde que dejé el alfil de ónix blanco en el tablero de Cam, cuando no me permitió darle las gracias.

—Sé lo que sientes por él —murmuró mamá.

—Bueno, por lo menos una lo sabe —mascullé y me puse de pie.

—Por el amor de Dios, Willow, esa falda no pasaría la prueba de los ocho centímetros —agregó apretando los labios.

—No —afirmé dejando caer las manos a los costados, sobre los muslos, para mostrarle que era unos cuantos centímetros más corta que su ridícula regla.

—Yo tuve una hija fuera del matrimonio —espetó Charity, poniéndose de pie a mi lado.

Mamá suspiró, nos despidió con un movimiento de la mano y se puso de pie.

—Esta no es una competencia. Váyanse a casa. Está nevando mucho y parece que no es la nieve compacta. Yo me encargo de los platos… y de su padre.

Le dimos un beso, y cuando Charity y Rose se pusieron los abrigos nos escapamos por la puerta del garaje. Al ver la nieve acumulada y los zapatos de vestir de Rose, Charity la tomó en sus brazos.

—Maldición, no estaba exagerando —se quejó Charity conforme avanzábamos por la nieve líquida que se amontonaba unos buenos doce centímetros.

—Por aquí —dije, abriéndome paso y resbalando dos veces al adelantarme para abrir la puerta trasera del coche de Charity—. Entra, Rosie. Te quiero —agregué dándole un beso en la frente.

—¡Te quiero! —respondió.

—Tengo que dejar de alimentarte tanto —se quejó Charity con una sonrisa mientras metía a Rose a la camioneta—. Ponte el cinturón, pequeña. —Cerró la puerta y permanecimos de pie, en un silencio que solo la nieve puede brindar—. Antes era más fácil cargarla.

—Era más pequeña. —Una oleada de gratitud me inundó por haber estado de nuevo cerca para verla crecer. En los cuatro años que estuve ausente había crecido muchísimo—. Le hablaste a papá.

—Tú lo desafiaste.

Ambas asentimos y nos abrazamos con fuerza.

—Debí decir algo antes, sobre Cam y Sully —admití en el oído de mi hermana.

Me acercó más a ella.

—Hiciste lo que pudiste cuando pudiste.

—También debí decir algo antes sobre ti. Sobre y ti y Rose. Nunca debí quedarme callada y dejar que te evitara. Solo quería mantener la paz, pero me equivoqué.

Negó con su cabeza junto a la mía.

—No, no, Willow —Se apartó y tomó mi rostro entre sus manos desnudas—. Esa era mi batalla, no la tuya. Nunca te disculpes por eso. Siempre has estado ahí para mí, para Rose. Y que mantuvieras esa paz es lo que me permitió llevarla con ellos esos primeros años antes de que te fueras a la universidad. Tú estableciste las bases para que eso continuara cuando te fuiste. Eres la razón por la que todavía podemos tener estas cenas. La razón por la que sé que él ama a Rose más que a su vida. Tú callaste cuando yo no pude, y eso es algo de lo que debes sentirte orgullosa. Controlarse puede resultar mucho más difícil.

Parpadeé con violencia para hacer a un lado el ardor que provocaban los copos de nieve al caer en mis pestañas y en las de Charity.

—Me da tanto miedo haber dejado que el silencio hablara por mí —murmuré.

—Bueno, parece que ya encontraste tu voz. Úsala para bien. Ya sabes, todo eso de que «un gran poder conlleva una gran responsabilidad».

—No soy Spider-Man —reí.

—Has sobrevivido a más situaciones que nadie a quien yo conozca, y te levantaste y empezaste de nuevo. En mis parámetros, eso te hace una heroína.

—Tu criaste a una hija sola. Eso te convierte en la mía.

Sonrió y se encogió de hombros.

—Solo aprendí a decirle que no a la gente. Algo me dice que tú también lo hiciste. Ahora, regresa a la montaña antes de que el clima empeore. Lo último que quiero es tener que llamar a papá para que vaya a rescatarte si te quedas atorada. Te lo echaría en cara el resto de tu vida.

—Cierto.

Nos dimos otro abrazo fuerte y cada quien se subió a su coche.

Un aire helado estalló cuando encendí el motor y rápidamente cerré la ventilación. Cuando Charity salió de la cochera yo hice lo mismo y la seguí unos cientos de metros. La nieve caía en cortinas espesas que hacían trabajar horas extra a los limpiabrisas. La visibilidad era una porquería.

Giré en el camino que iba a mi pequeño puesto de avanzada y me detuve para poner el coche en doble tracción. No había que tomar a la ligera la nieve de primavera. Era pesada, húmeda y resbaladiza. Perfecta para hacer bolas de nieve y edificar fuertes, pero horrible para manejar.

El motor rugió al subir la primera cumbre, al borde de la propiedad de Cam que estaba en los manantiales termales. Los dedos de los pies me cosquillearon, haciéndome recordar que este viaje no tenía nada de cálido. Subí la calefacción hasta el tope. Ahora que el motor estaba ya caliente, ajusté el botón para desempañar. Había crecido en esta montaña, y si bien este definitivamente era uno de los trayectos más difíciles a casa, no era el peor.

En la radio se escuchaba Judah & the Lion y bajé el volumen conforme ascendía, sabiendo que el camino de bajada podía ser igual de difícil con los montones de nieve debajo de todo este lío.

Avancé despacio utilizando la tracción.

—¡Mierda! —grité cuando un ciervo pasó corriendo frente a mí, seguido de tres de sus amigos.

Luché contra el instinto de frenar a fondo, bombé el pedal con rapidez y viré bruscamente al último momento para evitar el quinto ciervo. Maldito rezagado.

El coche dio un giro y se detuvo a un lado del camino.

—Un poco de ayuda —grité a quienquiera que pudiera escuchar, al tiempo que recurría a todas mis habilidades para salir de esa pendiente.

El coche derrapó hasta salir del camino, y de pronto, la ladera de la montaña me pareció más una trampa mortal que mi hogar. Si me deslizaba aún más caería unos buenos noventa metros y acabaría en el patio trasero de papá.

Las llantas se aferraron una milésima de segundo que aproveché para dar un volantazo que hizo que golpeara con fuerza unas rocas.

El impacto sacudió todo mi cuerpo, pero era bastante anticlimático, para un accidente de coche.

—Fantástico.

Dejé caer la cabeza contra el respaldo durante un segundo, esperando que la adrenalina saliera de mi cuerpo y mi corazón desbocado se calmara.

Los faros brillaban, pero solo iluminaban la nieve que caía del cielo. Si no hubiera conocido el terreno no tendría idea donde estaba, si en el campo o al borde del risco que precedía el camino sinuoso que llevaba a la mina Rose Rowan.

Puse el coche en reversa y no llegué a ningún lado; me detuve antes de enterrarme más en la nieve.

Mi celular tenía setenta por ciento de batería y el tanque estaba a la mitad, al menos tenía eso a mi favor. Me llevó unos minutos sacar las correas de remolque que tenía en el asiento trasero, atar un extremo a mi cintura y el otro al asiento. Una vez que quedé sujeta al coche, tomé el bolso que desde que era pequeña papá siempre dijo que llevara conmigo y me puse un grueso gorro de invierno y unos guantes de repuesto.

—En serio, ¿esto es karma por dar la cara por ti, amigo? —le pregunté a Sullivan. Por supuesto, nadie respondió. Estaba loca.

Mentalmente me preparé por si esto se complicaba más. Me cerré la chamarra hasta el cuello, salí del coche cargando la correa y rápidamente cerré la puerta para que no entrara nieve. Aquí arriba era más profunda, me cubría casi las botas.

Mis delgadas botas no muy aptas para la nieve.

Ignoré el frío cortante, me acuclillé y usé la lámpara del celular para examinar el daño.

La parte delantera izquierda había recibido el golpe, tenía una llanta ponchada y el rin roto. Maldije entre dientes. Sin la nieve, hubiera sido un lugar horrible para cambiar la llanta pero con la nieve era imposible.

Estaba realmente jodida.

Apoyándome en el coche con una mano, caminé a la parte trasera. Estaba cerca del despeñadero. Siete metros más y me hubiera reunido con Sullivan mucho antes de lo que yo hubiera pensado.

Revisé que el tubo de escape estuviera libre y excavé debajo para que no se tapara con la nieve. Luego abrí la cajuela y saqué las botas de nieve que había dejado ahí cuando llevé a Rosie a jugar en trineo la semana pasada. Me metí al coche, mis dientes castañeaban por el dolor que asaltaba mis pies conforme el calor volvía a calentarlos.

No había suficientes maldiciones en el idioma para describir este momento.

Podía llamar a papá. Estaría furioso, pero vendría. Siempre y cuando el ciervo no lo emboscara, quizá podría lograrlo. Pero la nieve era profunda y cada vez caía con más fuerza.

Por nada del mundo le pediría a Charity que se arriesgara a subir hasta aquí o a Pat que dejara a Thea y a Jacob.

Abrí la lista de contactos de mi teléfono y la desplacé despacio. Me detuve.

«Llámalo».

Me resistí a mi voz interior.

—Probablemente cambió su número una docena de veces en estos años —murmuré.

Okey, quizá si me estaba volviendo un poco loca si me respondía a mí misma.

Escribí su nombre antes de pensarlo dos veces y me preparé a escuchar el anuncio de que estaba desconectado.

—¿Willow? —respondió Cam.

—Cam.

Me removí en mi asiento cuando el alivió me golpeó en el pecho.

—¿Qué pasa?

Casi podía ver su ceño fruncido, ese aspecto preocupado que adquiría cuando las cosas no salían bien.

—Creo que me metí en un problemita —dije, conforme los limpiabrisas se movían más despacio. La nieve se estaba volviendo demasiado pesada para ellos.

—Tenías que ser tú. ¿Dónde estás?

Hice una mueca, pero continué, porque no quería terminar en las primeras planas de mañana.

—Tuve un accidente. Justo después de la primera cumbre. Ya sabes, donde está la desviación para ir a los manantiales. Justo antes de la vuelta Rose Rowan.

—Mándame tu ubicación. Voy para allá.

CAPÍTULO 11

Camden

La iba a estrangular. Tan pronto como la encontrara.

Esta tormenta no era una broma. Me paré en la cumbre que se eleva entre nuestras propiedades y comparé el pin de la ubicación que me había enviado con el mío. Unos quince metros más abajo tendría que poder verla.

¿Qué carajos hacía aquí afuera en este clima? Cierto, las previsiones meteorológicas se equivocaron y dijeron que la tormenta pasaría al norte de nosotros; en fin, al decir que no nevaría había el cincuenta por ciento de probabilidad de que tuviera razón. La nieve se acumulaba rápido, muy pronto incluso mi moto no sería segura.

—Por favor que esté bien —rogué.

No le pregunté si estaba lastimada porque eso no cambiaría nada. Lo que podía hacer era llegar lo más pronto posible y ya estaba llegando.

Metí el teléfono a mi bolsillo y giré la motonieve para bajar la cumbre, acelerando un poco. Lo bueno era que conocía este terreno como la palma de mi mano, porque la visibilidad era una porquería y lo único que podía ver ocultaba las depresiones y elevaciones que podían meterme en serios problemas.

Aunque ya estábamos en un verdadero aprieto.

Pasé la arboleda de pinos que marcaba el lugar donde el camino se curvaba y vi las luces de los faros del coche.

—Gracias —murmuré en la bandana de montaña que me cubría la boca.

Con cuidado, bajé la pendiente. Mierda, estaba cerca del acantilado. No quise pensar en todo lo que pudo pasar y me concentré en lo que sí estaba sucediendo. Dejé el motor prendido y bajé.

Abrí la puerta del copiloto de la camioneta 4Runner y me quité el casco.

—¿Estás herida? —pregunté antes de terminar de quitármelo.

—No —respondió, negando con la cabeza—. ¿Viniste hasta aquí en la motonieve?

—Sí. No iba a cruzar por la propiedad en el Jeep y, para ser franco, quizá no hubiera podido. No entiendo cómo lo hiciste tú.

La nieve golpeó la parte expuesta de mi nuca cuando me incliné en el interior del coche.

—No pude hacerlo. Por eso te llamé —admitió, arrugando la nariz, avergonzada—. Lamento que hayas tenido que venir.

—No tuve que hacerlo, Willow. Elegí hacerlo.

En parte era mentira. Claro que podía argumentar algo sobre libre albedrío, pero cuando se trataba de Willow, hacía décadas que había tomado todas mis decisiones. Ella llamaba, yo acudía. Así de sencillo. Y así de complicado.

—La llanta delantera izquierda se ponchó… —dijo.

—No importa. De cualquier forma, no podemos irnos en tu coche. Vámonos. La nieve está cada vez más profunda. —La examiné mientras hablaba, desde su gorro, su chamarra, sus guantes, su… —Carajo, ¿traes falda?

Volvió a hacer esa mueca.

—Bueno, sí, estaba…

—De nuevo, no importa. Carajo. Espérame.

Cerré la puerta y me dirigí a la motonieve. Abrir las alforjas con los guantes puestos era un lío, pero no podía arriesgarme a quitármelos, las manos se me congelarían antes de que pudiéramos regresar a la casa.

Saqué mis viejos pantalones para la moto y agradecí en silencio al tío Cal, quien nunca los sacaba del compartimento de debajo del asiento para limpiarlos. Luego solté la correa que amarraba el casco que traje para ella y volví al coche.

—Toma estos —le dije mientras le daba los pantalones, y luego me metí al coche en el asiento del copiloto y cerré la puerta—. También te traje un casco —agregué sin necesidad, puesto que lo tenía sobre las piernas.

—Gracias —respondió, al tiempo que sacudía sus botas para ponerse los pantalones de nieve.

—¿Qué diablos haces aquí? —pregunté con la mirada fija al frente, no en la curva de sus caderas conforme se subía los pantalones.

—Echándome en trineo.

La miré con sorpresa.

—Cené en casa de mis padres. Traté de decírtelo, pero me interrumpiste.

—Debiste quedarte con tus padres.

—Gracias, Señor Obvio.

Se abrochó el pantalón, desabrochó su falta y empezó a bajarla. Sin duda, esta no era la manera en la que había imaginado quitarle la falda a Willow Bradley en un coche. Aunque nunca… okey, sí, lo había imaginado. Mucho.

—Créeme, si hubiera sabido que esto pasaría, hubiera bajado la montaña, no la hubiera subido. Pero no iba a quedarme con mi papá. No con el humor que tiene.

Se quitó la falta y la aventó al asiento trasero.

—Disculpa que te haya interrumpido, pero me preocupa el regreso y no me había dado cuenta de que necesitabas cambiarte.

—¿Pensaste que manejaba vestida con un traje para la nieve? —preguntó con una sonrisa.

—Algo así. —Aparté la vista de inmediato. Que pudiera encontrar algo gracioso en cualquier tipo de situación era una de sus cualidades más atractivas, pero ahora no tenía tiempo para eso—. Son como veinte minutos hasta mi casa.

Dejé mis guantes sobre la consola central y me calenté las manos en la rejilla de ventilación.

—Estamos más cerca de la mía —propuso, al tiempo que se trenzaba rápido el cabello con los dedos.

Chica lista. El viento lo volaría en todas direcciones si lo dejaba suelto.

—Como por diez metros —repuse—. Además, conozco mejor el terreno hacia mi casa y la visibilidad no es precisamente óptima.

—Empezó a sonreír y continué, antes de que pudiera hablar—. Willow, si te atreves a sugerir que tú podrías manejar te juro que te…

Lanzó una carcajada.

—Yo que sé, no era del todo una mala idea.

Sabía que conducía muy bien la motonieve, pero eso no quería decir que estuviera dispuesto a ceder el control cuando su vida estaba en juego. Aproveché el tiempo y de inmediato formé un grupo de mensaje de texto con Gideon y Xander.

Camden: Willow se quedó bloqueada. La voy a llevar a mi casa en la motonieve. Tomaremos la ruta que está sobre los manantiales.

Listo. Si las cosas se ponían muy feas sabrían dónde buscarnos.

Gideon: La central eléctrica no funciona. Mantenla caliente.

—¿Qué tipo de energía tienes en tu casa? —le pregunté negando con la cabeza por el comentario de Gid.

Frunció el ceño.

—La red eléctrica del pueblo.

Xander: Okey. Con cuidado. Estoy en casa de papá, poniendo en marcha el generador.

Xander: Gideon, cállate. Cam, mantén las manos en el volante.

—Yo gano. La central eléctrica no funciona y yo tengo celdas solares que pueden dar energía a una estación espacial o a un pequeño culto del Día del Juicio Final. Vamos a mi casa. Apaga el coche y vámonos antes de que tengamos que pasar la noche aquí.

Le alcancé el casco, abrí la puerta y salí sin darle tiempo a que se negara. Estábamos perdiendo un tiempo que quizá no teníamos.

Mientras me ponía el casco de nuevo, mi teléfono vibró varias veces.

Gideon: Creo que eso fue lo que dije.

Xander: Tienes suerte de que esté nevando.

Gideon: Sí, sí. Cam, envía mensaje cuando lleguen.

Cam: Haré todo lo que dicen.

Metí el teléfono al bolsillo de mi chamarra y cerré el cierre. Sacudí la nieve de los asientos de la moto, agradecido de que fuera de dos plazas y no de una.

Willow caminaba con dificultad, con la nieve hasta las rodillas, mientras se ponía el casco.

Se lo revisé como si tuviera otra vez ocho años. Los viejos hábitos y todo eso… Ajusté los cierres y bajé la visera de ambos cascos, luego encendí los audífonos.

—¿Me escuchas? —pregunté.

—Te escucho —respondió.

Nos subimos a la motonieve y Willow se sujetó de las asas del pasajero mientras yo me acomodaba en el asiento del conductor.

«Nunca más volveré a ver a Willow Bradley». Tendría que modificar mi maldita promesa. Quizá algo como «Nunca tocaré a Willow Bradley».

Sí, eso podría funcionar.

Aceleré y abandonamos el 4Runner de Willow en la nieve, rumbo a la cumbre. Mis huellas anteriores ya habían desaparecido. El GPS me decía que acabábamos de pasar los manantiales termales al este, pero yo no veía un carajo.

—Vamos a bajar la cumbre —le advertí.

—Okey —respondió—. No puedo creer que la tormenta sea tan fuerte. Apenas puedo verte y estás justo frente a mí.

Yo casi no la sentía. Estaba recargada en el respaldo del pasajero, sin duda lo hacía para darme espacio. No éramos exactamente el tipo de amigos que se abrazaban. Pero estábamos a punto de serlo.

—Recárgate en mí y sujétate —le ordené.

Era mejor estar así en las vueltas y en general para trasladarnos, ella lo sabía. Por lo menos esperaba que lo supiera.

Recargó su peso en mi cuerpo cuando empezamos el descenso, se sujetó de mi cintura y después al interior de mi chamarra.

Nunca en mi vida me había sentido tan feliz de que una tormenta de nieve me distrajera.

—¿Estás bien? —pregunté, al tiempo que tomaba su mano en la mía para guiarla hasta los sujetadores que le había puesto a mi chaleco naranja brillante en caso de emergencia—. ¿Así es más fácil?

—Sí. Gracias.

Apretó con más fuerza.

No parecía haber perdido el aliento. No. Sonaba nerviosa, era comprensible. Willow Bradley nunca se quedaría sin aliento frente a mí, a menos que lo perdiera por haberme gritado.

Cruzamos la llanura entre las cumbres. La nieve chocaba con los faros como si avanzáramos a toda velocidad.

—Es hermoso, aunque sea un poco peligroso —comentó.

Su casco descansaba entre mi columna y el omóplato derecho.

—Gran parte de lo que puede lastimarnos lo es.

Suspiró con suavidad, pero no respondió.

Subimos la última cumbre y tuve cuidado de mantenerme en el camino que sabía que no tenía rocas ni obstáculos que pudieran volcarnos.

—¡La veo! —exclamó cuando llegamos a la cima y Elba quedó a la vista.

—Ya casi llegamos —le aseguré.

Lo habíamos logrado. Aunque la moto se descompusiera en este momento, podría cargarla la distancia que faltaba.

Llegamos por la parte trasera de la casa y me estacioné frente al garaje.

—Entra. Voy a guardar la moto —le dije mientras me bajaba.

—¿No necesitas ayuda? —preguntó, su mirada estaba oculta detrás del visor polarizado del casco.

—No. Ve a calentarte.

Caminé al garaje y marqué el código en el panel. La puerta se levantó y Willow entró. Jalé rápido la motonieve hasta el pequeño espacio que llamaba hogar y cerré. Luego me desabroché el casco y lo puse en el casillero de metal, seguido de mi chamarra, los pantalones de nieve y las botas. La chamarra y las botas de Willow ya estaban ahí.

Mis pants estaban húmedos de sudor, a pesar de la temperatura exterior. Caminé en calcetines hasta el cobertizo del generador. Una vez que estuve satisfecho de que todas las baterías estaban cargadas, lo cerré y entré a la casa.

Me dieron la bienvenida el calor y el aroma de algo dulce, mis músculos se destensaron. No me había dado cuenta de lo angustiado que había estado hasta que ese sentimiento desapareció.

Estaba segura. Estaba caliente. Estaba aquí.

Carajo, ¿y si yo no hubiera vuelto a casa? Me recargué contra la puerta, el peso de eso posibilidad me abatió. Si papá no hubiera dejado ese mensaje de voz. Si yo no le hubiera respondido… ¿Dónde estaría ella?

—Hola.

Levanté la mirada de inmediato, estaba frente a mí, en el recibidor, con una taza humeante en las manos. Aunque se había enrollado mis pantalones de nieve varias veces sobre la cintura, seguían siendo enormes para ella. Su blusa de manga larga contrastaba con el amplio pantalón, se pegaba a sus curvas y su cabello trenzado caía sobre un hombro hasta terminar justo debajo de su pecho. Sus mejillas y labios estaban sonrosados por el frío y sus ojos brillaban. La había visto con casi cualquier atuendo, desde camisetas de tirantes y overoles en el verano hasta vestido de noche durante el baile de graduación, pero nunca me había parecido tan hermosa como en este momento.

Estaba jodido. Muy, muy jodido.

Se acercó a mí y me ofreció la taza.

—Preparé chocolate caliente. Revisé las fechas de caducidad y todo.

Extendí el brazo y tomé la taza, nuestros dedos se rozaron en el intercambio. De alguna manera era más íntimo que cuando me envolvió en sus brazos durante el trayecto a casa.

—Gracias —dije con una voz ronca que apenas reconocí—. Yo lo compré, así que está bien. Además, tiré todo lo que había quedado aquí.

—Nunca te hubiera imaginado como alguien que toma chocolate caliente.

—Me encantan de los dulces —admití, y dejé que la taza calentara mis manos antes de beberme la mitad.

Sus mejillas se sonrojaron aún más.

—¿Preparaste uno para ti? —pregunté.

Asintió.

—Está en la cocina.

Se dirigió hacia allá y la seguí, riendo en silencio al ver que la parte baja de mis pantalones para la nieve se arrastraba por el suelo. Willow era muchas cosas, pero alta no era una de ellas.

—¿Por qué no te los quitas? —sugerí cuando ella tomó su taza—. Te calentarás mucho más rápido.

—Solo traigo las medias, ¿recuerdas? —respondió, inclinando la cabeza hacia un lado.

—Cierto. —Había hecho un gran esfuerzo por ignorar el hecho cuando se cambió—. Okey, ¿qué te parece cómodo? Mis pantalones te van a quedar inmensos, pero puedes enrollarlos, ¿o prefieres shorts? ¿Una sudadera?

—Sí, por favor —respondió con una sonrisa—. Lo que tengas, no soy exigente.

Me disculpé y fui a buscar la ropa al clóset. Saqué unos pants, shorts, una camiseta y una sudadera. Ah, y unas calcetas también. Luego envié un mensaje de texto a Gideon y a Xander para decirles que habíamos llegado bien, antes de darme un baño de dos minutos y ponerme ropa limpia.

—Estoy bien. —La escuché decir cuando pasé del recibidor a la cocina.

—Mamá, solo dile que estoy bien. No, no necesito que venga a conectar el generador.

Me daba la espalda y miraba por la ventana de la cocina.

—Porque sé cómo conectar el generador yo misma, por eso. —Suspiró y echó un poco la cabeza hacia atrás—. Y porque estoy en casa de Cam. Me salí del camino y fue a recogerme. No, no se lo digas. Es muy probable que venga con el rifle y se mate en este clima.

El buen juez Bradley. Sin duda moriría del susto si supiera que estaba a punto de ponerse mi ropa para irse a la cama, en mi casa. Un sentimiento de satisfacción me hizo sonreír cuando Willow colgó la llamada con su mamá.

—Toma —dije, ofreciéndole la ropa—. Si quieres puedes cambiarte o darte un baño, lo que quieras. Voy a prender la chimenea.

—Gracias.

Miró por el pasillo y dudó.

—Puedes usar mi recámara, si quieres. Todavía no arreglo la de Cal. El baño está…

—Pegado a la recámara —terminó la frase con una sonrisa—. Lo recuerdo. Ahora regreso.

Desapareció en mi recámara y yo encendí la chimenea de la sala. Las baterías solares aguantarían, eso no me preocupaba, pero se necesitaba el fuego de la chimenea en una noche como esta. Cuando cargué el último leño desde el garaje, Willow ya estaba sentada frente al fuego, pasando un cepillo diminuto por su pelo mojado.

—Déjame ayudarte —dijo, poniéndose de pie.

Las calcetas le llegaban hasta las rodillas y se había puesto los shorts, arremangados varias veces. Solo quedaban sus rodillas desnudas. Mi sudadera la envolvía por completo, le llegaba justo a la mitad del muslo, también se la había arremangado.

—Yo me encargo —respondí, al tiempo que amontonaba la madera en el leñero que estaba a un costado—. ¿Dónde escondías el cepillo?

Dobló el mango y se comprimió en un rectángulo aún más pequeño.

—Me amarré el bolso debajo de la chamarra. Fue buena idea porque ahí llevaba también mi cartera y todas esas cosas importantes.

—¿Porque estabas pensando en salir a la tienda? —bromeé.

Ambos nos sentamos frente a la chimenea, ella sobre sus piernas, yo flexioné las mías para recargar los codos en las rodillas.

—Apuesto que piensas que soy la mayor damisela del mundo.

—¿Qué?

—Damisela. Ya sabes: «¡sálvame!» —exclamó, agitando las manos en el aire, sin dejar de ver hacia las llamas.

—¿Por qué pensaría que eres una damisela? —pregunté.

—Cuánto llevas en casa, ¿dos semanas? Y ya me has rescatado dos veces.

Se encogió de hombros, pero yo sabía que su comentario no era tan anodino como lo hacía parecer.

—Okey, bueno, llevo más bien como dos semanas y media. Y hasta donde sé, tú también me has rescatado varias veces.

Me miró, intrigada.

—Me defendiste frente a todo el pueblo y te pusiste de mi lado, aunque no tenías que hacerlo. Sabías que eso te costaría. Quizá yo haya recibido una bala en tu lugar, pero tú te enfrentaste a tu papá por mí. Yo diría que eso es un empate y quedamos a mano.

Esbocé media sonrisa.

—¿Empate?

—Bueno, si vamos a llevar el marcador. —Alcé las cejas—. Puedo recordar cierto episodio cuando sacaste el bate de beisbol de mi papá y te abalanzaste sobre Scott Malone para rescatarme.

Ese era uno de mis mejores recuerdos de ella.

—¡Eso no cuenta! Te estabas peleando con él por mi culpa. Otro ejemplo de que tú me rescataste a mí.

—Eras una niña de doce años con un bate. No te rescaté, solo te di tiempo para que eligieras el arma con sabiduría. Qué enojada estabas —expliqué, sonriendo al recordarlo.

Al día siguiente abrí su casillero y le dejé el caballo… la primera pieza de nuestro ajedrez.

—Pues sí, me había llamado niño feo y me preguntó por qué no me parecía, aunque fuera un poco a Charity. No era la primera vez. Pero cuando aventó el lodo a mi mochila, fue la gota que derramó el vaso. —Sus mejillas estaban encendidas—. Luego te le echaste encima, ¿qué se supone que debía hacer? ¿Qué tú te encargaras de él? No podías, porque los otros niños se estaban metiendo.

—Exacto. No necesitabas que te salvara, solo una ventaja —dije riendo.

—Está bien. ¿Y qué hay de aquella vez que me quedé atorada en un pino en el terreno de tu papá? Tuviste que subir a rescatarme —me desafió.

—Eso no cuenta. Fuiste por el frisbi que yo aventé. Subiste tan rápido que ni siquiera me diste tiempo de llegar al árbol antes que tú. —Sacudí la cabeza—. Lo hubieras logrado si tu trenza no se hubiera atorado.

—Tienes razón. Ese verano estuve a punto de raparme.

—Me alegra que no lo hicieras.

Carajo, no quería decir eso. Ella abrió los ojos como platos. Yo podía retractarme o asumirlo. Al diablo.

—Tu cabello es hermoso y sé que te gusta llevarlo largo. Te hubieras arrepentido. Cuando se te pegó un chicle en él, ahí sí pensé que recurrirías a las tijeras.

Resopló.

—No se me pegó un chicle. Sullivan lo dejó caer en mi cabello. —Frunció el ceño—. ¿Qué edad teníamos? ¿Diez?

Asentí.

—Fue el verano que murió mamá, así que sí, tenías diez.

—Tu mamá se pasó como una hora tratando de quitármelo para que yo no tuviera que decirle a mi mamá —dijo en voz baja, una sonrisa nostálgica surcó su rostro.

—Hacía ese tipo de maravillas. Además, sabía que había sido mi culpa, así que actuó rápido para cubrirme.

Alcé la mirada hacia la fotografía que estaba sobre la chimenea, en la que mamá estaba de pie, sonriendo, rodeada por nosotros tres vestidos con corbata para su último Día de la Madre. Salvo que ella no sabía que sería el último.

—¿Cómo puedes echarte la culpa de algo que hizo Sullivan? —preguntó, mirándome fijamente.

—En serio, ¿no lo sabías?

—¿Saber qué?

—Lo hizo porque estaba enojado de que fuéramos a los manantiales sin él. ¿Recuerdas? Él no había terminado lo que tenía que hacer y no le dieron permiso, y si de algo estoy seguro es de que no quería que fueras conmigo.

Dios, ¡se puso tan celoso! Desde entonces marcando territorio como si fuera suya… y ella sin tener idea de lo que significaba para él.

—¿Hablas en serio? —Arrugó la nariz—. Dios mío, y tú terminaste lo que él tenía que hacer mientras tu mamá me quitaba el chicle —agregó al recordar, mirando también hacia la fotografía.

—Sí.

Debí haberlo visto como un presagio de lo que iba a suceder.

—Fuiste muy bueno con él, Cam. Siempre fue tu prioridad, sé que por él dejaste de hacer algunas cosas que querías. —Nos miramos a los ojos y supe que no estaba pensando en lo mismo que yo, simplemente porque nunca se le dije y ella nunca lo percibió—. Por eso sé que tú jamás hubieras incendiado la barraca, ¿sabes?

Desvié el rostro, tenía miedo de que al mirarme supiera la verdad de lo que había sucedido ese día.

—¿Qué? ¿No crees que soy un pirómano aburrido?

Miré el fuego en la chimenea y recordé aquel en el que casi murió esa noche. Tuve mucha suerte de encontrarla entre el humo y las llamas.

—No. Nunca lo he creído. No es tu naturaleza. Además, jamás hubieras hecho nada que pusiera a Sully en peligro. La antorcha se cayó. Los accidentes suceden. No puedo creer que todos te echaran la culpa, mucho menos que lo sigan haciendo.

—La gente necesita un culpable cuando todo sale mal. Los hace sentir como si tuvieran control sobre lo que no lo tienen. Y por supuesto que me culparon a mí. —Le lancé una sonrisa burlona—. Yo estaba ahí, por eso era mi culpa.

—Estabas ahí por mí —dijo en voz baja—. Perdí la mano de Sullivan cuando la viga se cayó. Pensé que iba a… —Hizo una pausa y respiró hondo—. Estaba bastante segura de que estaba alucinando cuando te vi saltar sobre las llamas, pero… una parte de mí sabía que vendrías. Yo creo que mi cerebro ya no estaba oxigenando bien, ¿no?

—Fue una suerte encontrarte.

Había sentido tanto maldito miedo. Sullivan había salido de la barraca sin ella, tosiendo por el humo, y lo único que pensé fue encontrar a Willow.

—No lo fue.

Mi mirada se deslizó con lentitud hacia la de ella.

—Tú no estabas hasta el fondo como nosotros, Cam. No estabas buscando cómo salir y por casualidad me encontraste. La puerta por la que entraste era la de la salida. Regresaste a buscarme. Me salvaste la vida.

Su expresión se suavizó y todo en mí se rebeló. No era posible que me mirara de ese modo, como si fuera un maldito héroe por hacer lo correcto; lo egoísta, cuando no te queda otro remedio. No fui a buscarla porque fuera lo correcto, sino porque no podía soportar la idea de que ella no existiera. No merecía un gramo de su admiración de mi heroísmo. No, cuando mi motivo fue el terror puro. Yo no era el héroe de nadie.

—No estuve ahí cuando era importante. —Mis manos se crisparon en un puño—. Si lo piensas, nada del resto importa. Lo defraudé en Afganistán. Te defraudé a ti.

Parpadeó de prisa y desvió la mirada durante unos segundos, y luego volvió a mirarme; rezumaba tristeza como si fueran oleadas casi palpables.

—No me defraudaste —murmuró.

Tensé la mandíbula.

—No lo hiciste —repitió, inclinándose hacia mí, pero dejando unos buenos treinta centímetros entre ambos—. No fue tu culpa. La muerte de Sullivan no fue tu culpa.

—Eso no lo sabes —espeté, negándome a considerar su postura—. Tú no estuviste ahí. No tienes idea.

—La tengo. —Si bien cualquier otra persona se hubiera retirado por miedo, ella permaneció. Su calidez y compasión me tenían cautivo, me torturaba con su sinceridad—. Te conozco. Quizá no tan bien como antes, pero sé quién eres en el fondo, Camden Daniels. Si hubiera habido alguna forma de salvarlo, la hubieras encontrado. Si hubieras podido dar tu propia vida a cambio de la suya, lo hubieras hecho. No necesito haber estado ahí para saberlo.

Un par de lágrimas surcaron su rostro y rápidamente las enjugó sin apartar los ojos de mí.

Yo llevaba mi dolor como una armadura, como un muro que me negaba a permitir que se desplomara o siquiera se debilitara. Ella llevaba el suyo en forma de arte, como una invitación valiente a que viviera la pérdida con ella, retándome a mirar a otro lado, retándome a olvidar lo que él había vivido. Él la había amado.

Ella lo había amado a él. ¿Cómo no hacerlo? Todos lo amaban. Sullivan era encantador, divertido, hacía sentir a la gente como si fuera importante. Era el mejor de los chicos Daniels y ella lo sabía más que nadie.

—¿Cómo es posible que tú, entre todos, me perdones? —pregunté, sacudiendo la cabeza en un intento por sacarme sus palabras—. Envié a su escuadrón a defender la línea de fuego. Aunque no supiera que era el suyo cuando di la orden, fui yo quien lo envió a su muerte.

—Sabía de esa orden —dijo, tragando saliva y desviando el rostro, antes de volver a mirarme—. No sabías que él estaba ahí.

Lo afirmó como un hecho, no era una pregunta.

Negué con la cabeza.

—No, hasta que fue demasiado tarde.

Si ella sabía sobre la orden, ¿significaba que también conocía la decisión que tomé?

Asintió despacio, como si confirmara una idea que no había formulado en voz alta.

—No te perdono porque no hay nada que perdonar. Amabas a Sullivan más que a nadie en el mundo. Lo que pasó allá debió de estar fuera de tu control porque, de otro modo, hubieras muerto por él. Jamás hubieras vuelto a casa sin él. —Su tono bajo hasta volverse un murmullo.

—Pero lo hice.

De alguna manera mis palabras pudieron escapar estranguladas de mi garganta.

—Lo hiciste. —Sonrió, y se enjugó otra lágrima—. Por eso sé que no hubo nada que hubieras podido hacer. Lo sé, Cam. Lo sé.

Sus palabras debían rebotar contra mis muros, caer de bruces con frases como «lamento tu pérdida» y «dime si puedo hacer algo por ti». Sin embargo, esas suaves frases sanadoras se deslizaron entre mis defensas. En lugar de atacar, sencillamente penetraron y se instalaron ahí.

Y cuando la tensión fue demasiada, cuando amenazó con partirme en dos y desangrarme, ella no me presionó para que aceptara, ni siquiera para que reconociera su absolución. Se limitó a recargarse en el sofá y preguntarme si aún leía en voz alta como cuando éramos niños.

Tomé de la mesita de centro el ejemplar de *Al este del Edén*. Aunque ya iba a la mitad de las casi seiscientas páginas, comencé en el principio.

—«El valle del Salinas está al norte de California».

CAPÍTULO 12

Willow

Entreabrí los ojos, parpadeando despacio bajo la luz del sol que entraba por el gran ventanal y me caía directo en el rostro. Me cubrí los ojos con una mano y miré alrededor de la habitación. Los recuerdos de la noche anterior me inundaban.

Sí, estaba en la sala de Cam, acostada en uno de los sofás de piel, cubierta con la cobija que su mamá había confeccionado.

Él estaba frente a mí, en una posición casi idéntica en el otro sofá, pero seguía dormido. Los dos fuimos muy tercos: ninguno aceptó usar su cama. Aprovechando este momento tan poco común, lo miré descarada y fijamente para memorizar cada detalle.

Las pestañas casi llegaban a sus mejillas en medias lunas gruesas y oscuras. Sus gruesos labios estaban entreabiertos, suavizados por el sueño. Parecía una década más joven, relajado, incluso satisfecho. Sus tatuajes contrastaban con su camiseta blanca, pero se fundían con la cobija colorida de su mamá. Incluso el puente de la nariz, que se rompió en preparatoria, parecía muy delicado comparado con el gigante que habitaba ese cuerpo dormido y tranquilo.

Quería pintar ese momento, capturar el sentimiento exacto mientras observaba su paz, un sosiego que sabía que desaparecería en el momento en que abriera los ojos y la vida irrumpiera a golpes.

Sullivan había sido hermoso y encantador.

Xander era apuesto, admirable.

Pero Cam… El corazón me dolía con lo absolutamente devastador que era. Por supuesto, «demasiado guapo» era una buena definición, sobre todo cuando abría los ojos, pero su atractivo era mucho más que eso. Era magnético, algo que sin duda ahuyentaba a algunas, pero nunca a mí. Al contrario, me atraía como la gravedad, como una fuerza innegable e irrefutable que me anclaba al mundo. Una década distanciados me había enseñado que nunca me liberaría de él, jamás. No importaba dónde viviera, la atracción existía y mantenía mis pies sobre la tierra. No importaba con quién saliera, siempre me sentiría cautivada por Cam.

Aunque él nunca hubiera sentido lo mismo.

¿Responsable de mí? Sí. Cargaba con eso por elección. ¿Amigable conmigo? Sin duda, cuando le daba la gana. ¿Atraído por mí? Pues…, quizá, si alguna vez yo saliera de la zona de ser una hermana para él.

Pero existía una situación de la que nunca podría salir: era la novia del hermano muerto. No. Esa categoría estaba rodeada de un alambre de púas, rejas eléctricas y guardias llamados culpa, que disparaban sin previo aviso. Después de anoche supe que no importaba que le dijera a Cam mil veces que no era responsable de la muerte de Sullivan. Hasta que él no se perdonara a sí mismo, mis palabras serían inútiles.

Suspiré bajito, lo miré detenidamente por última vez, porque sabía que no podía verme, y en silencio salí de la sala, caminando sobre las duelas que, por experiencia, sabía que no crujirían. Había crecido aquí y podía contar muchas cosas.

Dios, Thea se deleitaría con esta historia… si alguna vez se lo contaba. No la escondería precisamente, pero ella querría platicar sobre lo que yo sentía. Y mis sentimientos estaban bajo llave en esa zona espinosa a la que no quería entrar.

Crucé el comedor, la biblioteca y llegué la cocina, abrí el refrigerador de Cam para examinar su contenido. Tocino. Excelente. Champiñones. Bien. Queso cheddar. Maravilloso. Prepararía un omelette para el desayuno.

Una vez tomada esa decisión, fui de puntitas hasta el baño y, sin ninguna vergüenza, le robé el cepillo de dientes nuevo, cuyo compañero descansaba ya en el lavabo.

Tras encargarme de todas mis necesidades matutinas y evitar el espejo intencionalmente, regresé a la cocina y empecé a preparar el desayuno. Ya eran las siete de la mañana y, conociendo a Cam, no tardaría en despertar. Al menos había salido el sol, ya no nevaba, y al parecer la capa de nieve solo tenía un espesor de sesenta o setenta centímetros.

Freí el tocino y lo despedacé, piqué los champiñones y estaba batiendo los huevos cuando Cam entró. Eché un poco de mantequilla en la sartén y volteé hacia él. Me observaba.

Mierda. Una cosa era Cam dormido, otra muy distinta era Cam adormilado. Lanzó un enorme bostezo y se estiró con los brazos hacia arriba hasta tocar el marco de la puerta. Su camiseta se levantó y dejó al descubierto sus abdominales. Eran tantos, tantos músculos, como si los hubiera convocado a todos a una reunión, porque tantas protuberancias no era algo normal. No. Era inhumano.

—Buenos días, Pika —dijo con una sonrisa fácil.

Me derretí como la mantequilla de la sartén, que ya crepitaba. Exactamente igual. Mierda.

—Estoy preparando un omelette —dije.

—Eso veo —afirmó—. No tienes que hacerlo, ¿sabes? Si me das un segundo, yo lo haré.

—No, quería hacerlo. Quiero —corregí, negando con la cabeza—. ¿Champiñones, tocino y cheddar?

—Perfecto —respondió, pero frunció el ceño—. Ahora regreso.

Cuando se dirigió al baño me asaltó el olor de la mantequilla quemada.

—Grrr —me quejé, apartando la sartén de la hornilla. Una voluta de humo se elevó de la sartén. Quién lo hubiera dicho.

Bien. Si yo iba a ser como la mantequilla, entonces sería una barra fría y dura en el refrigerador. Sí. Fría y dura, no suave, no derretida, no crepitante y, definitivamente, no quemada.

Lavé la sartén y volví a ponerla sobre la estufa. Luego empecé a hacer el omelette de Cam.

—Por favor, déjame ayudarte —dijo cuando volvió a aparecer en la cocina descalzo y… mmm…, delicioso.

—No hace falta —le aseguré, al tiempo que me ocupaba de su desayuno—. Considéralo mi forma de agradecerte que me salvaras anoche. —Volvió a mirarme de manera extraña—. ¿Qué? —pregunté.

—No recuerdo la última vez que alguien cocinó para mí —admitió—. Por lo menos fuera de un restaurante o algo parecido.

—¿Tu novia nunca te hace de desayunar?

Me pude haber pateado en la cara por esa pregunta. Apreté la espátula con fuerza.

—No hay novias —respondió, recargándose contra la barra sin dejar de mirarme—. Trato de mantener mis… —agregó arrugando la frente— …relaciones breves y sin desayuno.

—¿Porque el desayuno es sinónimo de matrimonio? —bromeé.

—Porque dejar que alguien haga las cosas por ti, que se preocupe por ti, le da poder. Y el poder no es algo que yo ceda.

Me paralicé.

—¿Qué? ¿Suena demasiado frío? —preguntó—. ¿Demasiado brutal?

—No —respondí en voz baja. Levanté despacio la mirada hacia él—. Suena solitario.

—La soledad es una nostalgia, un dolor que proviene de la necesidad no satisfecha de tener compañía; eso es algo que yo no siento —explicó, encogiéndose de hombros.

—Tienes necesidades. No eres un robot.

¿Cómo podía decir eso?

—Claro que tengo necesidades —dijo con una sonrisa—. No soy un monje.

—No me refería a eso, lo sabes —repliqué agitando la espátula hacia él y su estúpida sonrisita.

—Voy a tostar pan.

Y ahora, mi corazón… ¡No! Yo era mantequilla fría y dura en el refrigerador. Una mantequilla que ahora Cam desenvolvía y ponía en un plato. Estaba bien. Seguía fría. Seguía dura. Seguía sin…

—¿Qué haces?

Cerró la puerta del microondas y me miró con sorpresa.

—Tranquila, Pika. Solo voy a ablandar la mantequilla.

Abrí los ojos como platos.

—Para el pan —explicó despacio—. ¿Okey? ¿Tenías otros planes para ella?

—Claro que no. Es mantequilla —respondí, y le di vuelta al omelette. Hice una mueca cuando prendió el microondas—. Sabes que ya no soy un pequeño roedor, ¿verdad? —repliqué con un poco de brusquedad al tiempo que lo rodeaba para sacar un plato.

—¿Qué? —preguntó poniendo el pan en el tostador—. ¿Estás bien?

—Estoy bien —respondí de inmediato y serví mi plato—. Todavía me llamas Pika a veces.

Como lo había hecho desde… siempre.

El microondas dio un pitido y Cam sacó la mantequilla. En el centro tenía un agujerito que estaba relleno de mantequilla derretida. Ufff.

Empecé a hacer mi omelette. Quizá con el estómago lleno ya no me sentiría tan emotiva. Sin embargo, en este momento quería acariciar su cuello con la yema de los dedos y luego estrangularlo por ser el resultado del mal humor que me provocaba el hambre.

—Siempre te he llamado Pika.

—Cierto. Pero ya no soy una niñita con dientes de conejo y grandes orejas.

Eché el huevo a la sartén y le agregué los ingredientes.

Su risa fue estridente y genuina, y mi estómago dio un vuelco por el hambre.

—¿Por eso crees que te llamo Pika? ¿Eso es en verdad lo que piensas?

Mis mejillas ardieron, y sabía que no era por el calor de la estufa. Genial. Me estaba poniendo escarlata.

—Sí, bueno. ¿Por qué otra razón llamarías con el nombre de un roedor a la niña que se crio contigo como si fuera tu hermana menor?

Sabía que para él era una muestra de cariño. No era propenso a usar apodos, así que el hecho de que me hubiera dado uno, que siguiera usándolo, significaba algo. Cam siempre me dijo que él podía torturarme, pero que nunca se lo permitía a nadie más.

Era lo mismo que había dicho de Sullivan.

Doblé el omelette. Escuché que el primer pan saltaba del tostador; luego, el sonido de cómo untaba la mantequilla ablandada.

—Mírame —me ordenó con voz ronca y profunda.

Lo hice, con una ceja arqueada para que, con suerte, no tuviera idea de lo completamente nerviosa que me había puesto.

—Tenía cinco años la primera vez que el tío Cal me llevó solo de excursión. Acababa de hacer algo que había enfurecido a mi padre, ni siquiera recuerdo qué, pero Cal me dijo que tomara mis botas y mi chamarra, y lo hice. Siempre me llevaba con Xander, Sullivan era aún muy pequeño, pero esta vez solo fuimos nosotros dos. Fuimos a las rocas que eran como toboganes, arriba de su casa, y me dijo que me sentara. Se está quemando tu omelette —agregó señalando la sartén.

—Mierda.

Le di la vuelta y volví a mirarlo, esperando que continuara, que no me dejara afuera y desestimara todo con una risa.

—Así que nos sentamos ahí, entre las rocas, y pensé que iba a gritarme. En su lugar, me preguntó si quería hablar de eso y por supuesto le dije que no. Dijo que podíamos quedarnos ahí tranquilos. Había cierta paz, una que vendría si podíamos controlarla. Y sí, estoy parafraseando porque tenía cinco años. Nos sentamos ahí, en silencio, cuando un animalito suave y adorable salió corriendo de su guarida debajo de las rocas y se subió al borde de la piedra en la que yo estaba, justo a mi lado.

—Una pika —dije adivinando.

—Una pika —confirmó, girando para sacar otro plato.

Serví el omelette en el plato y metí la sartén y la espátula al fregadero mientras él untaba mantequilla en el pan.

—El tío Cal me dijo que era muy poco común ver una. En general se esconden de los depredadores. Dijo que para ver una pika se necesitan tres cosas: el momento correcto, la capacidad de permanecer callado y la paciencia para esperar.

Mientras hablaba era una ráfaga de actividad: llevaba los platos a la mesa de la cocina, sacaba los cubiertos, sacaba el jugo de naranja del refrigerador.

—Le dije que me hacía pensar en ti: callada, suave y adorable. —Hizo una pausa y luego puso una cápsula en la cafetera—. «¿No en Charity?», me preguntó. Ya sabes cómo siempre nos presionaban para que estuviéramos juntos, para que fuéramos amigos.

—Tienen la misma edad. Mi mamá y la tuya acostumbraban bromear que tendrían que encontrarle a Xander una buena chica para la boda triple —agregué poniendo los ojos en blanco.

Cam lanzó una carcajada.

—Sí, jamás me casaría con Charity. Ni en un millón de años. No es que no sea bonita, ni inteligente, ni una buena amiga. Es solo que... —Se detuvo con la mano en la taza de café y contuve el aliento—. En fin, ahí se quedó, la pika, y lanzó un chillido. Le dije al tío Cal que sin duda eras tú, porque podías ser muy ruidosa cuando te enojabas.

Sonreí. Quizá era un poco ridículo puesto que seguía comparándome con un roedor, aunque fuera uno adorable y suave.

El dio un paso hacia adelante y yo me moví para apartarme de su camino, hasta que me di cuenta de que yo era su camino. Mi espalda topó con la barra fría de granito y alcé un poco la cabeza, y otro poco más, para mirarlo hacia arriba. No me tocaba, ni siquiera invadía mi espacio personal, pero sentí como si él estuviera en todas partes, como si eclipsara al resto del mundo a su espalda.

—Así empecé a llamarte Pika. Con los años, entre más aprendí de ellas, más parecido les encontraba contigo.

—No porque tuviera los dientes delanteros muy grandes.

Negó con la cabeza. Despacio, tomó un mechón que se había escapado de mi trenza durante la noche y lo acarició entre el pulgar y el índice.

—No. Porque las pikas son huidizas. Solo se dejan ver cuando quieren. No hibernan, y en vez de eso sobreviven bajo tres o seis metros de nieve y se enfrentan a cada día conforme llega.

Se acercó hasta que nuestros cuerpos se rozaron sin pegarse. Mi corazón empezó a latir con fuerza hacia algún destino que jamás había siquiera contemplado.

—Pero solo pueden sobrevivir en altitud —continuó en voz baja—. No soportan el calor de niveles más bajos. Están hechas para las montañas. Optan por terrenos accidentados y fríos y los hacen su hogar. Sobreviven a todo lo que la naturaleza dice que no deberían soportar, y aun así no pierden su suavidad —Pasó sus nudillos por mi mejilla con la última palabra.

Cerré los ojos por el contacto. Cuando llegó a mi mentón, tomé su mano en la mía para que no la apartara.

Pasó un segundo. Dos. No se movió. Yo tampoco.

Jadeé y encontré el valor de abrir los ojos, sabiendo que podía estar esbozando esa sonrisa satisfecha, preparado para hacer algún pequeño comentario sarcástico y mordaz. Sin embargo, sus ojos castaño oscuro mostraban el mismo conflicto que los míos.

—Willow —murmuró bajando la cabeza poco a poco.

—Cam —dije, negándome a mirar esos labios que descendían hacia mí, por miedo de romper cualquiera que fuera el hechizo en el que nos encontrábamos.

—Dime que no —rogó.

Sus palabras golpeaban mis labios en leves jadeos olor a menta.

—Sí.

De mi boca escapó la palabra que había dejado danzar en la punta de la lengua desde que cumplí dieciséis años. Quizá aún más joven, si era honesta conmigo misma. Tal vez desde que entendí lo que significaba aceptarlo.

Maldijo cuando puse mi mano libre sobre su pecho para sentir que su corazón se aceleraba al mismo ritmo que el mío.

—Sí, Cam. Sí —repetí, en caso de que no me hubiera escuchado la primera vez, aunque sabía bien que me había oído. Le enseñaría un maldito letrero si era necesario.

—Respuesta incorrecta —me advirtió.

Un segundo después me besó, sus labios suaves acariciaron los míos con cuidado, casi con reverencia.

Lo sentí más como un primer beso, más que mi verdadero primer beso. Como el que nos hubiéramos dado cuando éramos mucho más jóvenes, mucho menos experimentados.

Luego sucedió una vez y otra, besos ligeros, a sorbos, que me hacían pararme de puntas para acercarme más a él. Lo sentía muy tenso bajo mi mano y me pregunté si se rompería, si se haría añicos.

Se alejó lo suficiente para mirarme, frunció el ceño como si algo le doliera, escrutando mi rostro en busca de algo que no nombró.

Advertí el momento en el que lo decidió. La tensión desapareció de su rostro y en su lugar se instaló la determinación.

Luego, su boca estaba sobre la mía, fuerte, demandante. Entreabrí los labios y se hundió al interior para acariciar mi lengua con la suya, al tiempo que me tomaba por las caderas para levantarme.

Enlacé mis dedos entre sus mechones suaves y le devolví el beso con pasión. Envolví su cintura con mis piernas y entrelacé mis pies como si lo hiciera mi prisionero, saboreando sus gemidos por el contacto.

Su beso tenía un dejo de desesperación que me animó a buscar más, más rápido, más profundo. Si esta era la única vez que besaría a Camden Daniels, me aseguraría de que la recordara, porque yo sí lo haría.

Estábamos más allá de lo electrizante, más allá de lo combustible, más allá de la química o de cualquier cosa que la ciencia pudiera explicar. Sencillamente nos adaptábamos, como dos mitades de formas por completo distintas que, de algún modo, se ajustan y se convierten en algo completo y nuevo.

Exploró las líneas de mi boca, provocándome con la lengua, mordiendo con ternura mi labio inferior con sus dientes afilados. Luego, antes de que yo pudiera respirar hondo para recuperarme, me besó de nuevo para robarme todo pensamiento y solo dejarme el absoluto desenfreno que incitaba en mis venas.

Su beso me dio vida. Me arqueé para tomar todo lo que me ofrecía, para pedirle más. Sabía a menta y a mañanas nevadas, todo mezclado con un gustillo a un fuego que sabía que me incendiaría si dejaba que él se acercara demasiado.

Gimió mi nombre y, en respuesta, mi vientre se encendió en llamas conforme yo me derretía. Le daría cualquier cosa que me pidiera. Era así de simple. Porque se trataba de Cam.

Y por fin me besaba.

Movió las manos, con una me sostuvo y con la otra sacudió cada uno de los nervios de mi cuerpo conforme sus dedos recorrieron mi espalda hasta la nuca. Esos dedos me sujetaron ligeramente del cabello y jalaron con delicadeza para dejar mi cuello expuesto.

—Cam —gemí cuando sus labios se apartaron y empezaron a trazar un camino de besos por mi garganta.

Me iba a morir. Aquí, ahora. No había manera de que esto pudiera ser mejor.

Sus manos me apretaron con más fuerza y…

«Ring».

¿Qué…?

«Ring».

Cam no tenía tonos agradables en su teléfono, no, solo el chirrido directo de un teléfono antiguo.

Se detuvo al tercer timbrazo, con los labios abiertos contra la base de mi cuello. Alzó los ojos vidriosos hacia los míos en el cuarto, luego parpadeó y, sin más, el hechizo se rompió. Abrió los ojos como platos en un destello de pánico, de arrepentimiento.

No. No. No. Se terminó demasiado rápido.

Mi corazón dio un vuelco cuando me sentó en la barra, sus brazos perdieron fuerza y me soltó. Luché contra el instinto de mantenerlo cerca, de negarme a esta distancia, pero liberé mis tobillos y literalmente se deslizó entre mis dedos cuando se apartó.

Mi cuerpo seguía palpitando a una frecuencia que solo Cam conocía. Alzó los brazos para ajustarse la boina que no llevaba puesta. Como si se diera cuenta de ello, miró sus manos vacías y negó con la cabeza.

—Cam —dije, bajando de un salto.

—No. —Se apartó—. ¿En qué estaba pen…?

El zumbido cedió un poco.

—No puedo tocarte —murmuró—. No así.

—Sí, sí puedes —le aseguré.

Era probable que sonara como una súplica. No importaba. No me importaba. Si lo hacía volver a mis brazos, diría cualquier cosa que él necesitara.

—No —repitió mirando a cualquier parte salvo a mí—. No puedo.

—Fue solo un beso.

Sin embargo, no era así. Fue mucho más profundo y ambos lo sabíamos.

—¿Y qué pasará cuando sea más? —me desafió, y sus ojos se enfrentaron a los míos durante un segundo—. ¿Lo sentiste?

—¡Por supuesto que lo sentí y es más que perfecto! ¡Es maravilloso!

—No-Lo-Dices-En-Serio.

—No me digas lo que debo decir. Sé lo que quiero.

Siempre lo había sabido. Sencillamente había tenido demasiado miedo para expresarlo, para intentarlo. Siempre había sabido que lo más probable era que pudiera tenerlo como hoy una vez, pero nunca dos. Aunque estuviera dispuesta a abandonarme dos veces, él no lo estaría, Y por eso él consideraría lo que había sucedido como un desliz, como un error.

—Entonces te equivocas. No es posible que esto sea lo que quieres —espetó, haciendo gesticulaciones entre los dos.

—¿Porque tú no lo quieres? ¿Solo puedo desear lo que tú deseas?

Envolví mi torso con mis brazos porque de pronto sentí frío. Era como si el calor que rezumaba de mi piel hubiera desaparecido, dejándome helada, vacía.

—¿Qué yo no lo deseo? ¿Te estás burlando de mí? ¿Crees que esto tiene algo que ver con lo que yo deseo?

Sacudió la cabeza.

—¿No es así?

Me recargué en la barra, atónita. Todo esto sucedió porque yo lo quise. Nunca le di la oportunidad de decir no. ¿En verdad me había besado solo porque sabía que yo quería que lo hiciera?

No, él me deseaba. Cualquier idiota podía verlo. Sus pantalones de licra no ayudaban exactamente a esconderlo.

—Carajo, no. Willow, perdí toda posibilidad, todo derecho a siquiera…

Se jaló el cabello durante el suspiro más largo que jamás haya tomado. Luego relajó los brazos a los costados, dejándose el cabello hacia arriba.

Respiré mientras lo hacía.

—Elegí el escuadrón de Sullivan —dijo al final con voz ronca—. Había dos y elegí el suyo.

—Pero no sabías que él estaba ahí. Tomar una decisión no cambia eso.

Esa misma determinación que había visto antes destelló en sus ojos, pero esta vez era una advertencia.

—Lo traje a casa en un ataúd. Estuve con él cuando se desangró.

—No hagas esto… —murmuré.

El frío se transformó en algo voraz que me entumeció. La sensación empezó en los dedos de los pies y subió en oleadas que alimentaron mi alegría, mi deseo, incluso mi estúpida nostalgia; luego se heló, dejándome en la nada.

—Tú más que nadie deberías entenderlo. —El dolor se entretejía en cada palabra, crudo y amargo—. Una cosa es pensar que me has perdonado, pero no sabes qué aspecto tenía muriendo en mis brazos. Cómo traté de detener la hemorragia, pero le dispararon en el cuello. Le apreté la yugular lo suficiente para tratar de detener el sangrado. Ni siquiera podía ver adónde se iba el resto de la sangre. Y el médico estaba en camino, pero no lo suficientemente rápido.

Ya no tenía nada en la mente. Estaba vacía de todo, incluso de pensamientos, conforme lanzaba la historia que nunca me habían contado. Jamás me consideraron lo suficientemente fuerte como para saber los detalles.

—Le quité el casco, y Vásquez, uno de mi escuadrón, trató de tapar el orificio en su cuello. Pero el cabello de Sully… ya no se veía tan rubio como antes. Estaba más oscuro, casi como el mío y recuerdo que pensé que eso estaba mal. Que se suponía que él debía estar bien, como Xander. No podía convertirse en mí. Es estúpido, ¿no? Porque se estaba convirtiendo en nada justo frente a mí y yo no podía hacer más que sostener su cabeza en mi regazo.

Mis labios empezaron a temblar.

—Sabía que se estaba muriendo. Había mucha sangre. La evacuación médica no se haría con la rapidez necesaria, no mientras el puesto de avanzada siguiera bajo ataque. Me concentré en hacer presión en la herida y le dije a Vásquez que dispara desde la posición de Sullivan. A Sully le dije: «Tienes que vivir. Tienes que hacerlo. Willow te espera. Papá te espera. Tienes que ser fuerte». Sabía lo mucho que esto le afectaría a papá, a Xander… a ti.

Me tragué el gemido que llegó sin pedir permiso, las lágrimas me quemaban los ojos.

—Y…

Desvió la mirada y su rostro se contorsionó en arrugas de rabia, dolor e impotencia.

—Dime —le supliqué en un susurro.

—Ya fue suficiente. No quieres…

Sacudió la cabeza.

—¡Dime! —grité—. Y no te atrevas a callar ni a ocultarme nada. ¡Merezco saber!

Cerró los ojos un segundo. Dos. Tres. Luego los abrió y me miró fijamente.

—Le costaba trabajo hablar. Sus vías respiratorias… era difícil. Al final, habló entre horribles jadeos. Me dijo: «Cam. Eres tú. Llévame a casa». ¡Me rogó que lo trajera a casa! Y estábamos ahí sentados en un asqueroso puesto de avanzada que yo ni siquiera supe que él debía enfrentar, en medio del maldito fuego cruzado al que lo envié, y no podía hacer un carajo para salvar a mi hermano menor. Y cuando… —Cam respiró y se aferró al respaldo de la silla de la cocina como si eso lo anclara—. Mientras moría, llamó a mamá. Como si pudiera verla o algo. Su pulso dejó de latir contra mis dedos y sus ojos azules… las pupilas… Simplemente se había ido. Duró dos minutos, a lo mucho. Me quedé ahí sentado, abrazándolo como aquella vez que derrapó en la curva del barranco y se lastimó la espalda cuando éramos niños. ¿Recuerdas?

—Lo recuerdo —murmuré.

Teníamos nueve años. Sullivan no hizo caso y salió corriendo antes que nosotros. Cam tenía once y le echaron a él la culpa. Su papá lo maldijo cuando llevó a Sullivan a la casa.

—Yo estaba cubierto de su sangre, aferrado a esa cáscara que antes fue Sullivan. Estaba tan enojado, tan vacío… incluso le tuve envidia, hubiera querido estar en su lugar.

—Cam, no.

Hice que mis piernas me obedecieran y avancé un paso, pero él se alejó más.

—Le rogué a Dios que me dejara tomar su lugar. Que me llevara a mí, no a Sullivan. Pero tú sabes que Él no quería tener nada que ver conmigo. Sully era bueno, amable y terco y no había nada de maldad en él. Merecía vivir.

Una lágrima rodó por el rostro de Cam y desapareció en su barba. Dudo que siquiera la haya sentido.

—Sí, lo merecía —asentí—. Merecía vivir, y era todo eso y más. Pero, Cam, tú también merecías vivir.

—¡No! —gritó agitando las manos como si quisiera arrancarse la cabeza—. No como él. No, cuando todos en casa lo esperaban.

—¡A ti también!

—¿Francamente crees que, en mi funeral, alguien le hubiera dicho a Sullivan que era él quien debería estar en el féretro? —preguntó entrecerrando los ojos.

—Tú papá no tenía derecho a decir eso —respondí, negando con la cabeza.

Me dolían los dedos de las manos por la necesidad de acercarme a Cam. Volver a ese día y pararme a su lado, en lugar de frente a él. Haberle dicho lo que yo quería en lugar de lo que se suponía que debía decirle.

—Tenía todo el derecho. Sullivan estaba muerto. Debí salvarlo. Debí enviar al otro escuadrón para que mantuviera el perímetro. Debí haber tomado yo su lugar. Debí darme cuenta a qué puesto de avanzada nos habían enviado. Debí apretar su herida con más fuerza, lograr que le hicieran una transfusión de inmediato. Debí darle un balazo en el pie en el momento en que se enlistó. Hay un millón de cosas que pude haber hecho y un millón de cosas que sí hice, con las que había ganado con creces el ataúd de pino en el que lo enterramos.

—Camden, basta.

—¿Sigues pensando que hice todo lo que podía hacer, Willow? Me quedé ahí sentado y dejé que el amor de tu vida se desangrara sobre mí.

—No lo hiciste.

Mis palabras eran tan débiles como yo me sentía, y la mano helada del miedo me atenazó la garganta, en espera de que Camden me exigiera que aclarara lo que había dicho.

—Lo hice. ¿Y deseas que estas manos te toquen? —preguntó, extendiéndolas con las palmas hacia arriba—. ¿Las mismas manos que sostuvieron a Sullivan y sintieron como la vida se le escapaba?

—No es justo.

—Te tengo noticias: nada de esto es justo. Nada de lo que te ha pasado a ti es justo, y mereces a alguien mejor.

Eché la cabeza hacia atrás como si me hubieran golpeado.

—¿Mejor? ¿Cómo es posible que digas eso?

—Dios mío, ¿necesitas más? Cuando murió, sentí muchos celos de que él fuera el primero en ver a mamá. Ella era la única persona que me amó tanto como a Sully o Xander. ¡Sentí celos de mi hermano moribundo! Estaba furioso, ¡tan furioso!

—No es algo de lo que debas avergonzarte.

«Ring».

—Ah, ¿sí? Estaba furioso con el mundo. Furioso con ese imbécil armado que estaba al otro lado del muro. Furioso con papá por haber dejado que se enlistara. Furioso con Xander porque estaba sentado en una oficina cómoda mientras yo tenía a Sullivan en mis brazos. Furioso contigo porque no lo convenciste de que se quedara.

Palidecí.

—Lo sé.

«Ring».

—No, no lo sabes. Y estaba mucho más furioso con Sullivan, porque tenía el derecho por el que yo hubiera dado la vida y nunca aproveché. Porque cuando murió, lo último que salió de sus labios fue el nombre de mamá, cuando sé que de los míos hubiera salido el tuyo.

Respiré por reflejo, pero todos los músculos de mi cuerpo se paralizaron. Alguien presionó el botón de pausa y quedamos suspendidos en un momento en el que ni siquiera mi corazón se atrevía a latir.

«Ring».

—¿Qué? —gritó Camden en el teléfono.

Mi corazón latía con fuerza. Sentía la cabeza ligera, casi separada de mi cuerpo. Trastabillé hacia atrás hasta que sentí la barra y, sin vergüenza, la utilicé para permanecer de pie cuando mis rodillas amenazaron con ceder.

—¿Cuándo? —Volteó a ver el reloj de pared—. Mierda. Llego en siete minutos.

Colgó y salió de la cocina sin decir una palabra más, directo hacia el garaje.

Abrí la puerta que él acababa de azotar en mi cara e ignoré el asalto de aire helado en mis rodillas desnudas.

—Cam, ¿qué pasa?

Se movía rápido mientras se vestía para montar la moto.

—¡Cam!

Hizo una mueca, pero no dejó de vestirse.

—Mi papá tuvo un accidente. Xander lo encontró en el garaje. Creo que intentó salir, porque el coche estaba encendido y la puerta cerrada.

Cam se puso un par de calcetines de lana que sacó del casillero y luego se puso las botas.

—Dios mío. ¿Qué necesitas?

Me miró de pronto.

—¿Qué?

—¿Qué necesitas que haga? ¿Quieres que vaya? ¿Hablo al hospital para que manden una ambulancia aérea? ¿Qué?

Parpadeó dos veces.

—La ambulancia aérea está en camino. Si me voy ahora llegaré a tiempo a casa de papá. —Se levantó y se cerró la chamara, luego tomó el casco mientras yo sacaba sus guantes—. Quédate aquí, donde sé que no te morirás congelada.

Su rostro desapareció detrás del casco cuando cerró la visera. Le di los guantes y lo tomé del brazo cuando él volteó para marcharse.

—Ten cuidado —dije con claridad, mirando mis propios ojos en el reflejo de la visera—. Camden, me importa si te lastimas. Así que ten cuidado.

Asintió una vez y me dejó ahí de pie, con sus calcetas, sus… con todo. Sacó la motonieve y se fue a casa de su papá.

Miré alrededor del garaje, mis ojos aterrizaron en la pequeña barredora de nieve, cuya hoja estaba sujeta al frente. Al menos podría ser útil.

Entré a la sala, vi la cartera de Cam sobre la mesita de centro y lancé un gruñido.

Supongo que era hora de despejar la nieve de la entrada para poder salir.

CAPÍTULO 13

Camden

Conforme bajaba a toda velocidad, la montaña pasó volando en un torbellino de nieve blanca y cielo azul, manchado de pinos y esqueletos de los álamos invernales. La adrenalina corría por mis venas, un amigo bienvenido y familiar. La nieve ya se había endurecido como resultado de la helada de anoche.

¿Por qué no respondí el teléfono la primera vez? Ya hubiera podido estar ahí, en lugar de hacer hasta lo imposible para llegar antes que la ambulancia aérea.

Sabía exactamente por qué. Porque estaba muy ocupado con Willow. El teléfono me arrancó de cualquier ridícula fantasía en la que estuviera y me hizo caer de nalgas en el mundo real.

El mundo donde nunca podría tocar a Willow de esa manera otra vez.

El mundo en el que papá dejó el coche encendido en el garaje.

Tomé la última curva demasiado rápido y derrapé casi en el borde de la entrada. «Pon atención».

Medio minuto más tarde apagué el motor frente al garaje, donde Xander se inclinaba sobre papá para presionar su pecho en movimientos rítmicos, deteniéndose solo para darle respiración boca a boca. Me quité el casco y lo dejé caer al piso mientras corría hacia ellos.

—¿Qué estás haciendo?

—¿Qué parece? —preguntó Xander aún de rodillas, con las manos sobre el pecho de papá.

—¿Por qué sigue aquí?

Dios mío, aún podía oler el humo del escape, aunque el vehículo ya estaba apagado.

—No puedo hacer mucho con tanta nieve —respondió Xander con un movimiento de cabeza hacia la entrada.

—No puede quedarse aquí.

De inmediato evalué el garaje y me moví hasta advertir una tabla larga de triplay. La pude sacar sin esfuerzo del montón y en silencio agradecí a papá por tener personalidad tipo A... a pesar de sus defectos. Rasguñó el suelo conforme la deslicé hacia mi padre y la dejé caer sobre una parte del concreto.

—Ayúdame —le ordené, poniéndome en cuclillas frente a la cabeza de papá.

No pesaba nada cuando lo levanté por los brazos y Xander por las piernas. Lo pusimos sobre el triplay y luego cada uno tomó un extremo en silencio para llevarlo al aire fresco.

Al arrodillarnos a su lado, la tabla rompió la costra de la nieve de anoche. Cuando Xander estaba a punto de empezar las compresiones de nuevo le sujeté las manos.

—Espera.

—¿Qué? —exclamó.

Le tomé el pulso a papá y lo sentí.

—Su corazón está latiendo. Le harás más mal que bien si sigues con las compresiones. Tiene fallo respiratorio, no un paro cardiaco.

—Respira.

—Respira —confirmé en el momento en que escuché el sonido del rotor del helicóptero—. Ya casi llegan.

Xander echó la cabeza de papá hacia atrás y siguió dándole respiración boca a boca; yo me levanté y examiné el terreno. El área más plana, con menos árboles, estaba directamente detrás de la casa. En efecto, uno o dos minutos después apareció el helicóptero sobre la casa, lanzando una fina capa de nieve en el aire, pero no más.

La nieve de anoche era demasiado pesada como para hacerla volar.

Aterrizaron aproximadamente en el lugar que yo calculé que lo harían, y dos paramédicos salieron de inmediato, pero enseguida sus movimientos se hicieron más pesados cuando la nieve les llegó a las rodillas.

—Por aquí —grité sobre el ruido de los rotores, guiándolos alrededor de la casa hasta la entrada del garaje—. Está en paro respiratorio. Mi hermano lo encontró ahí, en las escaleras. La puerta del garaje estaba solo entreabierta y el coche encendido. Tiene cincuenta y ocho años, buena salud, pero tiene comienzos de alzhéimer temprano.

—Entendido —respondió el hombre conforme él y su equipo se arrodillaban para examinar a papá.

No respiraba. La magnitud de la situación me impactó No respiraba. Debería estar muerto. ¿Por qué carajo había estado solo? ¿Cómo tuvo acceso a las llaves?

Xander se acercó a mí a trompicones; aún llevaba puesto el traje de la moto. Los paramédicos examinaban a papá, uno de ellos le puso una bolsa de rescate sobre la nariz y la boca.

—Dios mío, Cam. Solo bajé a ver en qué iba John Royal. Estaba tratando de restablecer la energía eléctrica en la central de Alba. —Se pasó las manos por el cabello—. Papá estaba dormido y pensé que me daría tiempo de ir y regresar antes de que despertara.

¿No pudo llamar a John por teléfono? Sin embargo, mantuve la boca cerrada porque yo tampoco estuve presente. Papá estaba solo.

—Debí estar aquí.

—No te hubiera dejado entrar, lo sabes. Anoche no era él mismo. Pensó que yo era Cal.

Los paramédicos subieron a papá a la camilla. Seguía sin respirar por sí mismo. Mi estómago dio un vuelco y, al instante, sentí que se me helaba la piel.

—Carajo, Xander, él no quería esto.

—¿Crees que no lo sé? ¿Como si alguna vez hubiera querido perder la cordura al punto de no poder abrir la puerta del garaje? —respondió, sacudiendo la cabeza.

—No, quiero decir que no quería que lo resucitaran.

Y yo había ayudado. Carajo, ayudé a eso. Mi necesidad de salvarlo me cegó y ni siquiera me di tiempo para recordar cuáles eran sus deseos.

—No empieces con esa mierda —espetó Xander.

—Xander, están subiendo a papá al helicóptero. No respira por sí mismo. Tú tienes que hablar por él. ¡Él confía en ti!

Me volteé para mirarlo de frente. Teníamos casi la misma altura, pero ambos sabíamos que yo le ganaría en una pelea. Maldita sea, yo era bueno para eso. Mi capacidad para crear cosas quedaba solo en segundo lugar después de mi capacidad para destruirlas.

—¿Estás listo para que nuestro padre muera? —me retó mientras seguimos a los paramédicos que empezaban a subir al helicóptero.

—¡Por supuesto que no! ¿Crees que alguien puede estar listo para eso?

—¿Qué quieres que haga, Cam? ¿Decirles que no se preocupen y que papá quiere morir aquí? —preguntó señalando la casa.

Carajo. Sí. No. No estaba listo. Si papá moría, nunca sabría que no me informaron que se trataba del escuadrón de Sullivan. Que, si bien era responsable de su muerte, no lo sabía al momento de tomar la decisión. Que solo reconocí a Sully segundos antes de que recibiera la bala. Nunca tuve la oportunidad de reparar todo lo que se había roto entre nosotros.

—Sí, no es fácil cuando eres tú quien toma las decisiones, ¿o sí? —gritó Xander—. Se intoxicó con monóxido de carbono, no es una situación a largo plazo. Solo tienen que hacer que vuelva a respirar y lo regresarán a casa. Esto no es a lo que papá se refería, en caso de que estés tan seguro que eso era lo que quería decir.

—¡Estoy seguro!

Estábamos justo debajo del rotor y sus palabras me parecieron más lacerantes que el metal que cortaba el aire.

—¿Señor? Uno de ustedes puede venir, pero no los dos —dijo el paramédico desde la puerta.

—¡Yo voy! —exclamó Xander, acercándose de inmediato al helicóptero.

Lo tomé del brazo y me fulminó con la mirada.

—Por Dios, Cam, ¡tengo que ir!

—¡Le pregunté! La semana pasada comimos juntos y le pregunté. ¡Hablaba en serio, Xander!

Xander liberó su brazo de un jalón y subió al helicóptero sin decir una palabra más.

—¡Lo vamos a llevar a Salida! —indicó el paramédico.

Asentí y él cerró la puerta. Sabía que tenía que moverme, así que giré y regresé a la casa. A medio camino, el helicóptero ya estaba en el aire, volando rumbo al este por el pase. Solo mis jadeos pesados y lo que debía ser el golpe seco de los latidos en mi pecho puntuaban el silencio cuando llegué a la entrada del garaje.

La tabla de triplay que estaba en el centro del espacio cubierto de nieve era la única evidencia de lo que acababa de ocurrir. Xander había reanimado a papá y yo le había ayudado. Sentí náuseas, el sabor en mi boca era tan amargo que casi vomito.

Dos horas más tarde entraba al Centro Médico Regional Heart of the Rockies, el hospital más cercano. Es un centro de traumatología de nivel IV, por lo que el hecho de que admitieran a papá en lugar de transferirlo era buen augurio. Eso, y también que aún no estaba muerto, eran señales positivas.

Tuve que llamar para recibir esa poca información, puesto que encontré el teléfono de Xander en el piso del garaje. Me había tomado una hora y media quitar la nieve de la entrada con el minitractor de papá y tuve suerte de que su camioneta tuviera gasolina suficiente para llegar hasta el crucero a Salida, puesto que mi cartera había desaparecido.

Con solo una llamada telefónica hubiera podido saber que la dejé en casa, pero la idea de hablar con Willow después de todo lo que pasó esta mañana era suficiente para decidir no enfrentar la realidad.

—¿Cuidados intensivos? —pregunté en la recepción.

La recepcionista me dio las indicaciones y de inmediato avancé por los pasillos esterilizados, mientras mis botas dejaban huellas lodosas sobre los pisos prístinos.

«Sé que de los míos hubiera salido tu nombre». ¿En qué mierda estaba pensando para decirle eso? ¿Por qué no podía dejar de pensar en eso? Con todo lo que estaba pasando con papá, ¿por qué mi cerebro decidía aferrarse a esa tontería matinal?

«Porque llevas diez años queriendo decirlo, imbécil». Cuando llegué a cuidados intensivos de inmediato le advertí a mi yo más estúpido que cerrara la boca.

—¿Arthur Daniels? —pregunté a la enfermera de uniforme azul con estrellas amarillas.

—¿Es familiar? —preguntó a su vez, mirándome antes de ingresar los datos en la computadora.

—Soy su hijo.

—Habitación 316 —respondió—. Su otro hijo está con él ahora. ¿Es su hermano?

—Es Alexander.

Sonrió.

—Alexander. Bien.

Sacudí la cabeza y caminé en dirección de las habitaciones. Por supuesto que ella sabía su nombre. Era joven y bonita, y Alexander era un hombre encantador.

Lo primero que vi en el umbral fueron sus botas, luego el resto de él, recargado contra el marco de la puerta. Se había quitado el traje de la moto y parecía más responsable en jeans y suéter de lo que yo parecía con pants y sudadera. En fin, las emergencias no daban cabida a la moda.

—Cam —dijo aliviado, esbozando una leve sonrisa—. Lo siento mucho. Dejé mi teléfono…

Saqué el aparato de mi bolsillo y se lo di.

—Gracias. Lamento que no hayamos podido venir los dos. Vi cómo estaba la entrada. ¿Cuánto tiempo te llevó despejarla? —preguntó, al tiempo que revisaba sus mensajes, que eran más de una docena a decir por la manera en la que esa cosa había vibrado. Cualquier mujer se hubiera vuelto loca con la mitad de las alertas.

—No hay problema. ¿Cómo está?

—Los médicos están con él ahora —respondió, mirando sobre su hombro—. En un momento nos informarán.

Me acerqué al umbral y vi uniformes y batas blancas que se inclinaban sobre papá, ocultando mi campo visual. Los monitores emitían sus pitidos, pero ese zumbido…

Empujé un poco a Xander para entrar. Al ver lo que habían hecho sentí como un puñetazo en el estómago. Cuando los médicos se incorporaron pude ver el rostro de papá, y miré con horror el acordeón azul que subía y bajaba.

¿Cómo pudo hacerlo? Di media vuelta, tomé a Xander por los hombros y lo empujé contra la pared opuesta a la puerta de la habitación.

—¡Ey! —exclamó uno de los médicos.

—¿Cómo pudiste hacerle esto? ¿Cómo? —le grité a mi hermano, quien me miraba sorprendido.

—¡Todo bien! —respondió, pero no a mí.

No, sin duda su brazo extendido intentaba frenar al personal, que estaba listo para quitarle de encima al hermano violento que se abalanzó sobre el buen hermano.

—No está bien —exclamé furioso—. Sabías que no quería eso, ¿y dejaste que le pusieran el ventilador? ¡Él quiere una orden de no resucitar, imbécil! —Mis dedos presionaban los músculos de sus hombros. Cuando sentí que se destensaba dejé de presionar y respiré, tembloroso, para apaciguar la rabia que me invadía—. Lo sabías.

—Disculpe —dijo tranquilo un médico mayor de cabello completamente blanco, como si no hubiera visto que tenía a Xander contra la pared—. ¿Dice que el señor Daniels tiene una orden de no resucitar?

—No —respondió Xander con la misma tranquilidad, sin moverse un centímetro.

Para el mundo, era probable que pareciera el caballero sereno que era, en un intento para desviar la atención. Pero yo lo conocía. Él sabía que estaba arrinconado por un depredador, por mí, y que en el momento en que se moviera antes de darme una explicación volvería a estrellarlo contra la pared.

—¿No la tiene? —confirmó el médico hojeando el expediente.

—No, no la tiene. Disculpe el exabrupto de mi hermano. Ha sido un día muy emotivo para ambos y, al parecer, mi padre le dijo a Camden que estaba pensando en una orden de no resucitar, pero no constatamos su estado mental cuando hizo esa solicitud. Estos días difícil saber cómo está. Parece bien y habla normalmente, pero puede equivocarse del año en el que está o ni siquiera tener idea de cómo se llama.

—No te disculpes en mi nombre —le dije en voz baja. Luego volteé a ver al médico—. Doctor Taylor —dije, después de leer su nombre bordado en la bata—. Lamento que haya visto eso. Soy Camden Daniels y mi padre me dijo, tanto la semana pasada como hace un mes, que quería una orden de no resucitar, así que estoy algo furioso con mi hermano por permitir que lo intuben.

Aproveché el espacio mental que utilizaba cuando la misión prevalecía sobre la emoción, esa resolución que me mantuvo vivo la última década.

El médico nos miró, observó con rapidez y asintió.

—Este es un asunto complicado y puedo respetar que ambos estén al límite. Sin embargo, no puedo permitir que eso vuelva a suceder en mi piso. ¿Entendido?

Dos hombres vestidos de azul aparecieron detrás del doctor. Era evidente que había llamado a seguridad.

—Sí, señor —respondí.

Por un momento lamenté haber permitido que mi irascibilidad llegara esos niveles. Al menos me abstuve de sonreír a los guardias con sarcasmo, como si en verdad pudieran sacarme físicamente de aquí.

—Bien. No me gustaría tener que pedirle a alguno, o a los dos, que salgan del hospital.

—No tendrá que hacerlo —prometió Xander mirándome de reojo.

Lo ignoré, que se fuera al carajo. Había dejado que le pusieran un tubo en la garganta a papá.

—Okey, les daré unos minutos, y si luego quieren reunirse conmigo en la habitación de su padre, ahí les daré la información.

Esperó que ambos asintiéramos y desapareció. Los guardias no.

—No lo puedo creer —dije furioso.

—Yo podría decir lo mismo —espetó Xander entre dientes—. Ya no somos niños, Cam. Con mucho trabajo pude evitarte la cárcel la última vez que estuviste aquí. Tuve que darle a los Hudgens un buen lugar en el corredor turístico del distrito histórico para que no presentaran cargos.

Quizá no lo mostré, pero el golpe emocional cumplió su cometido.

—Tú también pudiste presionarlos.

—Nunca lo haría, lo sabes. Te quiero. Eres mi hermano menor. No hay nada que no haría por ti. Pero ya somos adultos y no puedo protegerte de todas las consecuencias. —Toda su postura se suavizó—. Cam, tienes que apoyarme en esto.

—Dejaste que le introdujeran un tubo en la garganta. —Me llevé la mano a la boina, y maldije para mis adentros cuando, de nuevo, no la llevaba puesta. Durante mis misiones, por lo menos el peso del Kevlar me mantenía en tierra, me quitaba el aspecto nervioso del que jamás me pude deshacer cuando no llevaba el uniforme.

—Sí, lo hice. Era eso o dejar que muriera. No te atrevas a decirlo. Sé muy bien que tú lo hubieras dejado morir.

—Le hubiera dado lo que deseaba, sin importar lo difícil que fuera para mí. Pero, ¿sabes qué? cuando estábamos en su casa te ayudé. En parte soy responsable de esto y eso es lo que más me molesta. Lo entiendo, Xander, en serio. No quiero perder a papá. No importa lo cruel que sea ese desgraciado o lo mucho que me odie, quiero tener el mayor tiempo posible para hacerlo cambiar de opinión.

—Entonces, ¿estás de acuerdo conmigo?

En su frente y en los bordes de los ojos se dibujaron unas arrugas.

—No. No lo estoy. Estoy diciendo que la emoción puede prevalecer sobre la lógica en el momento, que necesitas tener perspectiva en cuanto a la posibilidad de que estás dejando que tus necesidades emocionales triunfen sobre el derecho de papá a decir qué hacer con su propio cuerpo. Es suyo. No tuyo ni mío.

—Él ya no es capaz de decidir y yo estoy haciendo todo lo que puedo.

Su rostro se ensombreció y su boca dibujó una mueca.

—Sé que lo haces. Por eso es tan difícil. Veamos qué dice el médico.

—¿No le vas a arrancar el tubo de la garganta? —preguntó Xander con tono triste, aunque alzó las cejas a modo de sarcasmo.

—Sí, claro, justo después de que desconecte el ventilador y alce los brazos en señal de victoria. Claro que no. Le dije que lo ayudaría a que eso no sucediera; no hablamos de qué hacer una vez que hubiera sucedido.

Puso su mano izquierda sobre mi hombro, pero a diferencia de la mía que sin duda le dejó moretones en la piel, la suya me sujetó con delicadeza.

—Okey, vamos.

Nos paramos uno al lado del otro al pie de la cama de nuestro padre, mientras el doctor Taylor nos explicaba la situación. Papá seguía sin respirar por sí mismo, pero ya habían visto buenos resultados con las cámaras hiperbáricas, así que ese sería el siguiente procedimiento.

Como estaba intubado, contaba con un equipo entero, pero las complicaciones eran poco comunes, siempre y cuando tuvieran cuidado, y más oxígeno era su mejor oportunidad.

Ya le habían hecho una radiografía de tórax y un electrocardiograma, ambos eran prometedores, pero no perfectos. Los análisis de sangre estaban en camino del laboratorio, puesto que ya habían pasado algunas horas, y el pulsioxímetro no era tan distinto a los niveles que tenía durante el incidente.

—¿Fue un intento de suicidio? —preguntó el doctor Taylor mirándonos a uno y otro—. Tengo que preguntarlo.

—No… No puede ser —respondió Xander, negando con la cabeza.

—No lo fue —respondí—. Vi que la puerta del garaje estaba abollada. Supongo que intentó salir con la puerta cerrada y así desbloquearla. Por eso no abría con el botón. —Volteé a ver a Xander—. Lo encontraste junto a la escalera que va a la casa, ¿no?

—Sí —asintió.

—Y supongo que tuviste que levantar la puerta del garaje con las manos.

—Así fue —confirmó—. Tiene sentido.

—No es suicidio, doc. Solo demencia.

Me aferré a la piecera de la cama cuando vi las correas suaves de velcro sobre sus brazos que lo sujetaban a los barandales.

—No va a lastimar a nadie —agregó Xander.

—Lo digo más por su seguridad personal que por la nuestra —nos aseguró el doctor Taylor—. Lo traeremos de vuelta pronto.

Xander y yo nos sentamos en relativo silencio cuando sacaron a papá. Nos miramos durante un minuto incómodo antes de que él sacara su teléfono, mascullando que tenía asuntos que atender.

Yo le envié un mensaje de texto a Willow. Era menos de lo que se merecía, pero más de lo que yo era capaz de hacer.

Cam: Disculpa que saliera corriendo. Papá tiene intoxicación por monóxido de carbono. Está en cuidados intensivos en Salida. Xander y yo estamos con él.

En parte era mentira, puesto que salí corriendo por absoluta autopreservación, pero la había dejado varada en mi casa. Mantuve la pantalla encendida en espera de que los tres puntos que danzaban en su respuesta se detuvieran y apareciera su mensaje.

Willow: Lo siento mucho. Acabo de ver a Walt y le di tu cartera. Le avisaré. ¿Qué más puedo hacer por ti? ¿Necesitas comer?

Solo Willow preguntaría cómo podía ayudar después de que casi la masacro esta mañana. Miré el reloj. Carajo, ya era la tarde.

Cam: Estoy bien. ¿Viste a Walter?

Willow: Si no me equivoco eso es lo que acabo de decir.

¿Walt había ido a la casa? No era probable, puesto que el apagón también había afectado a su hotel.

Cam: ¿Sigues en la casa?

Willow: Estoy en mi casa. Aquí vivo y todo.

Cam: ¿Cómo?

Me había llevado el Cat, mi Jeep jamás hubiera podido llegar con tanta nieve. En el llano, quizá, pero no en la montaña.

Willow: Una chica debe salvarse a sí misma. No soy una damisela en apuros veinticuatro horas del día, siete días a la semana, ¿sabes?

Cam: Lo sé, Pika.

Mierda, envié el mensaje antes de pensarlo. Definitivamente no había querido llamarla así, sobre todo ahora que sabía por qué lo hacía.

Era probable que eso fuera lo que ella estaba pensando, dado que me dejó en visto dos buenos minutos. ¿Me estaba convirtiendo en un idiota necesitado?

«Sé que de los míos hubiera salido el tuyo».

Quizá pensó que yo quería decir que, si yo hubiera sido Sullivan, mis últimas palabras habrían sido para ella. No es que yo las hubiera dicho. Había una pequeña posibilidad, ¿o no?

Pero ¿y si sí entendió? ¿Y si mi falta de autocontrol le Si no me equivoco conocer el secreto que he guardado desde que recuerdo? ¿Y si los años en los que callé al final no sirvieron para nada y ahora me odiaba? O peor, ¿pensaría que soy capaz de hacer algo al respecto? No era capaz, y aunque lo fuera, el pueblo no lo aceptaría. De cualquier forma, la haría sufrir.

—¿Estás bien? —preguntó Xander.

—¿Qué? —Levanté la cabeza de un golpe—. Sí, ¿por qué?

—Pareces... estreñido.

Entrecerré los ojos un segundo y él desvió la mirada. Luego, casi dejo caer mi teléfono cuando me alertó del nuevo mensaje de Willow. «El perfecto boina verde». Si iba a convertirme en un manojo de nervios solo por una mujer, fue bueno haberme salido.

Aunque no era cualquier mujer.

Willow: Gracias por avisarme. Estaba preocupada por ti.

Willow: Y por tu papá, claro.

Willow: Luego te llamo para saber cómo estás.

Willow: A menos que no quieras que lo haga.

Willow: Voy a apagar mi teléfono ahora.

Reí, y con eso me gané otra mirada asombrada de Xander. Por lo menos no era el único que estaba en apuros. No quería ponerla nerviosa, pero al menos no estaba solo en todo este endiablado asunto.

Cam: Okey. Te llamo después. Gracias por el omelette.

Willow: No pudiste comértelo.

Cam: El gesto significó más que la comida.

Tres puntos parpadearon durante unos minutos y luego se detuvieron, pero no recibí otro mensaje. Hubiera cambiado un año de mi vida por saber qué había escrito y borrado.

—Hola —saludó Walt en un murmullo desde el umbral.

Levanté un dedo y me aseguré de que papá seguía dormido, luego pasé por encima de las piernas extendidas de Xander, quien se había quedado dormido a un lado de papá.

—¿Cómo estás? —me preguntó Walter cuando salí al pasillo y cerré la puerta.

—Tan bien como se pudiera esperar.

Pasé las manos por mi rostro. ¿Cómo era posible que solo fueran las ocho de la noche? Sentía como si hubieran pasado años desde que desperté frente a Willow.

—Okey, ¿y cómo está Art?

—Mejor que esta mañana. Quizá necesite algunas sesiones en la cámara hiperbárica. No ha despertado y todavía no puede respirar por sí mismo. Parece que sus pulmones están seriamente dañados y esperan poder revertir su estado.

—Todavía no puede… —El rostro de Walt se ensombreció—. ¿Xander aceptó que le pusieran el ventilador?

—Sí.

Walter cerró los párpados con fuerza, apretó los labios y respiró profundo una vez, luego otra.

—También es mi culpa —admití.

—¿Qué? —preguntó claramente sorprendido.

—Cuando llegué a la casa le ayudé a sacarlo del garaje y le dije a Xander que dejara de darle compresiones torácicas porque su corazón latía. Le dije que solo necesitaba respiración boca a boca. —Crucé los brazos sobre el pecho.

—¿Y crees que eso provocó que lo pusieran con soporte vital? —preguntó.

—No le dije nada a Xander hasta que los paramédicos ya estaban con papá y lo subían al helicóptero. Debí decir algo desde el principio.

Nos hicimos a un lado cuando el equipo médico avanzó por el pasillo, y vi que Simon rondaba cerca de la sala de espera al final del pasillo. Agité la mano para saludarlo y me devolvió el gesto.

—Es bueno ver a Simon —le dije a Walt.

El hombre se veía bien. Feliz. Igual que su papá.

—Quería darnos unos minutos antes de «interrumpir», como dijo —explicó Walt al tiempo que saludaba a su hijo—. Es comprensible que le hayas dicho a Xander cómo salvarlo, que hayas ayudado a hacerlo. Sería comprensible que estuvieras de acuerdo con el ventilador. Es tu padre. Nadie te echaría en cara que quisieras que viviera. —Se quitó una mochila que llevaba al hombro—. Tu chica me dio esto y me pidió que te lo trajera. Disculpa que tardara tanto. Royal no pudo restablecer la electricidad hasta esta tarde. Juro que ese sistema no se ha actualizado en los últimos cincuenta años. Es un milagro que tengamos electricidad.

Me pasó la mochila y la tomé, y me di cuenta de que era una de las que menos usaba y que había guardado en la parte superior de mi clóset.

—No es mi chica —mascullé—. Gracias por traérmela.

—Willow Bradley siempre ha sido tu chica, Camden. Eso no implica ningún romance —dijo, arqueando una ceja.

—Claro.

Me llevé la mochila al hombro y la abrí. Me había enviado un par de tenis y ropa limpia, que iba desde ropa deportiva hasta unos jeans y unos pantalones caqui y zapatos de vestir. Reí al sacar la bolsa Ziploc llena de galletas.

«Dios mío, es impresionante».

—Sí, lo es. Me dijo que te lo debía o algo así, ¿porque tu desayuno se echó a perder?

Carajo, había hablado en voz alta.

Cuando alcé la vista sus ojos brillaron sin que él pudiera evitarlo.

—La saqué de un banco de nieve y la llevé a mi casa. No es lo que piensas.

—No dije nada —respondió con una franca sonrisa—. No soy tan ciego como el resto de los hombres de tu familia.

Su mirada se volvió inquisitiva.

—¿Debo sentirme insultado? —pregunté echando las galletas a la mochila.

—Para nada. Los chicos Daniels siempre fueron un poco lentos cuando se trataba de ver las cosas que no querían ver. Sin embargo, tu mamá sí sabía qué era qué. Sobre todo cuando se trataba de la chica Bradley.

—¿Por qué di...?

A mi espalda se armó el caos.

—¡Ayuda! —gritó Xander.

Yo ya había entrado antes de que él terminara de gritar. Papá se sacudía en la cama con los ojos desorbitados, el pánico era evidente en cada arruga de su rostro. Xander estaba casi sobre él, tratando de sujetarle los brazos.

—¡Cam! Ayúdame. ¡Está tratando de arrancarse el tubo! —gritó.

—¡Ve por el médico! —le ordené a Walt. Dejé caer la mochila y corrí al otro lado de la cama—. Papá, basta —le rogué.

Me miró a los ojos y en ellos vi un destello de comprensión. Gritó, un sonido distorsionado, horrible, apenas audible que emitió alrededor del tubo que le suministraba aire.

Al ver que Xander perdía el control, empujé a papá por los bíceps que no dejaba de agitar, luchaba con la intubación y arqueaba el cuello.

—¡Lo estoy empeorando!

—¡No te detengas! Se lo va a arrancar y sus pulmones todavía no pueden solos —repuso Xander.

Papá se liberó y puso la mano en el pecho de Xander para empujarlo contra el gabinete de suministros médicos que estaba justo detrás.

La fuerza de la que siempre estuve tan orgulloso se había convertido ahora en un obstáculo que jamás hubiera imaginado.

—¡Papá! ¡Basta! —grité, mientras sostenía el tubo traqueal.

Dios mío, si se lo arrancaba tendrían que volver a hacer todo de nuevo. Xander les diría que volvieran a conectarlo.

Lo sujeté por las muñecas y las inmovilicé a ambos lados de su cabeza cuando el equipo médico entró en tromba.

La mirada en los ojos de papá decía todo: yo era el enemigo que lo había traicionado y, en este momento, tenía razón. No importaba que estuviera lúcido o que pensara que yo tenía quince o veintiocho años, yo era el malo aquí.

Mi corazón se hacía pedazos y se desangraba con cada intento que hacía por liberarse, hasta que se gritaron órdenes y una enfermera inyectó algo en la sonda intravenosa.

Xander rodeó la cama y se paró a mi lado, inclinándose sobre el barandal abatible; en el otro trabajaba el equipo médico.

—Papá, está bien. Está bien. Está bien —repitió con calma.

Papá vio a Xander y su mirada se tranquilizó. Bien, el medicamento estaba haciendo efecto. Después me miró a mí y todos los fuegos del infierno salieron en mi dirección hasta que perdió la conciencia y su cuerpo quedó flácido bajo mis manos.

—Está bien. Está inconsciente —me aseguró el médico.

Solté sus muñecas y palidecí al ver las marcas rojas que tenía en la piel.

Xander me rodeó y bajó el brazo de papá hasta la correa, mientras el médico hacía lo mismo al otro lado.

—Le dije que esto era para su protección —dijo el doctor Taylor con severidad.

—Lo siento —me disculpé en nombre de Xander porque sabía muy bien que había sido él quien lo soltó, quizá mientras yo estaba con Walter.

Xander permaneció en silencio.

—Bien, mi turno acabó y me voy a casa. ¿Necesito preocuparme? —me preguntó el doctor Taylor directamente.

—No, señor.

—No se lo pediré una tercera vez. Sencillamente no lo dejaré entrar.

—No tendrá que hacerlo —prometí.

El médico me retó con la mirada, algo bastante valiente para un tipo al que podía hacer pedazos en un santiamén. Luego asintió y se marchó, llevándose a todos menos a la enfermera.

—Lo siento —dijo Xander, pasándose las manos por la cabeza—. Yo se las quité, pensé que estaba muy incómodo, y cuando desabrochaba la segunda volteé a verlo y tenía los ojos abiertos, entonces empezó a sacudirse.

La enfermera dejó de leer el historial médico, pero no dijo nada.

Mi pecho se elevaba en respiraciones rítmicas que contrastaban con los pensamientos embravecidos que rondaban mi mente. Acababa de someter a mi papá por la misma razón por la que me había rogado que no lo hiciera. Puse en peligro cualquier tregua que tuviéramos, suponiendo que estuviera lúcido, y de nuevo era el demonio comparado con la perfección de Xander.

—Por eso no quería todo esto —dije en voz baja, aunque la amenaza rezumaba en mis palabras a pesar de mis esfuerzos por tranquilizarme—. Esto, todo lo que acaba de pasar… —Puse una mano en el pecho de Xander y lo empujé un poco hasta que se apartó de mi camino—, es culpa tuya.

No me detuve para consolarlo ni para preocuparme por su aspecto ceniciento. No, lo dejé encargarse del caos que había provocado.

Nunca más estaría en el bando equivocado, sin importar que fuera legalmente correcto. Nunca más me pondría en ese tipo de situación. Nunca más dejaría que papá despertara por completo aterrado y sometido.

Recogí mi mochila y salí al pasillo, donde Walt esperaba con lágrimas en los ojos.

—¿Lo viste? —pregunté.

Asintió.

—Voy a necesitar la ayuda de Simon —agregué.

CAPÍTULO 14

Willow

—Sabes que siempre puedes volver a la civilización y venir a la oficina —dijo Matt Wilson, tratando de convencerme por FaceTime.

Yo caminaba por Gold Creek Drive, camino a casa de Charity.

—Sí, bueno… no creo —me negué con una sonrisa—. ¿Recuerdas cuando estábamos en Rutgers y te dije que regresaba a Alba y que me quedaría ahí?

Matt se ajustó la corbata y rio.

—Lo recuerdo. Sabes que a Vaughn Holdings le encantaron los gráficos para su nueva campaña, ¿verdad?

—Algo escuché. Buenos días, señora Dawson —le dije a Genevieve, quien avanzaba en la banqueta en mi dirección.

—Willow —respondió ella con más veneno que miel—. Todos estamos muy emocionados de ver los planos esta semana. Sería una lástima que todo ese revuelo con Art se interpusiera, ¿verdad?

Me detuve y dejé de ver el rostro de Matt para mirar el de Genevieve… Un momento, un momento, ¿me estaba amenazando?

—Disculpe, ¿se refiere a todo el revuelo por deshacerse del soporte vital?

Genevieve puso los ojos en blanco.

—Deberías hablar con tu novio, eso es todo lo que te digo. Pero si crees que este pueblo se va a quedar con los brazos cruzados viendo cómo ese chico explota al pobre Art, bueno, eso no va a suceder. Ya he dicho lo que tenía que decir.

—¿Mi novio? ¿Cam? —pregunté—. Porque no somos…

—Ah no, no te hagas la que no sabe. Siempre fuiste más leal a esos chicos Daniels que a tu propia familia. Pero eso es todo lo que voy a decir.

Desapareció al entrar a la joyería y me dejó por completo boquiabierta.

—¿En verdad eso era todo lo que iba a decir o va a regresar para repetirlo? —preguntó Matt.

—No tengo idea. Clásico de Genevieve Dawson.

Advertí varias miradas fulminantes conforme avanzaba por la calle. ¿Qué demonios estaba pasando?

—¿Y ese es el pueblo donde quieres vivir? En serio, ven a Denver. Allá no tienes paisajes como este —agregó, girando el teléfono para mostrarme el horizonte del centro de Denver—. Anda, mereces asistir a las reuniones en las que los clientes alaban tu trabajo.

—Este es mi hogar, Matt. Aquí está mi familia y mis amigos, y tenemos paisajes así. —Giré la cámara para enseñarle las cumbres nevadas contra el nítido cielo azul—. Tú acepta el crédito. A mí nunca me han gustado los aplausos.

—¿O se trata de tu novio?

Pensar en Cam me provocaba una emoción como si estuviera en un circo caótico.

—Ningún novio. Tengo que irme. Acabo de llegar a casa de mi hermana. Envíame la lista de lo que desea el cliente y empezaré el nuevo diseño.

—Como digas. Aléjate de esa señora melenuda. Te necesitamos intacta.

—Ja-ja.

Colgué y entré al Mother Lode. Charity estaba terminando una reunión de personal, por lo que la saludé con un movimiento de cabeza y me senté en una mesa. Había pasado una semana desde el accidente de Art. Lo habían desconectado del ventilador y se recuperaba, pero sólo sabía eso por algunos de los pocos mensajes de texto que Cam me envió.

No lo había visto ni había escuchado su voz desde que saltó en la motonieve y se marchó. Tampoco había dicho ni una sola palabra sobre lo que pasó entre nosotros. Ni con Cam ni con Thea ni con

Walt cuando me llevó a la mina, y es que Cam y Xander tenían un horario de locos para cuidar a su papá por turnos.

Sus palabras me carcomían.

—¿Qué pasa? —preguntó Charity cuando se fue su último empleado.

Miré a mi hermana y traté de encontrar las palabras, pero solo pude limitarme a abrir y cerrar la boca una y otra vez, como si fuera un pez fuera del agua. Finalmente, solo dije: «tiempo de malteada».

Era nuestro ritual más antiguo, más sagrado.

—Camden Daniels —supuso con un suspiro.

—Básicamente.

—Bueno, Meredith va a abrir el bar, así que estoy libre. Pero tú pagas.

Tomó su chamarra del perchero.

—¿Estás segura? Sé lo ocupada que estás.

—Eres mi hermana. Estoy segura. Además, estoy en deuda contigo por este fin de semana. El disfraz de Rose para la obra de teatro es increíble. Ahora, mueve el trasero antes de que te ponga a limpiar mesas —agregó asintiendo.

Me levanté enseguida.

Estábamos sentadas en el apartado al fondo de Bigg's. Antes de decir nada, Charity se aseguró de que nadie nos escuchara.

—Okey, entonces…

—Espera —me interrumpió, levantando un dedo.

Era Tillie Halverson, quien se acercó para tomar la orden.

—¡Hola, Willow! Charity. —El tono de Tillie era evidente.

—¡Qué gusto verte, Tillie! —respondió Charity con una sonrisa digna del Óscar y la nariz fruncida.

—Mmm… —musitó Tillie y tomó nuestra orden—. ¿Son verdad los rumores sobre ti y Cam? —me preguntó sin rodeos cuando terminamos el pedido.

—¿Rumores? —pregunté, tras casi escupir sobre la mesa el agua que había bebido.

—Sí, que ustedes dos están muy acaramelados. Eres su chica, la que le ayuda en la restauración, ¿o no? —dijo Tillie, mirándome de arriba abajo con una sonrisa.

Seguramente me imaginaba cosas.

—No estoy segura de qué quieres decir con acaramelados, pero sí, lo estoy ayudando con las restauraciones. Cam y yo somos amigos desde que nací, Tillie.

—Por supuesto. Claro. Solo estúpidos rumores. Sobre todo cuando eres la chica de Sullivan. —Se sonrojó, bajó la mirada a su libreta y el color llegó hasta sus mejillas.

—Solo que Sullivan está muerto —intervino Charity poniendo en palabras mis pensamientos y encogiéndose de hombros—. Así que en realidad no importaría, ¿o sí?

—Sí, claro. Entonces, ¿eso significa que Cam está… disponible? —Alargó tanto la última palabra que bien pudo ser una oración completa.

—Quizá deberías preguntarle —sugerí.

Tillie me estaba cayendo bastante mal.

—¡Perfecto! Okey, ¡enseguida paso su orden!

Se marchó contoneándose en su falda estilo años cincuenta, su cola de caballo rubia se mecía al ritmo de sus caderas.

—En general me preocupa que Tillie escupa en mi comida, pero creo que usurpaste mi lugar en la jerarquía de la chica Bradley más odiada.

—Todo el mundo está muy extraño hoy —dije, agitando el popote en el agua con hielo.

—¿Extraño normal o extraño Alba? —preguntó Charity.

—Extraño Alba exagerado. Y Genevieve Dawson fue abiertamente grosera en la calle.

—Okey, en fin, estás gastando tu «tiempo de malteada» en Genevieve Dawson. Empieza a hablar —dijo con una mirada intimidatoria.

Recurrir al «tiempo de malteada» era algo que no podía tomarse a la ligera. Era solo para los momentos en los que una de nosotras dos lo pedía.

Hablé. Empecé con la llegada de Cam y solo callé cuando Tillie nos sirvió la comida. Luego continué.

Charity no dijo una sola palabra, permaneció sentada frente a mí, comiendo su hamburguesa y papas a la francesa, y sorbiendo su malteada de chocolate. En su mirada no me juzgaba, como mamá hubiera hecho. Tampoco una emoción descontrolada, como la que hubiera mostrado Thea.

Solo asentía de vez en cuando y levantaba un dedo si alguien se acercaba lo suficiente como para escuchar, eso me dio el valor de contárselo todo. El beso. La muerte de Sullivan. Todo.

Existía un acuerdo sagrado de que éramos una caja fuerte con combinación. Los secretos entraban. Nada salía. Estábamos blindadas. Y cuando una de nosotras recurría al «tiempo de malteada», la otra dejaba de hacer lo que fuera, sin preguntas.

La noche que Charity me dijo al oído que estaba embarazada, bebíamos una malteada de Bigg's en la terraza de nuestros padres. —Y luego él dijo: «Lo último que salió de sus labios fue el nombre de mamá, cuando sé que de los míos hubiera salido el tuyo» —expliqué por último.

Dejó caer el popote en su malteada, pero su boca se mantuvo firme y su mirada fija en mí.

—Di algo —la urgí.

—¿En serio dijo eso? No me refiero a todo lo demás, sino a esa última oración.

Asentí y le di un sorbo a mi malteada de caramelo salado.

—¿A qué crees que se refería? Yo pienso que es lo que él hubiera dicho si hubiera estado en el lugar de Sullivan, ¿o no?

Al menos eso era lo que yo misma me había dicho casi cada hora desde que me lo anunció. El resto de la historia fue difícil de escuchar, pero no la confesión demoledora que él pretendía que fuera. Yo sabía que Cam no podía ser responsable de la muerte de Sullivan.

Pero ahora sabía lo responsable que se sentía, y eso venía con el conocimiento de que usaría esa culpa para hacerme a un lado, si yo le daba la oportunidad.

—Creo que quiso decir exactamente eso. Que si hubiera sido él quien se estaba muriendo, habría dicho tu nombre. —Se hundió en su asiento como si le hubiera sacado el aire de un golpe—. Dios mío, ni en un millón de años hubiera pensado que Camden Daniels tuviera una célula de romanticismo en el cuerpo.

—¿Romanticismo? No, solo lógica, porque si hubiera sido Sullivan, entonces él hubiera sido mi novio y eso tiene sentido.

Hablé despacio y bebí otro sorbo, pero mi malteada no me supo tan dulce.

—Espera, ¿qué? —preguntó enderezándose—. Creo que o estás confundiendo o a propósito estás tratando de malentender.

—¿Malentender? No, quiero decir que, supongo que una parte de mí siempre esperó…

No podía decir las palabras en voz alta.

—¿Que tú y Cam acabarían juntos? —preguntó Charity en voz baja.

La miré, pero no pude asentir. No podía respirar. No podía responder a esa pregunta básica porque destrozaría los cimientos en los que estaba parada.

Estuvo bien ser amiga de Cam. Estuvo bien ser la mejor amiga de Cam. Estuvo bien ver películas con él, ir a pasear con él, leer con él, sentarme en silencio con él cuando éramos niños. Estuvo bien que me defendiera y que yo lo defendiera a él. Estuvo bien que durmiera a su lado la noche que su mamá murió y que lo tomara de la mano durante el funeral. Éramos niños.

Quizá incluso estuvo bien que lo besara. Probablemente yo era una de las pocas chicas en Alba que no lo habían besado cuando éramos adolescentes.

Pero definitivamente no estaba bien imaginar ningún futuro con él.

Charity me miró hasta que suspiró y negó con la cabeza.

—Ustedes dos son una maldita tragedia shakespeariana. Es un poco entretenido presenciarla, aunque increíblemente doloroso.

—No me ayudas —me quejé.

—Aparte de enseñarte un espejo, no estoy segura de qué más te gustaría que hiciera, Willow. Ese hombre está enamorado de ti, siempre lo ha estado. Y no, antes de que abras tu tonta boca, no estoy hablando de Sullivan Estoy hablando de Camden. Y no, no solo te trata como a la niñita que vivía junto a su casa y con la que creció. Yo también crecí con ellos. Yo también fui a nadar y a caminar en la montaña. Tomaba el mismo autobús escolar e iba a las mismas fiestas. Si no puedes aceptar lo que te dijo tan abiertamente, entonces tú eres la mitad del problema y vamos necesitar mucho más helado —dijo levantado su vaso de malteada que ya casi estaba vacío.

—¿Crees que quiso decir que si hubiera sido él quien agonizaba apoyado en el regazo de Sullivan hubiera dicho mi nombre? —murmuré.

En cualquier momento bajaría la mirada y vería una A escarlata sobre mi pecho por siquiera pensarlo.

—Sí.

—¿En verdad crees que Camden está enamorado de mí?

—Sí.

Mi espalda golpeó el vinil rojo de la banca.

—¿Desde cuándo?

—Desde siempre.

Lancé una carcajada.

—Bueno, lo supe el día en que te llevó a casa desde la mina —agregó.

—Yo tenía nueve años.

—Como dije. Desde siempre.

—¿Y hasta ahora me lo dices?

No era posible. ¿O sí?

—Hasta ahora estás dispuesta a escucharlo.

Pero no lo estaba. En realidad, no.

—No, ese último verano fue muy cruel. Las cosas que me dijo, la manera en la que me trató… Eso no era amor.

—No, eso era el primo feo del amor: los celos.

—¡Las hermanas Bradley!

Ambas volteamos a ver a Gideon Hall, quien estaba en el centro de Bigg's, con los brazos levantados, y se acercaba a nosotros.

Seguía sorprendida con la teoría de Charity y apenas pude sonreír.

—Gid —respondió Charity por las dos.

—Muévete —dijo, sentándose junto a Charity y empujándola un poco en el gabinete.

—¿No tienes nada mejor que hacer que acosar a los tus conciudadanos? —lo reprendió Charity haciéndose a un lado— No estamos en preparatoria.

—Gracias a Dios, de lo contrario Julie se enojaría de que me sentara aquí. —Me miró con una sonrisa—. ¿Cómo estás, Willow?

—Bien, Gi… —Quedé boquiabierta al mirar hacia la puerta y al hombre que entraba como una tromba por ella—. ¿Es…?

—Papá —dijo Charity, ocupándose de su popote.

Él nos vio y se acercó. Papá odiaba el Bigg's.

—Willow, necesito hablar contigo.

—Hola, juez Bradley —saludó Gideon.

—Teniente Hall —respondió papá a modo de saludo—. Willow, ahora.

—Okey, ¿qué pasa?

De pronto me pregunté si la decisión que tomó Gideon de sentarse en ese lugar era más para proteger que para molestar.

—¿Quieres hacer esto aquí? —me retó entrecerrando los ojos y bajando el volumen de su voz.

—Papá, no sé a qué te refieres con «esto». ¿Quieres que salgamos? —propuse.

—Aquí estará bien. Dile a ese chico que vi su moción esta mañana cuando regresé a casa de una comparecencia en Buena Vista. No sé qué carajos estás pensando al seguir ayudándolo con esos sitios históricos después de lo que hizo.

Charity volteó a ver hacia la puerta, pero no era necesario que lo dijera, todas las miradas estaban sobre nosotros.

—Papá, no sé de qué estás hablando. Supongo que es sobre Cam, pero hace una semana que no lo veo. ¿Qué sucede?

—¿No lo has visto? —Se aflojó la corbata un poco, pero no lo suficiente como para parecer descuidado—. ¿Le estás enseñando a mentir? —le preguntó a Charity.

Ella inclinó la cabeza hacia un lado, pero no respondió. Supongo que volvieron a la ley del hielo.

—No estoy mintiendo.

Lo que fuera que estuviera pasando, debía de ser muy importante para que mi papá mostrara su mal genio en público de esta manera.

—¿No estás saliendo con él?

—No de la manera en la que sugieres, no.

Y que me partiera un rayo en este momento porque la cabeza de Tillie Halverson apareció sobre la máquina de malteadas. Debió de haberse quedado en la barra para poder ver todo.

—¿No pasaste una noche con él la semana pasada? —preguntó furioso.

Mis mejillas se encendieron tanto por la vergüenza como por la indignación.

—Eso pensé —agregó.

—No es lo que tú crees —espeté.

¿Por qué estaba tan a la defensiva? Aunque fuera así, yo era una adulta, y era él quien actuaba como un niño. No se merecía ninguna explicación, y sin duda yo no le debía ninguna.

—Sí, bueno, te deseo la mejor de las suertes con la aprobación de esos planos frente a la Sociedad Histórica el viernes. Art tiene varios amigos en el consejo y ninguno de nosotros tiene prisa de ver a nuestro amigo enterrado solo para que Cam obtenga la herencia que cree que tendrá.

¿Ver a Art enterrado?

—Juez Bradley, está cruzando un límite —le advirtió Gideon.

Papá miró la insignia de Gid, luego levantó la mirada a sus ojos.

—Quizá si todos los demás dejaran de cruzarlo no me sentiría con la necesidad de tener que ir a buscarlos.

—De cualquier forma, quizá quiera pedir una malteada o algo para que nadie piense que vino solo para gritarle a sus hijas sobre asuntos legales privados que no son de su incumbencia.

Papá entrecerró los ojos, pero se dio la vuelta y, sin decir más, fue a la barra e hizo exactamente lo que Gideon sugirió.

—¿Qué carajos fue todo eso? —preguntó Charity.

—Cam hizo que Simon presentara una demanda hoy. Está demandando a Xander por la tutela de Art. —Gideon robó una papa a la francesa de mi plato y se la metió a la boca—. Ya saben cómo vuelan las noticias por aquí.

—Sabías que nuestro padre iba a venir —supuse.

—Este no fue el primer lugar donde buscó —confirmó—. Todo el pueblo está bastante enojado. De cualquier manera, yo ya había pensado en comer aquí.

—Eso explica los malos modos de Genevieve —dijo Charity, dándole un manazo a Gid cuando tomó una de sus papas a la francesa—. Pide las tuyas.

—Lo haré. Solo mientras espero a… Ahí está —agregó haciendo una seña con la cabeza hacia la puerta.

Camden recorrió la sala con la mirada, advirtió a Gideon y luego a mí. Su gorra de beisbol le cubría la frente, y los jeans caían bajos sobre sus caderas. Esas caderas que la semana pasada envolví entre mis piernas.

Ahora, mi rostro estaba en llamas.

—Una bienvenida glacial —murmuró Charity.

En ese momento advertí que ni una sola alma hablaba, en ninguna de las veinte mesas. Todos observaban a Cam. «Lo fulminaban con la mirada» quizá era más exacto.

Cam también lo advirtió, porque levantó la barbilla al tiempo que avanzaba a grandes zancadas.

Papá se atravesó en su camino y mi corazón se detuvo junto con los pasos de Cam. Sus manos se cerraron en puños, pero metió los pulgares en los bolsillos traseros de su pantalón. Esto podía salir muy mal, si Cam perdía los estribos jamás ganaría su demanda.

—Si lo haces, papá no te perdonará —murmuró Charity.

La miré y en ese momento me di cuenta que ya me había puesto de pie.

—¿Estás segura de lo que me dijiste hace un rato?

Charity miró a papá y a Cam.

—Sí, segura.

—Entonces puedo vivir con eso.

Papá me había criado para hacer lo correcto, sin importar el costo. Solo que no se daba cuenta de que esta vez él se equivocaba.

Charity tragó saliva y asintió rápidamente.

Las palabras que seguían intercambiando entre los dos todavía eran indistinguibles cuando avancé por el piso a cuadros de la cafetería, pero el tono era inconfundible. Papá estaba furioso. Cam mantenía esa calma aterradora que en general precedía a la destrucción de algo.

—Hola, te estábamos esperando —le dije a Cam, mientras me ponía frente a los dos—. Estamos allá atrás.

Los ojos de Cam se encontraron con los míos. Si yo hubiera sido cualquier otra persona, me hubiera aterrado lo que vi en ellos. Este no era el hombre que me llevó a casa en la motonieve ni el que me besó en la cocina. Este era el Cam que había matado gente, y finalmente me di cuenta de lo cerca de la superficie que estaba esa parte de él, apenas contenida. Había una parte de él que no estaba segura de que le importara nada ni nadie… ni siquiera yo.

Cam esperaba que me alejara, eso era lo que significaba su mirada.

—Te guardé un lugar junto a mí —dije, extendiendo la mano con la palma hacia arriba, esperando.

La pelota estaba en su cancha. Me negué a mirar a nadie más o siquiera pensar en la posible humillación a la que acababa de exponerme. La vergüenza a la que Cam me hubiera sometido si fuera ese verano antes de que se marchara al entrenamiento básico. Mantuve la mirada fija en la suya y no aparté la mano. Algo me decía que en el momento en el que perdiera contacto visual, él estallaría.

—Willow —me advirtió papá.

—Cam —murmuré.

Cada segundo que esperaba, mi mano izquierda se sentía más pesada por la posible aflicción.

Miró a mi padre y el corazón se me cayó a los pies.

Pero su mano tomó la mía y la sentí más ligera que el vacío que había estado conteniendo, incluso con su peso.

—Juez Bradley —dijo Cam en voz baja, a modo de despedida.

Se movió, colocándose entre papá y yo, mientras comenzaba a dirigirse a la mesa.

—Willow —dijo papá, y no en voz baja.

Me detuve, sabía que estaba listo para pelear. Sin embargo, volteé en su dirección.

—¿Qué diría Sullivan? —preguntó.

No lanzó un golpe, fue un balazo directo al corazón, y el mío se hizo trizas. Empecé a jadear y Cam me apretó la mano con más fuerza.

—No sé, papá, pero me aseguraré de preguntarle la próxima vez que lo vea.

Giré hacia nuestra mesa y puse un pie frente al otro hasta que me senté junto a la pared, Cam bloqueaba la vista al resto de la cafetería.

Levantó el brazo, me rodeó los hombros y me jaló hacia él. No era una declaración romántica, aunque quizá eso hubieran supuesto todos. Era un apoyo estructural completo.

Me concentré en el olor de Cam, menta y pino, e intenté meter en una caja todo lo que acababa de suceder, para examinarlo más tarde. Lo intenté, pero no tuve mucho éxito. Papá utilizó a Sullivan en mi contra. En contra de Cam.

—¿Qué acaba de pasar? —preguntó Gideon.

—Willow se excomulgó sola —explicó Charity, ofreciéndome una sonrisa débil y temblorosa—. ¿Estás bien?

Asentí en movimientos erráticos.

—Sonríe —me ordenó, esbozando una enorme sonrisa—. Todas las lenguas aquí van a agitarse, así que no dejes que papá gane. No con esto. Sonríe. Es tu mejor armadura.

Lo hice, pero si la mueca de Gideon era alguna indicación, no tuve éxito.

—¿Cuánto tiempo crees que tu papá estará enojado por algo como eso? —preguntó Gideon señalando con la cabeza hacia el lugar donde papá me declaró la guerra, luego robó otra papa a la francesa.

—¿Cuánto tiempo le llevará perdonar a una de sus hijas que contradijo sus deseos de la manera más pública posible? —preguntó Charity.

—Sí —aclaró Gideon.

—Te lo dirá cuando suceda —añadí, con una risa burlona.

—Amén —dijo ella, y nuestra risa se hizo real.

El abrazo de Cam se hizo más fuerte y me recargué en él.

—Está bien, hermana. Hay lugar para ti en la mesa de las ovejas negras. ¿Verdad, Cam?

—Hay lugar para ti donde tú lo quieras, Willow. —Cam descansó su barbilla sobre mi cabeza—. ¿Café con leche y caramelo? —preguntó. Tomó mi malteada, bebió un sorbo y se asombró un poco.

—No. Caramelo salado. ¿Sorprendido?

Me miró, y mi Cam estaba de vuelta en la profundidad de esos ojos castaños.

—Sin duda no era lo que esperaba.

—¿En el buen sentido? —murmuré, para que solo él pudiera oírme.

Frunció el ceño un segundo, luego se inclinó y me besó la frente.

—En el mejor.

Tres días después Cam llegó a la reunión de la Sociedad Histórica y ocupó el asiento vacío a mi lado. Había ido y venido de Salida para ver a su papá y pasaba el resto de su tiempo diseñando las renovaciones. Se veía exhausto.

Aparte de una pequeña conversación por teléfono, solo habíamos hablado por mensajes de texto. Yo me había convertido prácticamente en una ermitaña, trabajando sin parar en casa, pero las miradas de desprecio que me dirigieron cuando entré a la sala me decían que todos suponían que ahora yo estaba saliendo con Cam.

Casi me río de ellos porque ni siquiera yo lo pensaba.

De hecho, todo indicaba lo contrario.

—El nuestro es el siguiente asunto en el orden del día —le dije.

—Okey —respondió, quitándose la chamarra.

—¿Te pusiste…? Te la pusiste. No sabía que tenías una corbata.

Diablos, lo hacía verse muy bien.

—Hay mucho que no sabes de mí —bromeó, guiñándome un ojo.

—Todos piensan que sé todo —enfaticé la última palabra.

—Todos deberían ocuparse de sus propios asuntos —dijo Cam directamente a la señora Rhodes, quien había girado en su asiento echando chispas por los ojos.

No era la única. Papá había estado alternando entre ignorarme y fulminarme con la mirada desde que me senté, y más de una de las mujeres mayores había murmurado que Sullivan estaría avergonzado.

Sí, se hubiera avergonzado. De ellos.

—Nuestro siguiente asunto será revisar el plan de negocio que ofrece Camden Daniels —anunció Walt desde el estrado—. ¿Quieres acercarte, Cam?

—Sí, señor —respondió, y se puso de pie.

—Buena suerte —murmuré.

Se detuvo en el pasillo, sosteniendo con firmeza el archivo en la mano derecha y ofreciéndome la izquierda.

—Si me llevas contigo, solo harás que se enojen más —dije entre dientes.

—Vamos, Pika. Te guardé un lugar junto a mí.

Thea me dio un codazo en un costado.

Tomé su mano y alcé el rostro mientras caminamos por el pasillo, ignorando el dolor que me escaldaba esa maldita A escarlata que se marcaba en lo profundo de mi piel con cada murmullo. Cam era un experto en que no le importara lo que la gente pensara, o al menos eso aparentaba.

Yo era una novata.

Cam habló de su plan y respondió a todas las preguntas del consejo. Advertí que dos o tres de sus miembros no eran abiertamente hostiles.

Xander permaneció en silencio, pero no fue una sorpresa. Su modus operandi contra la rabia de Cam siempre fue la tranquilidad y la serenidad.

—Parece un plan sólido —dijo Walter—. Pensar que podemos abrir la mina para hacer recorridos en agosto es muy motivador también. ¿Votamos?

Se escuchó un murmullo en el estrado, y Walter llamó a los nueve miembros del consejo a votar.

Contuve el aliento mientras Mary Murphy contaba las boletas.

—Tres a favor —dijo, dejando caer los hombros—. Seis en contra.

Una exclamación audible recorrió el salón. Odiar a Cam era una cosa; negarle al pueblo un ingreso tan necesario solo por resentimiento, otra muy diferente.

Cam se tensó. Sus nudillos se pusieron blancos sobre el atril.

—¿Es en serio? —preguntó Walter mirando al consejo de un extremo a otro.

—Los votos se emitieron —dijo Genevieve, fingiendo fruncir el ceño—. Es difícil creer que seis de ustedes no hayan podido dejar de lado los asuntos legales actuales de Cam.

«¿Seis de ustedes?».

Tres a favor. Debieron de ser Walt; la esposa de Gid, Julie; y probablemente Mary, dada su reacción. O quizá no. Nadie haría público su rencor, a menos que los obligáramos a hacerlo.

Jalé a Cam por el codo y él se inclinó.

—Pídele a Walt que encueste al consejo.

—¿Por qué?

—Votaron en secreto en tu contra por la demanda. No lo harían públicamente en contra de la mina. Esa es la razón por la que Alba existe. Hazlo —le ordené.

Me miró incrédulo, pero se irguió.

—¿Presidente?

—¿Cam? —respondió Walt, frotándose el puente de la nariz.

—Propongo la moción de encuestar al consejo.

Walt lo miró sorprendido, pero sonrió.

—Buena idea.

—No puede encuestar al consejo. Debe contar con la mayoría de los dieciocho miembros con derecho a voto —intervino papá, mirando a Cam de frente al hablar.

—Se te olvidó mencionar eso —murmuró Cam casi sin mover la boca.

—Ups. Okey. Solo sígueme la corriente.

Volteé a ver hacia la sala.

—¿Seguirle la corriente a qué? —preguntó Cam.

—¿Puedes hacerte para la izquierda, Dorothy? Gracias. —Subí a la silla plegable.

—Dios santo —murmuró Dorothy.

Me tambaleé junto con la silla, pero Cam me sostuvo por la cintura. Es posible que no fuera la mejor imagen, pero ya nos habían condenado, así que por lo menos disfrutaría los beneficios.

—Si son miembros con derecho a voto, por favor pónganse de pie.

Unas diez personas lo hicieron.

—Vamos, de pie. ¿No quieren escuchar quiénes están dispuestos a dejar que su venganza personal contra Camden Daniels le niegue a este pueblo la oportunidad de aumentar nuestros ingresos un cincuenta por ciento? Vieron los pronósticos. James Hudgens, dos de tus hijos viven en Alba, pero solo puedes dejarle la estación de bomberos histórica a uno de ellos. ¿No te gustaría que el otro pudiera vivir durante la temporada haciendo los recorridos o los trayectos de los turistas?

James ignoró el ceño fruncido de Oscar y miró a su hijo menor, Ian. Luego se puso de pie.

—Jennifer Halverson, tus ingresos provienen de una sola fuente. No me mires así, sabes que es cierto. ¿Imaginas cuánto dinero podrías ganar para tus hijos cuando vengan treinta mil personas más en el verano?

Miró abiertamente con furia a Cam, pero se puso de pie.

Era curioso ver cómo los juicios morales quedaban a un lado cuando se trataba de las finanzas personales.

Uno por uno, llamé a los cinco miembros restantes con derecho a voto hasta que los diecisiete estuvieron de pie junto a Camden, quien era el decimoctavo.

—Si desean encuestar al consejo, por favor levanten la mano y digan «a favor» —dije.

Fueron unánimes.

Cam me bajó de la silla y aprovechó el momento para murmurar un «gracias» en mi cabello.

—Solo te ayudé a llegar hasta aquí. Ahora tienes que preguntarles la razón tu moción.

—Maravilloso —dijo entre dientes.

—No pueden responder hasta que tú termines de decir su nombre y apellido —expliqué.

—¿Y tú cómo sabes eso? —preguntó, mirándome con una mezcla de asombro y confusión.

—Papá —explique, encogiéndome de hombros.

Cuando éramos niñas, nos enseñaba las reglas del consejo a modo de juego y luego nos hacía preguntas durante la cena, porque estaba seguro de que sus hijas tomarían su lugar como jueces del condado.

—Entonces, ¿digo sus nombres muy despacio? —preguntó Cam mientras Walter llamaba a la multitud a guardar silencio.

—Solo sigue hablando hasta que los convenzas —sugerí—. Lánzate a la yugular, porque sin duda ellos harán lo mismo contigo.

—Quieres que los haga cambiar de opinión.

—No tienes que hacer mucho —prometí—. Están enfrentando a una sala llena de vecinos furiosos y solo tienes que lograr que dos cambien su voto. Nada más recuerda que el voto de los fundadores pesa más.

Cam asintió.

—¿Estás listo? —preguntó Walter.

—Lo estoy.

—Empieza.

—Genevieve, no puedo creer que le niegues a todos nuestros habitantes la oportunidad de aumentar sus ingresos. Sobre todo porque su poder adquisitivo se refleja en tu joyería el resto del año. Mi propio padre compró el anillo de compromiso de mi madre en Dawson. Sin duda, tú no eres una de las que votó en contra, ¿o sí, Genevieve Dawson?

Cuando Cam terminó de hablar, ella estaba más sonrojada que su suéter color arándano.

—Por supuesto que no. Voto a favor —respondió.

Una menos.

—¿Walter Robinson?

—A favor —votó Walter con una sonrisa.

Solo necesitábamos tres más.

—¿Julie Hall?

—A favor —respondió, guiñando el ojo hacia su marido.

—Dos más.

—¿Mary Murphy? —preguntó Cam.

—A favor —asintió.

Solo buscaba los votos a favor, y tenía que obtener solo uno más.

Su mirada se detuvo en mi padre, y yo me quedé tensa.

—Noah, podría regresar a Alba como millonario y con un Premio Nobel, y aun así me rechazarías, ¿verdad? ¿Cómo votaste, Noah Bradley?

—En contra —respondió papá, recargándose contra el respaldo de su silla.

Cam asintió.

—Eso pensé.

Un murmullo recorrió la multitud.

—Eso lo hice por ti —murmuró Cam.

Dirigió la atención del público hacia mi padre, igual que él había hecho conmigo en la cafetería. Papá dejaba que su rencor gobernara sobre el interés público… en un año electoral.

—Alexander.

Cuando Cam interpeló a su hermano, contuve el aliento.

—Tú y yo hemos hablado de cómo la apertura al público de esta mina nos permitirá generar los ingresos suficientes para mantener a nuestro padre en su propia casa, con el cuidado adecuado. Nos permitirá cumplir la promesa que le hicimos. Sin duda tú no votarías en contra de dejar a papá en su casa, ¿o sí, Alexander Daniels?

Xander no miró a la audiencia; sencillamente se inclinó hacia adelante y miró a Cam fijamente.

—Haría cualquier cosa para que papá sea feliz y esté sano. A favor.

El público aplaudió, y Cam me abrazó rápidamente. Eché un vistazo a papá y a Xander, y no pude evitar sentir que, aunque habíamos ganado, también habíamos perdido algo.

CAPÍTULO 15

Camden

—Con cuidado, papá.

Xander hacía todo lo posible para acomodar a papá en su silla del comedor, al tiempo que yo me sentaba a su izquierda.

—No soy un niño. Puedo hacerlo —dijo, alejando a Xander con un movimiento de la mano y mirando detenidamente la pasta que estaba frente a él.

—Es tu favorito. Fetuccini con camarones —dijo Xander con una sonrisa forzada.

—Sé que es mi favorito. Qué, ¿pensaste que lo olvidé o algo? —gruñó, aunque tomó el tenedor.

Xander y yo nos miramos y empezamos a comer. En momentos como este hacíamos una tregua, pero era como la Guerra Fría. Poníamos buena cara frente a papá y acumulábamos nuestro arsenal tras bambalinas.

—¿Dónde está Dorothy? ¿Por qué no comemos en la cocina? —preguntó papá frunciendo el ceño.

Xander suspiró y yo intervine.

—Dorothy solo viene los jueves o cuando quiere pasar —repetí. Llevaba solo dos días en casa desde el hospital, y no habían sido los mejores en cuanto a su memoria—. Ahora tienes a un equipo que te atiende, ¿recuerdas?

—No necesito un equipo.

—Nikki está contigo de lunes a jueves, y como es miércoles, hoy está aquí. Dan y Sandra están en las noches, y May se encarga de los otros días. Puse los horarios con sus fotografías junto a tu cama, en la sala, en el refrigerador y en el tablero que está en el pasillo. ¿Quieres que lo ponga en otro lugar?

No pelear era mi nueva estrategia. No estaba muy seguro de que funcionara.

—No veo a ninguna Nikki —dijo papá, comiendo un bocado al tiempo que miraba alrededor—. ¿Y por qué diablos estamos aquí? Odio esta habitación. Es absurdo tener una habitación completa que solo usamos en Navidad, pero su madre dice que así se supone que debe ser —agregó agitando la cabeza.

Me estremecí, como siempre hacía cuando hablaba de mamá como si siguiera viva.

—Pensamos que Nikki podía descansar un poco, así que Xander y yo vamos a almorzar contigo. Y no es fácil usar tu andadora en la cocina, así que hasta que vuelvas a estar al cien por ciento, pensamos que esto sería más fácil.

Miró con odio la andadora que estaba junto a él.

—No necesito esa porquería. Ni nada de esto —exclamó, arrancándose el tubo de oxígeno de la nariz.

Xander se movió, pero lo detuve.

—Déjalo primero que coma.

—El doctor dice que el oxígeno es solo por unos días más, papá. Nada más quiere asegurarse de que tus pulmones se restablezcan. Nos diste un buen susto —dijo Xander, mirando a la mesa.

Me pregunté si pensaba en el ventilador, en las correas, porque yo sí que pensaba en ello

—Bien, entonces voy a manejar hasta el consultorio del doctor Myers para que me dé de alta, porque esto es ridículo.

Atacó su pasta como si ella fuera la responsable del oxígeno.

—Papá, el doctor Myers murió hace como ocho años —dijo Xander.

«¿Por qué?», mis labios dibujaron la pregunta al otro lado de la mesa. No había ninguna razón para restregarle a papá en la cara que estaba perdiendo la razón. Había batallas que valía la pena enfrentar, y otras de las que había que alejarse.

En respuesta, Xander me fulminó con la mirada. Genial. Volvíamos a la infancia.

—Bien, entonces iré a…

Papá se levantó, sosteniéndose en la mesa.

—Papá, no.

Xander y yo nos pusimos de pie.

—¡Puedo ir a donde me plazca! —gritó, golpeando con el puño la madera desnuda de la mesa que hizo saltar los cubiertos.

—No puedes. —La voz de Xander se quebró.

—¿Por qué carajos no? Por si lo olvidaste, Alexander, soy tu padre. No me importa si piensas que eres un adulto que sale corriendo al ejército porque la Universidad de Colorado te rechazó. Soy tu padre.

Parpadeé y miré de inmediato a Xander, quien se sonrojó. ¿La Universidad de Colorado lo rechazó? Esa no era la historia que nos contaron. Él eligió servir a su país, eligió ser altruista y no pensar en sí mismo. Xander me miró y levanté las manos como si fuera a arrestarme. No iba a meterme en eso.

—Como si no fueras a echármelo en cara —espetó.

—¿En serio? Ojalá lo peor que tuviera en mi contra fuera que no asistí a la universidad que quería. He hecho cosas peores.

Sabía que seguía enojado conmigo (estábamos en guerra, por Dios), pero al menos su postura se suavizó.

—No tienes derecho a hablar, Camden. Sigo pagándole a la escuela por lo que le hiciste a los baños —intervino papá agitando el dedo en mi dirección.

Apenas pude reprimir una carcajada cuando papá cambió de postura y tuve que moverme rápido para sostenerlo.

—¿A quién se le ocurre? ¿Una bomba cereza en el baño de las niñas, como si estuvieras en alguna película o algo así?

—A un niño de trece años que busca llamar la atención de manera incorrecta —respondí, mientras lo ayudaba a que se sentara bien.

—Juro que ese director estirado me cobró el doble porque me reí —masculló papá.

Sentí una punzada en el pecho. ¿Se rio? ¿En verdad? Porque no se rio en el camino de vuelta a casa ni cuando me amenazó con el cinturón.

Papá volvió a levantar su tenedor y nos sentamos. Intercambié una sonrisa tensa con Xander. Si podíamos hacer esto, podíamos…

—¿Dónde están las llaves de mi coche? —preguntó papá, fulminando a Xander con la mirada.

Todo el rubor que le había provocado el comentario de papá sobre la universidad desapareció de su rostro y, al instante, palideció.

—Sí. Las llaves. —Me miró.

—Yo tomé tus llaves, papá —dije con naturalidad, mientras tomaba un bocado que me forcé a masticar y tragar.

No era la comida. El ejército me había enseñado a no ser selectivo. Pero sabía detectar una avalancha, y papá estaba listo para una.

—¿Tú qué? ¿Para qué? Ni siquiera sabes manejar, Camden.

Hablando de elegir las batallas… Esta era una que debía elegir.

—Tengo veintiocho años, papá —expliqué, tomando un trago de agua helada.

—Tú… no es cierto —masculló—. Aun así, no deberías tener mis llaves. Regrésamelas.

Entrecerró sus ojos azules en mi dirección.

—No puedo —respondí, haciendo girar el fetuccini en el tenedor, con la esperanza de que abandonara el tema, que lo olvidara con la misma facilidad con la que olvidó mi edad.

—¡Puedes y lo harás, carajo! Son mis llaves.

Agitó su tenedor en mi dirección, puntuando cada palabra.

—Lo son —admití.

—¡Es mi coche!

—Lo es.

—¿Tengo que llamar a Tim Hall? ¿Darte una lección sobre robar la propiedad de las personas? —amenazó, inclinándose hacia adelante.

—Papá, no es seguro que manejes. No puedo regresártelas porque quiero que estés sano y salvo —dije despacio, tranquilo, utilizando cada uno de los trucos que había aprendido a lo largo de los años para calmarlo.

Había lidiado con caudillos militares menos obstinados que mi padre.

—¡Soy mejor conductor de lo que tú nunca serás!

—Quizá —respondí—. Pero papá, encendiste el coche, lo chocaste con la puerta del garaje, luego saliste a arreglarlo y casi mueres.

Mi garganta se cerró en la última parte y tuve que aclararla. Luego bebí otro trago de agua para pasar el nudo.

—Tonterías. Nunca golpearía la puerta del garaje. —Volvió a agitar el tenedor que tenía en la mano—. Estás mintiendo. Solo quieres robarme el coche.

—No, papá. Yo tengo mi propio coche.

—¡Tienes trece años!

—Tengo veintiocho.

Miré a Xander para pedirle ayuda, pero él observaba la mesa, derrotado.

—Cam, sabes que disparar sus emociones solo escalará las cosas —me advirtió Xander.

«Gracias por nada».

—Papá, ya no estás seguro detrás del volante.

—¡Sandeces! ¿Dices que eres un hombre?

—Lo soy —asentí, aunque algunos días no estaba muy seguro dónde estaba esa línea, porque sin duda me sentí como un niño desde el momento en que entré a esta casa. Carajo, incluso a este pueblo.

—Entonces, sabes que necesito mis llaves. ¡Tengo que manejar! ¡Tengo el control! ¿Quién va a llevar a tu madre a la biblioteca si nieva? Sabes que odia esa entrada del garaje.

Carajo, eso dolió.

Xander apretó los párpados. Okey, bien, yo podía ser el malo. De cualquier forma, ese era el papel para el que había nacido.

—Papá, mamá murió hace mucho tiempo, no tienes que llevarla a ningún lado. Tanto Xander como yo somos adultos. Podemos llevarte adonde tengas que ir. Tus enfermeros también pueden hacerlo. Son muy capaces. Xander y yo nos aseguramos de que tuvieras a los mejores contigo. No tienes que preocuparte por manejar. Déjanos facilitarte las cosas.

—¡Quiero mis malditas llaves!

El tenedor salió volando de su mano, se deslizó por la mesa de roble y aterrizó en la silla vacía de mamá.

—No-te-las-puedes-quedar —rugió frustrado.

Sentí una presión en el pecho como cuando era niño.

—Bien, le voy a pedir a Sullivan que las traiga. Él es el único de ustedes que me hace caso —masculló.

Esa era una batalla que me negaba a librar.

Terminamos el almuerzo en silencio hasta que llegó Nikki, era toda sonrisas, vestida con su uniforme de enfermera.

—¡Ahí están! —movió la mano para saludar a papá, y luego volteó hacia Xander y hacia mí—. Gracias. Fue genial almorzar con mi novio.

—¿Quién eres? —preguntó papá.

—Nikki —respondió como si lo hiciera por primera vez, aunque no era así—. Estoy aquí para pasar el día con usted. ¿Qué tal si volvemos a ponerle esto… —preguntó colocando el oxígeno de nuevo en su nariz— …y nos preparamos para relajarnos un poco? Sus hijos me dijeron que le encanta Hermanos de sangre, así que ya preparé el primer episodio.

Papá entrecerró los ojos y observó cómo Nikki se llevaba su plato vacío del comedor.

—¿Se supone que voy a ver películas con esta chica?

—Solo está aquí para ayudar, papá.

—Es mandona —opinó, señalando su tubo de oxígeno.

—Tú también —repuse.

—Bien, todo listo. ¿Quiere venir conmigo, Art? —preguntó Nikki.

—Bueno, supongo que sí eres bonita —comentó y se puso de pie.

—Papá, no puedes decirle que es bonita —dije, mientras hacía un gesto hacia Nikki—. Perdón.

—No hay problema. Me han dicho cosas peores —respondió, encogiéndose de hombros.

—¿Por qué no? Mírala. Pelirroja, piel hermosa. Me gustan las chicas bonitas. Nos llevaremos muy bien si no hablas durante el programa.

Xander acercó su andadora y papá la sujetó, tomándola con fuerza para apoyarse.

Nikki sonrió y llevó a papá a la sala mientras Xander y yo llevábamos los últimos platos a la cocina.

—Le quitas sus llaves para salvarle la vida, pero me llevas ante un tribunal para obtener una orden de no resucitar que puede acabar con ella —me acusó Xander mientras yo lavaba lo que había en el fregadero.

—No es lo mismo —repuse llenando las lavavajillas.

—¿En serio? Porque si crees que está lo suficientemente lúcido como para decir que quiere una orden de no resucitar, entonces debería estar lúcido también para manejar, ¿o no?

Cerré el lavavajillas y miré a mi hermano.

—¿Qué? ¿No tienes respuesta?

Se puso el saco y me miró con el desdén evidente que había ocultado a nuestro padre.

—¿Sigues sin darte cuenta? —pregunté en voz baja—. Después de todo lo que pasó en el hospital, cuando despertó gritando porque no sabía dónde estaba o por qué tenía un tubo en la garganta. ¿Crees que quiere vivir así? ¿Atado con correas mientras sus propios hijos lo tienen prisionero?

—¡Doce días! —exclamó Xander—. Pasó doce días en el hospital y ahora está en casa. Y la mitad del tiempo será papá. Si es así, estoy dispuesto a aceptar esos días de mierda para poder tener algunos buenos como los que tenemos. Porque lo amo y lo mantendré en esta Tierra tanto como pueda.

—¿Aceptar esos días de mierda? —pregunté, negando con la cabeza—. Tú no aceptaste esos días de mierda, él lo hizo. Tú solo observaste. En algún momento tendrás que entender que esto no se trata de lo que tú o yo queremos, sino de lo que él quiere.

—Sí, eso es lo que te dices una y otra vez. Todo el tiempo usas a nuestra familia para tratar de cambiar la opinión pública a tu favor, de convencer a todos que eres una suerte de héroe reformado, que todo es por papá. Claro. ¿Te digo algo, hermano?, agradecerán los ingresos, pero no funcionará para que la gente o el juez estén de tu lado. Conozco Alba un poco mejor que tú.

No podía dar tan cerca del blanco ni estar tan alejado al mismo tiempo. A mí me tenía sin cuidado que Alba me considerara un experto en turismo. Solo quería que me tuvieran la confianza suficiente para darle a papá lo que él deseaba.

Se marchó tras despedirse de nuestro padre y lanzarme otra mirada fulminante al cruzar la puerta.

Me recargué contra el marco de la puerta de la sala y miré en silencio a papá; respiraba con más facilidad ahora que no se movía tanto.

¿Esto era lo más que podía hacer por él? ¿Cómo era posible que este portento de hombre perdiera su propia mente?

—Oye, papá, tengo que ir a la mina.

—¿La mina? Conozco ese lugar mejor que nadie.

Giró la cabeza para responder sobre el sillón reclinable azul que amaba.

—Sí, lo sé, papá. La estoy preparando para volver a abrirla para recorridos, ¿recuerdas?

Frunció el ceño.

—Cierto, es cierto. Esa mina es un lugar peligroso. Deberías llevarme contigo. Solo en caso de que te pierdas. No me gustaría que te pasara nada, ni a ti ni a esa chica Bradley.

Volví a sentir la punzada en el pecho. Lo sabía. En este momento sabía lo que en realidad estaba pasando. En verdad estaba aquí.

—Estaremos bien —prometí—. No dejaré que le pase nada a Willow.

—Sé que lo harás. Esa chica está loca por ti. Lo sabes, ¿verdad? Todo el mundo lo sabe. No hablan en el pueblo más que de eso.

Me ofreció una leve sonrisa y la presión en el pecho se volvió más ligera, más dulce.

—¿Y tú estás bien con eso?

Las llaves se clavaron en la palma de mi mano. «Tranquilo. Su opinión nunca te importó». Salvo que siempre me importó.

—Por supuesto. Ustedes dos han sido inseparables desde que eran niños. Imaginé que en uno de estos días cerrarían el círculo. Ten cuidado allá arriba. Esos vagones siguen funcionando en las vías, pero sabes que las vías desaparecen después del primer pozo de ventilación.

—Sí, tengo tus viejos mapas. No te preocupes.

—Okey. Diviértete. Te quiero, Sullivan.

Me lanzó otra leve sonrisa y volvió al televisor.

Había dos toneladas de ladrillos en mi pecho. Tenían que estar ahí, porque el aire no entraba y dolía como loco. Parpadeé con violencia, los ojos me escocían, y eché la cabeza hacia atrás contra el marco de la puerta.

Mi primera respiración fue un jadeo que llenó mis pulmones, pero no aligeró el dolor. Ese era todo mío.

—Yo también te quiero, papá —respondí, porque eso era lo que él esperaba.

Porque era la verdad.

Avancé por el pasillo y le di unos golpecitos a la fotografía de Sully que colgaba de la pared.

—Eso también lo hice por ti.

Mi teléfono sonó cuando subí al Jeep y el nombre de Willow apareció en la pantalla. Encendí el motor cuando sonó por segunda vez.

A la tercera pensé en todas las razones por las que no debía responder.

Contesté a la cuarta.

—Hola.

—Hola. ¿Qué haces?

Prácticamente podía ver su sonrisa cuando su voz llenó mi coche a través del altavoz.

—Acabo de terminar de comer con mi papá y pensaba ir a la mina. Voy a ver al contratista mañana y quería echarle otro vistazo.

Metí la velocidad y me dirigí a mi casa.

—Tengo una idea mejor —sugirió.

—Eso suena a que no tienes buenas intenciones.

Ahora eran mis labios los que esbozaban la sonrisa.

—¿Qué tal si los dos faltamos al trabajo y nos vemos en los manantiales?

Los manantiales termales. Había diez mil motivos diferentes por los cuales decir no, y solo una razón por la que debía ir. Y, maldita sea, esa única razón superaba todas y cada una de las otras.

—¿Cam? —preguntó, su voz se hizo aguda. Estaba nerviosa de que me fuera a negar.

Quizá era porque sabía que debía hacerlo. Esta era una mala idea.

—Willow Bradley, ¿me estás pidiendo que me vaya de pinta contigo?

El Jeep se mecía de acá para allá por el largo camino en el que el hielo se acumulaba hasta formar pequeñas rocas.

—Tal vez. Okey, definitivamente. Vamos. Nadie más querrá ir conmigo.

—Es porque está cubierto de nieve.

Miré por el parabrisas y vi el brillante cielo azul. Al menos el clima era bueno.

—Solo por fuera. El agua está caliente. Como deberías recordarlo.

Un par de horas con Willow me parecían el paraíso. No habíamos tenido tiempo juntos desde… bueno, desde lo que sea que fuera lo que pasó en la cocina.

—Anda, pórtate mal conmigo.

—Portarme mal, ¿eh? Déjame adivinar. No es que quieras portarte mal. Ya acabaste todo tu trabajo del día.

—Okey, sí. Acabé. Te estoy haciendo sentir culpable para poder usarte con descaro y divertirme un poco.

—Esa es una situación con la que estoy bastante familiarizado. Nos vemos ahí en veinte minutos.

No había manera de que esto saliera bien. Pero nunca nada salía bien.

CAPÍTULO 16

Camden

La nieve cubría toda la pradera entre las cumbres, salvo los manantiales termales y el arroyo que corría a un lado, cargado de los primeros deshielos de primavera.

El contraste de la nieve intacta con el estanque color turquesa que humeaba era algo que nunca había visto en otro lugar. Había viajado por todo el mundo, había visto tanto lo asombroso como lo brutal, pero no había ningún sitio en el mundo que me pareciera tan hermoso, esa era la razón del tatuaje en mi brazo.

Abrir estos manantiales a los turistas hubiera sido bastante lucrativo, pero nuestros ancestros habían acordado conservarlo para uso privado de los Daniels y los Bradley únicamente. A excepción de algunas fiestas de verano durante la preparatoria, esta generación había honrado ese acuerdo. En realidad, lo disfrutamos.

Estacioné el Jeep junto los baños de las termas y salí, llevándome la mochila conmigo. La nieve apenas cedía bajo mis botas conforme subía el camino por encima de donde se ubicaba de manera precaria la estructura de los baños, al extremo norte del estanque, y en el descenso por el otro costado.

La estructura seguía siendo sólida, tanto como podía serlo una ruina de la década de 1880 abandonada al tiempo. Papá la había reforzado el verano en el que Xander se rompió la muñeca, después de que construimos un columpio con una llanta debajo de ella y los soportes aún se veían bien.

El columpio de llanta no sobrevivió al infortunio de Xander.

El 4Runner de Willow llegó a la cumbre por el oeste, y mi estómago se tensó con anticipación. Un mes. Hacía un mes que había regresado a casa y había pasado de jurar nunca más volver a verla, a tocarla, a… ni siquiera sabía qué. Era Willow, y aunque sabía que esta idea era una porquería, no podía evitarlo. Nunca podía cuando se trataba de ella.

Ella era la excepción a todo.

—¡Hola! —saludó con una sonrisa cuando cerró la puerta del coche y se llevó su mochila al hombro.

—Bonito rin —dije, señalando el del frente a la izquierda.

—¿Te gusta? —preguntó adoptando una pose de modelo de coches—. Es nuevo, directamente del fabricante y luce justo como los otros tres que ya están instalados. Pero espera, ¡hay más! Viene con cuatro llantas nuevas, puesto que su amiga en la parte de atrás también se dañó al tratar de evitar al ciervo. ¡Todo por el precio de «creo-que-acabo-de-pagar-la-universidad-del-hijo-de-Keith-Mayberry»! —exclamó con una sonrisa deslumbrante que me hizo reír.

No sabía cómo lo hacía, pero podía cambiar los estados de ánimo con solo curvar los labios, esos labios cuyo sabor y textura conocía, que habían alimentado demasiados sueños últimamente. Todo porque tenía el autocontrol de un adolescente cuando ella estaba cerca.

O quizá se debía a que la deseaba desde que era adolescente.

—Vamos a meternos. Aquí afuera está helando.

Asintió y bajamos el terraplén rodeado de rocas hasta que llegamos a las enormes piedras planas que bordeaban los extremos norte y oeste del estanque. Dejamos nuestras mochilas y me ocupé en sacar las toallas y desvestirme, sobre todo para evitar mirar cómo Willow se desvestía.

Tendí una toalla en el piso para pararme en ella y la otra la doblé para cuando saliera. Luego empecé a deshacerme de la ropa hasta que solo quedé con el traje de baño negro que llevaba bajo los pantalones.

—¡Ahí nos vemos! —grité, al tiempo que saltaba con cuidado de no salpicar, porque ya no tenía quince años.

El calor del agua me envolvió y permanecí sumergido, pero no llegué hasta el fondo antes de salir a la superficie. Cuando emergí, las gotas de agua en la cara se congelaron de inmediato.

—¿Cómo está? —preguntó Willow desde la orilla.

Giré y casi me trago la lengua.

Estaba de pie en la cornisa, levantándose el cabello castaño en un chongo. Palabras. No tenía palabras. «Increíble», quizá. «Hermosa», definitivamente. «¿Terriblemente sexi?». Sí, eso también. Llevaba un bikini salido directamente de una fantasía de chica de calendario de los años cuarenta. La parte baja era azul marino con botones dorados que subían por el estómago y la parte superior era de rayas rojas y blancas, que se anudaba alrededor del cuello, con un moño entre los senos que yo iba a deshacer con los dientes.

Que-Dios-Bendiga-A-Estados-Unidos.

Tensé la mandíbula para mantener esos dientes precisamente donde estaban.

—¿Y bien? —preguntó.

Me llevó un segundo recordar lo que me había preguntado.

—Unos agradables cuarenta grados, igual que durante todo el año.

Aunque en este momento desearía que estuviera mucho más fría.

—Perfecto. —Se sentó en el borde de la piedra y bajó poco a poco al agua hasta que la cubrió hasta el cuello. Luego lanzó un pequeño gemido—. Es maravilloso.

Esta era la peor idea que jamás tuve en mi vida. Salvo que fue su idea.

Avanzó, pasó frente a mí y se detuvo en un grupo de piedras poco profundas que estaban en el extremo este del estanque.

—Ven a sentarte —exclamó.

—Probablemente no es la mejor idea.

—¿Por qué? —preguntó inclinando la cabeza a un lado, al tiempo que se echaba hacia atrás y se recargaba en las manos.

El agua le llegaba al cuello, pero en ese lugar era muy clara.

—Confía en mí, ya estamos demasiado cerca.

—Entonces, ¿te vas a quedar ahí en medio, flotando todo el tiempo que estemos aquí?

La brisa cambió de curso y Willow desapareció detrás de una nube de vapor, para volver a aparecer un poco después.

—Quizá.

—Como quieras. Sabes que todo el pueblo piensa que estamos juntos, ¿verdad? —preguntó.

Ah, sí, el elefante en la habitación o, más bien, en las aguas termales.

—Lo sé.

Nadé un poco hacia ella cuando otra oleada de vapor la escondió de mi vista. Quizá no podía tocarla, no como yo quería, pero no iba a negarme el sencillo placer de mirarla.

—Porque no dejas de ponerme las manos encima cuando estamos en público —agregó enarcando una ceja en evidente desafío.

—Define «ponerte las manos encima».

No era nada comparado con lo que yo quería hacer.

—Pasaste el brazo sobre mis hombros en la cafetería.

—Tú me diste primero la mano —respondí, avanzando entre otra nube de vapor cuando no pude verla.

—Tú me tomaste de la mano en la reunión de la Sociedad Histórica.

—Tú... —Carajo, no tenía más qué decir—. Me abrazaste.

Eso.

—Me tomaste por la cintura.

—Para que no te cayeras de la silla. ¿Tienes idea de lo torpe que eres cuando te distraes? Te concentras en algo que brilla y todo lo demás desaparece, incluidos tus propios pies. Créeme, te estaba salvando de ti misma.

—Me besaste la frente.

Esos ojos avellana ya no bromeaban.

En mi cocina la había besado mucho más que eso. Tragué saliva y me senté en el borde de la cornisa que limitaba el extremo poco profundo.

—Me elegiste a mí y no a tu papá.

—Me sacaste de mi coche y me llevaste a casa.

Volteé para verla de frente. El agua cayó sobre mi vientre. Mi pecho hormigueaba por el aire frío y me ayudaba a calmarme.

—Eso lo haría cualquier buen vecino. Además, nadie del pueblo lo vio, así que no creo que cuente.

Sus labios esbozaron una sonrisa.

—Okey. Te dispararon por mí.

—Seis balas —corregí.

No pude evitar sentir el terror al recordar lo cerca que estuve de perderla.

—Fueron seis balas —agregué—. Perdigones.

—Pensé que te morías —admitió—. No sabía que llevabas el chaleco.

—Yo pensé que él te mataría antes de que yo pudiera llegar.

Me pasé las manos sobre el rostro fresco.

—Yo pensé en ti antes de verte —repuso irguiéndose.

—¿Qué?

«Jaque mate».

—Vi el arma y tu papá hablaba de los pumas. Y pensé en ti —explicó, llevándose las rodillas al pecho—. ¿Es tan difícil de creer?

—Sí.

Creer en algo solo llevaba a una enorme decepción.

—Pensé en ti todos los días, Cam.

Carajo, esa mujer sabía dónde golpear.

Yo también había pensado en ella, pero no podía decírselo. No podía cruzar los límites que ya había cruzado una vez. Fue por pasión y necesidad, pero hacerlo aquí sería por elección. Una decisión imperdonable, y ya había tomado una que le rompió el corazón.

—Pensé en ti cuando te fuiste a la universidad y cuando volviste a casa y dejaste de hablarme. Dios mío, ese verano fuiste muy cruel.

—Lo sé. —El dolor en su mirada hizo que yo cerrara los ojos.

—¿Por qué?

El corazón me latía con fuerza contra el pecho, la razón gritaba por liberarse, por decir las palabras que no había podido formular, porque ella era todo lo bueno que había en Alba… en la vida, en realidad. Y él también había sido así de bueno.

Y habían estado bien juntos.

Y yo nunca sería nada de eso.

La miré, y ella suspiró al darse cuenta de que no le respondería.

—Pensé en ti cuando te enlistaste y cuando Sully me dijo que te habían seleccionado para la capacitación de las Fuerzas Especiales, y todos los días que pasaste en el proceso de evaluación. Todos los días. Te extrañé tanto que no estaba segura de cómo la gente seguía respirando con ese tipo de dolor, ¿sabes? —Alzó la mirada al cielo—. Te extrañé todos los días durante diez años, Cam.

Sabía perfectamente a qué tipo de dolor se refería, porque yo lo había llevado conmigo, había aprendido a vivir con él, a enterrarlo, aunque de vez en cuando saliera a la superficie. Y aquí estaba ella, a mi alcance, y aún no podía aliviar esa maldita pena. No podía permitírmelo.

—No puedes hacer esto —dije en un murmullo.

Despacio, bajó la mirada para desafiar la mía.

—¿Por qué?

—Sabes por qué. —La lógica me decía que terminara esta conversación, que nadara hasta la cornisa, recogiera mi ropa y saliera corriendo antes de hacer algo que no pudiera revertir—. Tengo que irme. No debí venir y lo sabía.

—Pero viniste de cualquier modo.

Se arrodilló y la piel de sus hombros se puso como de gallina.

—Me cuesta mucho trabajo estar alejado de ti —admití. Podía devolverle la misma honestidad que ella me ofrecía, era lo menos que le debía—. Siempre ha sido así. La luz atrae a la oscuridad, ¿cierto? Y no hay nada más brillante que tú en este pueblo.

El cumplido la conmovió y al instante lamenté haberlo dicho. Debía alejarla lo más posible de mí, no decir tonterías para acercarla.

—Tienes una opción. Siempre la has tenido.

—No cuando se trata de ti. Nunca fui suficiente, sigo sin serlo. Esto… —Hice un gesto entre ambos—. …nunca puede suceder.

—Yo decido quién es suficiente para mí, no tú —repuso moviéndose a un lado hasta que quedamos a poca distancia.

—Entonces piénsalo de nuevo, porque lo único para lo que soy bueno es para construir cosas y destruir gente. Ya te lastimé una vez.

Hizo una mueca de dolor.

—Vi tus lágrimas —agregué—, tu dolor cuando lo traje a casa. Sé lo que te hice.

—La muerte de Sullivan no fue tu culpa —dijo en el mismo tono que usó cuando discutimos el mismo tema en la cocina, la misma pelea que tendríamos siempre si cedía a lo que ella deseaba.

No importaba cuántas veces lo afirmara, yo era culpable de la muerte de Sully.

—Sigue pensándolo, Willow.

—Te lo seguiré diciendo hasta que te lo creas —advirtió, avanzando de rodillas hasta que tomó mi rostro entre sus manos—. Ese día me contaste tu verdad más fea, pero no me dejaste contarte la mía.

—Como si cualquier cosa que dijeras pudiera compararse.

El aire entre nosotros estaba cargado.

—Me viste llorar en el funeral de Sullivan. Es cierto. Lo amaba y no me arrepiento de haberlo amado.

Volteé la cara, pero ella siguió mi movimiento hasta que su rodilla rozó mi muslo.

—Viste mi dolor —continuó—, pero nunca te detuviste para ver mi alivio.

De inmediato la miré.

—Estaba destrozada por la muerte de Sullivan, pero, Cam, la única razón por la que podía respirar era porque tú habías sobrevivido. Me dio tanta vergüenza que todo lo que me permití sentir era el duelo, cuando el alivio era una emoción más fuerte.

Desvió la mirada y sus hombros se desplomaron.

—¿Qué estás diciendo? ¿Te sentiste aliviada con la muerte de Sullivan? —murmuré.

—No —respondió negando con la cabeza—. Me sentí aliviada de que tú no murieras. Y sabía que con el tiempo yo estaría bien, que sanaría. Y lo hice. Pude encontrar la calma y volver a ser quien era. Pero sabía que si los papeles se hubieran invertido, que si te hubiera enterrado a ti, no saldría adelante. No hubiera podido, no puedo imaginar un mundo sin ti en algún lugar.

—No hablas en serio.

—Sí.

¿En verdad me estaba diciendo que si hubiera tenido que elegir a uno de los dos para volver a casa ese día, me hubiera elegido a mí? Era imposible. Todo el mundo elegía a Sullivan. Mi padre, Xander, incluso Willow.

¿Qué tan imbécil era como para desear creerle? ¿Querer pensar que era digno de ser la primera opción de alguien?

Yo quería ser su primera opción.

Se acercó hasta que nuestros alientos se mezclaron con el vapor que se elevaba del estanque mineral.

—Dime que sí —suplicó, usando en mi contra las mismas palabras que yo utilicé en nuestro primer beso.

Pero no podía. No cuando yo era su opción solo porque él no podía serla. Por mucho que la deseara, no podía ser su medalla de plata. Aunque los latidos en mi pecho me gritaran que tomara lo que pudiera, el único fragmento de orgullo al que me había aferrado todos estos años me lo impedía.

—No. —Me alejé de ella y nadé al centro del estanque.

—¿Por qué? —gritó sentándose al borde del extremo poco profundo—. Tú peleaste por tu país. Por Sullivan. Por tu papá e incluso por mí. ¿Por qué no puedes dejar que alguien luche por ti? ¿Por qué no me dejas pelear por ti?

El dolor desnudo en su voz hizo pedazos mi autocontrol como ninguna otra cosa y lo perdí por completo.

—Porque solo te lastimaría.

—Noticia de última hora: no tenemos que estar juntos para que me rompas el corazón. Créeme, tengo algunos años de evidencia que lo respaldan. Intenta otra cosa.

—Porque en verdad no me quieres a mí.

—De todas las estupideces que podías decir…

Se sumergió en el agua y nadó frente a mí hasta salir a la superficie en medio del estanque, donde el vapor la ocultó de nuevo.

—¡No soy el reemplazo de Sullivan! —le grité a ella, al mundo, a Dios. A quienquiera que le interesara escuchar.

La brisa disipó el vapor el tiempo suficiente para que pudiera ver su rostro afligido.

—No —dijo en un murmullo que la viento llevó hasta mí—. Sullivan fue quien te reemplazó a ti.

¿Qué acababa de decir? Dejé de flotar y me sumergí. Ella me dio la espalda y nadó hacia el otro extremo.

Crucé el estanque bajo el agua y salí a la superficie justo frente a ella. Ambos jadeábamos, yo en busca de aire, y ella, de sorpresa.

—Dilo de nuevo —dije.

—¿Me odias? —preguntó con los labios apretados mientras unas gotitas de agua resbalaban por su rostro—. Sería normal, yo misma me odié. Volviste a casa el verano después del primer año de la universidad y vi a todas las chicas que te rodeaban en el jacuzzi de Julie. Tú no las alejaste, y me di cuenta de que nunca lo harías. No por mí. Tú no me veías así.

Pero la veía así, solo que nunca hice nada por demostrarlo.

—Sullivan me encontró llorando y me besó, y yo dejé que lo hiciera porque apaciguaba mi dolor. Lo usé y él me dejó, y aprendí a amarlo por eso y, al final, por todo lo demás. Pero sabía que no podría quererlo como él me amaba a mí. No cuando no podía ofrecerle mi corazón completo. —Su boca temblaba—. Ya no soy tan deslumbrante y brillante, ¿verdad?

¿Cómo no se daba cuenta de que su vulnerabilidad, su honestidad, la hacían resplandecer aún más?

—Dilo de nuevo —repetí en un tono que rozaba la súplica.

Necesitaba escucharlo más de lo que necesitaba la siguiente comida o el siguiente aliento. Sus palabras podían darme vida o destruirme.

Apartó la mirada. Libraba una batalla interna que yo no podía pelear por ella. Cuando volvió a mirarme, el miedo en sus ojos estaba mezclado con una determinación que me hizo contener el aliento.

—Siempre fuiste tú, Cam. —Acortó los pocos centímetros que nos separaban, puso las manos sobre mi pecho, en el corazón que no había advertido que latía solo por el de ella—. Siempre te he amado. He estado enamorada de ti desde que tenía edad suficiente para entender lo que eso significaba. Nadie más tuvo jamás una oportunidad de acercarse. ¿Cómo hubieran podido, cuando te llevaste contigo mi corazón?

Me amaba. Siempre me amó. Me quería a mí y yo nunca tuve el valor de mostrárselo, de arriesgarme a que me rechazara o me aceptara. Tuve la fortaleza de no actuar de acuerdo con mis sentimientos, pero nunca podría rechazar los suyos.

Rodeé su cintura con un brazo y la llevé a la parte poco profunda. La aprensión se veía en los pliegues de su frente, pero entrelazó sus dedos alrededor de mi nuca. Cuando llegamos a la cornisa la levanté y nos sentamos en el mismo lugar donde estuve unos minutos antes, más que preparado para tener una segunda oportunidad. Ella no desvió la mirada cuando tomé sus muslos en mis manos y la levanté para ponerla a horcajadas sobre mí, sus rodillas a cada lado de mi cadera.

Si ella podía ser valiente, entonces yo también lo sería.

—Quizá nunca sea lo suficientemente bueno para creer que puedes ser mía —dije en voz baja al tiempo que pasaba una mano sobre su espalda desnuda—. Hice las paces con eso hace muchos años. Pero siempre he sido tuyo. —Abrió los ojos como platos y supe que le debía toda la verdad, así como ella me la había dicho a mí—. Solo tuyo. Siempre tuyo.

Dios mío, por fin lo había dicho.

Su boca alcanzó la mía y me perdí en ella. Pasó las manos por mi cabello y me sujetó para verter su amor, su alegría, en un beso que yo jamás hubiera imaginado.

Era como volver a casa.

La sujeté por la cadera con una mano y con la otra tomé su nuca para echar su cabeza hacia atrás y poder besarla con más pasión. Nuestras lenguas bailaron y se enredaron; nuestros labios se acariciaron, persistieron. La besé hasta conocer su boca tan bien como conocía la mía, hasta que gimió y movió las caderas sobre mí.

La besé con suavidad, con ternura, y luego tomé su boca con avidez, con necesidad pura. Con su cercanía, cada nervio de mi cuerpo estaba vivo y se estremecía, electrizado. Cada uno de mis sentidos se llenaba de ella, solo de Willow. Nunca me cansaría de besarla, aunque lo hiciera todos los días durante el resto de mi vida.

Cuando arqueó la espalda en busca de más, disminuí el ritmo y chupé su labio inferior. Enterró las uñas en mi cabeza y le cedí el control hasta que su lengua, sus dientes, sus malditas caderas hicieran que mi erección fuera más dura que la cornisa en la que estábamos sentados.

Me tomaría solo dos segundos, el movimiento de dos prendas, estar dentro de ella.

Esa idea me calmó mucho más rápido que una cubetada de agua fría. Cambié el ritmo del beso, más despacio, hasta que presioné mis labios suavemente contra los de ella.

—Tenemos que parar o no voy a poder detenerme después —le dije, pegando mi frente contra la de ella.

—No quiero que paremos.

Me besó de nuevo y volvimos a lo nuestro, porque, ¿cómo carajos no? Había soñado con besar a Willow durante años, casi décadas, y ahora estaba en mis brazos. Sin secretos. Sin mentiras.

—No parar sería maravilloso —agregó.

—Yo no estoy bien con no parar —pude decir entre besos.

Sorprendida, me miró enarcando las cejas, con los labios entreabiertos que deseaba tener otra vez de inmediato.

—¿Qué?

Sonreí y con el pulgar acaricié su mentón.

—A diferencia de lo que se cree comúnmente, el sexo no es todo lo que quiere un hombre.

Lanzó una risita.

—En serio. —Movió las caderas sobre la evidencia de que el sexo era sin duda lo que tenía en mi mente—. Porque yo te deseo, en verdad, y me parece que estás en el mismo barco.

—No dije que no te deseara, porque te deseo. Dios mío, que si te deseo. Pero no voy hacerte el amor en un estanque. Al menos no la primera vez.

—Mi casa está a cinco minutos —dijo, haciendo un gesto hacia su coche.

Reí.

—No quiero apresurar esto.

—¿Puedo apresurarlo yo? —preguntó.

—No.

Nada en el mundo me haría desaprovechar este momento.

—¿Tienes miedo de que cambie de opinión? ¿O serás tú quien lo haga?

Deslizó las manos hasta mis hombros y empezó a alejarse.

Bloqueé mis brazos alrededor de su cintura.

—Te vi esa noche. Cuando Sullivan te besó en el quiosco —admití.

Abrió los ojos como platos, pero permaneció en silencio.

—Vi cuando te fuiste y supe que estabas enojada, por eso fui a buscarte. Diría que llegué cinco minutos tarde. En lugar de reunir el valor y decirte cómo me sentía, de lidiar con todas las estupideces que nos dirían en el pueblo porque yo soy yo y tú eres tú, vi que besabas a mi hermano. Me mató. Por eso me enlisté en el ejército al día siguiente.

—Oh, Cam.

Acarició mi nuca con suavidad.

—No podía quedarme ahí a ver lo que estaba sucediendo, y pensé que quizá era lo mejor para ustedes dos. Tenía miedo de volverme loco un día y matarlo a golpes, a mi hermano menor, por tener lo único que quise para mí. —Acaricié su labio con el pulgar y ella lo besó con suavidad—. Fui cruel contigo ese verano porque faltaba un mes más para irme al entrenamiento y no podía dejar que te acercaras más de lo que ya estabas. No podía permitir que te dieras cuenta y tampoco podía verte con él.

—Lo siento tanto —murmuró.

—No fue tu culpa, fue la mía. Lo que quiero decir es que cinco minutos hubieran cambiado el curso de nuestra vida. Cinco malditos minutos y mi incapacidad de recurrir a mis propios medios me impidieron besarte esa noche. Y esa no fue la primera vez.

Frunció el ceño y me incliné hacia adelante para besar con suavidad su frente solo porque podía. Porque ella me amaba.

—Cuando fuiste lo suficientemente grande como para que te besara yo iba en el último año de preparatoria y no quería arriesgarme a que no me quisieras.

—Siempre te quise a ti —repuso.

—Y tal vez lo sabía, si me hubiera dado tiempo para pensarlo. Pero no solo tenía miedo de que me rechazaras, temía que no lo hicieras, de lastimarte como hacía con todos los demás, de que el pueblo se pusiera en tu contra.

—No me importa lo que opine el pueblo y tú nunca me has lastimado. —Se estremeció y la jalé conmigo hasta el borde de la cornisa, luego hice que nos sumergiéramos hasta el cuello.

—¿Lastimarte físicamente? Jamás, pero yo no era la persona más confiable con tus emociones, y la idea de arruinarte… —Sacudí la cabeza—. Además, me iba a ir a la universidad. ¿Qué podía hacer? ¿Dejarte sola y con el corazón roto? ¿Qué tan egoísta sería eso?

—De cualquier manera así fue.

Besé sus labios y dejé que el tacto suavizara mis recuerdos, tratando de confiar en que esto era real y no algún sueño loco del que yo despertaría.

—Nuestro tiempo no fue oportuno. Yo nunca fui oportuno.

Willow sonrió.

—Estás diciendo que nunca pudiste encontrar a la pika.

Reí y me sentí muy bien. Dios mío, tenerla en mis brazos, besarla, reír con ella. Era mucho más que mis fantasías más disparatadas.

—Claro. Sabía quedarme tranquilo contigo. Podía ser paciente y por eso sabía que el momento no era oportuno. Luego besaste a Sullivan y me di cuenta de que ese momento había pasado y que no fui lo suficientemente valiente para aprovecharlo. Cinco minutos, Willow.

—Y todo esto tiene que ver con que no quieres llevarme a mi casa porque…

Me besó el mentón y un poco de mi determinación se disipó con el vapor.

—¿Tienes miedo de cambiar de opinión? ¿O de que yo lo haga? ¿Por eso quieres apresurarlo? —pregunté.

—No, lo apresuro porque te he deseado desde hace tanto tiempo que estoy a punto de explotar, y si por fin estamos de acuerdo, ya me cansé de perder el tiempo.

Me dio un mordisquito en la oreja.

Carajo, su razonamiento era sólido. Pero el mío también.

—Yo no quiero apresurarme —dije, levantando su barbilla para verla a los ojos—. Porque por primera vez en la vida nuestro momento es el correcto, no voy a precipitarme en algo que he deseado toda mi vida solo por un instante de satisfacción. Voy a saborear cada paso que dé contigo. Voy a salir contigo hasta que nos cansemos, Willow Bradley.

Sonrió.

—Salir juntos, ¿eh?

—Sí. He cometido errores casi toda mi vida, pero, ¿esto? —La besé con ternura—. Esto voy a hacerlo bien.

Y que Dios me ayude, no iba a echar esto a perder.

CAPÍTULO 17

Willow

Sonó el timbre de la puerta y mi corazón dio un vuelco, igual que lo había hecho las últimas tres veces que Cam vino a recogerme para una cita. Desde hacía tres semanas y media me había llevado a cenar a Buena Vista, a un espectáculo de arte itinerante en Salida y me había tomado la mano cuando caminamos por el sendero que lleva a las cascadas, donde recosté la cabeza en su regazo mientras él me leía.

La nieve se había derretido bastante por todas partes, salvo en las áreas sombreadas, y yo no podía evitar suspirar como una adolescente enamorada al pensar en que las defensas de Cam se derretían junto con la nieve.

—¡Yo abro! —gritó Rose, quien ya estaba en la puerta.

—Hola, Rose. ¿Cómo estás?

La voz de Cam resbaló sobre mi cuerpo como seda que el sol había calentado. Salí de la cocina y lo encontré acuclillado en la sala, hablando con mi sobrina.

—Hola.

Era increíble que mi voz se hubiera convertido en un jadeo torpe.

—Hola, Pika —respondió, guiñándome el ojo.

Lamentaba tener que decírselo a la señora Barstorm, mi maestra de biología de primer año de universidad, pero se equivocaba. Ese guiño, ese precisamente, era como se hacían los bebés.

—¡Y eso me recordó a ti! —terminó de decir Rose, al tiempo que yo sacudía la cabeza para liberarme del mareo que Cam me provocaba.

Con una enorme sonrisa, Rose le dio a Cam una camiseta negra.

—Ah, ¿sí? ¿En serio la compraste para mí? —preguntó sosteniendo la camiseta frente a él para verla bien—. ¡Guau, es maravillosa! ¡Gracias, Rose!

—¿Te gusta? —le preguntó saltando de puntitas.

—¡Me encanta!

La volteó para que yo la viera.

Me mordí el labio para no reír del unicornio brillante que adornaba el frente de la camiseta.

—La vi cuando fui de compras con mamá y dijo que podíamos comprártela —explicó Rose asintiendo.

—Bueno, tu mamá es muy amable. —Cam se puso de pie, se irguió en toda su estatura y abrió su chamarra negra—. ¿Sabes?, no recuerdo cuándo fue la última vez que una chica me dio un regalo.

Eso me tranquilizó. Había sido bastante abierto estas últimas semanas. Por supuesto que hubo mujeres, así como yo salí con algunos chicos. Y sabía que sus relaciones habían sido breves, pero ¿nadie le había regalado nada?

Dejó su chamarra en el sofá, yo la recogí y me la llevé al pecho mientras él se ponía la camiseta sobre la suya de manga larga y se la acomodaba.

—¿Qué te parece? —le preguntó a Rose extendiendo los brazos a los costados.

Hundí la nariz en su chamarra para amortiguar la risa. Olía a él: menta y pino. No pude engañarlo, arqueó una ceja en mi dirección mientras yo trataba de evitar que mis hombros temblaran de la risa.

—Es perfecta —declaró Rose.

—Creo que tu elección fue perfecta. Gracias —dijo, inclinando la cabeza hacia ella como si fuera un caballero frente a una princesa. Volví a enamorarme de él.

Con qué facilidad esas palabras escapaban de mi mente ahora que las había admitido en voz alta. Hubiera pensado que me sentiría extraña o insegura por decirlas cuando Cam no lo hizo, pero, en cambio, eran increíblemente liberadoras.

—Rose, ¿por qué no tomas tu chamarra para que nos vayamos? —sugerí.

—¡Okey!

Se fue saltando por el pasillo hasta el cuarto de visitas, su trenza se balanceaba a su espalda.

—Gracias por ser tan comprensivo con esto —dije.

Cam acortó la distancia entre nosotros.

—No hay problema —respondió, levantando mi cara por la barbilla con el pulgar.

—Le prometí a Charity que por fin tendría un fin de semana con su novio porque el papá de Rose no vino.

Bajé la voz en la última parte para que Rose no pudiera escuchar.

—Willow, no hay problema —repitió, y me besó suavemente los labios—. De cualquier manera, es probable que necesitemos una chaperona.

Una chaperona era lo último que necesitábamos. Lo que sí requeríamos era una semana sin teléfonos, sin distracciones y con una cama enorme. Esperaba que en cualquier minuto se reventara la burbuja de este sueño. Despertar y encontrar que estábamos en el mismo lugar que hace un mes. Hace años. Hace una década.

Y supe que esa era precisamente la razón por la que había evitado tocarme las últimas tres semanas. Tenía que confiar en esto tanto como confiaba en él.

—Te extrañé esta semana —admití, robándole otro beso.

—Lo siento. Papá tuvo un mal día el jueves y ayer estuve ocupado con el trabajo.

—No tienes que disculparte. Puedo extrañarte, no tiene nada de malo. No es como cuando estábamos en prepa y te miraba a hurtadillas entre clases todos los días.

—¿Todos los días? —preguntó.

—Todos.

Sonrió, y le devolví la sonrisa.

—Está bien. Puedes besarla —dijo Rose desde el pasillo.

Dejé caer la cabeza en una carcajada.

—Vaya chaperona —dijo Cam, arrastrando las palabras.

—¡Ayudé a la tía Willow a preparar el almuerzo! —exclamó, levantando el paquete que habíamos hecho esta mañana para el pícnic.

—Entonces supongo que debemos irnos para poder comerlo, ¿no? —preguntó avanzando hacia ella para tomar el paquete de sus manos.

Rose asintió con entusiasmo; cuando se cerró la chamarra para evitar el viento primaveral, nos subimos al Jeep de Cam.

Cam manejó hacia la salida y giró en la calle que llevaba a la mina.

—Pensé que antes de ir de pícnic te gustaría ver cuánto hemos avanzado.

—Pensaste bien —confirmé.

Cinco minutos más tarde nos estacionamos en la entrada de la mina. Dos remolques de construcción con el nombre del contratista estaban estacionados paralelos al camino, y había varias piezas de maquinaria pesada a su alrededor, lo que me impedía ver el túnel que, yo sabía, estaba más adelante.

Bajé del Jeep de un salto y ayudé a Rose a bajar.

—Quédate junto a mí, ¿okey?

—Lo prometo —dijo, mirando el equipo de construcción.

—Tu chamarra, mi amor. —Le pasé la chamarra a Cam cuando nos encontramos frente al Jeep.

—Me gusta cómo suena —respondió en voz baja, tomando la chamarra.

—¿Mi amor?

Asintió, luego se la puso y la cerró. Reí al ver el logotipo en ella.

—¿Qué? —preguntó, bajando la mirada como si se hubiera manchado con algo.

—Es una tontería —respondí, metiendo las manos en los bolsillos de mi chamarra morada North Face.

—Ah, no. Ahora definitivamente quiero saberlo —repuso, ajustándose el gorro para que le cubriera la orejas.

Le eché un vistazo a Rose, quien examinaba unas rocas como a unos seis metros.

—Me dices Pika.

—¿Y?

Extendió los brazos para bajarme la gorra y acarició mi cabello suelto.

—¿Sabes que les gusta mucho vivir con otros animales? Bueno, debajo de otros animales.

Sentí calor en las mejillas y deseé haberme callado. Él frunció el ceño.

—Sí, a veces hacen sus madrigueras debajo de las de los animales que los alertan cuando hay depredadores.

Asentí y miré el logotipo en su chamarra, luego acaricié el bordado con la yema de los dedos.

—«Marmotas».

Bajó la mirada hasta donde mis dedos trazaban esas mismas letras y rio.

—Supongo que es bastante apropiado.

Cuando estuve segura de que mi rostro no podía sonrojarse más, tomó mis mejillas entre sus palmas y me dio un beso cálido con los labios cerrados.

—Tenemos chaperona —le recordé, aunque disfrutaba el contacto.

Me asombraba poder besar a Cam cuando quisiera, que fuera mío en todos los sentidos. Bueno, al menos cuando estábamos solos. No lo habíamos hecho precisamente público, ambos nos sentíamos satisfechos con permanecer en nuestro pequeño espacio de felicidad.

—Una muy mala —dijo con una sonrisa—. Oye, Rose, ¿qué te parece si vamos a ver cómo está tu tocaya?

—¿Puedes traer la bolsa? —preguntó ella con los brazos cargados de piedras.

—Te daré algo mejor —respondió—. Espérame aquí.

Un minuto después regresó del primer remolque de construcción con una mochila de tela.

—¿Qué te parece? —preguntó, y se la dio.

—¡Genial! ¿La puedes abrir?

—Claro.

Una vez que guardaron las piedras de Rose me enseñó la mochila: tenía el logotipo que yo había diseñado para él, bordado en la parte posterior.

—«Mina Rose Rowan» —leí.

—Llegaron ayer. En el remolque también tengo muestras de camisetas, gorras y llaveros. Te dije que el diseño me había encantado.

Permanecimos ahí, mirándonos y sonriendo. Me gustaba mucho diseñar para él. Amaba trabajar con él. Amaba ayudarlo y confiar en él. Amaba todo, cada momento que pasaba a su lado.

—¿Se van a dar otro beso o podemos ir a buscar más piedras? —preguntó Rose.

Cam envolvió mi mano en la suya.

—Vamos a buscar más piedras.

Despejamos el equipo de construcción y pudimos ver el túnel principal.

—Es más pequeño de lo que recuerdo.

—Tú eras más pequeña —explicó Cam. Nos acercamos a la plataforma de madera, donde esperaba un tren descapotable con tres vagones—. Mira lo que puse a funcionar esta semana.

—¡Es increíble! —exclamó Rose, corriendo hacia el tren.

—Pienso lo mismo —agregué—. ¿Es...?

—Totalmente seguro y trae freno. Lo prometo —dijo, agitando las llaves que colgaban de su dedo—. Es el original de la última vez que la mina funcionó en los cincuenta. Trabajé con Keith Mayberry para acondicionarlo para los recorridos.

—Es magnífico. Apuesto que Keith disfrutó mucho hacerlo.

Él era uno de los propietarios de negocio en Alba que no poseía bienes históricos.

—Sí. Está buscando otro tren igual a este, históricamente fiel, por supuesto, y luego hará lo mismo con esos. Supuse que si recibimos el dinero de la subvención debemos conservar el mayor número de negocios en Alba, ¿o no? Beneficiará a todo el pueblo.

Asentí y tragué saliva para evitar el pequeño nudo que sentía en la garganta por la emoción.

—¡Esto es increíble! —gritó Rose, quien ya estaba sentada detrás del asiento del conductor.

—¿Quieres dar un paseo? —preguntó.

—¡Sí!

Me tensé.

—Tranquila, Pika —dijo entre dientes contra mi sien—. Solo iremos hasta donde ya está reforzado. No dejaré que les pase nada a ninguna de las dos.

Mi cabeza asintió, pero mi mente ya estaba en la mina.

—¿Hasta dónde han reforzado?

Advirtió la inquietud en mi voz y apretó mi mano.

—No muy lejos.

—Okey.

No me había adentrado más de nueve metros en la mina desde el día en que me metí mucho más lejos que eso.

Cam me ayudó a subir al vagón de minerales, que ahora contaba con bancas acolchonadas y cinturones de seguridad. Me aseguré de que Rose abrochara el suyo.

—Ta-tán —exclamó, haciendo un ademán ostentoso con un casco amarillo brillante con el nombre «Rose» en grandes letras llamativas sobre la linterna de cabeza.

—¿Es mío? —dijo en un gritito.

—No es una camiseta de unicornio, pero sí, es tuyo. —Se inclinó sobre el acoplamiento de los vagones y se lo puso sobre el gorro—. ¿Te lo puedes abrochar?

—¡Claro que sí!

Mientras Rose se abrochaba el casco, Cam me dio un modelo más grande con el nombre «Pika».

—¡Tu novio es increíble! —gritó Rose alzando las manos.

Los ojos se me salieron de las órbitas. Dios mío, ¿ya nos habían etiquetado? ¿Las etiquetas todavía significaban algo? ¿Él pensaba que era mi novio?

—Bueno, es lo lógico cuando tienes una novia increíble —confirmó Cam—. Abróchelo, señorita Bradley —me ordenó, y se puso el casco.

Aturdida, me abroché el casco y encendí la linterna de cabeza, hice lo mismo con Rose, y Cam encendió la locomotora.

Rose miraba de un lado a otro conforme Cam nos conducía al interior de la mina. Al inicio, el techo del túnel estaba a unos buenos seis metros, que poco a poco se inclinaron hasta llegar como a metro y medio. Olía a humedad, el aire estaba cargado de un fuerte olor a metal.

En mi boca tenía un gusto a sangre y miedo, pero al ver lo emocionada que estaba Rose, el pánico cedió.

Avanzamos más de noventa metros hasta que llegamos a la primera antecámara donde apareció una plataforma de madera. Cam detuvo el tren y apagó el motor, pero dejó las luces prendidas.

—Hasta aquí llega el tren por ahora —le explicó a Rose—. ¿Quieres explorar un poco conmigo?

Rose asintió, se llevó la mochila a los hombros y subió a la plataforma.

—¿Lo recuerdas? —me preguntó Cam en voz baja.

Asentí.

—¿Cómo es posible que todos los recuerdos felices que tengo cuando jugaba aquí se hubieran eclipsado por uno solo espantoso?

Pasó un dedo sobre la protuberancia en el puente de mi nariz.

—Podemos regresar y hacer un recuerdo mucho mejor —murmuró.

—¿En los manantiales me dices que no, pero una mina oscura y espeluznante sí es opción? —bromeé.

—Al final, todos los lugares serían opción —dijo, con la mirada llena de deseo.

Hice un gran esfuerzo por recordar que mi sobrina estaba a tres metros de distancia, porque todo lo que quería era esa opción. Cualquiera.

—Rocas —le recordé.

—Cierto. Okey, Rose, ¿qué te parece la mina?

Volteó hacia el lugar donde ella se había recargado, junto al muro de piedra tallada, examinando la roca.

—Sé que me pusieron su nombre. Bueno, no el de la mina, sino el de la señora por la que la nombraron así. Mamá pensó que era bonito.

—Es un nombre bonito —admitió Cam, al tiempo que me ayudaba a subir a la plataforma recién construida.

Tenía unos buenos tres metros de ancho y estaba construida de acuerdo con las especificaciones que le había dado cuando hablamos de esta parte de la mina.

—Extraían sobre todo oro y plata —le dijo Rose a Cam—. La primera actividad importante fue en la década de 1880, pero durante la Gran Depresión solo tenían una pequeña sección de plata y dejaron de explotarla en los cincuenta.

—¿Sabes eso? ¿A los nueve años? —preguntó.

—Todo niño que nace en Alba sabe eso desde los siete.

Alzó la cabeza para verlo desde debajo, con una expresión que mostraba que no estaba impresionada.

—Okey, sabelotodo, ¿sabes adónde llevan los tres túneles?

Rose observó los tres pasajes que salían de la antecámara y negó con la cabeza.

—Ese es el túnel más nuevo —explicó Cam señalando a la derecha—. Se construyó en los treinta. La Gran Depresión, como dijiste. El de la izquierda se hizo con el descubrimiento de plata en 1910. El que está justo enfrente es la vena más antigua.

—¿Podemos ir ahí?

Intrépida, sin duda.

—Hoy no —respondió—. No hemos despejado los túneles aún. Hay zonas en las que los túneles se derrumbaron hasta caer en los de abajo. Otros en los que los conductos de aire se colapsaron y la ventilación no es suficiente para tus pequeños pulmones, y los muros laterales no se han reforzado todavía como aquí.

—Entonces, ¿puedo echar un vistazo por aquí? —insistió.

—Si permaneces en esta cámara y tu tía Willow está de totalmente de acuerdo.

Un par de ojos suplicantes se encontraron con los míos.

—Prométeme que te quedarás aquí —dije, esperando que advirtiera la preocupación en mi voz.

—Lo haré —prometió.

Bajó la escalera y cruzó las vías hacia el espacio que se ensanchaba unos nueve metros.

—¿Lista para mi sorpresa? —preguntó Cam.

—Sin duda.

Creo que podré tener al menos un túnel abierto para los recorridos para el 4 de julio —dijo con la mirada brillante.

—¿En serio? ¡Sería fantástico! ¿Le has dicho a alguien?

El pueblo se volvería loco. Por mucho que despreciaran a Cam, amaban el dinero.

—Quería decírtelo primero a ti.

Su sonrisa me conquistó. Se veía feliz, por mucho que yo dudara siquiera en pensarlo. Y le sentaba de mil maravillas.

—Te amo —murmuré.

Me besó en respuesta y luego se alejó sonriendo.

—Oye, Rose, si vienes a hacerle compañía a tu tía Willow te encontraré algo que brille.

—¡Trato hecho! —exclamó, ya de regreso a mi lado, y Cam desapareció al otro extremo de la plataforma, mientras su luz se movía por la parte más antigua del túnel.

—Este lugar es maravilloso. Estoy segura de que todavía hay oro en algún lado.

—Quizá —murmuré.

Mis ojos entrenados observaban la luz que se hacía cada vez más pequeña. Unos minutos después se hizo más grande hasta que pude ver a Cam. Dejé escapar un enorme suspiro de alivio.

—No te gusta estar aquí abajo, ¿verdad, tía Willow? —preguntó Rose tomando mi mano.

—¿Qué? No, está bien. Estoy bien —mentí.

—Toma —dijo Cam a Rose, al tiempo que le daba dos minerales brillantes.

—¿Es oro? —preguntó con un gritito.

—No. Es pirita. El oro de los tontos —respondió.

—Bueno, sigue siendo bonita. —Levantó la cara en su dirección—. Hubieras podido fingir que era oro.

—Tú puedes fingir que es oro ahora que sabes que no lo es —respondió, y le dio unos golpecitos en su casco—. Yo no tengo la costumbre de mentirles a las chicas.

Rose frunció el ceño, pero después asintió.

—Pirita.

—Así es. Ahora, salgamos de aquí, chicas.

Ayudó a Rose a subirse al tren.

—¿Crees que haya verdadero oro aquí? —preguntó, abrochándose el cinturón.

Cam me tomó por la cintura y dejó que sus manos permanecieran ahí después de que mis pies tocaron el suelo de acero del vagón.

—Creo que hay un broche de unicornio de oro verdadero por aquí en algún lugar —respondió, mirándome a los ojos.

—¿En serio?

—Sí. Tu tía lo perdió cuando éramos niños.

Acarició de nuevo mi cintura antes de soltarme y subió en el vagón del conductor.

—¿Perdiste un broche de unicornio?

Enarcó las cejas en acusación.

—Sí. De hecho, me perdí aquí cuando tenía como tu edad.

Dios mío, era tan joven. Tan pequeña. ¿En verdad había tenido su edad?

—¿Te perdiste?

Cam encendió la locomotora y me abroché el cinturón de seguridad.

—Se perdió.

—Estaba explorando con tu mamá y Xander, y en algún momento me separé de ellos. No recuerdo mucho de esa parte, pero resbalé y me caí en uno de esos pozos de ventilación. —Hice un gesto hacia el túnel más antiguo mientras Cam nos conducía por la vía circular que nos devolvería a la luz del día.

—¿Te dio miedo?

—Estaba aterrada. Pero Cam me encontró. Sentí que había estado perdida durante días, pero solo fueron unas horas.

Rose asintió despacio, pensando en lo que acababa de decirle.

—¿Y dejaste tu broche?

—Creo que se arrancó de mi camisa cuando me caí.

Permanecimos en silencio y el tren aumentó la velocidad. Cuando el sol golpeó mi rostro, respiré con mucha más facilidad.

—¿Qué te parece si guardo tu casco en mi escritorio para que lo tengas siempre que quieras venir de visita? —ofreció Cam.

Rose lo consideró un momento, pero al final accedió.

—Puedo volver, ¿verdad?

—Cuando quieras —prometió—. Claro, siempre y cuando estés con un adulto.

Me miró, y su expresión parecía pedirme perdón.

—Hecho —aceptó dándole el casco.

Yo hice lo mismo y avancé con ella hacia el Jeep mientras Cam llevaba los cascos a su oficina.

—¿Qué es eso? —preguntó Rose, señalando al pie de la colina, hacia los restos calcinados cubiertos de hierba de la barraca.

—Esa era la barraca —respondí—. Ahí dormían los mineros que no estaban casados.

—No se parece a los otros edificios —comentó—. Ni siquiera a los que no tienen techo.

—Se quemó.

—¿Cuándo?

—Cuando éramos adolescentes —respondió Cam a nuestra espalda—. Una noche hicimos una gran fiesta y se incendió. Adivina qué.

—¿Qué? —preguntó con los ojos como platos.

—De ahí también saqué a tu tía cargando.

Asintió muy serio y me picó la cintura con un dedo.

Rose nos miró, luego volteó hacia las ruinas y de nuevo a nosotros, negando con la cabeza.

—¿Qué? —pregunté.

Suspiró y se alejó hacia el Jeep.

—Ustedes dos se meten en muchos problemas. Mamá me hubiera castigado si hubiera participado en cualquiera de esas cosas.

No me molesté en decirle que su mamá también estuvo en el incendio.

El teléfono de Cam sonó, y me soltó para contestarlo mientras avanzábamos detrás de Rose.

—¿Qué pasa? —Se detuvo, y yo también—. ¿Hablas en serio? ¿Trataste de hablar al celular de Walt? Okey, voy en camino.

Colgó y maldijo en voz baja.

—¿Qué pasa?

—¿Podemos pasar rápido a casa de papá? Al parecer Walt lo sacó de su arresto domiciliario hace unas horas y Xander se está volviendo loco.

—Por supuesto.

Unos diez minutos después llegamos a la entrada del garaje de los Daniels. Xander le gritaba a Walt en el porche.

—Por lo menos ya regresaron —dije.

—Sí —respondió, mientras apagaba el motor y bajaba del coche.

Tomé un momento para asegurarme de que las llaves estaban en la cerradura de encendido y de que el freno de mano estaba puesto.

—Espera aquí —le dije a Rose.

—¿Adónde vas?

—A asegurarme de que Cam no se meta en más problemas por los que tu mamá lo castigaría.

Salí del Jeep de un salto y me dirigí a la escalera del porche.

—¿Qué carajos estabas pensando? —gritó Xander.

—Que mi mejor amigo me pidió que lo sacara y eso hice —respondió Walt tranquilo, cruzando los brazos sobre el pecho.

El señor Daniels suspiró, y cuando iba a hacer el mismo movimiento, hizo una mueca de dolor y dejó los brazos a sus costados. La atención de Cam se centró en su papá.

—¿Y tú estabas de acuerdo con esto? —preguntó Xander.

Yo mantuve los ojos en el señor Daniels y advertí la manera en la que cambiaba de posición el peso de su cuerpo.

—Bueno, estaba en la lista aprobada que usted me dio, señor Daniels —explicó May.

Al menos de acuerdo con el programa que Cam pegó en el refrigerador, debía tratarse de May.

—¡Pues ya no está! ¿Por qué no le dijeron a nadie adónde iban? ¿Por qué no respondiste el teléfono?

El señor Daniels se movió de nuevo e hizo el mismo gesto que antes durante un segundo. Sentía dolor.

—Alexander, no te rindo cuentas a ti. Tú no eres mi madre —afirmó Walt.

Xander se aflojó la corbata. En ese momento, su aspecto no podía ser más distinto a la fortaleza que mostraba Cam.

—Ustedes dos, ya basta —intervino Cam—. Papá, ¿qué mierdas hiciste? Te lastimaste.

Art alzó la barbilla al mismo tiempo que Walt suspiró.

—Mira, él quiso.

—¿Quiso qué? —espetó Xander.

Art se abrió la chamarra y la dejó caer en la duela del porche.

—Me llamo Arthur Daniels. Tengo cincuenta y ocho años y padezco alzhéimer temprano —le dijo a Xander, al tiempo que empezaba a desabotonarse la camisa de franela de manga larga—. Él es Walter Robinson, que ha sido mi mejor amigo desde que éramos niños. Ella es la niñera que ustedes contrataron. No recuerdo su nombre porque simplemente no me importa. Perdón, pero es cierto. —Miró a May y de nuevo a Xander—. Tú eres Alexander, mi primogénito. Él es Camden, mi segundo hijo. Y ella es... —Me miró, hizo una pausa y la sorpresa brilló en sus ojos—. Ella es Willow Bradley...

«No lo digas. No lo digas. No lo digas».

—La novia de Sullivan.

Me lleva el carajo.

Cam se tensó a mi lado y movió la mandíbula. Con el dorso de mi mano rocé la suya. No era el momento ni el lugar, pero apoyaría cualquier cosa que decidiera.

—Y tú puedes controlar todo en mi vida, Alexander, pero estoy tan lúcido como tú lo estas hoy y, ¿adivina qué?

Se abrió la camisa y quedé boquiabierta. Debajo de una capa de plástico brillante se podía leer en letras negras, ensangrentadas, «No resucitar».

—¿Lo llevaste a que se hiciera un tatuaje? —le gritó Xander a Walt.

Walt se encogió de hombros.

—Cuando tu mejor amigo te pide tinta, le das tinta. Art, luego nos vemos.

Art asintió en dirección a su amigo y empezó a abotonarse la camisa.

—¿No tienes nada que decir sobre esto? —preguntó Xander.

—Para ser el primero, papá, este es un poco audaz —le dijo Cam a su padre—. Asegúrate de mantenerlo limpio. ¿Te dieron algo para eso?

—¿Hablas en serio? —espetó Xander.

—Tengo las instrucciones y todo —respondió Art, levantando una pequeña bolsa café del piso.

—Okey, entonces creo que ya terminamos aquí —dijo Cam, y luego volteó en mi dirección—: ¿Willow?

Asentí. Bajamos la escalera y sentí la mano de Cam en la parte baja de mi espalda.

—¿En serio eso es todo lo que tienes que decir? —lo retó Xander.

Cam se detuvo y entrelazó sus dedos con los míos.

Contuve el aliento y apretó mi mano para darme seguridad.

—No —respondió Cam sobre su hombro—. Willow no es la novia de Sullivan, es mi novia. Bonito tatuaje, papá. Háblame si necesitas ayuda.

Cuando volteé, vi cómo Xander entrecerraba los ojos y Art abría la boca al ver nuestras manos entrelazadas.

—Fue un gusto verlos —dije a modo de despedida.

No respondieron.

—Qué manera de hacerlo público —le dije a Cam mientras me acompañaba hasta mi lado del coche.

—Me pareció un buen día para hacer declaraciones audaces.

Abrió la puerta del Jeep, me besó a plena vista del porche y luego me ayudó a subir.

—¿Evitaste que Camden se metiera en problemas? —preguntó Rose desde el asiento trasero cuando Cam rodeó el vehículo.

—No estoy segura —respondí despacio.

Cam se subió a su asiento, se despidió de su papá y de su hermano con un movimiento de la mano y encendió el motor.

—Bueno, muero de hambre, señoritas. ¿Qué tal ese pícnic?

¿Pícnic? Acababa de darle al pueblo un chisme digno para alimentarlo el resto del verano.

CAPÍTULO 18

Camden

—Cam.

Willow gimió mi nombre cuando pasé los labios por la piel suave bajo su mentón. Solo quise darle un beso rápido, pero uno no fue suficiente. Últimamente uno no era nunca suficiente. Vivía en un estado perpetuo de necesidad de Willow.

Entrelazó sus dedos en mi cabello, sus uñas rozaron el cuero cabelludo cuando jaló algunos mechos que hizo que una oleada de electricidad bajara por mi columna vertebral. Me rendía ante lo que me pedía y arqueó la espalda cuando me acerqué entre sus muslos.

Era aquí donde quería vivir, existir, en estos momentos en los que nada fuera de estas paredes pudiera tocar lo que estábamos construyendo en su interior. Donde siempre debimos estar.

Puse una mano en su cadera y la deslicé hasta su cintura, sobre las costillas, grabando sus curvas en mi mente al tiempo que la besaba despacio, como si tuviera todo el tiempo del mundo, porque así era. No me iría a ningún lado, no, ahora que la tenía a ella.

Me abandoné en Willow, le arrancaba cada suspiro, cada deseo de más, luchando contra la necesidad primaria de tenerla de todas las formas posibles. Se apartó un poco para pasar las manos entre nosotros y quitarse la blusa por la cabeza.

—Willow —le advertí mirándola a los ojos.

—Cam —respondió retándome con esa mirada color avellana, sacándose las mangas y tirando la blusa al piso, junto al sofá.

—Me estás matando —me quejé, esperando un poco de piedad.

—Bien —murmuró, y mordió con suavidad mi labio inferior.

Dios, podía sentir el encaje de su brasier a través de mi camisa.

—¿Tienes idea de lo difícil que es no ponerte las manos encima?

Tomó mi mano en la suya y la puso sobre su pecho.

—Déjame ayudarte.

Por instinto, mis caderas se pegaron a las suyas y gemí al sentir que su seno llenaba mi palma a la perfección. Todo en Willow se adaptaba por completo a mí. Acaricié su pezón con el pulgar y contuvo el aliento. Debí detenerme, debí recordarle que teníamos que irnos. Sin embargo, la hice contener de nuevo el aliento.

—Por favor —murmuró contra mis labios.

Amaba ese sonido.

Perdí el poco control que me quedaba. Llevábamos casi seis semanas saliendo juntos, trabajando juntos, cenando y comiendo juntos, besos de buenas noches que duraban hasta que nuestros labios se hinchaban adoloridos. Tres semanas desde que la llevé a la mina. Podría mentir y decir que no estaba contando, pero sí lo hacía. Contaba y disfrutaba cada minuto y, sí, esperaba lo inevitable, algo, cualquier cosa, que saliera mal entre nosotros. Sin embargo, con Willow todo era la perfección más sencilla que siempre esperé.

Esa era la razón por la que me dolería más si esto no funcionaba. Si ella decidía que no podía soportar el desprecio del pueblo al que amaba y que no tenía por qué hacerlo. Yo podía hacer todo bien el resto de mi vida, y eso no borraría mi pasado a los ojos de la gente de Alba.

Un día, Willow se daría cuenta de eso también y se vería obligada a elegir, tomar una verdadera decisión y no solo dejarse llevar en los manantiales por una década de deseo. Tendría que elegir entre su reputación o yo, entre las oleadas de chismes y el evidente desprecio. Yo soportaría todo por ella, si pudiera, pero esa no era una opción.

Existía una razón por la que no habíamos salido mucho en Alba. En primer lugar, no quería que nada de esa mierda la tocara, nunca. En segundo, yo no tenía muy buenos antecedentes de que alguien me eligiera.

—¿Qué esperas? —preguntó.

—A ti —respondí, apartando el cabello de su cara—. Siempre a ti.

—Si me quitara toda la ropa, ¿podría convencerte de que usaras este cuerpo increíble? —preguntó acariciando mi espalda y haciéndome gemir.

—Si te quitaras toda la ropa no habría manera en que llegáramos a la inauguración.

Incluso las mejores intenciones tenían límites.

—La inauguración… ¡carajo! —exclamó, mirando hacia el reloj de la pared—. Cam, ¡se nos hizo tarde!

—Sí.

Bajé la cabeza y la besé. Ella rio y me empujó por los hombros.

—¿No que te ibas a quitar toda la ropa? —bromeé.

—¡Es el día de la inauguración!

—Entonces, ¿solo me quieres cuando es conveniente para ti? —pregunté fingiendo indignación.

—¿Me estás diciendo que si renuncio a ir a la inauguración me llevarás a la cama?

Sus ojos brillaban, traviesos.

—No.

—¡Uf!

Me volvió a empujar por los hombros y dejé que se levantara, riendo cuando me hizo caer al suelo.

Caí sobre mi espalda, gracias a Dios, así que por fortuna no me golpeé en la parte del cuerpo que definitivamente no quería ir a la inauguración.

Willow bajó del sofá y se sentó a horcajadas sobre mí.

—Tienes el autocontrol de un santo —murmuró extendiendo el brazo sobre mi hombro para tomar su blusa. Ese movimiento puso sus maravillosos senos justo frente a mi cara. Mi visión se llenó de encaje color lavanda y piel suave.

—No estés tan segura.

Se me hacía agua la boca y ese maldito control que tanto elogiaba reventó. La piel de su espalda era más suave que el satín y extendí las manos para mantenerla en ese lugar. Luego tomé su pezón entre mis labios y lo succioné sobre el encaje del brasier.

Gimió, y ese sonido me volvió loco. Mordisqueé su piel y suspiré cuando meneó sus caderas contra mi cuerpo. La mezclilla entre nosotros no era suficiente para eliminar la fricción ni el calor.

Mis manos se movieron de su espalda a la curva redonda de sus nalgas. A la mierda con la inauguración. Me quedaría aquí. Había muchas maneras de satisfacerla sin…

—En serio tenemos que irnos —se quejó abiertamente y se sentó, llevándose con ella sus senos—. Te lo juro, Cam, si no pudiera sentir cuánto me deseas en este momento, estaría convencida de que no te gusto.

Se puso la blusa y saqué el cabello que había quedado debajo del cuello.

—Créeme —respondí, tomando de nuevo sus caderas—. Te deseo. Lo que siento por ti va más allá del deseo. Eres la única para mí

—Ni se te ocurra ponerte todo meloso conmigo, Camden Daniels. Me tienes más tensa que un maldito… —Frunció el ceño—. Ni siquiera sé. Elige algo que se tense.

No pude evitar la carcajada que salió de mis labios y entrecerró los ojos cuando se puso de pie.

—Qué bueno que te amo —mascculló mientras tomó sus zapatos y se los puso. Las palabras llegaron al fondo de mi alma, como cada vez que las decía. Si no tenía cuidado, un día empezaría a depender de ellas, de ella—. ¿Qué? ¿Por qué me miras así?

Me levanté y me estiré. No sin satisfacción, advertí que su mirada fue directamente a la parte de mi piel expuesta por el movimiento.

—La verdad, por dos razones —expliqué de camino al clóset del pasillo para sacar su chamarra.

—¿Cuáles son? —preguntó siguiéndome.

Ignoré el grito de protesta de mi pene que, de nuevo, elegía no tomar lo que ella le ofrecía y saqué la chamarra del gancho. Luego volteé a ver el rostro de Willow, que parecía igual de frustrado.

—Primero, nunca había estado con alguien a quien pudiera besar y con quien pudiera reír en cuestión de treinta segundos. Me gusta.

Su expresión se suavizó y la sombra de una sonrisa alzó las comisuras de sus labios.

—Y en segundo lugar… —Le pasé su chamarra—. Tu blusa está al revés.

Bajó la mirada y lanzó un suspiro exasperado. Dio media vuelta y se alejó por el pasillo.

—¿Adónde vas?

—A mi recámara. El espectáculo se acabó para ti, amigo.

Me hizo reír de nuevo. Eché la cabeza hacia atrás y la golpeé contra la puerta del clóset.

Quince minutos después estacioné el Jeep en el lugar reservado para propietarios, justo arriba de la calle Main.

—Debe de haber unas mil personas —dijo Willow al bajar del Jeep.

—Ojalá. Es uno de los tres fines de semana más concurridos, ¿no? Al menos si nada había cambiado en la década que no estuve aquí. La calle sin pavimentar que servía como la fuente principal de ingresos de Alba era un caleidoscopio de colores por los turistas que se paseaban.

Sí, el Día de la Madre, el 4 de julio y el Día del Trabajo, en septiembre. Como mecanismo de relojería. —Extendió el brazo y tomé su mano—. ¿Estás listo?

—Tanto como puedo.

Atravesamos el estacionamiento y subimos los escalones que llevaban a la calle Main. Nunca fui un gran fanático de a las inauguraciones, ni de nada de la temporada, en realidad aunque entendía bien su propósito. Alba solo existía porque la gente pensaba que valía la pena visitar nuestro pueblo fantasma.

La cuestión era que nunca había entendido qué era tan interesante de las reliquias de nuestro pasado cuando podríamos estar construyendo el futuro. Alba necesitaba actualizarse con desesperación.

—¿Qué piensas? —preguntó Willow cuando llegamos al primer escalón, detrás de la oficina del supervisor.

—Que debería hablar con John Royal para instalar microtomas hidroeléctricas a lo largo del arroyo. Son muy pequeñas y de una eficacia increíble, sobre todo porque el arroyo nunca se congela por completo. Sería mucho más fiable en los meses de invierno que el antiguo sistema que tenemos ahora. He pensado en poner una en mi casa, pero tiene más sentido empezar en el pueblo.

Willow se detuvo y me miró, asombrada.

—¿Qué? —pregunté tranquilo.

—¿Qué más? —Frunció el ceño—. ¿Qué cambiarías en el pueblo? Y no, no te abrí la puerta para que le tomaras gusto a los chismes. Sabes qué quiero decir. ¿Qué modernizarías?

—El puente —respondí sin dudar—. Necesita reforzarse o reconstruirse por completo. No este año, pero pronto, por el aumento del tránsito que esperamos cuando abra la mina —expliqué encogiéndome de hombros.

—¿Y? —agregó para que continuara, echándose un mechón de cabello detrás de la oreja.

—Necesitamos invernaderos. Aquí arriba hay por lo menos un mes en el que algunas personas no pueden bajar por el paso. Mount Princeton tiene miles de invernaderos y solo están a trescientos metros más abajo. No veo por qué nosotros no podríamos tener un poco de autosustentabilidad. Yo ya empecé a hacer uno en mi casa.

Su sonrisa era tímida, como si supiera un secreto que yo ignoraba.

—¿Qué estás pensando? —pregunté—. Es lo justo, yo te respondí a ti.

—Que dijiste «nosotros». Estás sentando cabeza y es increíble verlo. Sobre todo para alguien que odió crecer aquí.

Me apretó la mano. Yo me incliné y le di un ligero beso en la frente.

—No odiaba todo lo de crecer aquí.

—Te amo —murmuró.

Tomé su rostro entre mis manos y me tragué las palabras que parecían vivir en la punta de mi lengua.

—No tengo idea por qué, pero estoy muy agradecido.

—¡Ahí están!

Dejé caer las manos y me alejé de Willow al escuchar a Thea, quien rodeaba el edificio acompañado de su hijo.

Willow me miró inquisitiva, pero volteo hacia Thea con una sonrisa.

—¡Hola! ¡Hola, Jacob! —Se acuclilló para estar a su altura—. ¿Ya empezaste con las palomitas de maíz de caramelo?

—¡Sí! ¿Quieres? —preguntó con voz aguda y animada.

—Eres muy amable por compartir, pero no, gracias. Puedes comértelo todo. —Le revolvió el cabello claro y se puso de pie—. ¿Cómo va tu negocio?

—Hablé con Pat hace como una hora y me dijo que está en pleno apogeo, como siempre. Tener la única cantina del pueblo es sin duda una ventaja. Solo salí para llevar a este hombrecito a casa para una siesta. —Le dio un empujoncito a Jacob, quien frunció los labios.

—¡Sawyer no tiene que hacer siesta!

—Bueno, yo no soy la mamá de Sawyer —respondió Thea con una sonrisa paciente.

—Hablando de Sawyer, ¿Gideon anda por aquí? —pregunté.

—Está con James y Sawyer en el herrero. Es bueno verte fuera de la Sociedad Histórica, Cam —dijo, arqueando una ceja sobre una sonrisa menos que paciente—. ¿Quizá podrías traer a mi mejor amiga de vez en cuando?

Hice una mueca.

—Anotado.

—Bien. No es que todo el mundo no sepa que están juntos. Estoy supercontenta por ustedes, por supuesto —agregó en dirección de Willow—. Ya era maldita hora, si me preguntas.

Willow me abrazó por la cintura y yo puse un brazo sobre sus hombros.

—Solo hemos estado… —Levantó la mirada hacia mí y frunció el ceño—. No sé.

—Fuera de Alba —dije con franqueza—. Creo que eres la única persona que está contenta por nosotros, y Willow no tiene por qué soportar sus tonterías.

Un punto a mi favor, había recordado no decir groserías frente a Jacob.

Jacob era la imagen viva de Pat, quien me odiaba por haber traído a su mejor amigo en un ataúd.

—No me preocupa —dijo Willow recargándose en mí.

—Eres la única.

Thea nos miró a uno y otro.

—Bueno, nunca van a superar los chismes si no los enfrentan primero. Y al Cam que yo conocía nunca le importó un comino lo que la gente dijera.

—Sigue siendo así. Solo me importa cuando se trata de Willow.

Apretó los labios y le lanzó una mirada frustrada a Willow.

—Buena suerte con eso. ¿Me llamas después?

Willow asintió y ambas se abrazaron antes de que Thea subiera con Jacob al estacionamiento que estaba en la colina de arriba.

—Te pones muy rápido de mal humor —me regañó Willow.

Metí las manos a los bolsillos.

—Es solo que es más fácil cuando estamos en casa.

Entrecerró los ojos.

—¿O cuando estamos en Salida o en Buena Vista? ¿O paseamos en las montañas? ¿O en cualquier lugar menos en Alba?

—Algo así.

—¿Sabes qué te haría estar de mejor humor? —Ella entrelazó su brazo con el mío, desafiando abiertamente mi intento por separarme.

—¿Irnos a casa?

Avanzamos por el camino de madera que llegaba a la parte posterior de los edificios y giraba entre la oficina del supervisor y el banco.

—Sexo.

Negué con la cabeza, pero no pude evitar reír.

Caminamos entre los turistas hasta el flujo de gente que subía por la pasarela de madera que servía como banqueta.

—Ya me has tomado de la mano en público antes, ¿sabes?

—No estábamos juntos.

De alguna manera, era diferente.

—¿Eso qué importa?

—Una cosa era burlarnos de todos los que no podían quedarse callados y otro es ponerte en charola al escrutinio cuando sí estás en una relación.

—¿Sabes lo que hace que las relaciones sean mejores? —bromeó.

—No empieces conmigo, Willow Bradley.

—¿Puedo terminar contigo? —repuso con una sonrisa, sujetando feliz mi brazo conforme avanzábamos—. ¿No? Entonces, después.

Estábamos a la vista de todos. Sobre mí no cayó ningún rayo. Nadie murmuraba ni nos miraba con curiosidad. El mundo no dejó de girar.

Porque era la temporada y estábamos mezclados con miles de turistas a los que no les importaba quiénes éramos. Teníamos el tipo de libertad que solo el anonimato de una multitud puede ofrecer.

Le di un beso en la cabeza.

—¡Willow!

El anonimato no duró mucho.

La mamá de Willow estaba en las escaleras principales del ayuntamiento original, y se recargó contra el barandal para saludarnos con la mano.

—Adelántate y…

Willow se aferró a mi brazo.

—¿Vamos a saludar a mi mamá? —dijo para terminar mi frase, retándome a corregirla con la mirada.

—Sí, eso era precisamente lo que quería decir.

—No tienes que ser sarcástico —me regañó—. Si puedes con un talibán, sin duda eres capaz de enfrentar a mi madre.

Dada la manera en la que la señora Bradley me miraba, no estaba tan seguro. Le caía bien. Simplemente no estaba segura de que fuera lo mejor para su hija.

—Debí ponerme el chaleco antibalas.

Willow me dio un empujón mientras subíamos la escalera.

—Qué gusto que estén aquí. Tu padre tuvo que salir un segundo y sin duda le vendría bien tu ayuda. Hola, Camden —dijo con una sonrisa que sí se reflejó en su mirada—. ¿Ya…?

—¡Cam!

Una silueta salió corriendo y se estrelló contra mi estómago. De inmediato abracé a Rose.

—¿Cómo estás, Rosie?

—Aburrida. Nuestro edificio es aburrido.

Alzó el rostro hacia mí, su expresión era tan parecida a la de Willow que no pude evitar sonreír.

—¡No es aburrido! —repuso la señora Bradley—. Es histórico e importante.

—Y aburrido —agregó Charity al llegar al porche.

—¿Me llevas al tuyo? —preguntó Rose—. Mamá dijo que no podía ir hasta que tú llegaras. Cree que el gentío me va a tragar.

—Si tu mamá está de acuerdo, te llevo —dije, mirando a Charity.

Tuvo una discusión en silencio con su hija, que incluyó muchas cejas alzadas y ojos entrecerrados.

—Está bien. Solo no te portes pesada con Cam. ¿Lo prometes?

—¡Prometido! —asintió Rose.

—Vayan —nos instó Willow—. Yo los alcanzo tan pronto como pueda. —Me miró y por costumbre me incliné para darle un beso—. Pórtate bien —murmuró contra mis labios.

—No soy yo quien tiene problemas de autocontrol —bromeé.

Lanzó una risita de burla, pero estaba sonriendo cuando entró al edificio.

—Señora Bradley —dije, asintiendo hacia su mamá.

—Es feliz.

—Sí, señora.

—Que se quede así.

Su mirada se endureció un segundo en una advertencia maternal que me hizo sentir una punzada de nostalgia por mi madre.

—Sí, señora.

Satisfecha, le dijo a Rose que se portara bien y luego alcanzó a su hija.

—Sobreviviste —comentó Charity dándome un empujoncito en el hombro.

—La batalla. Aún falta la guerra. —Levanté a Rose y la senté sobre mis hombros—. Ahora, el gentío no te puede tragar.

Rose arrugó la nariz y sonrió.

—¿Ves, mamá?

—Veo. Cuida a mi niña, Cam —me advirtió apuntando un dedo en mi dirección.

—Tú cuida a la mía, Charity —dije, al tiempo que daba media vuelta y… apenas pude tragarme una maldición.

El juez Bradley me fulminaba con la mirada desde el pie de la escalera.

—Baja a mi nieta.

CAPÍTULO 19

Camden

—¡Hola, abuelo! —saludó Rose agitándose en mis hombros.

—Rosie —respondió con una sonrisa hacia ella—. Bájala.

Charity se paró a mi lado y su padre la miró con furia. Ella no habló, solo inclinó la cabeza hacia un lado.

—¡Voy a ir al edificio de Cam! —le informó Rose.

—A la oficina del ensayador —agregué en caso de que pensara que ella se refería al edificio de mina, que aún no se había restaurado.

Su atención se dirigió a Rose, ignorándome.

—Diviértete, mi amor.

Se hizo a un lado y subió la escalera pasando junto a Charity sin decir una palabra.

Charity me dio unas palmaditas en el brazo para tranquilizarme y me dijo adiós, y me llevé a Rose hacia la muchedumbre.

—¿Qué pasa? —preguntó Rose inclinándose hacia mí.

—Ustedes, las chicas Bradley, traen puros problemas —me quejé sacudiendo la cabeza con exageración y sujetándola bien por las piernas.

—Técnicamente, yo soy Maylard.

—Sí, sí.

Crucé la calle Main, respirando profundo cuando la gente empujaba.

—¡Puedo ver todo desde aquí! ¿Estás bien? —preguntó Rose.

—Sí. Es solo que no me gustan las multitudes.

Sobre todo las que no podía controlar ni observar.

—A mí no me gustan las serpientes.

—Ah, ¿sí?

La sujeté con más fuerza para evitar que la gente chocara con ella.

—Se mueven sin tener piernas. Eso es raro.

—Buen punto.

La multitud disminuyó en la pasarela y subí rápido la escalera hasta la oficina del ensayador. Una docena de turistas llenaba el espacio, algunos hurgaban en las cajas de madera llenas de minerales y otros esperaban turno para que evaluaran sus hallazgos.

—Cuando abramos la mina, ahí también podrán obtener minerales —le expliqué a Rose cuando pasamos entre las dos filas, hacia la vía de madera que separaba el espacio público del reservado.

—¿En serio? ¡Eso va a ser genial!

—Hola, Reece —saludé al chico de los Acosta que había contratado para atender una de las mesas.

—Hola, señor Daniels.

El chico asintió y volvió a poner su atención en el turista al que estaba ayudando.

Bajé a Rose cuando vi a mi papá caminando a lo largo de la pared de vidrio que mantenía los últimos cuatro metros y medio de la oficina perfectamente conservados. Se tironeaba el traje que, desde que yo recordaba, llevaba a todas las inauguraciones, y mascullaba algo sobre los minerales. Miré a su enfermera.

—May, ¿cómo está hoy?

—Un poco confundido —admitió desde detrás de la mesa de la esquina.

—Oye, ¿esta es la mina? —preguntó Rose señalando el cristal sobre la mesa que cubría un plano de la Rose Rowan.

—Esa es la Rose Rowan —le dijo papá—. Deberías saberlo. Todo el mundo lo sabe. Todo el mundo la quiere.

Miré a Xander de inmediato, quien había volteado a ver a papá. Nuestras miradas se encontraron y la preocupación que vi en sus ojos venció mi enojo por nuestra situación legal actual.

—Yo me encargo —prometí.

Asintió, y luego se volvió para ayudar a los turistas. Qué bueno que había contratado a ayudantes para el verano, porque no había manera que Xander y yo manejáramos esto toda la temporada, y papá no estaba en condiciones de hacerlo.

—Sé que es la Rose Rowan —repuso Rose—. Eso fue lo que dije. A mí me pusieron el nombre por la mina.

—¿Eres Rose? —preguntó, pasando los pulgares por el interior de los tirantes.

Ese movimiento me era tan familiar que me parecía difícil creer que no estuviera por completo lúcido. Incluso en sus peores días, siempre encontraba pequeñas maneras de estar presente a pesar del alzhéimer.

—Lo soy —respondió—. Este es el túnel más antiguo —dijo, señalando el plano.

Papá se inclinó sobre la mesa.

—Lo es.

—Mi tía se perdió aquí —agregó señalando de nuevo.

Papá volteó y me miró de prisa.

—Tú le rompiste la nariz.

—No le rompí la nariz —me defendí—. Ella se cayó antes de que la encontrara.

Maldición, ¿estaba condenado a tener la misma discusión de hace veinte años con mi padre el resto de su vida?

Entrecerró los ojos.

—Estabas cubierto de su sangre.

—Sí, bueno, la cargué.

Su cabeza descansó contra mi cuello todo el camino hasta la salida.

—Ella te dejó hacerlo —dijo despacio, como si juntara pedazos de recuerdos.

—Así fue.

De hecho, tuvo que ser un juez Bradley muy enojado quien me la quitara a tirones.

—Entonces, no le rompiste la nariz —afirmó decidido, y volvió a ver el plano.

Parpadeé, mudo.

—Se besan mucho —dijo Rose, encogiéndose de hombros, como si eso explicara todo.

Papá se movió para poder sentarse en la mesa y mirarme con furia al mismo tiempo.

—Es la novia de Sullivan.

Ignoré la horrible sensación que se anidaba en mi estómago y forcé una leve sonrisa.

—Ya no, papá.

Frunció el ceño.

—Entonces, ¿cree que se cayó aquí? —preguntó Rose, inclinándose tanto sobre la mesa que bien pudo acostarse sobre ella.

Papá no dejaba de mirarme en busca de respuestas que no podía darle, porque no sabía en qué año pensaba que estaba.

—¿Señor Daniels? —preguntó Rose—. ¿No lo recuerda?

Volcó su atención hacia Rose.

—Claro que lo recuerdo. Conozco esta mina mejor que nadie.

Se inclinó sobre el plano.

—Cam la conoce muy bien —repuso Rose mirándome.

«Problemas», mi boca dibujó la palabra y ella lanzó una risita.

—Porque yo le enseñé —masculló papá—. Cam era el único que escuchaba. Traté de hacerlo con Alexander… —Trazó con el dedo el sendero—. Siempre pensé que fue por aquí, pero Willow nunca pudo describirlo. Se le escapó a Alexander, ¿sabes? Iba con las dos chicas Bradley, y Willow salió corriendo en busca de oro. —Sacó una piedra mineral de su bolsillo—. Mira, oro.

Rose lo tomó y lo examinó con cuidado.

—Esto es pirita.

Papá sonrió.

—Así es. ¿Quieres ver dónde la encontré?

Asintió con entusiasmo y, así sin más, yo ya no era su Daniels favorito.

—¿Camden? —dijo May—. ¿Puedes traer una botella de agua del almacén general? Olvidé traer para tu padre y tiene que tomar sus medicinas.

—Ve. Yo los cuido —prometió Xander señalando a Rose.

—Rosie, ¿está bien si salgo un momento?

—Sí —respondió, demasiado ocupada en escuchar cualquiera que fuera la historia que mi padre le contaba como para ponerme atención a mí.

—Se ganó a papá —dijo Xander cuando pasé a su lado para abrir la cancela del pesado barandal de madera.

—Es una chica Bradley —expliqué, encogiéndome de hombros.

—¡Soy una Maylard! —gritó.

—¿Ves lo que digo?

Ambos reímos y durante ese momento fuimos normales. Papá no estaba enfermo. Xander y yo no íbamos a juicio para decidir el futuro de mi padre dentro de un mes. Solo éramos hermanos.

Me apresuré a salir antes de hacer algo que echara a perder el momento.

El almacén general Young estaba atestado de turistas que compraban dulces y souvenirs estilo retro y tuve que detenerme más de una vez para llegar hasta el fondo.

—Cam, pasa —me gritó Jonathan Young sobre la multitud cuando me vio, y señaló la puerta por la que solo tenían acceso los lugareños.

Advertí cómo agitaba la cabeza con desaprobación, pero traté de ignorarlo. Era posible que siguiera enojado cuando reemplacé todas sus gomitas con las grageas de la marca Bertie Bott, que ponían a prueba sus papilas gustativas.

No lo culpaba. De adolescente fui un imbécil.

Abrí la puerta y en la trastienda ya había varios residentes que buscaban un descanso. El espacio era pequeño, quizá de seis por seis metros, pero ahí había dos refrigeradores llenos, un microondas y puertas hacia los únicos baños con tuberías que estaban permitidos en el distrito histórico.

Escuché que murmuraban mi nombre algunas veces, me limité a saludar con la mano y fui directo al refrigerador.

—¿Cómo está tu cara? —se burló Oscar desde el sillón en el que estaba sentado, abrazando a Tillie.

—¿Cómo está tu mano? —repuse sacando un paquete de seis botellas de agua de la repisa superior del refrigerador.

—Te crees muy rudo, ¿verdad? —dijo, poniéndose de pie.

—Tranquilo, Oscar, no queremos problemas aquí —sermoneó Milton Sanders, limpiándose el sudor de debajo de su gorra de repartidor de periódicos—. ¿Por qué no regresas a casa de tu papá?

—No soy yo quien tiene el maldito mal humor, ¿o sí, Cam? —me retó Oscar con una sonrisa forzada.

—Tienes que encontrarte un pasatiempo, Oscar. No estoy disponible para jugar.

Puse las botellas sobre el mostrador y saqué la cartera del bolsillo para sacar un billete de diez.

Oscar resopló burlón.

—¿Encontrar un pasatiempo?

—Sí, ya sabes, algo qué hacer aparte de beber a la una de la tarde.

Metí el billete en la ranura de plástico que cubría el tarro de un galón que tenían los Young aquí atrás para este tipo de transacciones.

—Buscaba pasar ese tiempo con alguien, pero empezaste a acostarte con Willow Bradley y mandaste mi plan a la mierda.

Me paralicé con la mano sobre las botellas de agua, estaba dándole la espalda a Oscar. Mis sentidos se centraron de una manera que conocía demasiado bien.

—Cam —me advirtió Milton en voz baja—. Vete.

Respiré despacio por la nariz para que cediera la rabia que aumentaba. Ya no tenía diecisiete años, no podía matar a golpes a cualquiera que me ofendiera a mí o a Willow. Willow. No le gustaría que matara al imbécil que hablaba detrás de mí.

Si pudiera repetirlo un millón de ves quizá podría calmarme.

—Vamos, Milt. La verdad no puede ofenderlo —dijo Oscar arrastrando las palabras, su voz se acercaba a mí.

—No lo hagas, Oscar —le advertí al ver su reflejo en la puerta del microondas.

—Anda, hombre —dijo otra voz.

Yo no volteé a ver quién fue, fijé mi mirada en Oscar, era capaz de matarlo a golpes con las puras manos.

La puerta se abrió y se cerró.

—¿Qué? ¿No les parece que está mal que venga después de diez años y que actúe como si lo hubiera enviado Dios? Le dice a Xander qué hacer con Art, cuando él ha sido quien lo ha cuidado todos estos años. Puras tonterías.

La botella de agua crujió en mi mano.

—Siéntate, maldito borracho, o vete a tu casa, Oscar —advirtió Gideon.

La botella de agua recuperó su forma original.

—Cam, ¿estás bien? —agregó.

—Bien.

Puse las botellas bajo el brazo y guardé mi cartera. Estaba más que listo para salirme de aquí.

—Lo estás defendiendo porque es tu mejor amigo —espetó Oscar.

Me dirigí a la puerta y advertí que Gid asentía en la misma dirección. No podía estar más de acuerdo.

—Él no necesita que lo defiendan. Tú tienes que dejar de actuar como un idiota.

—Me voy —le dije a Gid cuando la puerta volvió a abrirse de nuevo.

El momento perfecto para salirme de aquí.

—Oye, Cam, dime, cuando te acuestas con Willow, ¿dice tu nombre? ¿O cierra los ojos y llama a Sullivan?

Las botellas de agua cayeron al piso y Gideon gritó mi nombre.

—¿Xander va a ser el siguiente…?

La sonrisa de Oscar desapareció detrás de mi puño antes de que pudiera terminar su frase.

Cayó y bajé hacia él con otro puñetazo… y otro.

—¡Cam! ¡No!

Su voz sonó clara cuando las de todos los demás desaparecieron. Detuve mi puño antes de volver a golpear la cara ensangrentada de Oscar.

—Maldita sea, Cam —dijo Gideon, al tiempo que me jalaba para alejarme de Oscar.

Pudo hacerlo porque se lo permití. Jadeaba al mirar el daño: Oscar, golpeado, escupía sangre. Al menos seis lugareños, con los ojos como platos, me miraban con miedo, como al monstruo que era. El monstruo que yo había alimentado y pulido los últimos diez años para garantizar mi supervivencia.

—¿Estás bien? —me preguntó Gideon en voz baja, aunque ya me había soltado.

Ambos sabíamos que no podría hacer nada si yo decidía volver a agredir a Oscar.

Asentí, y luego curvé la visera de mi gorra.

—Hombre, te rompió la cara y ni siquiera se le cayó la gorra.

Ignoré el comentario y volteé hacia la puerta donde estaba Willow con una mirada de tristeza en la que no quería pensar.

—¿Viste eso, Hall? ¡Tienes que arrestarlo por agresión! —dijo Oscar arrastrando las palabras.

Gideon tensó la mandíbula y me miró con una furia apenas velada.

—¿Ver qué, Oscar? ¿Cómo te portas como un imbécil y provocas al único héroe de este pueblo a expensas de la hija del juez Bradley?

Recogí las botellas de agua y me dirigí a la puerta.

—Cam —murmuró Willow tomando mi mano.

La mano que estaba cubierta con la sangre de Oscar, porque seguía sin poder controlar mi maldito temperamento. La mano que la había acariciado una hora antes. La aparté para que la sangre no la tocara y ella hizo una mueca.

Acababa de echar a perder eso también.

Pasé a su lado y salí por la segunda puerta, la que llevaba a la pasarela trasera en lugar de a la calle Main.

El aire frío me golpeó la cara y lo aspiré con el deseo de que limpiara los últimos diez minutos de mi vida. Diablos, los últimos diez años.

—Cam —me llamó Willow en voz baja cuando cerró la puerta a su espalda—. ¿Estás bien?

Reprimí una risa con un sarcasmo enfermo.

—¿Que si estoy bien? —Volteé a verla—. Pude matarlo sin ningún esfuerzo, Willow. Quizá lo hubiera hecho si no hubieras llegado.

—Pero no lo hiciste.

Se acercó a mí, pero yo me aparté negando con la cabeza.

—No.

—No lo mataste. Y por lo que dijo, tenía más que merecidos esos golpes.

Cruzó los brazos sobre su vientre.

—Lo oíste.

Otro elemento a la lista de cosas que había hecho para lastimar a Willow.

—Te agredió con lo que más temes y sé lo protector que eres conmigo. Por supuesto que debías devolver el golpe.

—¿Te puedes callar? —grité.

No se estremeció ni salió corriendo, solo permaneció ahí y me miró, aceptando todo lo que no tenía que aceptar.

—Deja de defenderme. Deja de actuar como si la estupidez que hice estuviera bien. Deja de buscar excusas por mí.

—Te amo.

En lugar de marcharse como hubiera hecho cualquier persona sensata, dio un paso adelante.

—¡No deberías! Acabo de darte otra razón para que no lo hagas.

Porque no importaba que ella fuera el aire que respiraba, en algún momento la dañaría, sin importar mis mejores intenciones.

—¡Pero así es! Siempre lo he hecho y lo sabes. No puedes cambiar mis sentimientos porque te sientes incómodo. No voy a quedarme de brazos cruzados y ver cómo te destruyes. Lo hice una vez y nunca me lo he perdonado. No me pidas que lo haga de nuevo.

Dio otro paso adelante y la madera crujió bajo sus pies.

—¿Se te ha ocurrido alguna vez que no soy digno de salvación? Ese barco zarpó hace una década. Mierda, quizá hasta antes, si le preguntas a mi papá. Tal vez deberías escuchar a Oscar y buscar a Xander. Él nunca comete errores. Nunca lastima a quien ama. Yo seré tu ruina, inevitablemente. Lo entiendes, ¿verdad? ¿Y si la próxima vez…? Dios mío, ¿y si te lastimo?

—No lo harás.

Avanzó un poco más.

Levanté la mano para enseñarle la sangre que llenaba las grietas de mis nudillos.

—Esto es todo lo que puedo darte, Willow. Unas manos destinadas a hacer pedazos el mundo, que salen manchadas con más sangre de la que pudieras imaginar, porque nunca te hablaría de todo lo que hice en los años que me ausenté.

Era una carga que nunca le impondría.

—Esas mismas manos me sostienen. Construyen puentes y presas, restauran minas viejas y deterioradas. No me asustan tus manos, Cam. Conozco tu corazón.

No lo conocía, porque no le había dicho, no le había enseñado la violencia de la que era capaz y nunca lo haría. Ese pequeño espectáculo con Oscar no era nada. ¿Qué fue lo que dijo sobre ella? Eso solo era el principio si ella se quedaba conmigo.

Era el último regalo que podía hacerle: mi silencio y la libertad de marcharse.

—Conoces lo que te he permitido ver. El hombre con quien has estado las últimas seis semanas…

—¡Sé quién eres! No te atrevas a insultarme de esa manera.

Avanzó directo hacia mí y, aunque fuera casi medio metro más baja que yo, me intimidó con la mirada.

—Por una vez en tu vida, Pika, protégete. Deja de ponerte frente a pistolas cargadas. —Le di las botellas de agua y ella las tomó sin dejar de echar chispas por los ojos—. No quiero asustar a Rose con la sangre. Por favor, llévale esto a mi padre.

—Camden —suplicó.

Pero yo no tenía nada más que darle.

Saqué las llaves de mi bolsillo y las puse encima del paquete de botellas para que tuviera en qué regresar. Luego me marché, pasando a su lado sin detenerme. Ella no me llamó. Quizá, por fin, había entendido.

CAPÍTULO 20

Willow

Le di el agua a May y me senté en la silla vacía frente a la mesa donde Art le enseñaba la mina a Rose.

Vacía. Me sentía… vacía. Era mejor que el dolor que atenazaba mi estómago, el que sentí al ver la manera en la que Cam se flagelaba por algo que cualquiera hubiera hecho en sus zapatos.

Dudaba que mi propio padre se hubiera quedado ahí, escuchando a alguien que hablara así de mi madre. Quizá no hubiera sido tan letal, porque él nunca se entrenó en las Fuerzas Especiales.

—Señor Daniels, es hora de sus medicinas —dijo May.

—No.

Ella suspiró.

—No ha tenido un buen día —explicó con una sonrisa poco sincera.

Xander volteó con la mirada preocupada.

—¿Estás bien, Willow?

Negué despacio con la cabeza. Él apretó los labios.

—¿Camden?

No tenía que confirmarle lo que ambos sabíamos. Suspiró y le preguntó a la mujer a la que estaba atendiendo si podía esperarlo un minuto. Luego se acercó a mí.

—Es… ni siquiera sé.

—Es Cam —agregué como si fuera una explicación.

—Es Cam —aceptó Xander—. Mira, siempre ha sido difícil. Pero nunca me preocupó, no como a las otras personas. Jamás he pensado que sea una causa perdida ni nada por el estilo. —Se acuclilló y tomó mi mano—. No voy a mentir, me enojé bastante cuando supe que estaban juntos. Te quiero como a una hermana y ya has sufrido mucho. Es solo que me parece injusto para ti que tengas que soportar más.

—No me va a lastimar.

Si tan solo pudiera hacérselo creer. Pero ¿cómo podría, cuando el resto del mundo afirmaba lo contrario?

—No a propósito —afirmó—. Siempre he sabido que Cam es el que ama más profundamente de todos nosotros. Está dispuesto a luchar por mí, por lo que piensa que es correcto, para que yo no haga lo que él teme que nunca me perdonaría. Hubiera matado por Sullivan, tanto amaba a nuestro hermano. —Xander apretó mi mano con cariño—. Y siempre ha estado dispuesto a morir por ti, Willow. La mina, el incendio… siempre.

Lo miré de inmediato. Sus ojos eran del mismo color y la misma forma que los de Sullivan, pero estos no me hacían sentir nada.

—Estoy en conflicto —admitió—. Porque te quiero lo suficiente como para suplicarte que te alejes de él. Pero a él lo quiero lo suficiente como para suplicarte que no lo dejes, que no renuncies. Francamente creo que eres la única persona que puede ayudarlo… o destrozarlo. Hace ya mucho tiempo que a mí no me escucha.

—Nunca lo abandonaré, Xander. Lo amo. Siempre he amado a Camden.

Hice énfasis en cada palabra para que entendiera la importancia de lo que le decía.

Apretó los párpados y respiró hondo y fuerte. La manera en que asintió, despacio, me decía que había entendido el mensaje. Cuando abrió los ojos ya no había en ellos el reproche que hubiera esperado. Después de todo, él había querido a Sullivan más que a Cam, y ambos lo sabíamos.

Se limitó a apretar mi mano y presionar los labios hasta que dibujaron una línea fina. Asintió de nuevo.

—Lo siento mucho, pero de manera egoísta, me alegra mucho también. Él es su peor enemigo, lo sabes, ¿verdad?

—Sí.

—Okey. —Se levantó y soltó mi mano—. Rose, ¿por qué no vienes a sentarte conmigo un segundo para que papá tome su medicina?

Creo que eres demasiado inteligente como para que él se aleje de ti. —Extendió la mano hacia Rose y ella rodeó la mesa para tomarla—. Vamos. Te enseñaré cómo evaluar algunos minerales.

Me quedé sentada mirando confusa el plano de la mina mientras May se las arreglaba para convencer a Arthur de que tomara el medicamento. El monóxido de carbono venenoso de la mina había debilitado su corazón y le había dado a sus hijos otra razón para preocuparse por su salud.

Después se sentó a mi lado. Con el dedo trazaba caminos en el plano. Vi aspectos de Cam en él, pero muy pocos. La forma de la nariz, la manera en la que entrecerraba los ojos cuando se concentraba.

Cam era mucho más parecido a su mamá. Sobre todo, su corazón.

Art alzó la vista y sonrió hacia donde estaban Xander y Rose.

—Alexander es bueno. Siempre es el primero en ayudar.

—Cam también —dije en voz baja.

Art frunció el ceño y miró en mi dirección, luego volvió al plano.

—¿Por qué?

La pregunta se escapó de mi boca antes de que pudiera evitarlo. La mano de Art se detuvo en el plano, pero no me miró.

—¿Por qué no pudo amarlo igual que ama a Xander? ¿Como amó a Sullivan? Aunque no fuera perfecto, también lo merecía.

Detrás de nosotros, la tienda estaba atestada de turistas, y Art se quedó tan callado que me pregunté si siquiera me había escuchado.

—Hay un equilibrio —dijo al fin en voz baja.

—¿Qué?

—El bien. El mal. Lo correcto. Lo equivocado. El karma. Es tan antiguo como los primeros hermanos de la Biblia. Como quieras llamarlo, el universo nos mantiene en equilibrio.

Pasó un dedo por el túnel más viejo de la mina, en busca de algo que yo no podía ver.

—¿Y cree que Cam …?

Negué con la cabeza. En qué estaba yo pensando, preguntándole a un hombre cuya mente había dejado de ser confiable desde hace algún tiempo.

—Xander nació todo sonrisas y alegría. Era perfecto. Lillian estaba tan feliz. Supe que si teníamos otro hijo, quizá el equilibrio no estaría de nuestro lado. No lo estuvo para mis padres.

Se inclinó sobre la mesa y siguió el túnel de 1880 hasta su nivel más bajo, donde los senderos se cruzaban.

—¿Cal?

Era bien sabido que los hermanos no se querían mucho. Art asintió.

—Cal. Pero luego nació Camden. Y era hermoso. Ruidoso, demandante y lleno de vida. Siempre miraba a su alrededor, incluso de recién nacido. Y Lillian… fue tan… infeliz. Lloraba todo el tiempo. No salía de la cama. No soportaba verlo. A ninguno de nosotros. Y supe que Cam era el equilibrio. Él fue el costo de la felicidad que nos trajo Xander.

Sentí una presión en el pecho y el corazón se cayó a mis pies.

—Depresión —murmuré tan bajo que sabía que no me había oído.

—Sencillamente desapareció en sí misma mientras Cam gritaba a todo pulmón. Le llevó una eternidad volver a mí, y cuando lo hizo y nació Sullivan… —Hizo una pausa, entrecerró de nuevo los ojos hacia el pozo de ventilación y negó con la cabeza para seguir trazando el túnel de 1880—. Cuando Sullivan nació supe que el equilibrio había cambiado otra vez, que nosotros tendríamos que pagar. No puedes tener tantas bondades en la vida y no pagar por ellas. Así funciona. Todo tiene un precio, Hope, lo sabes. También lo has visto.

Parpadeé rápidamente. Pensaba que yo era mi madre.

—Y Lillian también lo vio. El equilibrio. La manera en la que Cam… —Negó con la cabeza—. Por eso lo amó más que a los otros. Sintió que debía compensarlo.

—Trató de compensar que usted no lo amara —afirmé.

—Ese chico era malo. Demasiada violencia.

—No lo era —dije en un murmullo, suplicando que comprendiera—. No de niño. Yo estuve ahí.

—El equilibrio se corrigió a sí mismo. Me quitó a Lillian de las manos. Pero yo aún tenía a esos dos buenos chicos. —Una lágrima rodó por su mejilla, y la culpa me hizo sentir náuseas. ¿Qué tipo de monstruo era yo para acosar a este hombre enfermo? —. Y entonces, Cam se llevó a Sullivan.

La culpa se evaporó.

—No —aseveré con tanta firmeza que volteó a mirarme—. Cam amaba a Sullivan. Lo protegía. Nunca le habría hecho daño. No fue su culpa. Cam amaba a Sullivan.

Inclinó la cabeza hacia un lado.

—Nunca dije que no lo hiciera. Demasiado amor puede matar a alguien de la misma manera que lo hace la falta amor.

Volvió a desviar su atención al plano.

—Era solo un niño. Un niño pequeño. No era malo. Sigue sin serlo.

Art siguió otro pozo de ventilación hasta donde terminaba y volvió sobre el mismo hasta llegar a otra sección. Extendí el brazo sobre la mesa y detuve su mano.

—No es malo. No es una suerte de peso universal lo que equilibra sus bendiciones, Art. Él es la bendición. Es amable, leal, protector e inteligente. Y se pone camisetas de unicornio para hacer feliz a las niñas, rescata a chicas de los bancos de nieve y se enfrenta al único hermano que le queda para que usted pueda obtener lo que desea.

Art no apartó su mano de la mía y me miró de reojo.

—Me sacó de esa mina…

—Tú dejaste que lo hiciera —dijo, ladeando un poco la cabeza.

—Sin dudarlo.

—Él no te rompió la nariz —afirmó.

—Por supuesto que no. Es bueno, señor Daniels. Es el mejor hombre que conozco y usted… —Jadeé al exhalar—. Usted le arruinó la vida. Y no sé si podré reparar lo que usted destruyó. No deja que nadie se acerque y tengo que llegar a él, porque está… —Las palabras se me atoraron en la garganta y amenazaron con asfixiarme—. Está tan aislado.

—Todas las cosas grandes y preciosas son solitarias.

Art giró y, poco a poco, me miró a los ojos. No vi a Sully ni a Xander en esa profundidad, aunque fueran idénticos. Ni siquiera vi al señor Daniels.

Aparté mi mano de la suya y él volvió a trazar los caminos de la mina, mascullando algo sobre los pasajes que había sellado para evitar que los chicos se sofocaran con el aire viciado.

«Todas las cosas grandes y preciosas son solitarias».

Ya había escuchado esas palabras antes. Tan solo un par de semanas antes.

Me acerqué a Xander sintiéndome diez años más vieja que esta mañana.

—Rosie, ¿lista para que nos vayamos?

—Si el alcalde Daniels ya no necesita mi ayuda —respondió.

—Todo bien, Rose. Gracias por tu ayuda. Ah, espera, sin duda necesito otro lápiz, ¿te molestaría traerme uno?

—¡Sin problema!

Se levantó de su asiento al lado de Xander y fue a la caja de provisiones, deteniéndose para tomar su chamarra.

—Lo que te haya dicho mi papá, que no te estrese. Está teniendo un mal día. Quizá sea él hace cuarenta años o puede ser Napoleón —dijo, aprovechando un momento de calma de los turistas y se recargó en el respaldo de su silla, cansado por el día.

—Sí, creo que acaba de citarme un libro.

Y eso no era ni la mitad.

—¿En serio? —dijo Xander asombrado—. Prefiere la televisión. Siempre se burlaba de Cam porque llevaba libros. Creo que esa es la razón por la que empezó a ir a casa de Cal. Qué extraño.

Frunció el ceño.

—Sin duda no es él mismo.

Al menos en lo que respectaba a todo eso del equilibrio, no me había apuntado con un arma, así que pudo haber sido peor.

—No le des mucha importancia —agregó, encogiéndose de hombros.

—¡Toma! —exclamó Rosie, apareciendo en el espacio que había entre nosotros. Puso varios lápices sobre la mesa.

Entre los lápices amarillos del n.º 2 había agregado dos de sus propios lápices de unicornio.

—Gracias, Rose. En verdad te lo agradezco.

Xander le sonrió y otro turista se acercó con unos minerales en la mano.

Le ayudé a Rosie a ponerse la chamarra y se detuvo un momento en el cancel para mirar a Xander. Luego, desaparecimos entre la multitud. Preocupada por mis propios pensamientos, no advertí que no habló hasta que llegamos al ayuntamiento, donde los turistas examinaban documentos originales y fotografías.

—¡Ey! ¿Qué pasa? —pregunté cuando entramos.

Apretó la boca y al final negó con la cabeza.

—Nada importante. Hice un experimento. La semana pasada aprendimos sobre las hipótuses.

—¿Hipótesis? —corregí.

Asintió.

—Mi experimento falló. Necesito una nueva hipótesis —dijo, pronunciando con cuidado la última palabra.

—¿Me quieres contar cuál era?

No deseaba entrometerme si aún estaba tratando de resolverlo. Odiaba cuando la gente me hacía eso a mí.

—Todavía no. Voy a intentarlo otra vez.

Levantó la barbilla y me abrazó, para después salir corriendo hacia su madre.

Papá estaba con un grupo de viajeros que llevaban riñoneras y presumía su valiosa posesión: una pared completa de dibujos originales reconstituidos que mostraban a Alba desde la cima de la montaña.

Aquí estaba en su gloria, donde la historia no cambiaba y el presente no importaba. La conversación no cesó cuando papá levantó a Rose en sus brazos para que pudiera ver la parte superior de la imagen. Luego, Rose intervino y le mostró al grupo dónde estaba su escuela.

—¡Y esa es la mina Rose Rowan! ¡Me pusieron mi nombre por ella y el novio de mi tía la va a abrir pronto para las visitas! Pero la barraca no. Esa se quemó.

Papá y yo nos miramos, pero él desvió primero la vista. No me había dirigido la palabra desde esa cena en la que yo elegí a Cam.

Rose le dio unos golpecitos a papá en el pecho, y él le sonrió antes de asentir y bajarla al suelo. Rose salió corriendo hacia Charity y yo me deslicé en el lugar que habían ocupado los turistas un momento antes.

En el gafete oficial de papá que lo nombraba miembro del consejo de la Sociedad Histórica había un adhesivo de un unicornio brillante que cubría su cargo.

Al ver hacia dónde se dirigía mi mirada, bajó la vista y sonrió en dirección de Rose.

—Sigue pensando que todo brilla.

—Y tú no la corriges —afirmé, preguntándome cuándo fue la primera vez que lo hizo conmigo.

¿Cuándo fue la primera vez que me aparté del camino que él me había trazado, para seguir el mío?

—¿Por qué lo haría? Es un regalo único ver la belleza escondida. Ese tipo de optimismo es algo que debe atesorarse. Tú tienes la misma chispa en el alma, Willow. —Miró a Charity y de nuevo a mí, con una tristeza en los ojos que se vertió sobre mí—. Por lo menos, Rose me sigue permitiendo que la proteja.

—Quizá yo sigo viendo la belleza oculta que tú dejaste de buscar.

Apretó la boca y tragó saliva.

—Ojalá fuera así, cariño. En verdad.

Charity hizo una pausa en su presentación de los estatutos originales del pueblo y nos miró preocupada. ¿En qué momento ellos formularon las palabras de las que ya no podían retractarse? ¿Las pronunciaron alguna vez? ¿Era el silencio el verdadero precio de la cobardía de ambos? ¿Su poca disposición a ver el punto de vista del otro? ¿Estaba yo parada en ese precipicio con mi padre? ¿O había ya rebasado el límite?

Otro grupo se acercó a nosotros, y con descaro aproveché su aversión a las demostraciones públicas y lo abracé.

No era perfecto. Cometía errores, era terco y demasiado apegado a sus hábitos como para aceptar que el cambio era inevitable. Pero ni una sola vez me había amado más que a Charity o viceversa.

—Te amo, papá. Lamento no poder ser lo que quieres que sea. Pero te amo.

Me aparté de inmediato sin darle la oportunidad de reaccionar y me marché antes de poder juzgarlo por lo que su rostro mostrara.

Al cruzar la puerta, lo escuché reír.

—Sí, yo soy el unicornio en jefe a cargo aquí.

Cuando me marché, la inauguración estaba en todo su apogeo. En parte me sentí culpable por huir temprano, pero en última instancia, había otro lugar más importante donde debía estar y, después de preguntar a mi alrededor, supe que Cam no había regresado.

Fui a mi casa en su Jeep y cinco minutos después me volví a subir a él para ir por la cordillera hasta casa de Cam.

Cuando me estacioné frente al garaje, el sol se estaba poniendo. Entré a la casa y lo llamé, pero no hubo respuesta. ¿Qué debía hacer? ¿Irme a casa en su Jeep? ¿Dejarlo aquí y regresar a pie? ¿Esperar a que regresara? ¿Sería contraproducente imponerme en los espacios en los que, con toda claridad, dijo que no me quería?

Colgué sus llaves en el perchero junto a la puerta y pensé en llamarlo por teléfono. Quizá no aceptaría la llamada, pero también era posible que respondiera. Mis pies me llevaron a la biblioteca, donde la luz menguante de la tarde lanzaba ráfagas de sol y sombra sobre una de las paredes y en el piso al otro lado de los grandes ventanales.

Pasé los dedos sobre el tablero de ajedrez vacío y recordé todas las veces que Xander trató de enseñarnos a Cam y a mí a jugar, sermoneándonos durante horas sobre cuál era la lógica del juego, mientras Cam argumentaba que no tenía ninguna lógica, que todo era cuestión de emoción, de proteger la pieza que más valorabas sobre las otras. Sonreí al recordar el momento en el que decidimos robarnos las piezas para que Xander dejara de fastidiarnos.

Algo de lo que Art me había dicho me daba vueltas en la cabeza. Levanté el ejemplar de Cam de *Al este del Edén* de donde lo había dejado en la mesita lateral cuando terminó de leérmelo.

Pasé una a una las hojas tan amadas, escuchaba la voz de Cam contar la historia de generaciones de hermanos que habían sido moldeados por las expectativas y prejuicios de sus padres. No era de asombrarse que amara tanto este libro. Había resaltado y hecho anotaciones una página tras otra, en algunos lugares, sus garabateos cambiaban de lápiz a pluma, de la caligrafía de un niño a la de un adulto.

Ahí estaba. Mi dedo pasó sobre las palabras conforme las pronuncié en voz alta.

—Yo dije que en esa palabra se encerraba la grandeza de un hombre, si es que él quería aprovecharla.

—Recuerdo que eso le causó un gran placer a Sam Hamilton.

—Hizo que se sintiera libre —dijo Lee—. Le concedió el derecho de ser un hombre diferente de todos los demás.

—Eso significa la soledad.

—Todas las cosas grandes y preciosas son solitarias.

Alcé la vista conforme el sol se reflejaba en el invernadero que Cam dijo que estaba construyendo y lo vi cruzar la puerta de cristal, limpiando el sudor de su frente con la manga de la camisa. Llevaba la visera de la gorra hacia atrás, la camiseta tan sucia y manchada como los jeans, y sin embargo nunca me había parecido tan guapo como en ese momento. Ese hombre increíble luchaba para cultivar alimentos en la tierra más inhospitalaria.

Igual que su madre había hecho.

Leí la última parte del texto, puesto que Cam había subrayado solo ese fragmento.

—Dime otra vez cuál era esa palabra.

—Timshel… Tú podrás.

Cerré el libro y lo abracé contra mi pecho. Pensó que ese fragmento era lo suficientemente importante para recordarlo: la idea de que quizá él también podía elegir ser quien quisiera, no lo que le habían dicho que fuera.

Pero se había saltado las palabras que a mí me desgarraban en el momento, al verlo agregar otro panel a la construcción, sin dejar de luchar para hacer este mundo un poco mejor, en un día en el que creía que no se lo merecía.

Quizá era un tipo diferente de decisión, alejar a todos, pero también era mi decisión permitírselo … o más bien, no permitírselo.

Lo observé durante unos minutos en los que pensé qué hacer, desarrollé la estrategia de mis nuevos pasos hasta que supe que pronto tendría que entrar por la falta de luz. Fui hasta el escritorio, saqué un cuaderno, arranqué una hoja y la rasgué en tiras.

Luego, luché.

CAPÍTULO 21

Camden

Mientras ajustaba otro panel en el invernadero, unos pasos hicieron crujir la grava. No necesitaba voltear para saber quién era, puesto que solo había una persona lo suficientemente valiente como para venir a buscarme en un día como este.

Aseguré el panel y giré para ver a Willow a seis metros de distancia, su cabello ondulaba hacia un costado con la brisa de la montaña. ¿Cómo carajos se supone que encontraría la fuerza para dejarla ir? Se merecía mucho más que solo rumores y comentarios, mucho más que yo.

No dijo una sola palabra mientras se acercaba a la mesa que yo usaba para la construcción, y no avanzó más una vez que puso algo sobre los planos. Luego volvió a la casa.

Observé el pequeño objeto que había dejado como si fuera una bomba, esperaba que esa maldita cosa explotara. No lo aventó ni me forzó a tener una conversación. Me había dado la elección de tomarlo yo.

Desplegué el largo rollo de papel y apenas pude atrapar el alfil de ónix blanco que cayó del centro.

Era el compañero del alfil negro que le di la noche en que Charity anunció su embarazo. No es que se lo hubiera dado yo mismo, ya que en esa época no le hablaba. Lo coloqué en el alféizar para mostrarle en silencio que no importaba lo que yo dijera o hiciera ese horrible verano, ella podía seguir confiando en mí.

Aunque nadie más lo hiciera.

Ella no iba a alejarse ni a dejar que mis palabras de esta tarde acabaran con lo que apenas comenzaba. Mis hombros se desplomaron tanto por el alivio como por la completa desesperación. No importaba cuántas veces le dijera que al final la lastimaría, no me creería… peor aún, no le importaba.

Me elegía a mí. Muy a mi pesar, extendí el papel y leí lo que había escrito.

«Creo que una mujer fuerte puede ser más fuerte que un hombre, sobre todo si tiene amor en su corazón. Supongo que una mujer enamorada es indestructible».

Sabía que la encontraría en la biblioteca. Con el libro. Donde habíamos pasado horas incontables cuando éramos niños, compañeros silenciosos mientras ambos huíamos de cualquier cosa que nos hubiera traído hasta aquí. Su necesidad de pintar, de crear, en una familia que solo valoraba el pensamiento analítico; y mi necesidad de vivir en el mundo de otra persona durante unas horas.

A los diez años ya sabía que el único universo en el que quería vivir era el de ella. Ver el mundo en colores y luz como ella lo hacía, ser testigo de la manera en la que sus manos creaban belleza de la nada, y saber que eso era una representación directa de su propia alma. Y cuando eligió a Sullivan… más bien, cuando pensé que lo había hecho, decidí incorporar esa parte de ella en mí, llevarla conmigo de la única manera que podía. Aprendí a construir cosas nuevas, hermosas, en medio de la pobreza y la guerra. Me abandonaba a mi inevitable naturaleza cuando la misión lo requería y nunca pensaba dos veces en acabar con la vida de alguien que podía ser una amenaza para este país… para Willow. Pero vivía para los meses en los que nuestro deber era más de apoyo que de destrucción.

Construí puentes temporales para transportar el equipo militar. Pero también construí unos permanentes para transportar alimentos y personas. Hice estallar bombas en edificios donde se reunían terroristas y luego construí una escuela para educar a la niña que había visto cómo mataban a su hermana mayor por atreverse a abrir un libro. Pagaba eternamente la deuda de las vidas que había tomado, en un intento por equilibrar el peso para que mi camino al infierno no fuera tan rápido.

Pero hoy, cuando Oscar habló de ese modo de Sullivan, de Willow, me di cuenta de que quizá el equilibrio nunca se inclinaría a mi favor, y no estaba seguro de poder permitir que Willow pagara por ello.

Enrollé los planos del invernadero y los guardé en una carcasa a prueba de agua debajo de la mesa, en caso de que el clima cambiara. Luego, con el alfil clavado en la palma de la mano, regresé a la casa, donde sabía que me estaría esperando, porque me había enamorado de una mujer que era quizá más obstinada que yo.

Con una patada rápida me quité las botas enlodadas en el cuarto de servicio y me quité la ropa. La metí toda en la lavadora, menos mis bóxers, y la encendí. ¿La belleza de un calentador de agua sin tanque? Que podía bañarme al mismo tiempo y darme unos minutos de tregua antes de la batalla.

Cuando pasé frente a la biblioteca miré hacia donde estaba Willow. La vi sentada frente al caballete, dibujaba algo, ajena a todo, o al menos actuaba como si así fuera.

Cinco minutos más tarde me sequé el cabello con la toalla, me vestí y fui a la biblioteca, donde seguía sentada frente al caballete.

—Ahí es donde encontré el boceto —dije, rompiendo el silencio, aunque aumentando la tensión.

Dejó el lápiz e hizo girar el banco para quedar frente a mí. Había colgado su chamarra junto a la mía al lado de la puerta y seguía usando la misma blusa que se había puesto al revés esta mañana.

Parecía que había pasado una década.

—Me lo preguntaba —admitió—. Lo reconocí cuando vi tu brazo.

Crucé los brazos y me recargué contra el marco de la puerta.

—No dijiste nada.

—Sí, no estaba segura de que lo hubieras comprendido, pero tendemos a dejar muchas cosas sin aclarar. Quizá deberíamos trabajar en eso.

Tensé la mandíbula en busca de las palabras que le debía.

—Lamento lo que viste hoy.

—¿Qué parte? ¿Cuando Oscar se portó como un imbécil o cuando perdiste los estribos?

—Sí.

Una sonrisa irónica cruzó su rostro.

—No me debes disculpas por ninguna de las dos.

—Willow, ese tipo de comentarios no van a parar. No aquí. No, si te quedas conmigo.

—Está bien.

Se encogió de hombros y unas semillas pequeñitas de frustración se enraizaron en mi estómago.

—No está bien. Sé cuánto significa este pueblo para ti…

—No actúes como si no significara nada para ti. No cuando hablas de invernaderos y sistemas eléctricos. Estás tan interesado en el futuro de este pueblo como yo. De lo contrario, te sugeriría que nos mudáramos adonde fuera fácil estar juntos. —Puso los brazos a ambos costados, sujetándose del banco, pero no se cerró conmigo—. Aquí tenemos nuestras raíces. Ambos elegimos vivir aquí, así que no finjas que este pueblo no significa nada.

—No lo voy a negar, pero nunca me ha importado un carajo lo que digan de mí.

—¿Y luego qué? Por ahí no vas a llegar a nada. La gente va a hablar, Cam. Prácticamente no hay nada más que hacer aquí, aparte de prepararse para la temporada y tener bebés. Fui novia de Sully. Ahora salgo contigo. Así que tienes que hacer las paces con cualquier tipo de comentario despectivo que la gente pueda hacer, porque no podemos cambiar su manera de pensar.

—Sí podemos. Puedes salirte de esto. Aquí. Ahora.

Todo mi cuerpo se tensó, esperando que lo hiciera.

—No.

—¿No?

—No. ¿Sabes por qué no quieres acostarte conmigo? —preguntó, inclinándose hacia adelante con la mirada fija en mí.

—¿Hablas en serio? ¿Quieres hablar de sexo?

—Más o menos. Solo escúchame. Tienes miedo de que al empezar esto… —dijo agitando la mano entre ambos— yo me vaya a arrepentir más tarde y tú no estés preparado para enfrentarlo.

—Es lo que te dije…

—Y si eso fuera cierto, sería encantador, pero como te mientes a ti mismo…

—¿Me miento?

Me empujé contra el marco de la puerta para acercarme, pero me detuve al llegar al escritorio.

—Shhh. Me toca a mí. Tu podrás hablar en un minuto —interrumpió llevándose el índice a los labios.

Abrí los ojos como platos.

—No te quieres acostar conmigo porque crees que así tendré menos motivos para llorar cuando me rompas el corazón. Lo cual, lógicamente, al ver todas las estupideces que dijiste hoy…

—Te pedí disculpas —dije, poniendo las palmas sobre el escritorio.

—No hablo de que golpearas a Oscar. Nada podría importarme menos. Ahora, cállate, en serio. Tus interrupciones no son muy educadas.

Quedé boquiabierto.

—Hablo de las tonterías que dijiste cuando te fuiste, cuando escupiste todas esas idioteces de autodesprecio y, de nuevo, tomaste la decisión por mí de que estaría mejor sin ti.

Cerré la boca y no dije nada.

—Exacto. Si no te conociera tanto, ya me habrías convertido en la chica más insegura. Pero adivina qué, Cam. Te conozco. Si quisieras a alguien que saliera corriendo cada vez que pierdes los estribos o cada que organizas un concurso con Oscar Hudgens para ver quién orina más lejos, podría nombrarte al menos a tres chicas en el pueblo que te darían gusto. Pero me quieres a mí.

Arqueó una ceja y me retó a negarlo. No lo hice.

Se levantó del banco, descalza y cien por ciento cómoda en mi casa, en mi vida.

—No me haces el amor porque tienes miedo. Yo no. Tú.

Estaba como a diez segundos de despejar el escritorio y mostrarle exactamente hasta qué punto no tenía miedo.

Se detuvo frente al escritorio, que quedó entre nosotros.

—Tienes miedo de dar ese paso y abrirte. No, no hablo solo del nivel físico.

Tensé la mandíbula, pero permanecí callado mientras esas pequeñas semillas de frustración crecían hasta convertirse en una bola de fuego gigante de… Ni siquiera sabía de qué, pero no era agradable.

—Tienes miedo de que en algún momento yo vea algo que no me guste de ti y me marche. O que no pueda soportar los chismes y te abandone. La distancia que pones entre nosotros solo depende de ti, Cam. No de mí. No tienes miedo de lastimarme. Morirías antes de permitir que eso sucediera, y ambos lo sabemos. Tienes miedo de que yo te lastime a ti.

Palidecí.

—Sí, eso pensé —agregó.

—Deberías irte —dije al fin con voz ronca.

—Y tú deberías realmente dejar de decirlo. Estoy aquí, Cam. Nada de lo que digas me va a convencer de que tengo que irme. No me hables de tus tonterías de que me vas a lastimar, porque no lo harás.

—Mi carácter…

—Nunca has sido violento con ninguna mujer, que yo sepa. A menos que tengas un secreto que yo no conozca.

—Por supuesto que no —espeté.

—Tienes miedo porque estás enamorado de mí.

Me miró fijamente, sin parpadear, sin el menor rubor.

—Nunca dije eso.

Mis manos se deslizaron hasta sujetar con fuerza el borde del escritorio.

—No tienes que hacerlo. Siempre has sido mejor con las acciones que con las palabras. No necesito que lo digas. Lo que necesito es que te des cuenta de que mi amor no va a cambiar o disminuir porque alguien haga un comentario o porque tú tengas un mal día. Te amo incondicionalmente, Camden. ¿En tus peores momentos? Te amo. ¿En los mejores? Sí, te sigo amando. Y, hasta que puedas aceptarlo, estoy aquí para probártelo. Te elijo a ti.

Sentí la garganta atorada por la emoción y no podía tragarla, por más que lo intentara.

—No me iré a ningún lado —prometió—. Soy tuya. Ahora. Siempre.

Sus palabras no mermaron mis defensas ni las destruyeron, penetraron las paredes que había erigido desde… siempre, y transformaron el concreto y la argamasa en color y luz. En todo lo que ella era.

—Y si eso no es suficiente… —agregó sacudiendo la cabeza—. Si decides apartarte, te seguiré amando igual que la primera vez, aunque tú ya no…

No supe en qué momento empecé a moverme, pero la callé con mi boca y le comuniqué en ese beso todo lo que no podía decir. Un gemido de alivio escapó de sus labios y también lo tomé, inclinándome para besarla con más pasión, para sujetarla contra mi cuerpo. La necesitaba tan cerca como me lo permitieran las leyes de la física, e incluso entonces encontraría la manera de romper algunas.

—Cam —dijo en un suspiro.

—Shhh. Ahora me toca a mí. No me iré nunca —prometí tomando su rostro entre mis manos—. Nunca dejaré de desearte. Desearte es todo lo que conozco. Eres mi sangre, mis huesos, mi alma. —La tomé por las nalgas y la levanté hasta que quedó a mi nivel—. No existo sin ti. Lo sé desde que éramos niños y estábamos en esta habitación.

Entreabrió los labios al mismo tiempo que envolvió mi cintura con sus piernas.

—Ya no somos niños —dijo, acariciando mi rostro.

—Por suerte.

Ya no iba a contenerme más. Ya no trataría de convencerla de que estaría mejor con otra persona. Para bien o para mal, era mía.

Ahora solo tenía que asegurarme de que nunca se arrepintiera de su decisión.

La besé y se arqueó contra mi cuerpo, lo que hizo que el beso se convirtiera en una espiral de calor y necesidad puros mientras sus dedos se entrelazaban en mi nuca.

Por fortuna yo conocía esta casa como la palma de mi mano, porque no dejé de besarla cuando salimos de la biblioteca y avanzamos por el pasillo hasta mi recámara. Me detuve en el umbral para encender la luz. No iba a perderme nada de esto por la oscuridad.

Willow tomó su blusa por el dobladillo y se la quitó, por segunda ocasión el día de hoy. Esta vez la observé con atención, la contemplé a mis anchas disfrutando la suave curva de sus senos bajo el encaje color lavanda y la peca que descansaba en medio.

—Hermosa —murmuré justo antes de poner mis labios en ese lugar y de ahí subir hasta su cuello.

Su gemido entró directo a mi torrente sanguíneo como un golpe de adrenalina. La sujeté contra la pared al tiempo que ella se deshacía de mi camisa, que se reunió con la suya en el piso.

—Hermoso —repitió acariciando con la yema de los dedos los tatuajes de mi pecho.

Mi corazón latía con fuerza, instándome a moverme, pero permanecí quieto y dejé que explorara mi cuerpo. Cada movimiento de sus manos sobre mis tatuajes me volvía loco.

Al final, me miró a los ojos y sonrió. Perdí el control por completo, metí una mano en su cabello y me hundí de nuevo en su boca. Mi mundo se limitó a la sensación de sus labios contra los míos, a su lengua y sus dientes que me volvían loco.

Cuando movió las caderas, gemí y pegué las mías contra ella hasta que la ropa que nos separaba fue imposible de soportar.

Cuatro pasos bastaron para acostarla en mi cama. Su piel perfecta contrastaba con las cobijas oscuras. Nuestras miradas se encontraron cuando desabrochaba sus jeans. Asintió, emocionada, y bajé el pantalón por sus piernas.

—El tuyo también —ordenó recargándose sobre los codos.

Sonreí y obedecí feliz.

Mis pantalones cayeron al piso, y casi me vuelvo loco al ver que pasaba la lengua por los labios. Me la comería viva, la devoraría por completo, absolutamente, nunca más volvería a mirarme sin recordar con exactitud lo que podía hacerle, lo que podía hacer por ella.

Me tendí sobre ella y su piel era fuego satinado, y cuando levantó sus rodillas me introduje entre sus muslos con un gemido.

Sus manos estaban en mi cabello, luego en mi espalda, tocando y acariciando todas las partes de mi cuerpo que podían alcanzar, mientras nuestras bocas se sumergían en un beso cada vez más apasionado, cada vez más intenso.

Su brasier cayó al piso. Yo abandoné sus labios para besar el camino hacia sus pechos. Cuando tomé uno de sus pezones con mi boca y acaricié el otro, gimió mi nombre.

Aparté toda exigencia de mi cuerpo, todo deseo y urgencia, y me concentré en ella. Aumenté su placer al tiempo que aprendía las curvas de su cuerpo, los lugares en los que sentía cosquillas y los que la hacían gemir y contener el aliento. Cuando llegué a su pelvis metí los pulgares en el encaje de su ropa interior y la miré para asegurarme de que estaba conmigo.

—Sí —respondió a la pregunta muda.

Levantó las caderas para permitirme bajar la prenda por sus muslos, donde me detuve para besarla. Lanzó un leve gemido y movió la cadera.

Cuando quedó por completo y maravillosamente desnuda, recorrí su cuerpo con la mirada. Me asombraba que fuera mía, que esta fuera la primera vez que le haría el amor, aunque no sería la última.

Le haría el amor a esta mujer el resto de mi vida.

—No tengo palabras para describir lo exquisita que eres —dije, subiendo las manos por sus muslos.

Su piel era tan suave, tan sensible.

—Creo que esas palabras funcionan.

Sus jadeos se aceleraron conforme subía las manos hasta llegar a la parte alta de sus muslos.

—¿Qué me estás haciendo? —preguntó, ondulando las caderas en busca de fricción.

La acaricié con los pulgares, con los dedos. Me incliné sobre ella para atrapar con un beso su siguiente gemido.

—Todavía no empiezo —dije contra sus labios—. Te voy a tener en esta cama todo el fin de semana, hasta que haya besado cada centímetro de tu cuerpo.

Presioné su clítoris y lanzó un gritito.

—Quítatelos —me apuró, jalando mi bóxer.

Giré hacia un lado para hacer lo que me pedía. Luego abrí la caja nueva de condones que tenía en el buró.

Me quitó el empaque de aluminio de la mano y luego me jaló por la nuca para acercar mi boca a la suya. Esta vez, cuando me acomodé entre sus muslos, no había nada entre nosotros.

La sensación era casi insoportable, saber que por fin estaba donde siempre soñé estar. Pero ella era mejor que cualquier fantasía que hubiera podido imaginar. Su piel era más suave, sus besos más apasionados, su necesidad equiparaba la mía hasta que nos perdimos en una suerte de conexión que jamás pensé que existiera.

La acaricié hasta que se abandonó a mis manos, hasta que sus uñas marcaron pequeñas medias lunas en mis hombros y sus muslos se tensaron. Estaba tan cerca. Su respiración era entrecortada y me urgió a volver a su boca.

—Contigo —suplicó—. El primero, quiero…

Lanzó un grito ahogado y abrió muy grandes los ojos cuando la penetré con mis dedos. Gemí ante la sensación de seda y terciopelo en su interior, ante la idea de hundirme en él. Si no tenía cuidado, acabaría antes de que pudiera penetrarla.

—No es uno u otro —dije—. Tú no tienes orgasmos limitados.

De hecho, planeaba hacerla gozar tantas veces como ella pudiera soportarlo.

Envolvió mi pene en su mano y el placer recorrió mi columna vertebral hasta paralizarme, tan dulce que incluso podía saborearlo en mi lengua.

—Contigo —repitió, abriendo el empaque de aluminio y poniéndome el condón.

Me besó, me mordió el labio inferior y yo saqué los dedos de su cuerpo para acariciar su clítoris hasta que no pudo más, hasta que presionó las caderas contra mi mano y arqueó la espalda.

—¡Cam! —suplicó mirándome.

La absoluta urgencia que vi en sus ojos fue mi perdición. Se veía precisamente como yo me sentía: desesperada y al límite.

—Estoy contigo —prometí, al tiempo que me acomodaba para penetrarla.

—Por favor.

Alzó las rodillas a ambos lados de mis caderas y yo metí los dedos en su cabello y la tomé de la nuca para sostener su cabeza.

Miré sus ojos color almendra en busca de alguna señal de incomodidad. La penetré despacio, abriéndome camino en su interior.

Rechiné los dientes al sentir el completo éxtasis que invadía cada célula de mi cuerpo.

Nuestros alientos se mezclaron mientras yo nos unía con suaves embestidas, deslizándome cada vez más profundo hasta que tuvo cada centímetro de mí. En ningún momento dejamos de mirarnos. Su labio inferior tembló y lo tomé entre los míos, besándola mientras ella me rodeaba con su cuerpo.

—¿Estás bien?

Mis músculos temblaban por el esfuerzo de mantenerme quieto cuando todos mis instintos me instaban a moverme.

—Dios, sí —respondió. Sus brazos me rodeaban y tenía las manos extendidas sobre mi espalda—. Estoy perfecta.

—Sí que lo estás.

Sostenía mi peso en los antebrazos para no aplastar su cuerpo delicado. Moví la cadera una vez y de su boca salió el gemido más dulce que jamás había escuchado.

Todo en ella era perfecto, lo más dulce, lo más intenso, y sabía que no solo se debía a la química insuperable que había entre nosotros o a que se cumpliera mi sueño. Se debía a que mi cuerpo y mi corazón le pertenecían a esta mujer, y la maravillosa emoción solo hacía que la sensación física fuera mayor.

—Te amo.

La confesión escapó de mi boca para hacer desaparecer la última barrera entre nosotros.

Abrió los ojos por la sorpresa, como si ella no me hubiera dicho lo mismo esa noche.

—Te amo, Camden —dijo a su vez.

Luego me besó y yo empecé a moverme, al mismo ritmo que ella, despacio, profundo, disfrutando cada sensación de placer, usando mi cuerpo para amarla como nunca había amado a otra mujer.

Nuestras lenguas se enredaron, nuestros cuerpos se unieron, nos tomamos por completo, y cuando ella llegó al límite, entre jadeos, cuando el sudor perló mi piel y la suya, y mis músculos se tensaron tanto que pensé que estallarían, metí el pulgar entre nosotros, la acaricié hasta que lanzó un grito y me llevó con ella, con su nombre en mi boca, en una explosión estremecedora que, bien lo sabía, me cambiaría irrevocablemente.

Con el pecho todavía agitado la abracé contra mi cuerpo y giramos sobre un costado, tratando de recuperarnos. Despacio, acaricié su brazo con la yema de los dedos mientras ella me besaba el pecho, el mentón.

—Sí estás seguro de todo eso que dijiste del amor, ¿verdad? —bromeó—. Porque yo estoy segura que por tu culpa no podré estar nunca con nadie más.

Reí, disfrutando de nuevo esa risa que venía tan fácil con Willow.

—Sí, estoy seguro. Y qué bueno, porque nunca te voy a dejar salir de esta cama.

—¿Nunca?

—Noup.

—Me parece un buen plan. —Volteó la cabeza, encontró mi antebrazo y besó el tatuaje de su boceto—. ¿Y la comida?

—Supongo que tendré que cocinar para ti para que conserves la fuerza.

Rocé su frente con mis labios. ¿Cómo pude vivir tanto tiempo sin sentir esto? ¿Sin ella en mis brazos?

—Dilo otra vez —murmuró.

Levanté la cabeza para poder verla a los ojos.

—Te amo, Willow.

Su sonrisa era la cosa más sexi que jamás había visto.

—¿Sí?

—Sí.

—Está bien, pero me refería a eso de la cocinada. Quiero decir, eso es suficiente para excitar a una mujer.

Habló con tanta seriedad que no pude evitar lanzar una carcajada.

—Olvídate de que cocine —murmuré contra su boca—. Solo voy a comerte.

—¿Lo prometes?

No me molesté en responder verbalmente. Después de todo, ella ya sabía que era mejor con los actos que con las palabras.

CAPÍTULO 22

Willow

—Hola, Willow —dijo Tillie, alzando los ojos del bloc de notas que tenía en las manos.

—Hola, Thea.

—Hola, Tillie —saludamos al unísono desde nuestra mesa en Bigg's, donde almorzábamos.

—¿Ya saben qué quieren?

—Estamos esperando a otra persona —respondió Thea.

Tillie me miró.

—Ah, ¿sí?

—Espera, ¡ya llegó! ¡Hola, cariño!

Thea le ofreció la mejilla a su esposo, él le dio un beso y se deslizó junto a ella en el gabinete.

La sonrisa de Tillie desapareció y casi lanzo una carcajada. Vaya, al parecer ella estaba muy enamorada de Cam, y Cam solo tenía ojos para mí. La idea me hizo sonreír de oreja a oreja. Casi me parecía un delito ser tan feliz.

Hicimos el pedido rápido, no era como si el menú cambiara con frecuencia, y Tillie se marchó para pasar nuestra orden.

—¿Cam no nos va a alcanzar? —preguntó Pat, despacio, con el brazo sobre los hombros de Thea.

«Alerta roja».

—No —respondí con una leve sonrisa, porque no podía evitar sonreír cuando pensaba en él—. Tiene la evaluación psicológica para el caso de su papá y luego tiene que ir a la mina.

Y yo tenía esta comida, quizá solo esta comida, para poner a Pat del lado de Cam y que pudiéramos empezar a cambiar la opinión pública. El «pudiéramos» éramos Thea, Charity y yo, porque Cam se negaba a hacer política.

En un año electoral en Alba, la opinión pública era todo.

El 20 de junio estaba marcado en mi calendario desde que Cam me dijo que le habían dado la fecha para el tribunal hace unas semanas. Faltaban dos más y la tensión entre los lugareños estaba en su punto máximo.

Por supuesto, a los turistas no les importaba en lo más mínimo. Llegaban en oleadas, empezaban entre semana, en días como este, y aumentaban a mil personas o más al día los fines de semana. Los negocios iban bien.

—¿Cómo va eso? —preguntó Pat con una sonrisa forzada.

—¿El caso, la mina o Cam?

Esto podía ponerse superincómodo superrápido.

—Ahhh…

De pronto, a Pat le pareció muy interesante su servilleta.

—Ya basta —lo regañó Thea, jalando su corbata, juguetona—. Anda, Pat. Sigue siendo Willow.

Pat puso los ojos en blanco, pero al final me miró.

—Lo siento. Es solo que… es extraño.

—¿El caso, la mina o Cam? —repetí bromeando.

—Todo —respondió sincero. Luego dejó escapar el aire cuando Thea le dio un codazo—. ¿Qué? Hace mucho tiempo que somos amigos como para poder ser honesto, mi amor.

—Sí, hace mucho —dije cuando Tillie llegó con nuestras bebidas.

Todos le agradecimos, pero ella solo le respondió directamente a Pat y luego fue a otra mesa.

—Bueno, entonces seré honesto. No me cae bien ese tipo. Ya lo sabes —dijo Pat, encogiéndose de hombros en señal de disculpa.

—Sigue enojado porque Cam no lo invitó a los manantiales para la fiesta del primer año de prepa —se burló Thea.

Pat miró a su esposa de reojo.

—No es eso. Mira, Willow, has tenido que soportar mucho y no quiero verte lastimada.

—Y agradezco que te preocupes. —Agité mi limonada con el popote y los hielos tintinearon—. Pero Cam no va a lastimarme.

Alzó las cejas y se inclinó hacia adelante.

—Solo han estado juntos… ¿cuánto tiempo? ¿Un par de meses? Cam no es conocido por ser fácil con nadie ni con nada.

Junté las manos sobre la mesa y lo miré a los ojos.

—Tú eras el mejor amigo de Sullivan, así que entiendo que seas protector, y eso lo dejaré pasar. Solo eso, Pat.

Pat abrió la boca como si quisiera decir más, pero decidió cerrarla.

—Amo a Cam. Cam me ama. Nunca me ha lastimado, ni una sola vez, a menos que pienses en el verano en el que lastimó mis sentimientos.

Pat apretó la boca, por la forma en la que lo hizo supe que eso era precisamente lo que pensaba.

—Créeme, yo lo lastimé más. Hay muchas cosas de toda esta historia que no conoces, y no, no voy a decírtelo porque no es asunto tuyo.

—¿Nunca te ha lastimado? Te salvó del incendio que él empezó.

Lo dijo con amabilidad, así que no lo pateé debajo de la mesa.

—Dictaminaron que fue un accidente —dijo Thea entre dientes.

—Claro, como que por accidente tiró una antorcha mientras accidentalmente se la pasaba a Olivia Maxfield —repuso.

No iba a entrar en ese terreno.

—No importa cómo empezó el incendio, fue Sullivan quien me dejó en la barraca, y Cam quien entró corriendo a sacarme.

Pat se asombró, y casi yo también lo hago. Nunca antes había dicho que Sully me había abandonado ahí.

—Nunca lo pensé así —dijo, desviando la mirada—. Dios mío, debiste enojarte mucho con Sully.

—La verdad, no —respondí con franqueza—. Me sentí aterrada un momento, y el humo era muy espeso… —Mi voz se apagó, sentía el calor de las llamas sobre la piel y la boca se me secó—. Y francamente, si no hubiéramos estado dormidos en la parte de atrás hubiéramos podido salir antes. Sullivan nos hubiera sacado.

—Pero él salió solo —dijo Pat, pasando las manos sobre su cabello pelirrojo—. ¿Y no le diste una paliza después? Quiero decir, ni siquiera recuerdo que estuvieras enojada. Solo dijiste algo sobre que se separaron, no que te dejara ahí.

Miré a Thea y ella arqueó las cejas. En ese entonces solo confiaba verdaderamente en una sola persona y, fiel al código, ella nunca dijo nada, ni siquiera a su esposo.

—La verdad es que la viga de soporte cayó entre nosotros, y cuando vio que yo quedé del otro lado, dijo que iría a buscar ayuda. Me eché al suelo para poder respirar. Vi los pies de Sully que llegaban a la puerta y sí, estaba un poco... decepcionada. Pero también sabía que Cam vendría por mí, aunque solo fuera por Sully. En el fondo, lo sabía.

Pat parpadeó.

—Willow, te quiero. Lo sabes. Pero ¿cómo sabías que el mayor desgraciado en Alba iba a arriesgar su vida para ir en tu ayuda? Cam no ayudaba a nadie... en esa época —corrigió ladeando la cabeza.

—Lo sabía. —Me encogí de hombros—. Hay tres cosas en las que puedes contar cuando se trata de Cam. —Levanté los dedos conforme las enumeraba—. Uno, su familia va primero. Siempre solucionaba los líos de Sullivan para que nada malo le pasara después.

—¡Oye! —exclamó, pero luego perdió la concentración un segundo, como si estuviera recordando—. Okey, esa te la concedo.

—Dos, se autodestruiría a la primera oportunidad. Y tres, siempre está ahí para mí. En aquella época no me daba cuenta, pero es cierto. No había manera que no fuera a buscarme si sabía que yo estaba ahí.

Pat se recargó en el respaldo para pensar en mis palabras.

—Cam me ha salvado la vida cuatro veces, y siempre ha estado ahí cuando lo he necesitado.

—Okey, pero solo considera esto un segundo, por favor, y no me odies por preguntártelo. ¿Alguna vez pensaste que la única razón por la que estabas en peligro, al menos cuando eras niña, era porque estabas cerca de Cam?

Esperé el segundo que me pidió solo porque estaba casado con mi mejor amiga y yo había amado a su mejor amigo.

—No, Pat. Entiendo que quizá no comprendas esto, pero soy suya, él es mío, y eso no va a cambiar. Nunca. Y supongo que tienes que elegir entre reunirte con el resto de los viejos chismosos de Alba en la barbería o abrir tu mente en cuanto a Cam. Solo recuerda cuánto lo amaba Sullivan. Y no, no fue él quien mató a Sully. Cuando Cam llegó ahí ya le habían disparado. Eso… —levanté dos dedos— ahora es el dos, porque tampoco es asunto tuyo. Pero sé cuánto extrañas a Sully.

Pat tragó saliva y después de lo que debió ser el minuto más largo de mi vida, acabó por asentir.

—¿Cómo va la mina?

Thea se relajó visiblemente.

Acepté la pipa de la paz.

—Bien. Están por abrir el túnel de 1880 hasta el tercer pozo de ventilación para el 4 de julio. Cam piensa que ese será la mayor atracción. El resto del túnel y los otros dos tendrán que esperar a la siguiente temporada.

—Es increíble. El consejo de la Sociedad Histórica estaba muy emocionado cuando escucharon que este año habría una apertura preliminar.

—Por «emocionado» quiere decir que aplaudieron más que en un campo de golf —agregó Thea cuando Tillie llegó con la comida.

Movía los platos con una destreza que le envidiaba. Dejó mi hamburguesa con papas frente a mí y me miró.

—Sí que te gustan las hamburguesas con papas a la francesa, ¿verdad, Willow?

—Sí.

Extendí la mano para tomar la cátsup. De ninguna manera la dejaría alterarme.

—Solo pensaba que debe de ser difícil mantenerse en forma, como que te la pasas sentada todo el día con tus cosas de arte, ¿no?

Su sonrisa era más falsa que sus pestañas.

—Las calorías se van sumando rápido —agregó.

—Ah, no te preocupes por Willow —intervino Thea con una risita—. Hace mucho ejercicio. En la noche. En casa de Cam. Ya sabes… con Cam.

Me mordí el labio para no reír, pero Pat no se molestó en ocultar una risa atropellada. Progreso. Hace unas semanas se hubiera enfurecido con el comentario de Thea.

La manera en la que Tillie miró a Thea hubiera podido cuajar la leche.

—Cierto —intervine por miedo a que Tillie se le echara encima a mi amiga—. De hecho, voy a verlo después de esto. ¿Te molestaría hacer el pedido ahora para que esté caliente cuando nos vayamos?

Sin dejar de fulminar a Thea con la mirada, Tillie sacó su bloc de notas y pluma.

—¿Qué le gustaría?

—Una hamburguesa con queso con doble tocino, término medio, con aguacate, cátsup, lechuga y jitomate. Ah, y también una malteada de caramelo salado. ¡Mil gracias! —dije sonriéndole.

Chascó la lengua.

—¿Estás segura de eso último? Sé muy bien que a Cam le gustan las malteadas de chocolate y caramelo.

—Sí —le aseguré—. Lo hace por mí. Tengo que acumular calorías para poder quemarlas más tarde, ¿o no?

—Claro.

Dio media vuelta y se fue.

—¿Y el caso? —preguntó Pat en un esfuerzo claro.

—No estoy segura. Art insiste en obtener su orden de no resucitar —respondí empezando a comer.

—¿Los días que está lúcido?

Pat condimentó su hamburguesa con mostaza, pero su tono me decía que era cierto que había estado en la peluquería.

—Sí, Pat. Cuando está lúcido. Le llamó a Cam para pedirle su ayuda, esa es la razón por la que Cam volvió. Además, después de que lo hospitalizaron ha estado bastante decidido.

Pat masticó despacio y asintió.

—Incluso fue con Walt a tatuarse una ONR en el pecho —agregó Thea—. Xander perdió completamente los estribos.

Al parecer, Pat reflexionaba.

—Sí, dijo algo sobre que eso no se reconocía legalmente —admitió—. Que se debía más a la mala experiencia que tuvo su papá cuando lo intubaron que al hecho de que en verdad quisiera una orden de no resucitar.

—Créeme, cariño. Si un hombre se tatúa eso en el pecho, está hablando en serio —dijo Thea, metiéndose una papa a la francesa en la boca, asintiendo.

—Aun así, Xander lo ha cuidado durante años. Parece que con todo este lío Cam solo quiere… —Pat suspiró frente a su hamburguesa—. Ni siquiera puedo decirlo.

—¿Quiere qué? —lo insté.

—Quiere que su papá se muera —murmuró—. Todos saben que no se llevan bien y eso me parece… mal. Solo tiene cincuenta y ocho años.

Carajo, a esto nos enfrentábamos. ¿En serio todo Alba pensaba que Cam solo quería deshacerse de Arthur porque no se llevaban bien?

—Tienes razón. Art solo tiene cincuenta y ocho, Pat. Esos son solo treinta años más de los que tenemos ahora, y está pidiendo poder decidir lo que pasa con su propio cuerpo. Le está pidiendo a Cam que vaya en contra de todos en este pueblo, incluido su propio hermano, porque quiere tener voz y voto en si termina o no atado de nuevo a una cama de hospital con un ventilador. Y si no tuviera alzhéimer, nadie pensaría dos veces en lo que está pidiendo. Tú puedes obtener una orden de no resucitar si quisieras una, pero él no puede porque la mitad del tiempo su mente no funciona bien. ¿Y qué con los otros días, cuando sí puede no importan?

—Deberían —mascullό Pat.

—Sí, deberían. Pero todo el mundo está haciendo que este asunto gire alrededor de Cam y Xander, y no de Art. Y créeme, si Cam quisiera que Arthur muriera, entrar en batallas legales para después esperar a que suceda no me parece mucho su estilo.

Sonó la campana cuando se abrió la puerta, y por el rabillo del ojo vi entrar a Simon.

Me levanté del gabinete de un salto y él suspiró al verme. Oh, no, era un suspiro triste.

—Simon, ¿todo bien? Pensé que estarías con Art y el médico para la evaluación.

—Me alegra verte. Art no está lúcido hoy —explicó negando despacio con la cabeza.

Sentí un nudo en el estómago.

—¿Qué tan poco lúcido? ¿Cómo si fuera 1998? ¿O…?

—¿O convencido de que el psicólogo era un oportunista que estaba ahí para robarle la mina Rose Rowan? —dijo, haciendo una mueca.

—Ah.

—Ah —asintió.

—Pero llevó semanas traer a ese señor. ¿Qué sucede con el caso?

Cam iba a estar devastado.

—Dijo que tendrá tiempo la semana anterior al juicio, y lo aceptamos. Pero si vuelve a pasar lo mismo, Cam estará en verdadera desventaja.

Perdería.

—Okey. Gracias. ¿Quieres sentarte con nosotros? —pregunté mientras regresaba a la mesa y vi que Tillie dejaba la comida de Cam.

—No, voy a comprar una malteada para llevar, pero gracias por la invitación.

Nos despedimos y regresé a la mesa a sacar dinero de mi bolso.

—¿Todo bien? —preguntó Thea.

—Solo unos problemas con el caso de Art. —Saqué un billete de veinte y lo puse sobre la mesa—. Tengo que ir a ver a Cam.

—Está bien, querida.

—Espera —dijo Pat cuando me deslicé sobre el gabinete para salir. Respiró profundo una, dos veces, y al final me miró—. Ayer, en la reunión del consejo de la Sociedad Histórica, algunas personas estaban hablando.

Puesto que los miembros del consejo solo eran nueve, la lista se reducía.

—Estaban tomando café. La reunión no había empezado. Alguien mencionó el caso de Art y, claro, Xander se mostró muy reservado, nunca hablaría mal de Cam frente a otras personas. Pero uno de los miembros mencionó que era imposible no considerar los antecedentes y el carácter de la persona que presidiría el juicio.

Me paralicé.

—¿Mi papá?

—No —respondió Pat, enfático—. Pero tu papá estuvo de acuerdo, y luego dijo que no solo es el pasado lo que tiene que tomar en cuenta un juez en esa situación hipotética, sino las decisiones actuales que toma una persona.

Sentí una presión en el pecho.

—Y después alguien mencionó cierta pelea que sucedió hace unas semanas, el día de la inauguración…

Carajo.

—En fin —continuó—, otro miembro preguntó…

—Dios mío, Pat, ya dilo. Todos sabemos quién está en ese maldito consejo —mascullό Thea.

Pat puso los codos sobre la mesa y se inclinó hacia adelante.

—Hall le preguntó a tu papá si utilizaría en contra de Cam el hecho de que estuviera saliendo contigo. Salvo que no uso la palabra «salir».

Me estremecí.

—Dijo que no, ¿verdad? Por favor, dime que respondió que no.

—Contestó que el hecho de salir contigo no mostraba precisamente el tipo de buen juicio que se necesitaría para ganar el caso. Sobre todo porque Cam tiende a ser violento cuando está contigo.

La sangre se congeló en mis venas y luego empezó a hervir.

—¿Que dijo qué?

—¡Shhh! —Pat volteó a ver si alguien me había escuchado—. No pueden saber que te dije. Tenemos una política de no divulgación: «lo que pasa en las Vegas…». Perdería mi escaño en el consejo.

Cam iba a perder su caso… por mi culpa.

—Tengo que irme. —Tomé la hamburguesa de Cam y mi malteada y me detuve frente a la mesa—. Gracias, Pat. Gracias a los dos.

La rabia y la incredulidad giraban en mi cabeza como una ruleta, las emociones se superponían. Puse el almuerzo de Cam en el asiento del copiloto y mi malteada en el portavasos. Luego me quedé mirando el parabrisas con las manos en el volante.

Podía terminar mi relación con Cam. Era evidente que eso quería papá. Pero quizá la cuestión era más profunda. Tal vez creía francamente que estar conmigo mostraba falta de carácter. ¿Por qué? ¿Porque era la exnovia de su hermano muerto? Maldición, esa era la etiqueta más tonta que podían endilgarnos.

Pensar en perder a Cam me desgarraba el alma. De cualquier forma, no había manera en que él me dejara ir. ¿O sí? Si estar conmigo significaba tener que ver a su papá conectado a un ventilador, ¿dejaría que me alejara? ¿Querría que yo lo hiciera? Se trataba de Art, no de un problema hipotético.

Cam me amaba.

«No me iré a ningún lado». Se lo había prometido. Forcé mi entrada a su corazón, y ahora eso le iba a costar precisamente lo que había venido a buscar aquí.

Saqué mi teléfono del bolso.

Willow: ¿En dónde estás?

Contuve el aliento conforme los tres puntos bailaban en la pantalla.

Cam: Acabo de llegar a la mina. La cita de papá se canceló porque su mente no asistió.

Willow: Voy para allá.

Cam: ¿Todo bien?

Willow: Físicamente, sí. Llego en quince minutos.

Llegué en diez. Mi 4Runner derrapó hasta detenerse sobre la grava recién tendida frente a los remolques de construcción.

Tomé todas mis cosas y rodeé a los trabajadores que transportaban vigas de acero para los túneles. Crucé la puerta del remolque de Cam al tiempo que un pequeño grupo de empleados salía, de los que solo reconocí a dos, puesto que yo trabajaba sobre todo con los capataces para el trabajo de preservación.

Ver a Cam por primera vez en el día me hizo contener el aliento. Estaba de pie frente al restirador, giró la cabeza y solo pude ver una parte de su perfil. Tenía la camisa arremangada y los pantalones ajustados a sus caderas esculpidas, pero incluso con toda esa belleza física, su concentración fue lo que me pareció cautivador.

Lo amaba tanto que no estaba segura de que hubiera espacio suficiente en este remolque… en el mundo… para ese amor. ¿Cómo podría renunciar a él? ¿Cómo podría vivir conmigo misma si no lo hacía? Nos había llevado años y una guerra, y más que un poco de destino para llegar a donde estábamos. Esto no estaba ni de cerca en el territorio de lo justo.

—Tienen que mover esta viga aquí —les dijo Cam a dos de los capataces, señalando en los planos—. Estas de acá son las viejas vigas de madera de carga y necesitamos saber si podemos quitar el peso en este punto y en este otro para mantener la integridad estructural del túnel sin perder la pieza histórica.

—¿Y si no podemos conservar la viga? —preguntó el capataz, señalando la original.

Sentí un nudo en el estómago. Había tantos sacrificios por hacer, y cada pieza de historia perdida me lastimaba un poco más el corazón.

—La seguridad primero. Pero sé que podemos conservarlo. No tomen atajos para hacerlo más fácil. —Cam alzó la vista y calló al verme—. Todos fuera.

Los capataces nos miraron a uno y otro y obedecieron la orden.

—¿Comida? —pregunté levantando el contenedor desechable con mano temblorosa.

—¿Qué pasa? —Ni siquiera volteó a ver la comida.

¿Cómo iba a decírselo? ¿Cómo explicarle cuánto estaba pagando por amarme? No podía imaginar no tener a Cam, no después de todos estos años desperdiciados. Pero tampoco podía condenar a Arthur a tratamientos que no deseaba.

—Tú comes, yo hablo.

Puse el paquete en la mesa baja y le señalé una de las dos sillas plegables.

Entrecerró los ojos, pero se sentó. Le pasé la hamburguesa y abrió el contenedor desechable. Solo en ese momento volteó a ver qué le había llevado.

—¿Bigg's? —preguntó con una leve sonrisa.

—Tu favorito. —El corazón me latía con fuerza. Me senté frente a él y le acerqué la malteada—. Aunque la malteada es como me gusta a mí.

—Willow, me estás matando. —Tragó saliva y me miró con tanta intensidad que hizo que mi corazón latiera aún más rápido—. Dime qué pasa.

—Lo sé. Solo… dame un segundo.

Las palabras que sabía que debía decir inundaban mi boca, se sentían pesadas en mi lengua, y mi estómago se retorcía, igual que cuando choqué, tratando de mantenerlas adentro.

—¿Estás embarazada? —preguntó inclinándose hacia mí con tanto amor y preocupación en sus ojos que casi deseé estarlo—. Porque si lo estás, no te preocupes. No sé mucho de bebés, pero aprenderé. Y parece que a Rose le caigo bastante bien, así que hay esperanza de que nuestro hijo…

—Mi padre prácticamente le dijo a Tim Hall que perderías el caso de tu papá si estás saliendo conmigo.

Vomité las palabras por todo el lugar. Increíble. Mis uñas se clavaban en las palmas que descansaban sobre mi regazo.

Cam parpadeó dos veces y se recargó en el respaldo de la silla.

—Entonces, ¿no estás embarazada? Porque tenía ya planeado el resto de todo un discurso. Bueno, no lo había pensado bien, ya que solo tuve diez minutos para que mi cerebro corriera desbocado, pero aun así era bastante bueno —dijo, ofreciéndome una media sonrisa.

—No. Tomo anticonceptivos, ¿recuerdas?

—Ah, sí. Qué extraño, eso fue lo primero que pensé cuando me mandaste el mensaje.

Levantó la hamburguesa y le dio una mordida, lanzando un ruidito de aprecio mientras yo lo miraba boquiabierta. Tragó el bocado y miró la enorme hamburguesa que a mí me hubiera llevado por lo menos tres comidas devorar.

—Está deliciosa. Gracias —agregó.

Luego le dio otra mordida.

—Cam, ¿escuchaste lo que acabo de decirte? —Como seguía masticando, continué—. Vas a perder el caso de tu papá porque el mío está enojado de que salgas conmigo.

Puso la hamburguesa en la caja.

—Pika, voy a perder el caso de mi papá porque el juez Bradley no cree que yo sea capaz de responsabilizarme de un cachorro, mucho menos del cuidado de mi padre. Que te ame es solo la cereza de un pastel que ya se quemó.

No importaba que las últimas semanas me hubiera dicho todos los días que me amaba, seguía llegándome al corazón como la primera vez.

—Yo... yo...

Por más que lo intentara, no podía formular las palabras.

—Sí soy capaz, por cierto... de cuidar a un cachorro. Me gustaría uno de esos bulldogs ingleses todos arrugados, pero pensé que primero te preguntaría qué pensabas al respecto.

Tomó un sorbo de la malteada y sonrió.

—¿Qué pensaba al respecto?

¿Estaba absoluta y completamente loco? ¿Le acababa de soltar una bomba y él pensaba en bebés y cachorros?

—Pensé que apreciarías la información. —Se encogió de hombros—. Después de todo, imaginé que acabaríamos viviendo juntos y después nos casaríamos. Cuando estés lista, claro, si eso te interesa. —Sacudió la mano como si todo estuviera dicho, como si no estuviéramos malditos—. Así que, si odias a los bulldogs, podemos escoger otra raza, aunque tienen un carácter magnífico. Son excelentes con los niños. Cuando los tengamos. —Ladeó la cabeza—. Si quieres tenerlos, por supuesto. Lo del matrimonio quizá tampoco no sea tu estilo. Estoy en tus manos.

Le dio otra mordida a su hamburguesa.

Miré alrededor para asegurarme de que no había entrado a La dimensión desconocida. Cuando estuve segura de que no se trataba de un sueño alocado, lo miré fijamente.

—Entonces, ¿no crees que deberíamos romper para que tengas una oportunidad de ganar este caso? Porque ahí era adonde yo quería llegar.

Pronuncié despacio la última parte y me pareció como una frase por completo diferente.

Se detuvo a medio bocado.

—Quiero decir, es su mejor oportunidad, ¿no? ¿Si terminamos? ¿Si mi papá ve que antepones los intereses de Art a los tuyos? Eso es lo más razonable. —Ahora, las palabras salieron tan rápido como para ganar el récord de velocidad.

Cam terminó de masticar y tragó, abandonando el resto de la hamburguesa en la caja.

—¿Eso es lo que quieres? Que…

Negó con la cabeza.

—No —admití en un murmullo—. Pero ¿no es ahora cuando se supone que debo abandonarte por tu propio bien? ¿Tomar el camino del martirio para ayudar a tu papá y luego esperar que, más tarde, cuando todo se haya calmado, podamos estar juntos?

—Ven acá.

Se movió y empujó su silla hacia atrás. Me puse de pie, tanto mis rodillas como mi determinación temblaban cuando di los pocos pasos que nos separaban para pararme entre sus piernas.

—¿Me amas? —preguntó alzando el rostro para mirarme.

—Más que nada en este mundo.

Pasé los dedos por su cabello, más para tranquilizarme yo que a él.

—Okey. —Me tomó por las caderas y me sentó a horcajadas sobre él para que quedara de frente—. Entonces, ahora es cuando haces eso. Cuando me amas. Eso es todo lo que necesito.

Me deshice, me derretí, perdí toda la tensión en los músculos conforme mi miedo se desvaneció, aunque la preocupación tomó su lugar.

—Pero, ¿y tu papá?

Acarició mi mejilla con los nudillos.

—Solo puedo enfrentar un problema a la vez, Pika. Mi primera prioridad es, y siempre serás tú. Esto, lo que tenemos, no es algo que esté dispuesto a arriesgar.

Me incliné sobre su mano.

—No quiero perderte.

—Entonces no lo hagas. — Su voz era tan ronca que la sentí en mi palma, que descansaba sobre su pecho.

—¿Me odiarás si pierdes este caso? —Mi peor miedo salió en un murmullo.

—Te amaré el resto de mi vida, sin importar lo que suceda. Nada de esto es culpa tuya. ¿Entiendes?

No asentí porque no podía mentir. Yo era la razón por la que mi papá lo odiaba. Estar con Cam solo lo lastimaría.

—Soy demasiado egoísta para dejarte ir —le dije.

—Qué bueno, porque no estoy seguro de saber cómo dejarte ir. Estoy muy feliz de que hayas hablado conmigo en lugar de tomar sola la decisión.

El alivio en su mirada fue un golpe en mi estómago. Había estado a punto de hacerlo. Casi me alejo.

—Somos pareja, ¿no?

—Sí.

—No vas a ir a gritarle a mi papá ahora, ¿o sí? Porque se supone que no lo sabes, y si se lo dices, entonces Pat perdería su escaño en el consejo… si se enteran de que fue él quien me lo dijo, porque tienen un acuerdo de no divulgación o algo así sobre las reuniones del consejo.

Cam se tensó bajo mi cuerpo, y no en buen sentido.

—¿Esto pasó en una reunión del consejo? —vociferó.

Asentí.

—Estás bromeando —añadió.

—Prométeme que no irás a gritarle a papá. Sabes que eso solo le dará más armas en tu contra, y he hecho muchos esfuerzos para poner a Pat de tu lado.

Movió el mentón y respiró profundo tres veces, exhalando despacio, para relajarse.

—¿Convenciste a Pat Lambert para que se pusiera de mi lado?

—Soy muy buena política —dije, encogiéndome de hombros.

Sus labios esbozaron casi una sonrisa.

—Okey. Me portaré bien. Te prometo que no iré a gritarle a tu papá.

—Gracias. —Pegué mi frente contra la suya—. Nunca quise complicarte la vida, Cam.

Me besó despacio, con un esmero indolente que hizo que lo tomara con fuerza de la camisa antes de que terminara.

—No eres una complicación en mi vida, Willow. Eres su razón de ser.

CAPÍTULO 23

Camden

Esperé una semana completa antes de visitar la barbería. El cabello me había crecido desde que llegué a casa hacía tres meses, y era hora de cortarlo y darle forma.

Por lo menos, esa era mi excusa.

Earl McGinty tenía las tijeras tan cerca de mi oreja que podía escuchar cómo cortaba cada hebra de mi cabello. Ni loco movería un músculo.

Sus manos se movían rápido, producto de décadas de experiencia y pericia. Cuando no miraba su reflejo en los espejos gigantes que cubrían la pared, echaba un vistazo a los cuatro hombres que estaban sentados en las sillas negras detrás de mí, tomando café y fulminándome con miradas que decían que no estaban seguros de cómo se sentían respecto a mí.

—No te preocupes por ellos —dijo Earl cuando se dio cuenta de que los veía—. Ya sabes cómo nos gusta el chisme a a los viejos.

Reprimí una risa.

—Tienes sesenta, Earl. No estoy seguro de que eso se considere viejo.

—Bueno, ahí está Tyler, que nació viejo, y Nick debe de andar por los ochenta y cinco.

—¡Ochenta y cuatro! —corrigió Nick.

—Y no tiene ningún problema de audición —dijo Earl un poco más fuerte sobre el hombro.

Los hombres rieron. No me engañaba, el poder de Alba descansaba en esos asientos y así había sido los últimos cincuenta años. A esta hora de la mañana no estaba Xander, pero dos miembros del consejo municipal ya estaban aquí, y no había duda de que otros tres se reunirían con ellos en la siguiente hora.

—¿Desde cuándo John Royal se salió del consejo municipal? —pregunté en voz suficientemente alta para que me escucharan los hombres a mi espalda.

—Desde que lo eligieron para el consejo de la Sociedad Histórica —respondió Nick—. No nos gusta combinarlos. Los negocios y el gobierno no deben confabularse.

—Xander está en los dos.

Earl pasó a mi otro costado y lanzó un pequeño silbido.

—Sí, bueno, eso no pudimos evitarlo—. Tyler Williamson dejó su café sobre la mesita a su lado y me miro abiertamente—. Es alcalde por derecho propio.

Los demás asintieron.

—Y está en el consejo de la Sociedad Histórica como apoderado de tu padre —agregó.

Las inclinaciones de cabeza continuaron.

—¿Tú estás aspirando a un escaño en el consejo de la Sociedad Histórica? —preguntó Paul Warten desde su lugar junto a Tyler.

Cada uno de esos hombres se inclinó hacia adelante, y Earl apartó las tijeras de mi cabeza.

—No, señor. No me atrevería a insinuar que sé cómo funciona el distrito histórico como para siquiera considerarlo. Tengo ya demasiado con hacer trabajar a la Rose Rowan y luego con el edificio de la compañía minera.

Se relajaron uno por uno, satisfechos con mi respuesta.

Earl empezó a cortar de nuevo y me lanzó una mirada que decía que acababa de escapar de la guillotina.

—Entonces, ¿todo ese lío con Art no se trata de eso? —preguntó Nick sobre su taza de café, fingiendo que no le importaba, aunque la manera en la que sujetaba la taza decía lo contrario.

—No, señor. Mi papá me llamó para pedirme que lo ayudara a recuperar un poco de control sobre sus instrucciones anticipadas. Estoy aquí por sus derechos de cuidado de la salud, no por su lugar en el consejo. Que Xander se ocupe de eso.

Earl esbozó media sonrisa de satisfacción y siguió cortando.

—¿Y Willow? ¿También regresaste por ella? —preguntó Tyler.

Me tensé, y de inmediato Earl volvió a apartar las tijeras.

—Bueno —dijo, y luego levantó la vista hacia el reloj de pared—. Creo que tendrán esa respuesta en unos cinco minutos. —Me miró en el reflejo del espejo y agregó en voz baja—. ¿Sabes en lo que te estás metiendo, Cam?

—Lo sé.

Lo sabía. Siempre y cuando mantuviera mi mal genio a raya, todo saldría bien.

—Buenos días, caballeros —saludó Owen McGinty al entrar desde la trastienda—. Atenderé al siguiente.

Su sonrisa se desvaneció cuando ninguno aceptó el ofrecimiento.

—Están esperando que empiece el espectáculo, Owen —le dijo Earl arqueando las cejas.

—¿Espectáculo? —Palideció al verme—. Hola, Cam. ¿Cómo estás?

—No me puedo quejar —respondí con cuidado de no moverme porque Earl estaba terminando el corte—. ¿Cómo están Lisa y los niños?

—Bien, bien —dijo despacio.

El heredero del imperio de la peluquería era como diez años mayor que yo, y era obvio que sabía qué estaba pasando cuando miró el reloj de pared.

—Pásame una toalla, Owen, por favor —le pidió Earl a su hijo.

Dos minutos más tarde terminó de cortarme el cabello y Owen le dio a Earl la toalla caliente con una mirada de advertencia.

—Sé lo que hago, hijo —prometió Earl, y luego reclinó mi silla hasta que quedé casi en horizontal.

—Tres minutos —señaló Nick, y los otros murmuraron en conformidad.

—Lo que estás haciendo no es nada fácil —dijo Earl en voz alta para que todos pudieran oírlo—. Enfrentarse a un hermano no es algo que me gustaría que hicieran mis hijos. —Miró a Owen de reojo—. Pero esperaría que mis hijos estuvieran de acuerdo en darme el respeto de elegir mi propio camino. Nadie debería verse forzado a entregar el control de su propio cuerpo.

Los hombres asintieron murmurando y sentí mi pecho cargado de una emoción que temía llamar orgullo.

—Vi el tatuaje, Cam. Estás haciendo lo correcto —juzgó Earl con una sonrisa—. Ahora, veamos si sobrevives a los próximos minutos. —Me envolvió la cara en la toalla, lo que no solo suavizó mi barba de una semana, sino que también ocultó mi rostro—. No digas una palabra hasta que te dé una patadita en el pie. ¿Entendido?

Asentí, y me resigné a respirar el aire caliente y húmedo los siguientes minutos.

Justo a tiempo, la campana de la puerta sonó.

—Buenos días, juez —saludó Earl.

—Buenos días, Earl. Lo de siempre, por favor. Ah, ¿a ustedes no los han atendido todavía, señores?

Aunque la toalla que cubría mis orejas amortiguaba la voz de Noah Bradley, no había duda de que era él.

—Ah, no, usted primero —insistió Tyler.

No pude evitar imaginar cómo los demás asentían.

—Siéntese, juez. Vamos a prepararlo. No se preocupe, Owen se encargará de los chicos entre los turistas que lleguen —dijo Earl, y supe que acababa de encubrirme sin mentir técnicamente.

«Los turistas primero», era la ley en Alba, y si bien la mayoría de los negocios que frecuentaban los lugareños no eran populares entre los turistas, ellos, y su dinero, eran prioridad cuando visitaban cualquier establecimiento que no fuera histórico.

—Tendremos buen clima hoy, juez —dijo Nick, rompiendo el silencio.

—Eso escuché. Las altas como en 21 ºC. Muy agradable para esta época del año.

Cuando escuché que Earl empezaba a atender al juez, la toalla en mi cara ya estaba fría.

—Un momento, juez. No me gusta el filo de esta navaja. Déjeme traer una nueva —dijo Earl, dándome una patadita en el pie al pasar a mi lado.

Era hora del espectáculo.

Me senté y le pasé la toalla a Owen.

—Las ventanas son muy caras —masculló.

—Tranquilo —murmuré.

«Si lanzas a otro tipo por la ventana vas a pagarlo durante seis años más».

Me puse de pie y vi que el papá de Willow estaba reclinado como yo lo había estado. Me recargué en el tocador, directamente frente a su silla.

—Hola, señor Bradley —dije con voz ronca y tranquila.

Abrió los ojos de par en par y se irguió poco a poco, echando chispas por los ojos con medio rostro rasurado y la otra mitad cubierto por una espesa capa de espuma.

—Camden.

—Necesito hablar con usted.

—Esto es sumamente inapropiado. —pasó los pies a un lado del sillón—. No puedes emboscar al juez que está a punto de decidir tu caso la próxima semana.

—Tiene toda la razón. Ni siquiera deseo hablar del caso. Es un límite que no cruzaré. —Metí los pulgares a los bolsillos delanteros de mis jeans; mi sudadera informal de Rose Rowan contrastaba directamente con su camisa almidonada y su corbata—. Necesito hablar con Noah Bradley, el papá de mi novia, no con el juez Bradley. Imaginé que usted se sentiría mejor al tener testigos en caso de alguien pudiera insinuar que hubo cualquier acto impropio. Sé lo importante que es la opinión pública en un año electoral.

Palideció y el color de su rostro era solo un poco más oscuro que el de la crema de afeitar. Empezó a levantarse, pero vio su imagen en el espejo y recapacitó. Solo Dios sabía cuándo había sido la última vez que el hombre se habría rasurado su propia cara.

—¿Qué quieres, Camden?

—Estoy enamorado de su hija. —Se hizo tal silencio que podía escuchar el latido de mi corazón—. Lo he estado desde que tenía once años, pero para ser franco, quizá lo averigüé como hasta los dieciséis.

—¿Así lo llamas? ¿Amor? —Tensó la mandíbula—. Porque por lo que recuerdo, tenías once años cuando le rompiste la nariz y trataste de hacernos creer que se había caído.

Una rabia helada congeló mis terminales nerviosas en algo que me era muy familiar: la preparación para una batalla; sin embargo, no podía permitirlo. En lugar de abandonarme a una sensación tranquila y mortal, forcé una sonrisa.

—Vea, señor Bradley, le prometí a la mujer que amo que no le gritaría a su padre. Nunca he faltado a mi palabra con Willow y no voy a permitir que me provoque para romper mi promesa ahora. Así que solo diré que Xander salió del túnel ese día con Charity, quien gritaba que había perdido a Willow. Tomé la linterna de cabeza de Xander y fui a buscarla, como siempre lo he hecho y siempre lo haré.

Estaba furioso, pero no se movió.

—La encontré, gracias a dios. O, puesto que usted piensa que soy malo, quizá fue un asunto del Diablo. Como sea, no me importa. Mi alma a cambio de la vida de Willow es un trato que haría cualquier día —agregué.

Entrecerró los ojos.

—Cuando la encontré en el fondo del conducto de ventilación, que sigo sin encontrar en el mapa, tenía la nariz rota, el labio ensangrentado y… raspones en todas partes. Le puse la linterna en la cabeza para que pudiera ver, en caso de que algo me pasara a mí, y luego la empujé por el conducto, nueve metros hacia arriba más o menos, es un recuerdo de hace doce años. Lloró todo el camino y un par de veces fue por usted.

Hizo una mueca.

—Cuando llegamos a la parte superior del conducto tomé la linterna de cabeza para no tropezarme. Luego la tomé en brazos y no la solté hasta que lo encontré a usted.

Su frente se marcó con dos rayas verticales.

—Xander dijo que no lo dejaste ayudar. Que obstaculizaste a todos los que querían conseguirle la ayuda que ella necesitaba.

—Tiene razón. Y él acababa de cumplir catorce, así que quizá hubiera podido sacarla de la mina más rápido cuando saliéramos del conducto. Pero él no estaba en la mina, señor Bradley. Estaba esperando con Charity y Sullivan en la entrada, y como él ya la había perdido una vez ese día, yo no iba a entregársela a nadie más que a usted.

Me miró fijamente, aún no me creía.

—Usted se fue con Sullivan al hospital y a mí me mandó a casa.

—Ellos eran amigos. Tú eras…

—Su alma gemela. Pero está bien. Lo perdoné por eso hace mucho tiempo.

Dos siluetas se acercaron a la puerta, y Owen volteó el letrero de «abierto» a «cerrado». Siempre hay una primera vez para todo.

—¿Cómo puedes decir eso? Ella era de Sullivan. Solo está contigo ahora porque ve algo de él en ti. ¿Crees que está enamorada de ti? No lo está. Ama esa parte de Sullivan que tú representas y eso acabará por destruirla.

Si no hubiera estado tan seguro del amor de Willow en ese momento hubiera perdido los estribos. En cambio, me concentré en la calidez de mi pecho, que aumentaba cada vez que pensaba en ella.

—Se equivoca, pero no es mi lugar hablar de los sentimientos de Willow. Solo puedo hablar de lo que ella me ha dicho y de lo que siento por su hija. No estoy aquí para hablar de Sullivan. Lo quise más de lo que usted jamás lo hubiera podido querer, y llevaré su pérdida conmigo todos los días, el resto de mi vida.

—Por lo menos él la merecía. —Me lo echó en cara subiendo el tono—. Él nunca la lastimó. Nunca estuvo en peleas. ¡Nunca cubrió su cuerpo de tatuajes ni incendió un maldito edificio! Y él sí me pidió permiso para ser novio de Willow. Se presentó ante mí como un hombre, sus intenciones eran claras y su corazón honesto, ¡porque sabía que ella era una chica que respetaba esa tradición! —exclamó, agitando el dedo en mi dirección.

Me moví y sujeté con fuerza el tocador.

—Ni siquiera estoy seguro por dónde empezar. Supongo que por el principio. Nunca he lastimado a Willow de manera intencional, y las únicas heridas que le he provocado fueron emocionales, debido a mi gran estupidez cuando tenía diecinueve años.

Sus ojos brillaron por la sorpresa durante una fracción de segundo, pero estaba ahí.

—Me metí en muchas peleas, y diría que tal vez la mitad de ellas fue por defender a Willow. Scott Malone era un imbécil, y cuando se cansó de acosarla, Oscar tomó el relevo. Esto... —dije, señalando el tatuaje del manantial que tenía en el brazo— es un boceto que Willow hizo el verano antes de que me fuera al entrenamiento básico. Me lo hice la semana antes de reportarme a servicio, y sí, me dolió mucho hasta que sanó.

»¿Y el incendio? Los accidentes suceden, y no tiene idea de lo aterrado que estaba cuando escuché que ella seguía adentro. Nunca me perdonaré todo el tiempo que me llevó llegar hasta ella.

Todo se reducía siempre a ese maldito incendio.

—Qué, no me vas a decir ahora que la sacaste en brazos ahí también, ¿o sí? —me retó.

—Usted ya lo sabe. —Me encogí de hombros—. ¿Y en cuanto a lo último? Yo no soy Sullivan. Él era mejor que yo, y él nunca tuvo la oportunidad de llegar a la adultez, pero ¿si no hubiera muerto ese día? —Hice una pausa y tomé un segundo para tragarme los recuerdos—. Apuesto que hubiera sido un mucho mejor hombre de lo que yo soy. No tengo duda.

—Por lo menos, en eso estamos de acuerdo —espetó—. ¿Ya acabaste?

—No. Porque la cuestión es esta: Sullivan se equivocó. Nunca debió pedirle a usted su permiso.

Al fondo, un murmullo colectivo me recordó que teníamos público.

—¿Perdón? —preguntó el señor Bradley arqueando las cejas.

—Yo no le pedí su permiso para salir con su hija porque no le corresponde a usted. Lo que pasa entre Willow y yo requiere el consentimiento de dos personas: Willow —dije, levantando un dedo y luego otro— y yo. Usted no está en la ecuación.

—¡Soy su padre!

—Sí, lo es, y por eso estamos teniendo esta conversación. Ella lo ama, y el distanciamiento entre ustedes la está destrozando.

—Sabe cómo repararlo —dijo entre dientes.

—Elegirlo a usted en lugar de a mí.

Alzó una sola ceja que confirmaba mi afirmación.

—Si sigue con ese ultimátum, la perderá —dije tranquilo.

Los hombres al fondo se inclinaron un poco hacia adelante.

—Difícilmente. Ella sabe que haría cualquier cosa para protegerla, incluso pelear contra ella, por ella.

—Me elegirá a mí, señor Bradley. Y seguro que en parte se debe a que me ama tanto como yo la amo a ella. Sobre todo, porque yo jamás la obligaría a elegir.

Sus rasgos se relajaron.

—No necesito controlarla para amarla —continué—. No es así como lidio con mis propios miedos y lamento que usted lo haga así. Solo vine a decirle que ella lo ama y lo extraña. Y espero que entre en razón pronto, porque no hay nada en el mundo que me haga apartarme de Willow. Soy suyo hasta que ella decida lo contrario, no usted.

La furia brilló en sus ojos y el color no solo volvió a sus mejillas, sino que destelló.

—Me alegra haber tenido esta conversación. —Me aparté del tocador y me dirigí a la puerta, luego me detuve y lo miré sobre el hombro, no dejaba de pensar en algo que él había dicho—. Si quiere saber cuáles son mis intenciones, escúcheme. Voy a casarme con su hija. Luego voy a pasar cada día de mi vida haciéndola la más feliz posible. Pero cuando le pida que sea mi esposa, usted no lo sabrá. No le pediré su permiso porque ella no es propiedad de nadie, y no respetaré su tradición porque usted no respeta que en realidad es decisión de ella. Y si ella dice sí, usted solo lo sabrá si ella se lo comenta. Solo sabrá si nos casamos si ella decide invitarlo. Solo sabrá si tenemos un hijo si ella considera que vale la pena que usted lo conozca, si ella considera que usted es digno de estar en su vida.

En su rostro aparecieron manchas rojas y supe que desde hacía algún tiempo ya había cruzado el límite, pero no me importaba.

—Crio a dos mujeres maravillosas, independientes, inteligentes, una de las cuales es dueña de mi alma. Dos mujeres de las que debería estar muy orgulloso. Solo deseo que lo esté.

Owen mantuvo la puerta abierta cuando salí de la peluquería. Sonrió y asintió a modo de despedida.

Manejé directo a casa de Willow e interrumpí su trabajo, como el maldito egoísta que era. Le hice el amor hasta que la fealdad de la mañana se desvaneció en nada más que amor y felicidad.

CAPÍTULO 24

Willow

El pequeño edificio de ladrillo que servía tanto de ayuntamiento como de tribunal municipal de Alba estaba a reventar de los lugareños que no atendían en ese momento su negocio en el distrito histórico.

Xander contaba ya con la ventaja de estar en territorio conocido, puesto que su oficina estaba al otro lado del pasillo, y parecía más que cómodo vestido con traje, sentado al lado de Milton Sanders, su abogado.

Me senté en la banca detrás de Cam y Simon, quienes conversaban en voz tan baja que no podía escucharlos, aunque estuvieran a solo un metro de distancia.

—Nunca había visto a tanta gente aquí —dijo Charity al sentarse a mi lado.

Estábamos vestidas de manera similar, con un vestido recto sencillo y collar de perlas, como nuestra madre, quien se sentó junto a Charity.

—Ni escuchado a tantos —agregó mamá—. Scott Malone está en la puerta para impedir que entre más gente.

Las instalaciones y el personal no estaban precisamente adaptados para un caso público como este, dado que nuestro tribunal solo funcionaba porque papá estaba dispuesto a dividir su tiempo entre Alba y Salida. Ningún otro juez se ofrecía a cruzar el paso.

—Claro que Genevieve está sentada detrás de Xander, lo apoya —dijo Charity, negando con la cabeza.

—Pero Pat, Gideon y John nos apoyan a nosotros —dijo mamá, tras dar un vistazo sobre su hombro.

—Buenos días, señoras —saludó Walt al sentarse detrás de nosotras con Dorothy Powers.

—¿No te secuestraron? —preguntó mamá arqueando las cejas.

—No. Hice mi deposición ayer —respondió Dorothy—. En cuanto Art termine con el psicólogo, vendrá para acá.

—¿Otra vez? —preguntó Charity.

—Esperan que esté lo suficientemente lúcido para testificar. —Mantuve la mirada al frente y vi cómo Simon negaba con la cabeza. Cam no parecía contento con su respuesta—. No era él mismo la primera vez que el médico lo entrevistó, pero estuvo bastante lúcido en la cita de la semana pasada. ¿Por qué no llegan?

Miré sobre mi hombro por primera vez y vi que cerraban las puertas.

—Lo pongo nervioso —dijo Walt, asintiendo hacia su hijo con orgullo en la mirada.

Scott Malone dejó pasar a Art, y Dorothy fue hasta él para llevarlo por el pasillo. Se sentó junto a Cam, lo que suscitó el murmullo del otro lado del juzgado. Memoricé la imagen porque sabía que quizá nunca más vería a Art del lado de Cam, en contra de Xander.

Las puertas volvieron a abrirse, y Julie Hall entró corriendo con un sobre manila en la mano. Se lo dio a Cam, quien se tensó y le agradeció. Sin abrirlo, lo puso en la carpeta que tenía frente a él.

Qué manera de crear suspenso.

Peter Mayville, nuestro alguacil, entró por la puerta principal, y Mary Murphy le seguía los talones y tomó asiento frente al escritorio de la secretaria. Estábamos listos para empezar.

El corazón me latía a todo lo que da al pensar en lo que nos esperaba. ¿Cómo podría perdonar a mi padre si fallaba contra Cam en este asunto? ¿Contra Art?

Cam miró sobre su hombro hacia mí y me guiñó el ojo.

«Te amo», mis labios dibujaron las palabras.

«Te amo», repitió antes de volver a voltear al frente.

—Ugh, qué empalagosos —mascullló Charity—. No es que no esté feliz de que por fin se hayan dejado de estupideces, porque el de ustedes ha sido el romance más lento que haya visto en mi vida.

—¡Charity! ¡Esa boca! —la regañó mamá.

Charity puso los ojos en blanco.

—Actúas como si fueras la única persona que sabía qué estaba pasando —agregó mamá entre dientes—. ¿Quién crees que distrajo a tu papá mientras Willow se escapó para rescatar todas las pertenencias de Cam esa noche? ¿Eh?

Despacio, ambas volteamos a verla, con los ojos como platos.

—¿Hiciste qué? —preguntó papá, al tiempo que se sentaba a mi lado.

—Nada de lo que tengas que preocuparte —respondió con una sonrisa típica de una esposa que piensa que lo mejor es que no se sepa nada.

—¿Están hablando de esas cajas que estaban llenas de las cosas de Cam y que ella guardó en su clóset durante años? —preguntó él.

Las tres lo miramos asombradas.

—¿Lo sabías? —pregunté.

Tensó la mandíbula.

—Soy terco, Willow, no estúpido.

Parpadeé, y en ese momento entendí.

—Espera, ¿qué vas a…?

—¡Todos de pie! —dijo Peter Mayville, y eso hicimos—. La corte municipal de Alba entra en sesión. Preside la honorable jueza Deborah Wilson.

Volteé a ver a mi padre. Estaba de pie con la barbilla alzada sobre el nudo impecable de la corbata, mirando cómo alguien más tomaba su lugar.

—Pueden sentarse —declaró una voz de mujer.

Me sentí feliz, considerando lo mal que me había sentido antes.

Peter anunció el caso, pero todo lo que escuché fue un zumbido en mi cabeza.

—¿Papá? —murmuré, incapaz de desviar la mirada.

Me miró con una sonrisa forzada, pero no dijo nada.

—Buenos días, señores Daniels —saludó la jueza Wilson a los hombres que estaban frente a ella.

Por primera vez la miré. Era como de la misma edad que papá, con hermosos rasgos clásicos coreanos y un peinado francés igual de clásico.

—Su señoría, si me permite —dijo Milton Sanders, poniéndose de pie—. Nos dijeron que este caso lo presidiría el juez Bradley. —Su voz era más aguda que de costumbre.

Sentí el peso de mil miradas en nuestra dirección.

—Sí —respondió la jueza Wilson con una sonrisa—. Pido disculpas por la confusión y el cambio de última hora. El juez Bradley me informó que necesitaba recusarse y me preguntó si no me importaba venir a escuchar el caso en lugar de reprogramarlo, puesto que la fecha ya era próxima. Como estaba libre, acepté.

Milton palideció.

—Gracias por su explicación, su señoría. ¿Podría decirnos cuándo le hizo esta solicitud?

—Anoche. Al parecer, su hija tiene una relación con una de las partes y consideró que no podía ser imparcial. —Se ajustó los lentes de armazón delgado—. El expediente se actualizó en línea, por supuesto.

—Claro, su señoría.

Él se inclinó hacia Xander para deliberar mientras la sala se llenaba de murmullos ininteligibles.

—Su señoría —dijo al fin—, mi cliente quisiera solicitar una prórroga.

—¿Por qué motivo? —preguntó.

—Por el motivo de que este cambio de último minuto nos pone en desventaja y necesitaremos más tiempo para prepararnos.

Milton sonaba más inestable que su razonamiento.

—Su solicitud es denegada. Un juez imparcial es un juez imparcial, y le aseguro que no me importa dónde esté sentado el juez Bradley. Además, el psicólogo de la corte me aseguró que Arthur Daniels es capaz de dar su testimonio hoy, y es algo que no estoy dispuesta a arriesgar perder, dado su diagnóstico. Procederemos de acuerdo con lo planeado.

Los hombros de Milton se desplomaron cuando se sentó.

—Señor Robinson, puesto que su cliente presentó la moción de cambiar la tutoría de Arthur Daniels, tiene la palabra —dijo la jueza Wilson.

Simon se puso de pie para dar sus alegatos de apertura.

—¿Te abstuviste del caso? —pregunté, mirando a papá.

La emoción enredaba mi lengua y se atoraba en mi garganta. Me miró a los ojos y su mirada se suavizó.

—Soy terco, Willow, no estúpido —repitió con una sonrisa irónica—. He presidido miles de casos y ninguno de ellos, este incluido, vale la pena como para volver a perder a mi hija. —Miró más allá de mí—. A ninguna de mis hijas.

—Gracias —murmuré.

—Solo recuerda que estoy sentado contigo, Willow. Contigo, con Charity y con tu madre. No con él —agregó, haciendo una seña con la cabeza hacia Cam—. Contigo.

—Eso es más que suficiente —dije, sonriendo despacio.

Cuando volteé a ver a Simon, que seguía su discurso, advertí que Charity asentía en dirección de papá.

Ambas partes dieron sus argumentos y abogaron las razones por las que el tutor de Art debía ser su cliente. Ambos presentaron una postura firme sobre la orden de no resucitar.

Cam fue el primero en el estrado.

Respondió con facilidad a las preguntas de Simon. Le habló a la jueza del mensaje de voz que hizo que volviera a casa y lo que sintió al ver a Art con el respirador cuando se envenenó con monóxido de carbono.

—Lo hizo bien —murmuró papá, al tiempo que Milton interrogaba a Cam—. Con voz fuerte y clara, un razonamiento sólido y ninguna animadversión contra Xander. Muy bien.

—Si alguna vez decides renunciar al cargo, siempre puedes hacer carrera en el tribunal como comentador —dije entre dientes.

Me lanzó una mirada que decía que preferiría morir.

Milton arremetió con fuerza contra Cam. Le preguntó sobre su distanciamiento con Art durante la última década. Luego habló de su regreso a Alba y describió una imagen de Cam como alguien inestable en quien no se podía confiar que se quedara.

—Al contrario —repuso Cam—. Tengo propiedad en Alba, soy miembro con derecho a voto en la Sociedad Histórica y tengo dos propiedades incluidas en el distrito, una de las cuales aumentará los ingresos del pueblo un cincuenta por ciento. Tengo una relación amorosa seria y recientemente ofrecí mis conocimientos de ingeniería civil a la compañía eléctrica del pueblo para actualizar el suministro de energía de Alba. El hecho de que haya prestado servicio en el ejército, como lo hicieron también mis dos hermanos, no me convierte en un nómada.

Milton se sonrojó, y yo casi alzo el puño en señal de victoria.

—¿Qué ventaja financiera pretende recibir en caso de que Arthur Daniels muera? —preguntó Milton, hojeando su expediente.

—No entiendo la pregunta —afirmó Cam, erguido y relajado.

—Quiero decir que está presionando mucho para obtener una orden de no resucitar para un hombre de cincuenta y ocho años. ¿No es verdad que, a su muerte, usted heredará la mitad de las considerables tierras y participaciones financieras de Arthur? —La insinuación de Milton provocó un murmullo generalizado.

La jueza Wilson miró a Cam por encima del armazón de sus lentes.

—No pretendo ganar nada —respondió Cam.

—Disculpe, pero eso no es verdad. El testamento de su padre establece que ustedes tres heredarán por partes iguales, y como Sullivan ya falleció, eso les deja a usted y a Xander el cincuenta por ciento.

Cam parpadeó y miró a Simon.

—Su señoría, al parecer el señor Sanders está hablando de una versión antigua del testamento del señor Daniels. ¿Puedo presentar, tanto a él como a la corte, la versión válida? —preguntó Simon.

—Por favor —respondió.

Simon repartió las copias.

—Como pueden ver, este testamento está fechado hace cinco años, lo que lo hace más actual y, por lo tanto, válido.

—¡Tú lo redactaste! —exclamó Milton—. ¡Qué conveniente!

—Es un pueblo chico, su señoría —explicó Simon, sin dignarse a mirar a Milton—. De hecho, fue el primer documento que redacté al salir de la escuela de Derecho y fue aceptado por el juez Bradley.

La jueza Wilson hojeó el documento.

—Parece ser un testamento válido, señor Sanders.

—Como pueden ver, tras la muerte de mi hermano menor mi padre me sacó de su testamento. Todo es para Xander —dijo Cam, mirando a su hermano.

El asombro de Alexander era visible, su atención pasó entre Art, Cam y el documento que tenía en las manos.

—¿Él no sabía? —pregunté.

—No —confirmó papá.

Milton ordenó rápidamente sus ideas y habló con Xander. Luego volteó a ver a Cam.

—¿Me puede hablar del incendio de la barraca?

—¡Protesto, señoría! —exclamó Simon—. ¡Irrelevante!

El murmullo en la sala estalló.

—¡Orden! —pidió la jueza Wilson—. Sigan así y cerraré la sala.

—Señoría, el tema nos lleva al fondo de su personalidad.

—¿Cómo algo que sucedió hace casi una década nos dice algo de su personalidad?

—Su cliente fue quien mencionó las propiedades para la Sociedad Histórica. El hecho de que hubiera una tercera, potencialmente rentable, importa cuando hablamos de su futuro.

—Lo permitiré —dijo la jueza Wilson.

—¿Qué puede decirme del incendio de la barraca? —repitió Milton, provocador.

Los ojos de Cam echaban chispas de indignación.

—Mi familia posee lo que fue la barraca de Rose Rowan. Se incendió hace nueve años, el verano que cumplí diecinueve.

—¿Fue responsable de la catastrófica pérdida de un sitio histórico invaluable?

—El incendio se dictaminó como accidental —respondió con voz ronca.

—¿Y eso no se mencionó en el informe? Porque aquí lo tengo, si desea leerlo —dijo Milton, hojeando en su expediente.

Cam y Xander se miraron fijamente.

—¿Señor Daniels? —lo instó Milton.

El rostro de Cam reflejaba su profundo sentimiento de traición, y mi corazón se hundió.

—Señor Daniels.

La voz de la jueza Wilson hizo que la atención de Cam volviera a Milton.

—El informe dice que, aunque el incendio se declarara accidental, fue provocado por mi negligencia —respondió Cam apretando la mandíbula.

—¿Y está de acuerdo con ese reporte? —preguntó Milton.

—Puesto que fui yo quien lo admitió, sería difícil no estarlo, ¿no cree? —espetó Cam.

—Solo responda la pregunta —dijo Milton, ladeando un poco la cabeza.

—Estoy de acuerdo.

Milton declaró que no tenía más preguntas, y Simon aprovechó la ocasión para interpelar a su cliente.

—Camden, ¿cuántos años sirvió en el ejército de Estados Unidos?

—Nueve.

—Y durante ese tiempo, ¿trabajó para las Fuerzas Especiales y obtuvo una licenciatura en Ingeniería?

—Así es.

—¿Diría que tenía potencial para aumentar sus ingresos y rango?

—Sí. Me hicieron cuatro ofertas de trabajo de más de seis dígitos este año.

—Sin embargo, renunció a todo eso por un ingreso mucho menor. ¿Por qué? —preguntó Simon.

—Porque mi padre pidió mi ayuda.

—Para que conste en las actas, ¿podría decirle a la corte qué medallas ganó durante su servicio?

Cam se tensó y miró a Xander.

—Tengo algunas.

—Quiero ser específico. ¿Es correcto que no solo tiene un Corazón Púrpura, sino una Estrella de Bronce por acciones heroicas en combate en las que no solo salvó vidas, sino que recibió una bala en el brazo?

Quedé boquiabierta. ¿El brazo? Ambos estaban cubiertos de tatuajes. ¿Estuvo herido? ¿Lo condecoraron con uno de los galardones más importantes del ejército?

—Así lo confirma mi expediente —respondió Cam despacio, apartando la mirada.

—¿Y nunca se lo dijo a nadie? —preguntó Simon.

—Fue un rasguño porque hice lo correcto en combate. No es algo que debería presumirse. Debería solo darse por sentado que cualquier persona haría lo correcto en una situación similar, no debería premiarse.

—Lo entiendo. Última pregunta: ¿cuándo recibió esta distinción militar?

—Hace dos años y tres meses —respondió distraído.

—Me parece que es un mejor ejemplo de su personalidad que un accidente de hace una década —afirmó Simon, encogiéndose de hombros.

—¡Protesto! —gritó Milton.

—Denegado.

Cam bajó del estrado y me buscó con la mirada al sentarse. En sus labios apretados pude ver su disculpa. Le sonreí, perdonándolo por algo que no requería explicación.

—¿Cómo le fue? —le pregunté a papá cuando Cam se sentó.

—Fue un final sólido —murmuró—, pero ¿y el incendio? Eso los deja empatados.

Yo no sabía si un empate sería suficiente para ganarle a Xander. Era difícil competir con la perfección.

CAPÍTULO 25

Camden

No fui capaz de mirar a Xander. No durante el testimonio de su vida perfecta, con sus decisiones perfectas y su perfecto futuro planificado. No, cuando acababa de echarme en cara el incendio.

Lo utilizó en mi contra. Luego, en su testimonio afirmó que yo era un gran hermano e hijo que solo estaba desorientado en cuanto a lo que era mejor para papá. Después de todo, me había ido durante una década, entre el primer año de universidad y el tiempo en el ejército, ¿cómo podía entender realmente el nivel de cuidado que él necesitaba? El hecho de estar de regreso en estos últimos tres meses y medio no podía brindarme una buena perspectiva para juzgar las intenciones de mi padre, aunque lo hacía de buena fe.

Nunca había odiado a mi hermano. Quizá le tenía un poco de celos de que lo hubieran nombrado el ángel guardián de la familia, pero jamás le deseé ningún mal.

En este momento quería arrojarlo de nuevo por la vitrina de la gasolinera, sobre todo cuando habló también de ese incidente. Incluso con el contexto que dio Simon, quedé como un imbécil.

Luego siguió el médico. Habló del diagnóstico de alzhéimer de papá, su nivel de demencia y su capacidad para tomar decisiones. En su opinión, si bien mi padre era capaz de tomar decisiones sobre su cuidado y rutina diarias, era incapaz de comprender la implicación de las decisiones a largo plazo casi la mitad del tiempo.

Entre más hablaba el médico, más se agitaba papá, removiéndose en su asiento y negando con la cabeza.

—¿Estás seguro de que quieres que tu padre dé testimonio? —me preguntó Simon en voz baja.

Por supuesto que no estaba seguro. Entre más avanzaba la audiencia, menos seguro me sentía de nada, incluidos los valores morales de mi hermano.

—El doctor dice que hoy está lo suficientemente lúcido, o al menos lo estaba en la entrevista de esta mañana. Es su vida. Pregúntale.

Si Xander insistía en impedir que papá tomara decisiones sobre su vida, lo menos que podía hacer era ofrecerle esta oportunidad.

Unos minutos después, Simon se inclinó a mi lado.

—Dice que quiere hacerlo.

—Entonces, déjalo. Por lo menos él nunca incendió nada.

Quizá esta fuera la única oportunidad que tendría de decirle a Xander exactamente qué quería, y los testigos lo considerarían socialmente responsable.

Cuando el médico bajó del estrado y papá se dirigía hacia él, volteé a ver a Willow.

Me lanzó una sonrisa alentadora, no de que todo estaría bien, sino de que ella estaría conmigo. No pude devolverse la sonrisa, y la suya se suavizó, comprensiva.

Al pararme en el estrado y poner al descubierto mi historial militar de esa manera no pude evitar recordar que, aunque nos conociéramos tan profundamente, no habíamos tenido tiempo para hablar de todos los detalles sobre los años que pasamos alejados. Pero ya tendríamos oportunidad para eso… al menos si el sobre que me dio Julie lo permitía.

No lo leí. Por lo menos no lo haría hasta que esto terminara.

Simon interrogó a papá y, para mi sorpresa, él respondió bastante bien. Sus respuestas fueron claras y concisas, y en realidad parecía muy lúcido. Ningún otro día hubiera sido mejor que este.

—Art, dígame, ¿está seguro de querer una orden de no resucitar? —preguntó Simon.

—Puesto que me lo tatué en el pecho, diría que estoy bastante seguro —insistió papá—. No es tu decisión, Alexander. —Papá volteó hacia mi hermano. Sentí un nudo en el estómago—. No soy un niño. Soy un hombre que merece la dignidad de controlar lo que pasa con su cuerpo.

—Protesto —exclamó Milton.

—Sabes que esto no está bien —continuó papá, y ahora mi estómago dio un vuelco de náuseas—. Yo no te enseñé a atar de manos y pies a una persona para obligarla a que haga con su cuerpo lo que no quiere. ¡Eso es lo que tú me hiciste!

Todo el público en la sala empezó a hablar al mismo tiempo.

—¡Protesto! —gritó Milton.

Mierda, estaba perdiendo el control.

—No más preguntas —intervino Simon. Luego se sentó a mi lado—. Bueno, por lo menos todo el pueblo estará hablando de esto durante un tiempo.

Me tensé cuando Milton se acercó a mi padre. Empezó con preguntas fáciles, explicó que en todos los otros temas que no eran la orden de no resucitar, en su opinión Xander era un tutor excelente. Sostuvo que la orden de no resucitar no era cuestión de mezquindad o negligencia, sino de opinión.

Ahí fue cuando papá perdió.

—A mí si me parece mezquindad ignorar de manera flagrante los deseos de una persona sobre su propio cuerpo —argumentó papá.

—Estoy de acuerdo —dijo Milton—. Pero ¿está realmente seguro de que esos son sus deseos?

—Lo estoy —asintió mi padre.

—Hoy lo está. ¿Y mañana? ¿El próximo año? Su memoria no siempre es buena, Art, ¿o sí?

Papá frunció el ceño.

—Algunos días… es errática.

—¿Como el día que le disparó a Camden?

Cerré los ojos entre los susurros de la audiencia.

—Yo… —Agitó la cabeza—. No recuerdo mucho eso —confesó en voz baja.

—Fue Alexander quien le quitó el rifle para que no matara a su hermano menor hace unos meses. ¿Es cierto?

Papá bajó la mirada, sus ojos bailaban de un lado a otro tratando de recordar.

—Eso me dijeron.

—¿No recuerda el momento?

—No con la claridad que quisiera —admitió papá.

—Okey. Para establecer su pérdida de memoria, ¿podría decirme cómo murió su hijo Sullivan?

Casi pierdo los estribos.

—¡Protesto! —gritó Simon—. Irrelevante. Ya tenemos su diagnóstico en el expediente.

—Tiene que ver con la idoneidad del tutor, su señoría —explicó Milton mirando a la jueza como si estuviera solicitando sus calificaciones de la universidad, no destrozando a mi padre.

—Está en el límite, señor Sanders —advirtió la jueza Wilson.

—Sí, su señoría. Art, ¿recuerda cómo murió Sully?

Apreté los puños bajo la mesa y disfruté el dolor de mis uñas clavadas en las palmas; lo utilicé para concentrarme.

—Sully…

Papá desvió la mirada. Conocía esa mirada. Estábamos a punto de perderlo.

—Tienes que detener esto —murmuré.

—No puedo —suspiró Simon—. Lo siento. Nunca pensé que Xander utilizaría a Sully.

—Sullivan murió en Afganistán, ¿cierto? —presionó Milton.

—Así es —confirmó papá asintiendo, sin dejar de ver al suelo—. Afganistán. Le dispararon.

—En el cuello, ¿sí?

Le arrancaría la cabeza de los malditos hombros a Milton.

—Sí. El cuello.

Papá empezó a mecerse un poco.

—Otro hijo suyo estaba con él. ¿Recuerda?

Despacio, papá alzó la vista para mirarme, sus ojos estaban cargados de una dolorosa tristeza que me cerró la garganta.

—Cam. Cam estaba con él.

—¿Es cierto que Camden dio la orden al escuadrón de Sullivan para que entrara al combate que cobró su vida?

—Sí.

Izquierda. Elegí al hombre a mi izquierda en lugar del que estaba a mi derecha. Una decisión de una fracción de segundo, el aleteo de la mariposa que provoca un huracán. Y todos seguíamos ahogándonos.

—Debe de ser difícil saber que Cam no trajo a Sully a casa sano y salvo —agregó Milton con lástima en la voz.

Papá hizo un gesto de dolor, y yo respiraba con dificultad.

—¡Protesto!

—¿No es verdad que culpa a Cam de la muerte de Sullivan?

—Está induciendo la respuesta del testigo.

—Yo… sí. Él dio la orden. Tú diste la orden.

Papá me miró con ojos vidriosos. ¿Cómo podía rebatir la verdad?

—Lo retiro —agregó Milton de inmediato, alzando una mano hacia Simon como si fuera él quien necesitara calmarse—. Art, ¿podría decirme qué desayunó esta mañana?

—¿Qué?

El corazón se me cayó a los pies.

—¿El desayuno? ¿O lo que cenó anoche? ¿O quizá qué programa vio en la televisión? ¿Me puede decir algo de eso? —preguntó Milton con voz amable, como si en realidad le importara.

—Yo… ¿Huevo? —dijo como si adivinara.

—Fue pan francés, según su enfermera a domicilio. ¿Me puede decir qué fecha es hoy?

Papá titubeó.

—Es junio. Sé que es junio.

—Junio, ¿qué? ¿Quince? ¿Siete? ¿Veintiocho?

—¡Es junio! —gritó papá.

Los ojos me picaban y tuve que parpadear para evitar las lágrimas al ver cómo mi padre se desmoronaba.

—Pero, ¿qué día de junio?

—¡No sé!

—Entiendo, Art. ¿Puede decirme los nombres de sus enfermeros?

Milton no le dio a papá la oportunidad de recuperarse.

—Hay varios —respondió papá.

Parecía tan perdido que mis instintos gritaban que debían bajarlo del estrado.

—Pero, ¿quiénes son?

—No… No sé.

—¿No conoce a las personas que son ahora responsables de cuidarlo las veinticuatro horas? —preguntó Milton.

—¡No! ¡No lo sé! Hay gente en mi casa. Siempre están ahí. ¡Ya nunca me dejan solo! —Su voz se quebró y con ella se llevó mi alma.

—Está bien, Art. Pasemos a un último asunto. Camden dice que regresó a casa por un mensaje de voz que usted le dejó. ¿Lo recuerda?

A papá le brillaron los ojos.

—Sí. Recuerdo el mensaje. Le pedí que volviera a casa a ayudarme. Xander no me dejaba tener la orden de no resucitar.

—Correcto. ¿Sabe cuándo dejó el mensaje?

Mierda. Sentí palidecer.

—Yo…

Papá me miró con impotencia. Yo quería regresar veinte minutos atrás. Decirle a Simon: «No, no lo llames al estrado». No porque no tuviera derecho a decir lo que pensaba, sino porque no se merecía lo que Milton le hacía en este momento.

—Míreme, señor Daniels —ordenó Milton en voz baja, como si le hablara a un niño y no a un adulto que había criado a tres hijos y enterrado a uno de ellos, además de a una esposa y un hermano—. ¿Recuerda cuándo dejó el mensaje?

—Fue este año. Eso lo sé. —Papá asintió—. Lo sé. Lo sé. Este año. Este año. Lo sé.

—Señor Daniels, ¿recuerda siquiera haber dejado el mensaje?

—Este año. Tuvo que ser este año.

—¿Señor Daniels?

—Protesto. Su señoría, esto es…

Simon solo pudo sacudir la cabeza. Cruel. Era cruel.

—Esta es la última pregunta, señor Sanders. No estamos aquí para torturar a quienes necesitan nuestra protección —advirtió la jueza.

—Sí, su señoría. ¿Art?

—¿Qué? —respondió papá en un murmullo.

—¿Recuerda haberle dejado el mensaje a Cam?

—No.

—Así que todo lo que hemos hecho aquí, desde que Cam renunciara a su carrera hasta esta audiencia, ¿todo empezó por algo que ni siquiera recuerda?

—Señor Sanders, eso es suficiente —ordenó la jueza Wilson.

—Ya terminé —dijo Milton, tomando asiento.

Papá miró alrededor de la sala, al techo y al piso sin fijar la mirada en nada ni nadie.

—Su señoría, ¿puedo ayudar a mi padre a bajar? —pregunté.

Aunque sabía que no debía hablar, tomé el riesgo.

—Sí, señor Daniels —accedió con una voz más amable que antes.

El tribunal permaneció en silencio hasta que mi silla chirrió sobre el piso pulido cuando me alejé de la mesa. Me acerqué a papá, las rodillas me temblaban y tenía los ojos llenos de lágrimas que no podía derramar. No aquí. No así.

—Papá, déjame ayudarte —dije cuando llegué al banquillo de los testigos.

—No... ¿Por qué...? —Al final me miró—. ¿Por qué estoy aquí? Quiero irme a casa.

—Sí, papá, te llevaremos, lo prometo. Baja.

Extendí la mano, pero se negó a tomarla y trastabilló en el estrado.

—No. Estoy bien. No me toques. ¡Estoy bien!

Pasó frente a mí, tratando de recuperar el equilibrio en el camino.

—¿Walt? —llamé cuando Simon abría la barandilla que separaba a la audiencia de este infierno.

—Yo me encargo —dijo Walt, al tiempo que Nikki se acercaba para ayudar.

—Tú —murmuró papá girando para mirarme cuando llegó al cancel.

—Soy yo, papá. Cam. Aquí estoy.

Su mirada se hizo fría.

—Tú mataste a mi Sullivan.

El murmullo fue apenas lo suficientemente fuerte como para que yo lo oyera, pero lo escuché y me partió el maldito corazón.

—Vamos, Art. Vamos a llevarte a casa. —Walt puso el brazo sobre los hombros de su mejor amigo y lo guio por la sala del tribunal.

Avancé a tropezones hasta mi asiento mientras el volumen de los murmullos del público se hizo aún más fuerte.

La lógica me decía lo contrario, pero mi corazón desgarrado lo superaba. Había perdido a todos los miembros de mi familia. Sullivan y mamá, por la muerte. Papá, por el alzhéimer. Alexander, por su propio sentido retorcido del bien y el mal.

Cuando la jueza llamó al orden sentí un par de manos sobre mis hombros. Volteé y vi a Willow, quien se inclinaba sobre la barandilla.

—Te amo —dijo. Sus ojos color avellana estaban rojos y sus mejillas manchadas—. Te amo. —Pasó los pulgares sobre mi rostro—. ¿Me entiendes, Camden Daniels? Conozco tu verdad. Te amo y siempre te he amado. Primero y siempre. A ti.

—¡Orden! —exclamó de nuevo la jueza, y el ruido comenzó a disminuir.

Me concentré en Willow, me anclé en sus ojos y poco a poco mis emociones en ebullición bajaron a ser solo un hervor.

—Willow —murmuré.

Apartó las manos de mi rostro y me metió algo en la mano.

—Aquí estoy. No me iré a ningún lado.

Se echó hacia atrás en su asiento y su padre pasó un brazo sobre sus hombros. Su padre, quien se recusó porque yo le pertenecía a su hija, me miró con los labios apretados y la mirada triste.

El público calló y abrí el puño para ver lo que me había dado.

Era la reina blanca de ónix. La protectora del rey. Me obligué a respirar profundo, regular.

Un suave sollozo llegó a mis oídos. Volteé hacia Xander, quien tenía la cabeza entre las manos y sus hombros se estremecían por el llanto. Mientras Simon y Milton daban sus argumentos finales me quedé mirando a Xander. No fue sino hasta el final del discurso de Milton que mi hermano pudo mirarme.

Al hacerlo, se estremeció.

Yo mostré mi furia, mi odio y mi completa indignación. Cuando la jueza Wilson cerró la sesión para deliberar, el público salió al pasillo.

—Ahora vuelvo —le prometí a Willow.

Asintió, y me apretó la mano antes de alejarse hacia donde su familia la esperaba.

Al final abrí el sobre que había dejado Julie.

Con manos temblorosas leí las tres hojas que incluía y sentí alivio y tristeza al mismo tiempo. Una tristeza profunda y atenazadora.

—¿Estás bien? —preguntó Simon.

—No. Nada de esto está bien.

Metí los papeles en el sobre y me acerqué a mi hermano mayor, mi ídolo, el ejemplo perfecto de amor y perdón. Lo miré furioso cuando él se levantó para marcharse.

—Cam —me advirtió Simon.

—Necesito un minuto con mi hermano —dije sin apartar la vista de Xander.

—¿Alexander? —dijo Milton.

—Está bien. Nos vemos allá afuera —respondió Xander.

La sala del tribunal se vació hasta que solo quedamos nosotros de pie entre las mesas en las que libramos la batalla.

—No me importa qué pase, cuál sea el fallo, nunca te perdonaré por lo que acaba de pasar. Me avergüenzo de ti, y Sullivan también se sentiría avergonzado. ¿Cómo pudiste usarlo de esa manera? ¿Usar el incendio?

Xander agitó la cabeza, confundido.

—¿Perdonarme? Eres tú quien intenta matar a papá, aunque los médicos han dicho que no es mentalmente capaz de tomar esa decisión. ¿Y quieres culparme a mí? No tengo más remedio que acatarme a las decisiones que él hizo antes de que perdiera la cordura, ¡porque ese hombre que vimos sentado en el estrado ya no es nuestro padre!

—¡Sigue siendo papá! ¡No quiere sondas ni respiradores! Quiere la dignidad de tomar esa decisión, ¿y ni siquiera eso puedes darle? ¿Tienes que destrozar lo que le queda de orgullo frente a todo el pueblo? —grité.

—¡Tú me obligaste! —gritó Xander a su vez—. ¿Crees que quería hacerlo? ¿Algo de esto? ¡Claro que no! Le dije: «Papá, necesitas un poder notarial médico, por si es necesario que alguien firme para una cirugía o algo». ¿Sabes cuándo fue eso? —Se estremecía de la rabia—.

¡Hace cinco años, después de que Sully murió! ¡Nunca pensé que esto pasaría! ¡Nunca quise esto! —Avanzó hacia la salida—. Nunca quise ser responsable de su cuidado, de tomar las decisiones sobre su vida o su muerte una y otra vez. Pero eso fue lo que sucedió, ¡porque tú estabas muy ocupado siendo un héroe como para volver a casa! Pero no te dan una medalla cuando te quedas en casa, ¿verdad?

Su voz hizo eco en la habitación vacía y empecé a entender. Había estado tan concentrado en el castillo de cartas que se desplomaba desde arriba que no me detuve a mirar los cimientos. Xander jamás me dejaría ganar, porque así veía las cosas.

—En verdad no piensas que él se merece elegir lo que le suceda —afirmé en voz baja.

—No es capaz de elegir. Tengo que elegir por él. Tengo que actuar, como siempre, porque a ti te gusta tomar el camino fácil. Así es, tengo que hacerlo y lo haré, y en cada decisión que tome por él tendré en cuenta su vida y su salud mental. Estoy manteniendo vivo a nuestro padre tanto tiempo como pueda, Cam. Eso es lo que hace un padre por su hijo.

—¿Sí? ¿Y qué haría un hermano por otro hermano?

—¿Qué quieres decir? —preguntó Xander—. Por ti también pelearía.

Dios mío, esperaba que no.

—Lo tendré en cuenta —le dije.

Salí de la sala del tribunal sin mirar atrás. Simon me llevó a una habitación tranquila donde me senté con Willow. Tomó mi mano con firmeza y apoyo la cabeza en mi hombro.

—El día de la inauguración le dije a tu padre que te sentías solo —me dijo.

Volteé a verla y levantó la cabeza.

—Me contestó que todas las cosas grandes y preciosas son solitarias.

Fruncí el ceño y ella asintió. Esa frase… Maldita sea. El mismo hombre que se burlaba de mí cuando era niño por tener siempre la nariz metida en un libro se había tomado el tiempo para leer mi obra favorita, no solo una vez, sino las suficientes como para recordar esa frase.

Le besé la frente, agradecido, y la apreté a mi costado mientras esperábamos que la jueza decidiera el destino de papá.

—Este caso definitivamente no es fácil —dijo la jueza Wilson cuatro horas más tarde. Todos contuvimos el aliento—. Señor Daniels —continuó en mi dirección—, es evidente que usted ama a su padre. La dedicación que ha demostrado al regresar a casa y llegar hasta aquí es admirable. En verdad pienso que está haciendo lo que considera que está en su mejor interés, y yo hubiera hecho exactamente lo mismo si hubiera sido mi padre.

Asentí. Las náuseas se convirtieron en una fosa de bilis y esperanza.

—Pero para cambiar la tutela actual se debe demostrar que su hermano ha sido negligente, y no es así. Es una persona estable y ha mostrado que cuida a su padre. No puedo encontrar ningún fundamento legal que le garantice a usted la tutela, sin importar cuánto me gustaría hacerlo.

El hueco en el estómago se llenó de miedo y derrota cuando el sabor amargo de la desesperación llegó a mi lengua.

—Señor Daniels —continuó dirigiéndose a mi hermano—. Ha hecho un trabajo excelente en el cuidado del cuerpo de su padre. Entiendo el estrés que debe de sentir. Ser cuidador de los padres no es fácil. Merece conservar la tutela con base en su historial. Sin embargo, lo conminaría a que lo escuchara. Aunque legalmente no se le puede considerar lo suficientemente competente como para que yo ordene una orden de no resucitar en su nombre, sinceramente espero que usted cambie de parecer.

»La capacidad de controlar lo que le sucede a nuestro cuerpo y elegir nuestro futuro es la base de nuestra individualidad. El libre albedrío es la más valiosa de nuestras posesiones, y perderlo es una tragedia incomparable. Pero la compasión que mostramos a quienes carecen de ese control, tanto los muy jóvenes, que aún deben reclamarlo, como los muy viejos, que enfrentan su pérdida, es la esencia de nuestra humanidad. Si bien no considero que carezca de compasión, sí creo que carece de empatía hacia el predicamento de su padre, y espero que la encuentre antes de que él tenga que sufrir de nuevo.

»Declaró a favor del demandado, quien conservará la tutela de Arthur Daniels —afirmó, golpeando con su mazo.

Papá no tendría voz ni voto el resto de su vida.

CAPÍTULO 26

Willow

—¿Así que cómo escogiste? —le pregunté a Rose, quien acababa de contarme sobre el triángulo amoroso en el que se encontraba. Al parecer, el lugar en el que se sentaba en la cafetería de la escuela durante el almuerzo era el paso anterior al anillo de compromiso, y si bien ella siempre se sentaba junto a Addison, su mejor amiga, colocarse a su otro costado era el gran lujo de la primaria de Alba.

—Todavía no lo hago, pero tengo un plan —respondió, al tiempo que avanzábamos entre la multitud que se había reunido para el corte de listón inaugural de la mina. Era difícil creer que fuera el 4 de julio, y mucho más increíble que Cam hubiera logrado suficiente progreso para realizar la apertura no oficial.

Aún teníamos unas horas, pero tanto lugareños como turistas habían llegado ya a Rose Rowan.

—¿Cuál es el plan? —preguntó Cam, llegando en silencio detrás de nosotros.

—¡Hola, Cam! —La sonrisa de Rose fue instantánea y deslumbrante.

—Hola, Rosie —saludó Cam tomándola en brazos para darle un fuerte abrazo, y luego darme un beso rápido.

—Al parecer, Rose tiene que elegir entre dos niños —le dije cuando me tomó de la mano.

—¿Qué? Pensé que a tu edad los niños daban asco.

Rose puso los ojos en blanco de manera exagerada.

—Allá están —dijo sin ninguna sutileza, señalando a los dos niños que estaban junto a la mesa del ponche.

—Espera, ¿este momento decisivo va a suceder ahora?

¿Dónde estaba su madre cuando la necesitaba? Me paré de puntas para ver si Charity sobresalía entre el gentío, pero había tantas personas que era imposible encontrar a nadie que no fuera tan alto como Cam.

Hablando de altos, ahí estaba Alexander. Le sacaban una foto en el podio y ahora fui yo quien puso los ojos en blanco.

—No es el momento decisivo. Será fácil, ¿ves? —Se quitó la mochila con el logotipo de Rose Rowan del hombro y sacó dos broches brillantes de unicornios—. He estado haciendo un experimento y ya es momento de probar mi hipót…

Frunció el ceño.

—Hipótesis —dije para ayudarla.

—¡Eso!

Sonrió y se puso la mochila al hombro.

—¿Quieres explicármela? —pregunté.

Advertí que uno de los niños era más bajo, con lentes y el clásico corte de cabello del que lleva las de perder, en tanto que el otro podía haber modelado para Fourth Grade Weekly o algo por el estilo.

—Luego —prometió.

—¿Necesitas refuerzos? —preguntó Cam, mirando a los niños.

—Puedo cuidarme sola, pero ¡gracias! —dijo sobre el hombro mientras se acercaba a los niños.

—No sé cómo me siento con esto —murmuré.

—Yo tampoco —dijo él apretando mi mano.

Vimos cómo Rose le ofrecía un broche a cada uno.

—Me gustaría escuchar lo que están diciendo.

—Si hubiera sabido, le hubiera puesto un micrófono. —Cam entrecerró los ojos y se inclinó hacia adelante como si tuviera oídos supersónicos.

El niño más alto tomó el broche y forzó una sonrisa, luego lo metió en el bolsillo delantero de sus jeans. El más bajo le sonrió a Rose y se lo puso en el pecho de su camiseta de Star Wars.

Rose le sonrió, le dijo algo que lo hizo sonreír aún más y luego ella regresó corriendo a nosotros.

Mi corazón se derritió en un charco de cursilería al darme cuenta de lo que Rose había hecho, y de lo que el hombre al que yo amaba había hecho por ella sin darse cuenta.

—¡Funcionó! —exclamó con los ojos brillantes con la sabiduría de la infancia.

—¿Qué funcionó? —preguntó Cam, mirando de inmediato a los niños.

—¡Mi experimento! —exclamó, alzando los brazos en señal de victoria.

—Bueno, creo que esto está a punto de volverse interesante —dije, al tiempo que veía cómo se acercaba el niño alto. Jugueteaba con el broche, pero acabó por ponérselo en su camiseta y asegurarlo.

—¡Rose! —gritó agitando la mano con entusiasmo—. ¡Mira! —agregó señalando el broche.

Rose suspiró y negó con la cabeza.

—Lo siento, Drake, pero es muy tarde.

—Y demasiado pronto —mascculló Cam, lo que le hizo ganar un codazo de mi parte.

—¡Pero me gusta! ¡En serio! —agregó el niño con sus grandes ojos azules.

—No, no te gusta. —Negó Rose con énfasis—. Solo quieres que piense que te gusta. Es diferente.

—Lo cacharon —dijo Cam despacio.

—Ya nadie usa esa palabra —lo regañó Rose con una sonrisa.

—Está bien —espetó Drake arrancándose el broche para dejar un agujero en su camiseta—. Quédate con tu estúpido unicornio. De cualquier forma, no lo quiero. —Extendió el brazo para devolvérselo a Rose, y cuando ella no lo tomó, Cam intervino para tomarlo en su lugar.

El niño alzó la vista, más y más, y cuando por fin vio los ojos de Cam, él abrió los suyos como platos y se echó a correr.

—¡Gracias por probar mi hipótesis! —gritó Rose a su espalda.

—¡Así se habla! ¡Buen trabajo! —le dije, chocando palmas con ella.

Cam ya se había puesto el broche encima del logotipo de Rose Rowan sobre la camisa de botones que llevaba puesta. No tenía ninguna duda de que, para el final del primer recorrido en tren, la tela blanca de algodón estaría manchada de tierra, pero me encantaba que la llevara arremangada sin que le importara qué pensaran de sus tatuajes.

—Camden, ya llegaron los del periódico de Denver. Esperan hacerte una entrevista a ti y a Xander, y ¿quizá a tu papá? —preguntó Walt con más que duda en su voz—. Es comprensible si dices que no o si quisieras usar su cámara para golpear a tu hermano en la cabeza.

Un esbozo de sonrisa se dibujó en el rostro de Cam y suspiró.

—Está bien, Walt. Es bueno para la mina, y con los gastos del cuidado de mi papá en casa, aceptaré toda la publicidad gratis que me ofrezcan.

—No te diviertas mucho —le dije.

Me besó en respuesta. También hacía eso con más frecuencia, me besaba en público e ignoraba lo que pensaran de él o de nosotros. No fue un acto de rebeldía, como lo hubiera sido cuando era más joven. Ahora lo hacía porque en verdad no le importaba lo que pensaran, y sabía que a mí tampoco.

Éramos felices y eso hacía toda la diferencia.

—Debí traerte a ti uno también —murmuró Rose.

—No necesito uno —le aseguré, espiando a Charity que estaba con su novio—. Ya sabes que no me importa lo que la gente piense de mí.

Abrió los ojos como platos.

—Lo entiendes.

—¿Cam? ¿La bolsa de hielo? —pregunté.

—Primero tienes que responder la pregunta —dijo, clavando su mirada en la mía mientras la gente se movía a nuestro alrededor, camino al bufete o a la exhibición de fotografías históricas.

—¿Okey?

—Tu broche de unicornio. ¿Quién te lo dio? Ya sabes, el que perdiste en la mina —dijo, ladeando la cabeza hacia el edificio Rose Rowan.

—Cam. Compró dos ese año en la tienda de la escuela el Día de la Madre. Uno para mí y otro para su mamá.

A Lillian la enterraron con el suyo.

Rose frunció el ceño.

—Apuesto a que lo extrañas mucho.

—¿El broche? Bueno, claro que me gustaría tenerlo, pero hace ya mucho tiempo que me resigné a haberlo perdido. —Al ver lo triste que eso la ponía, presioné—: Pero, ¿sabes?, ¡la mina abre hoy! Siempre existe la oportunidad de que alguien lo encuentre, ¡quién sabe! No recuerdo dónde estaba, pero gracias a Cam, el túnel de 1880 está listo para exploración, así que cualquiera de esos miles de turistas podrían encontrarlo.

—Pero, ¿qué tal si uno de ellos piensa que es un tesoro y se lo queda? —preguntó.

—La verdad es que eso no lo puedo controlar —respondí en voz baja para tratar de tranquilizarla.

—¿Por qué no lo buscaste?

—Tenía mucho miedo —admití—. Incluso ahora, la mina a veces me da miedo. Me recuerda cuando estuve atrapada, perdida y herida.

—¿Todavía? —murmuró Rose.

—Sí. A veces los miedos no desaparecen porque seas más grande. Solo se hacen más grandes también —respondí encogiéndome de hombros.

Asintió, como si le diera vueltas a algo en la cabeza.

—Voy a buscar a mamá, ¿okey?

—Claro. Está allá —dije, señalando la única arboleda de álamos.

Me abrazó antes de irse.

Hice mis rondas, me detuve a hablar con papá y John Royal antes de que mamá y las amigas de Ivy me llamaran. Todas querían saber cómo estaba Cam después del horrible espectáculo que dio Milton Sanders.

Ninguno de ellos mencionó que lo había hecho porque Xander se lo pidió. En ese sentido, salió completamente limpio de la audiencia del mes pasado. Por supuesto, era triste que no le diera a Art la orden de no resucitar, pero si los médicos y la jueza decían que Art no entendía lo que estaba pidiendo, entonces él solo era un hijo que defendía la vida de su padre.

Tras unos veinticinco minutos de esas tonterías, me disculpé y me escabullí de sus chismes cuando mamá dibujó con los labios: «Corre».

Platiqué con Julie Hall y evité a Oscar Hudgens cuando pasó a mi lado. Luego llevé a Julie y a los niños con Thea y Jacob a ver los trenes, y les conté toda la historia de los vagones de minerales.

—Willow, ¿le puedes preguntar a Rose si quiere comer ahora o después de la ceremonia? —preguntó Charity, quien se acercó con su novio.

No pude evitar sonreír al ver que por fin se mostraba con él en público, y que el residente de Salida llevaba un broche de unicornio.

—¿Qué? Pregúntale tú —bromeé—. Hola, soy Willow —agregué para presentarme.

—Travis —respondió sonriendo y estrechando mi mano—. Me da mucho gusto conocerte al fin.

—Igualmente.

—Sí, sí, ahora ya se conocen. Willow, en serio, tráeme a Rose.

Volteó a mirar al tren y saludó con la mano a Thea y a Julie.

Parpadeé confundida.

—Rose está contigo.

Charity se subió los lentes de sol a la cabeza.

—No. Estaba conmigo. Dijo que tú la necesitabas para una suerte de cacería de minerales con los niños y se fue a buscarte.

El terror invadió cada célula de mi cuerpo, y el ruido de la multitud se apagó en mi cabeza para ser reemplazado por un rugido en mis oídos.

—¿Cuándo?

—Hace como una hora. —Sus ojos se desorbitaron—. Willow, ¿dónde está Rose?

—No sé —respondí en un murmullo.

Mi cabeza giró de izquierda a derecha en busca de esa trenza tan familiar.

—¿Cuándo es la cacería de minerales? Quizá se está preparando para ella, ¿no? —preguntó Travis.

—No hay cacería de minerales —respondí, mirando a Charity a los ojos—. Nunca le pedí que me ayudara porque no existe.

—Dios mío.

Charity pasó corriendo frente a mí, hacia la casa reconstruida del guardia que servía como taquilla y punto de partida del tren.

—Ella nunca miente —le dije a Travis—. Algo está mal.

—Disculpen —dijo Charity por el micrófono. Su voz retumbó entre la multitud a través de los altavoces que Cam y su equipo habían instalado para el evento—. ¿Alguien ha visto a Rose Maylard?

El gentío murmuró, pero nadie alzó la mano ni contestó.

—¿Rose? —gritó Charity por el micrófono. El pánico en su voz me laceró el corazón como el sonido de uñas sobre un pizarrón.

Miré entre la multitud de nuevo, luego hacia los trenes… y más allá de los trenes.

—Oh, no. —El corazón cayó a mis pies—. Dile a Charity que espere aquí —le ordené a Travis.

Corrí entre el gentío, abriéndome paso a empujones hasta que llegué a los remolques de construcción que habían reubicado en un extremo para dejar espacio para el público.

Subí los escalones de dos en dos y abrí la puerta de golpe. A primera vista, todo parecía estar en su lugar. Sin embargo, sobre el escritorio de Cam… no. Ahí estaba el casco de Cam y el mío, pero faltaba el de Rose.

Apenas sentía el piso bajo mis pies cuando salí disparada del remolque. Bajé los escalones de un salto y corrí entre la gente, que ahora se abarrotaba al pie de la escalera que llevaba a la taquilla.

—¡Quítate! —le ordené a alguien que bloqueaba mi camino.

—Lo siento, señorita, pero solo…

—¡Cállate y muévete, Scott! —le grité al hombre que había sido el peor bully de mi clase.

—Willow, perdón, no te vi.

Lo empujé y subí las escaleras, donde mi padre abrazaba a Charity. Mamá y Travis miraban nerviosos mientras Cam y Gideon hablaban con Xander y Tim Hall.

—¡Cam!

Volteó a mirarme y de inmediato se acercó a mí.

—Sé dónde está.

—¿Dónde? —preguntó Tim Hall, Cam solo me miraba, tranquilo e inalterado.

—No está su casco —dije.

Sus ojos se desorbitaron y giró hacia el largo túnel negro de la mina.

—¿Por qué lo haría?

—Dijo algo sobre que yo debía tener ese broche, el que perdí aquel día. Le molestaba mucho la idea de que alguien pudiera encontrarlo antes que yo. —Mis rodillas desfallecieron—. Cam, creo que fue a buscar el conducto de ventilación en el que me caí.

Volteé a ver hacia la mina y cuando todos estallaron en preguntas y peticiones, él ya bajaba mentalmente por el conducto.

—¿Qué hacemos? —preguntó papá a Tim Hall.

—Vamos a organizar grupos de búsqueda —respondió Tim.

—¿Qué tan lejos está el conducto, Willow? —preguntó Charity sujetándome por los brazos—. ¿Lo recuerdas?

—¡Tú estabas ahí! —respondí con voz aguda—. ¡Estuviste ahí hasta que ya no estabas!

—Tenía once años —murmuró—. Todo lo que recuerdo es que caminamos mucho y luego... estaba oscuro. La linterna se quedó sin baterías, por lo menos eso pensamos, así que pusimos las manos sobre el muro del túnel y empezamos a caminar de regreso. Solo éramos nosotros. Tenía once, Willow. No recuerdo el resto, sino hasta que Cam nos encontró cerca de la entrada.

—Yo tenía nueve —mascullé.

La misma edad que Rose.

—Todos, métanse al remolque —ordenó Cam—. Gideon, empieza a juntar voluntarios para la búsqueda.

—¿Qué profundidad tiene el conducto? —le preguntó papá a Cam de camino al remolque, entre la multitud que se abría a nuestro paso—. ¿El conducto del que sacaste a Willow?

—Por lo menos quince metros —respondió—. No sé cómo sobrevivió.

—Y tú —le dije cuando tomó mi mano.

—Yo tenía una linterna de cabeza y más o menos pude deslizarme hasta el fondo. Fue un milagro que solo te rompieras la nariz.

Entramos al remolque, Cam sacó los planos de la Rose Rowan y los puso sobre el restirador.

—Pensamos que el conducto podría ser uno de estos dos —explicó señalando los conductos más largos de la mina, que atravesaban los tres niveles—. Xander, ¿tú qué recuerdas?

Xander sacudió la cabeza mientras estudiaba el plano.

—Dios, fue hace mucho tiempo.

—¡Tenías catorce años! —gritó Charity—. Eras el más grande de todos nosotros. ¡Tienes que acordarte!

—Yo puedo encontrarla —dijo Art al entrar al remolque, con Walt y Nikki a los talones.

—Ahora no, papá —dijo Xander, amable.

—Tim, organiza diez grupos de búsqueda de cinco personas cada uno, si puedes. Esa es la cantidad de cascos y linternas de cabeza que tenemos. —Cam miró al capitán de policía—. ¡Ahora, Tim!

Tim asintió y se marchó.

—¡Yo puedo encontrarla! —repitió Art.

—Papá, ¿qué quieres decir? —preguntó Cam, quitando a Travis del camino para que Art pudiera acercarse.

—Nadie conoce esa mina como yo. Creo que sé dónde está. —Art miró el plano—. No aparece en el mapa, por lo menos no en este.

—Papá, no tenemos tiempo para esto. ¿Por qué no te vas con Nikki? —lo instó Xander.

Art lo ignoró y señaló el plano.

—Debería estar aquí. Lo he visto en otros planos. —Frunció el ceño—. Es donde el túnel de 1880 se encuentra con el de 1930.

—Papá, esos túneles no se intersecan —repuso Xander.

—Cállate. Tú nunca quisiste escucharme hablar de la mina cuando eras más joven, no entiendo por qué quieres empezar ahora. —Volteó a ver a Cam—. Yo puedo encontrarla. Llévame.

—¡De ninguna manera! —gritó Xander.

—Llévame —repitió Art sin molestarse en mirar a Xander.

—¡Sabes lo que implica ponerlo bajo tanto estrés emocional! Se volverá loco allá abajo y ustedes dos morirán. —Xander cruzó los brazos sobre el pecho.

—Camden, yo soy su mejor esperanza. Solo cuatro personas han estado ahí. —Frunció el ceño—. Cinco, si contamos a Willow.

Yo. Xander. Charity. Cam. ¿Quién era el quinto?

—Yo iré —dije, tomando mi casco y el de Cam.

—La mina te aterra —repuso Charity, las lágrimas se derramaban en silencio sobre sus mejillas.

—Fui yo quien se cayó ahí —dije—. Cam y yo somos los únicos que hemos estado ahí.

—Yo también. Eso es lo que estoy diciendo —intervino Art.

—Cierto. Y Art. —Tenía sentido, ya que él era el experto en esta condenada mina—. Charity, tienes que quedarte aquí en caso de que otro grupo la traiga, en caso de que la encuentren antes que nosotros.

—¿Estás segura, Pika? —preguntó Cam.

—Segura.

Le di su casco, puse el mío sobre el escritorio y empecé a trenzarme el cabello.

—Llévame, Cam. Soy la mejor oportunidad que tienen de encontrar viva a esa niña —dijo Art, poniéndose directamente frente a Cam.

—¡Ni siquiera puedes estar seguro de que Rose encuentre ese conducto de ventilación! Si tú no pudiste volver a encontrarlo, ¿cómo lo va a encontrar ella? ¡Fue un milagro que te toparas con Willow esa vez! —argumentó Xander.

—Yo le expliqué cómo llegar —admitió Art—. Tampoco estaba en el mapa que yo tenía, pero le señalé dónde debía de estar.

—No estaba en el mapa porque no existe. Él no va. Lo prohíbo. Soy su tutor —exclamó Xander, alzando el tono de voz en cada palabra—. ¡No lo puedes bajar ahí!

Cam y su papá se miraron durante un largo minuto, y luego asintieron y se enfrentaron a Xander. No había comparación física entre ambos, y Xander lo sabía; sin embargo, Cam nunca antes lo había utilizado a su favor.

—Detenme.

Diez minutos más tarde, Cam, Art, Gideon, papá y yo nos subimos al tren. Cam nos llevó a la mina, más rápido que cuando fuimos con Rose. Mis ojos estaban en alerta, en busca de su chamarra rosa pálido y el casco amarillo, pero no distinguí nada.

Nos adentramos en el aire viciado del túnel y me asombró la diferencia, ahora que estaba iluminado. Pasamos la primera antecámara en la que nos habíamos detenido y continuamos nuestro camino por dos conductos de ventilación y varios escenarios que Cam había construido con equipo minero de época.

Finalmente nos detuvimos, y me sorprendió que hubiéramos podido caminar hasta aquí hacía todos estos años, si en verdad fue en este lugar donde me caí.

Cam le enseñó a papá cómo manejar el tren para que pudiera regresar por más equipos de búsqueda.

—¿Estás segura? —me preguntó Cam, tomando mi rostro entre sus manos.

—No dejarás que nada me pase —respondí—. Y yo no dejaré que nada te pase a ti.

Recargó su casco contra el mío y respiró profundo.

—Solo prométeme que te mantendrás a mi lado. Casi te pierdo aquí una vez, y eso no volverá a suceder.

—Lo prometo.

Asintió, pero yo sabía que no estaba contento de que yo estuviera aquí abajo. En fin, éramos tres, a juzgar por la manera en la que mi papá me miraba.

—Está bien, papá. Vete.

—Te quiero. Tu chamarra está muy grande. ¿Estás segura de que estarás caliente?

—Yo también te quiero. Estoy bien. Es de Cam.

No me molesté en discutir la lógica de su argumento.

Volteó a ver a Camden.

—Ya la sacaste una vez de esta mina, espero que vuelvas a hacerlo. ¿Me entiendes? Sácala, a ella y a Rose.

—¿Qué lo hizo cambiar de opinión? —preguntó Cam, echándose la mochila al hombro.

—¿Cuándo me di cuenta de que tú no le rompiste la nariz? —preguntó papá.

Cam asintió.

—Primero revisé su radiografía cuando empezaron a salir juntos. La rotura era demasiado simétrica, como si se hubiera caído de bruces o se hubiera golpeado contra una pared. Luego me di cuenta de que no necesitaba esa maldita radiografía. Willow es una chica inteligente y te hubiera dado una paliza si la hubieras lastimado.

Cam volvió a asentir, aunque ahora sonreía. No le pidió a mi papá que se disculpara por los veinte años en que se portó como un imbécil con él, sencillamente se conformó con que supiera que se había equivocado.

Tomé su mano y nos despedimos de mi padre con una seña. Puso en marcha la máquina y regresó a la entrada de la mina.

Las luces estaban encendidas, pero los olores, los sonidos… todos eran los mismos.

—Inhala por la nariz y exhala por la boca —me dijo Cam con voz dulce cuando empezamos a caminar.

—Por aquí —dijo Art en una ramificación aleatoria.

—Papá… —repuso Cam—. No recuerdo haber venido por aquí, ni haber tomado un camino descendiente hasta que llegué al conducto.

—Eso es porque fuiste por el camino largo. Yo le dije a la pequeña Rose cómo encontrar el atajo.

Por la voz, parecía que iba a tener una crisis, pero su mirada era clara y segura.

—¿Qué atajo?

—Era un conducto de ventilación, ¿qué crees que ventilaba? Mira, puedes confiar en mí o no. Te estoy diciendo que es por aquí.

Art dio media vuelta y empezó a caminar.

—Esta será una excelente historia para contar en mi funeral —masculló Gideon.

—Okey, supongo que vamos a confiar en ti —dijo Cam, tomándome de la mano cuando seguimos a su papá.

—¿Qué tan lejos crees que está? —preguntó Gideon.

—Probablemente diez minutos, si dejas de quejarte y empiezas a caminar —lo regañó Art.

Cam sonrió y volteó a ver a Gid sobre el hombro, con una mirada cómplice.

El túnel se estrechaba y pasamos la línea de demarcación de la parte que había sido reforzada. Ya no había iluminación y solo contábamos con nuestras linternas de cabeza conforme el túnel empezó a descender de manera abrupta al interior de la montaña. Las vigas que soportaban las paredes y el techo estaban casi intactas, pero tuve que pasar encima de algunas.

—Aquí es donde empieza a ponerse difícil —anunció Art con una sonrisa.

«¿Empieza?». Respiré profundo por la nariz y exhalé por la boca. Luego, haciendo un gran esfuerzo, avancé hacia mi infierno personal, rezando para encontrar a Rose a tiempo… por que la encontráramos.

CAPÍTULO 27

Camden

Avanzamos con dificultad por un túnel tan estrecho que podía tocar ambos lados si extendía los brazos. La pendiente era escarpada, pero al menos el piso estaba seco.

—Papá, ¿estás seguro de que es por aquí? —pregunté.

Cada minuto que pasaba sentía más miedo de que fuera a perder la cabeza.

—Tan seguro como puedo estarlo. Sé que hoy es 4 de julio, que eres Camden y que te aferras con mucha fuerza a la mano de Willow Bradley, así que estoy lúcido, si eso es lo que preguntas.

Ni siquiera volteó, siguió avanzando por el piso cubierto de tierra.

Willow me apretó la mano con más fuerza, pero el túnel se hizo tan estrecho que ya no pudimos caminar uno al lado del otro y ella tuvo que seguir detrás de mí. Odiaba no poder verla, pero no dejaría que pasara por ninguna parte en la que yo no hubiera probado el suelo con mi peso tan dentro de la mina.

El aire se mezcló más adelante, y la luz de papá brincó cuando él asintió.

—¿Ves? —dijo, señalando el túnel que apareció a nuestra derecha cuando el camino se niveló y se ensanchó hacia otra gran cámara—. Esta es una ramificación del túnel de 1930.

—No está en ninguno de los mapas —comenté, admirando el amplio túnel y sus vigas fuertes. A la izquierda había docenas de pequeñas cámaras, algunas con muros reforzados con madera hasta la mitad, con barras verticales de hierro superpuestas y puertas batientes hechas del mismo material. Otras no tenían nada, eran solo el producto de las explosiones que fueron necesarias para la exploración.

—Sé que existe por lo menos un mapa donde sí aparece —respondió—. Solo que no puedo recordar dónde está. —Se tocó la frente—. Pensé que te lo había dado a ti, pero eso no puede ser correcto.

La aprehensión pesó en mi estómago como un ladrillo.

—Papá, ¿estás bien?

—Sí, claro que estoy bien.

Sin embargo, las arrugas en su frente me decían lo contrario.

—¿Qué tan adentro crees que estamos? —preguntó Gideon.

—En el subnivel tres —respondió papá, iluminando con su linterna de cabeza la amplia pared salpicada de pequeñas cámaras excavadas que se extendían a ambos lados hasta donde llegaba la luz, conforme la cámara se estrechaba en dos túneles que corrían a ambos lados—. Encontramos una vena aquí abajo que no valía mucho, pero era mejor que nada. Sin embargo, los mineros necesitaban aire.

La lámpara de su cabeza iluminó a la derecha, luego a la izquierda. ¿A dónde carajos habíamos ido a partir de aquí?

—Ellos y yo —dijo Gideon, pasando frente a mi papá para seguir la curva del túnel.

—¿Estás bien? —le pregunté a Willow al ver que le costaba más trabajo respirar.

—Quiero empezar a gritar su nombre.

—Yo me esperaría —dijo Gideon, iluminando un montón de piedras que estaban al fondo a la izquierda de la cámara—. Allá todo está derrumbado.

—Hace años que está así —murmuró papá—. No se queden ahí parados, empiecen a buscar. No muevan rocas ni provoquen otro derrumbe.

—¿Izquierda o derecha? —preguntó Gideon.

Sentí un nudo en la garganta.

—No importa —respondió papá, negando con la cabeza e iluminando a izquierda y derecha—. Cincuenta por ciento de probabilidades. Elijan por dónde comenzar.

—Sí importa —repuse, Willow tomó mi mano.

—Divídanse, pero permanezcan en esta sección —ordenó papá—. Así será más rápido.

¿Izquierda o derecha? Al mirar a ambos lados no me pareció una elección evidente. Era un dilema que solo podía resolverse echando una moneda al aire.

—Izquierda —dijo Willow. Su lámpara brilló sobre las cámaras que tenían reja.

—¿Estás segura? —pregunté.

—Izquierda —repitió en voz más baja.

—Nosotros iremos a la derecha —anunció papá cuando ya se marchaba, con Gideon a los talones.

La primera cámara estaba vacía, salvo por un escritorio de madera y una superficie plana y elevada que debió servir de cama.

—Cam —Willow murmuró mientras pasaba las manos por las barras de hierro—. Recuerdo esto.

—¿Estás segura? —pregunté, pero la manera en la que palideció me dijo que lo estaba.

Asintió.

—Las sombras de los barrotes, la oscuridad. Los gritos de Charity. Xander que le decía que se calmara… luego me caí… —Su voz se fue apagando conforme avanzó, y la seguí a la siguiente cámara, donde había estantes alineados en las paredes y una variedad de latas de comida cubiertas de polvo—. Me golpeé muy fuerte. Dios mío, sigue oliendo igual. No es esta —afirmó Willow, y tuve que apartarme de su camino cuando me empujó—. Ni esta —agregó en la siguiente, y la siguiente.

—¡Encontramos el conducto! —gritó Gideon con la fuerza suficiente como para hacerme estremecer.

¿Podía un grito provocar un derrumbe? No. ¿Estaba seguro? Tampoco.

Sin embargo, sentí alivio. Pero… un momento. ¿Rose no hubiera gritado si lo hubiera oído? Dios, ¿y si no estaba aquí? Había kilómetros y kilómetros de túneles en este lugar. ¿Y si había caído en uno con el aire enrarecido?

—Espera —murmuró Willow entrando a otra cámara.

—Willow, lo encontraron —dije, extendiéndole la mano, concentrado en alcanzar a Gid y a papá.

—Es una puerta —agregó sobre su hombro—. Cam, ¡es una puerta!!

Ignorando la lógica que me gritaba que fuera al conducto donde estaba mi padre, me acerqué a la cámara. Willow abrió la reja de hierro oxidado, que se deslizó sobre el piso. Mi corazón se detuvo al verla cruzar el umbral.

—¡Rose! —gritó Willow.

Salté sobre una viga que estaba tirada en el suelo y atrapé la pesada puerta antes de que se cerrara.

—¡No se abre de este lado! —gritó Rose.

Al oírla, casi la suelto de asombro.

Rose estaba parada en la cornisa, le daba la espalda al conducto de ventilación y nos miraba con los ojos muy abiertos, sus mejillas estaban manchadas de lágrimas. Estaba viva. Estaba bien.

—Rose, aléjate de la cornisa —dijo Willow en voz baja—. Ven acá.

Extendió los brazos y los latidos de mi corazón se hacían más lentos con cada paso que Rose daba para alejarse del conducto.

—Lo siento —dijo Rose cuando llegó donde estaba Willow, y se echó en sus brazos—. Solo quería encontrar tu broche.

—Está bien —respondió Willow abrazándola con fuerza. Descansó la barbilla sobre la cabeza de Rose—. Está bien.

—No lo encontré. Hice todo esto y no está aquí.

—¿Rose? —llamó Gideon del otro lado del conducto.

¿Había otra entrada en este nivel?

—¡La tenemos! —confirmé—. Vamos, chicas. Salgamos de aquí.

La necesidad de alejarlas lo más posible de ese maldito conducto me desbarataba mis entrañas.

Willow tomó la mano de Rose y, con cuidado, la empujó hacia adelante, a la parte del túnel que se estrechaba hasta la puerta.

—Hola, Cam —dijo Rose en voz baja al abrirse paso a mi lado.

—Hola, Rosie.

Tenía ganas de tomarla en brazos, pero no iba a soltar la puerta para que se le cerrara a Willow.

Los labios de Willow esbozaron una sonrisa temblorosa cuando pasó junto a mí y me dio un beso.

—Gracias —murmuró.

—No tienes nada qué agradecerme —respondí.

Cuando cruzó el umbral, solté la puerta para que se cerrara. Me recargué en el marco cuando el metal pesado se cerró de golpe. Luego tomé a Rose en brazos y la abracé con fuerza.

—Nos asustaste.

Sus pequeños hombros se estremecieron.

—Perdón. La puerta se cerró detrás de mí y no tiene manija.

Había unas treinta maneras en las que quería gritarle por habernos asustado, por haber bajado aquí, por escuchar los desvaríos de un hombre que había perdido la cordura, aunque en esta ocasión sí sabía de lo que hablaba. Pero su madre podría hacer eso tan pronto como la sacáramos a la superficie. Solo necesitaba sentirla respirar un segundo.

—Estás bien —prometí, pero no estaba seguro si se lo decía a esta niñita que tenía en los brazos o a mí mismo.

Asintió contra mi cuello.

Miré a Willow, pero su mirada estaba fija en la puerta y una arruga surcaba su entrecejo.

—¿Pika?

—No puedo acordarme, pero sé que estuve aquí.

Había tenido la misma edad que Rose, pero estuvo sola muchas más horas. Destrozada, sangrando, y con tanto frío que había sentido su piel como hielo contra la mía.

—Dame un segundo —le dije para sacar a Rose hasta la cámara a le que Gideon y papá habían llegado—. Quédense con ella —le dije a Gid, pasándole a Rose.

Luego regresé con Willow. Estaba de pie con la puerta abierta, su linterna iluminaba el túnel frente a ella.

—Quiero verlo. ¿Es raro?

—Comprensible.

Había un gancho en la pared. Sujeté la puerta para que Willow la soltara y la abrí de par en par, la argolla de hierro se sujetó en el gancho y se mantuvo abierta.

—Voy contigo.

—Gracias.

Tomé su mano y pasé primero, sin perder su contacto cuando me siguió. El túnel se ensanchaba y se abría a una pequeña cornisa que daba a un conducto de ventilación como de tres metros de ancho. Willow se paró a mi lado.

—¿Te ha pasado que cuando vas a algún lado cuando eres adulto y dices «Cuando era niño me parecía más grande»? —preguntó.

—Esto no es así —dije, alzando la mirada cada vez más hacia los casi quince metros que había hasta el siguiente subnivel. Por fortuna no era vertical, o ambos hubiéramos muerto, pero la pendiente era tan escarpada que incluso me quedé asombrado de mi valentía en aquella ocasión.

—No, es igual de horrible que en mi recuerdo. —Se adelantó un poco más hasta el borde y miró hacia abajo, concentrándose en la saliente irregular donde la había encontrado, como a tres metros debajo de nosotros—. Cam, no me caí hasta abajo. —Miró hacia arriba hacia el puntito de luz que señalaba la superficie—. Por eso no me lastimé más.

Por eso no se rompió el cuello.

—Te caíste de aquí.

Reuní las piezas del rompecabezas cuando unas rocas pequeñas cerca de mis pies cedieron a la gravedad y cayeron. Golpearon la saliente y luego se despeñaron al vacío. Jalé a Willow de la mano y la alejé un paso. Esto no era nada estable.

—Pero tú no. Tu bajaste. —Volvió a mirar hacia arriba y sacudió la cabeza—. ¿Cómo lo hiciste? ¿Bajar hasta aquí y lograr que ambos saliéramos?

—Pura fuerza de voluntad —respondí apretando más su mano.

—Eres increíble. ¿Lo sabes?

Alcé un poco su casco para que la luz no me diera directamente a los ojos.

—La verdad, no.

—La desesperación y el amor hacen que la gente común realice cosas heroicas —dijo mi papá a nuestra espalda, luego se paró junto a Willow al borde de la cornisa inestable—. Tú nunca fuiste común, y tenías las dos cosas.

Lo afirmó como si fuera un hecho, no un cumplido, y me miró antes de inspeccionar el espacio.

—No vi esta saliente —admití—. Ni la que está al otro lado. Subimos hasta la superficie sin que fuera necesario.

—Esta no les hubiera ayudado mucho, puesto que la puerta no se puede abrir de este lado —dijo papá, señalando la puerta sobre su hombro con el pulgar—. Y la otra saliente es pequeña. Con lo oscuro que está aquí, no la hubieras visto. Tenemos tres linternas, Camden, una de las cuales es más brillante que veinte de las que teníamos en ese entonces.

Me hubiera podido dar yo mismo una patada por no haber sido más observador, por haber hecho que Willow padeciera más de lo debido cuando ya estaba tan lastimada.

—Basta —espetó papá al ver mi culpa—. Te enfocaste en la luz y empezaste a subir, como lo hubiera hecho cualquiera.

—Tú me salvaste. —Willow me sonrió.

—Oye, ¿qué no es ese…?

La cornisa cedió bajo los pies de papá.

—¡Art! —gritó Willow, sujetando a papá al tiempo que las rocas chocaban abajo, contra lo desconocido.

—¡No! —Mi voz me rasgó la garganta.

Willow cayó de costado, se golpeó la cadera contra el suelo y se deslizó hacia el borde como si la jalaran. Me lancé hacia ella y caí sobre manos y rodillas, antes de que mi vientre tocara el piso. Luego pasé el brazo alrededor de su cintura para retenerla. Le hice subir las piernas, con los pies hacia la puerta, y la coloqué en la parte más estable de la cornisa.

—¡Cam! —gritó ella—. ¡Es muy pesado!

Gateé hacia adelante y vi que sostenía la mano de papá, que le torcía el brazo en un ángulo que muy pronto se lo rompería.

—¡Papá!

Extendí el brazo siguiendo la línea del brazo de Willow.

—Suéltame. ¡No dejes que ella se caiga conmigo! —exclamó.

Willow gritó de dolor.

Sentí que la calma asesina me inundaba y le di la bienvenida como a una amiga perdida.

—Te tengo. —Lo tomé por la muñeca con mi mano izquierda y de inmediato sentí que se liberaba un poco de tensión del brazo de Willow. Luego tomé el dorso de la mano de Willow, sus nudillos estaban blancos por tratar de evitar que papá cayera—. Pika, suéltalo para que yo pueda sujetarlo con ambas manos. Tú no puedes levantarlo en ese ángulo. Suelta —dije con voz tranquila, aunque mi corazón latía con fuerza contra mi pecho.

—¿Cam? —preguntó sin soltarlo.

—Te prometo que lo tengo.

Soltó su mano y papá se columpió hacia la izquierda. Pude atraparlo con la mano derecha.

—¡Te tengo! ¡Willow, ve por Gid!

Se puso de pie.

—Suéltame —ordenó papá.

—No tienes idea lo profundo que es, papá. No me sueltes.

Cayeron algunas rocas del lugar que Willow acababa de dejar vacío.

—Camden.

Nuestras miradas se encontraron y me asombró lo tranquilo que estaba. Siempre maldije los aspectos en los que me parecía a él, pero ahora me sentía agradecido por ellos.

—Ya viene Gideon y te subiremos. No tengo dónde apoyarme —dije—. No te estás resbalando y tengo la fuerza para sostenerte.

Por fortuna tenía puesta una camisa de franela, de lo contrario mis manos hubieran resbalado sobre su piel.

—La cornisa va a ceder. No hagas esto.

—La cornisa está bien —grité—. ¡Gideon!

¿Dónde estaba?

—Te quiero, Camden. Y sé que fui un idiota por la manera en que lo expresé. Pero te parecías tanto a mí. Sully y Xander eran como tu mamá, pero tú... En todo menos el físico eras igual a mí. Y Cal... él era el encantador, el bueno.

Otra sección de la roca cedió, y escuché pasos que se apresuraban en nuestra dirección.

—Papá, me puedes decir eso después.

—Suéltame.

Contuve el aliento y al final entendí lo que decía.

—No, papá. No.

—No te voy a llevar conmigo.

—Mierda —gritó Gideon echándose bocabajo y deslizándose a mi lado.

—Ya llegó Gid, papá. Podemos sacarte.

Permaneció en silencio, pero su expresión cambió tan rápido que no supe qué sentía o pensaba. ¿Tristeza? ¿Enojo? ¿Aceptación? ¿Felicidad, incluso?

—Solo dame la otra mano.

Gideon se inclinó hacia adelante tanto como pudo y extendió el brazo.

—¿Papá? —supliqué—. No puedo hacer esto por ti. Es tu decisión.

Gideon volteó a verme de inmediato y luego miró de nuevo a papá, bajando la mano dos centímetros más.

—Tienes que decidir, papá.

Llegó: este era el momento que él había querido. La decisión era suya. Otra sección de la saliente se colapsó hasta donde mi brazo empezaba, pero no desvié la mirada de esos ojos. Los ojos de Sullivan.

Apretó los labios y frunció el ceño. Luego lanzó un rugido y se balanceó con la mano izquierda. Gideon la atrapó y entre los dos lo levantamos de inmediato. Al subirlo hasta la superficie sólida, papá se raspó los brazos contra el borde de la saliente, luego el pecho y el estómago. Cuando pudo hincarse, cayó al frente y los tres nos apresuramos hacia la puerta, donde Willow esperaba.

Papá miró sobre su hombro, por la manera singular en la asintió en mi dirección supe que eso era todo lo que diría sobre lo acababa de pasar.

—Creo que esto te pertenece, jovencita —dijo, poniendo algo en la palma de la mano de Willow antes de cruzar el umbral.

—Necesito una cerveza —masculló Gideon siguiendo a papá.

Abracé a Willow fuerte contra mi pecho sin que me importara que su casco se clavara en la piel bajo la chamarra.

—Te amo.

—Te amo —repitió aferrándose a mi espalda.

—Vamos a sacarte de aquí.

Podía pasar el resto de mi vida sin volver a ver esta sección de la mina, sin ningún problema. Willow asintió y regresamos a la cámara.

—Mira lo que encontró tu papá.

Levantó el broche de unicornio. Era muy pequeño, casi del tamaño de una moneda de veinticinco centavos.

—Mira eso. —Acaricié su palma con el pulgar, pero cuando volteé a verla ella estaba concentrada en algo a su derecha. La puerta—. ¿Qué pasa?

Se metió el broche al bolsillo y volteó hacia la pesada masa de hierro. Luego bajó la mano desde su barbilla, como si midiera algo, y cuando llegó a la mitad de su pecho, la llevó al mismo nivel en la puerta.

—Cam —murmuró.

Sobre el óxido había dos manchas oscuras. Sangre.

La rabia me inundó, junto con una conciencia que jamás hubiera deseado tener. De pronto, todo cobró sentido. Aquel día, los anteriores y los que siguieron.

Nuestras miradas se encontraron, la de ella no cabía del asombro. Jalé la puerta y dejé que se cerrara de golpe.

Sabía dónde estaba ese maldito mapa.

CAPÍTULO 28

Willow

Cam permaneció callado todo el camino hasta salir de la mina. Me hacía pensar en un tigre enjaulado que acecha los bordes de los barrotes en espera de que lo liberen. Mantuve la mano de Rose en la mía y traté de no pensar en lo que habíamos encontrado y en lo que casi perdimos.

Conforme subíamos los subniveles, Gideon revisaba si tenía señal en el celular, y no me sorprendió que no hubiera ninguna a estas profundidades.

Art empezaba a mostrarse confundido, y supe que teníamos que sacarlo de la mina antes de que no fuera capaz de recordar por qué estaba ahí. Yo tenía que salir de esta mina antes de que no pudiera olvidarla.

Llegamos al túnel principal, el de 1880, y casi me permito tranquilizarme. Aunque todo se derrumbara aquí, alguien nos encontraría. La distancia que el tren cubría en cinco minutos nos había llevado veinte caminarla. Llegamos a la primera cámara, donde los túneles se dividían en tres direcciones, y mi papá gritó, corriendo hacia nosotros, con un equipo de búsqueda siguiéndolo.

—¡Abuelo!

Rose soltó mi mano y salió corriendo hacia él. Papá cayó de rodillas y la rodeó con sus brazos, sus hombros se estremecían.

—Estoy bien —dijo Rose.

De golpe, me sentí exhausta. Mis pasos se hicieron cada vez más pesados conforme me acercaba a ellos.

—La encontramos…

Papá me tomó por la chamarra y me jaló. Caí al suelo y me abrazó. Su respiración era entrecortada, y descansé la cabeza sobre su hombro hasta que recuperó la compostura.

—Gracias.

No tuve que mirar para saber que le hablaba a Cam.

—Esta vez no tuve que cargarla —respondió Cam.

Sonreí, a pesar de que sentía el agotamiento hasta la médula.

Cuando papá tuvo la fuerza de levantarse, nos subimos todos al tren. Tras decirle a Cam que sabía muy bien lo que hacía, Art lo condujo. Papá se sentó frente a mí, abrazando a Rose a su lado. Yo recargué la cabeza en el pecho de Cam.

—Estoy tan casada —le dije cuando el tren avanzó.

—Es que bajó tu nivel de adrenalina —Me dio un beso en la frente.

—¿Tú también? —le pregunté conforme el tren tomaba velocidad hacia la luz y el aire limpio y fresco.

—Yo no he terminado.

Sus músculos estaban duros por la tensión, sin embargo, me sostuvo con cuidado cuando llegamos a la taquilla.

Xander estaba ahí de pie, dando una entrevista a algún canal de noticias. Me pregunté cuánto tiempo había pasado. La multitud estalló en ovaciones al vernos y Charity salió corriendo de un costado del túnel, sollozaba sin decir una palabra mientras corría hacia su hija.

Papá cargó a Rose para sacarla por un costado del vagón y Charity la envolvió en sus brazos.

—¡Gracias! —sollozó.

Luego apartó a Rose lo suficiente para escrutar su rostro.

—Gracias, Cam —dijo papá.

Sin embargo, Cam no prestaba atención. Sus ojos entrecerrados miraban a Xander, pensamientos oscuros rezumaban en oleadas.

—Cam —murmuré.

Me miró, pero sus ojos no se tranquilizaron. Con la yema del dedo acarició despacio el puente de mi nariz y luego volteó hacia mi padre.

—No voy a dar ninguna excusa por lo que está a punto de suceder.

Esa fue la única advertencia. Bajó del tren hasta la plataforma y se abalanzó sobre Xander.

—¡Cam, ahí estás! ¡Estaba dando las últimas noticias!

Escuché la voz de Xander a pesar de los diez metros que nos separaban. Luego oí un resoplido cuando Cam lo estrelló contra un costado del edificio.

—¡Cam! —gritó Gideon corriendo tras él.

Me abrí paso hasta la plataforma y corrí.

—¿Cómo pudiste? —gritó Cam—. ¿Cómo carajos pudiste hacerle eso? ¡Tenía nueve años, imbécil! ¡Nueve! ¡Tú la aventaste a ese túnel y le cerraste la maldita puerta en la cara!

Derrapé hasta detenerme, me di cuenta de que Cam también lo había entendido. Había estado tan callado en el camino de regreso que me pregunté si habría llegado a la misma conclusión que yo cuando vi las manchas de sangre. De mi sangre.

—¿Qué? —preguntó Gideon, diciendo en voz alta lo que todos pensaban.

—No sé de qué estás hablando —repuso Xander pegando las manos contra la pared para mostrarle al mundo que él no era el agresor.

—Hablo de que tú apagaste tu linterna y aventaste a Willow a ese maldito túnel. ¡Fuiste tú quien le rompió la nariz! ¿Por qué lo hiciste? ¿Por qué la dejaste ahí?

—¡No tienes ninguna prueba! ¡Pareces igual de loco que papá! —exclamó Xander con los ojos desorbitados.

—Lo recuerdo —dije en voz alta para que Xander me oyera. De inmediato volteó a mirarme—. La linterna se apagó y me dijiste que mantuviera las manos contra la pared, pero luego hubo una ráfaga de aire y me empujaste. Yo me tropecé hacia atrás, y cuando traté de correr hacia adelante hasta donde estaban ustedes, cerraste la puerta. Desperté en el suelo y cuando me hice hacia atrás, en la oscuridad no vi la cornisa y caí por ahí.

Donde permanecí durante horas hasta que Cam me encontró, sin recordar precisamente cómo había llegado a ese lugar.

Xander negó con la cabeza.

—No, Willow, debes estar confundida.

Cam presionó su brazo contra la garganta de Xander.

—No te atrevas.

Gideon avanzó, pero su padre lo detuvo poniéndole una mano en el hombro.

—No estoy confundida —espeté—. No lo recordé sino hasta que vi la sangre. Sigue en la puerta, Xander.

Palideció.

—¡Iba a regresar por ti! —Miró a Cam—. Iba a regresar por ella. Pensé que si se perdía unas horas y yo la encontraba… —Negó con la cabeza—. ¡Tenía catorce años! ¡Era un niño estúpido!

—¡Ella tenía nueve! —gritó Cam, empujando a Xander con más fuerza contra la pared—. ¡Nueve! ¿La dejaste ahí sangrando, herida, para que regresaras más tarde a rescatarla? ¿Estás bromeando?

—¡Estaba bien! Ve, ¡está bien!

—¡Porque yo la encontré! Porque bajé quince metros en el conducto de una mina y la subí cada metro hasta sacarla. ¡Está bien gracias a mí!

Las venas del cuello de Cam estaban hinchadas y, por primera vez, me preocupó que pudiera matar a Xander.

—¡La hubiera encontrado si tú no me hubieras arrancado la linterna de la cabeza y hubieras salido corriendo! —gritó Xander—. Tú lo echaste a perder. Tú echas todo a perder.

Cam empujó a Xander, poniendo cierta distancia entre ellos, y Gideon se relajó un poco a mi lado.

—¿Eso eres realmente? Debajo de las apariencias que tanto cultivas, solo eres un montón de mierda. —Cam sacudió la cabeza—. Pensé que eras el mejor de nosotros, el niño maravilla. Tú ibas a cambiar el mundo, Xander, por eso me eché la culpa esa noche cuando incendiaste la barraca.

Todos contuvieron el aliento y mi corazón se hizo pedazos. El incidente por el que todo el pueblo lo condenó ni siquiera había sido su culpa. Soportó todo por su hermano.

—Eso no es…

—¡Cállate! ¡Te vi! No entendía qué estabas haciendo con la manguera del tanque de agua de la mina hasta que vi cómo aventabas la antorcha.

La cabeza me daba vueltas y me tambaleé.

—¡No había nadie ahí! Todos estaban en la fogata. —Me miró al instante—. Al menos se suponía que estaban ahí.

—¿Y qué? ¿Ibas a apagar el incendio y decir que fuiste el héroe? —gritó Cam— Sin embargo, te quedaste ahí sentado. ¡Carajo! Viste cómo Sully salió a gatas, viste cómo yo entré y no hiciste nada en todo ese tiempo, ¿o sí?

Xander tragó saliva.

—Tienes que entender, el fuego se extendió mucho más rápido de lo que yo había imaginado.

—¡Dejaste que me echaran la culpa! Viste cómo me acusaban y luego lo usaste en mi contra en el caso de papá. —Cam negó con la cabeza—. ¿Qué mierda pasa contigo?

«No lo golpees. No lo golpees». Xander no se saldría con la suya, no con tanta gente y las cámaras.

—¡Como si lo entendieras! —gritó Xander—. ¡Tú, que siempre estás en problemas! ¡Tú, que te peleas a golpes para defenderla! —Me señaló con el dedo—. Y que te las arreglas para sacarla cargando de la mina, cubierta de sangre. Que destrozas el pueblo entero solo por diversión, pero luego sales de esa barraca en llamas con Willow en los brazos. ¡Para ti era tan fácil llamar la atención! Y yo hice todo lo posible por ser bueno. Eso era lo que su suponía que debía ser, pero nunca fue suficiente. Nunca fui suficientemente bueno. Y regresas a casa una década después, cubierto con tus medallas del ejército, pensando que puedes rescatarla otra vez, rescatar a papá, ¿y ahora rescatar también a Rose? Maldita sea, ¡vas a rescatar a todo el maldito pueblo!

Lo que empecé a comprender ese día en el tribunal acabó por tener sentido. Para él todo era cuestión de percepción. Había estado tan absorto intentando parecer un héroe que olvidó ser uno.

Cam sacudió la cabeza y dio otro paso atrás.

—Te tengo una noticia, Xander, yo no quería nada de esto. Solo la quería a ella.

—Yo solo quería una medalla. Un momento.

—Te cambiaría todas las medallas en ese uniforme por tener a Sullivan de vuelta.

La cabeza de Xander dio un chasquido y voló hacia la izquierda por un puñetazo, pero no fue Cam quien estaba sobre él cuando cayó deslizándose contra la pared. Fue mi padre.

Gideon y Tim entraron en acción. Uno esposó a Xander y el otro a mi papá.

—Alexander Daniels, quedas arrestado por incendio provocado —dijo Gideon, llevando a Xander por el cuello hacia la escalera.

—¡Gid! —grité, y él volteó—. Deberías quitarle el micrófono.

Xander alzó la cabeza para mirar a la multitud de unas mil personas que habían escuchado todo por los altavoces. Gid le arrancó a Xander el pequeño micrófono que tenía en la camiseta y se lo aventó al reportero, asintiendo en mi dirección para agradecerme.

—No quiero hacer esto, Noah —dijo Tim Hall en voz baja—. Pero las malditas cámaras están sobre nosotros.

—La ley es en blanco y negro —respondió papá mientras me miraba—. Y valió la pena.

—Noah Bradley, quedas arrestado por agresión —dijo tras recitarle sus derechos constitucionales.

Mamá los siguió.

—¡Conseguiré el dinero de la fianza!

Cam me abrazó y me abandoné en su pecho.

—¿Me llevas a casa?

—Con gusto —respondió, besándome la cabeza.

—Supongo que le dimos un buen espectáculo a los turistas —dijo Dorothy Powers, entrelazando su brazo con el de Art—. Vamos a casa, Arthur.

Art miró a Cam y supe que la lucidez que demostró en la mina estaba desapareciendo rápidamente.

—El mapa —dijo en voz baja.

—Está enmarcado en la cabecera de la cama Xander —explicó Cam.

Art me miró.

—Equilibrio —dijo.

Se alejó con Dorothy. Era como si hubiera envejecido diez años en la última hora.

—¿Deberíamos abrir la mina? —preguntó John Royal señalando a los turistas.

Cam lanzó un quejido.

—Los turistas primero —murmuré, mirando a la gente.

Él había hecho esto, hizo posible que Alba no solo siguiera sobreviviendo, sino que prosperara. Todo gracias a que no tuvo miedo de mantenerse solo y luchar por lo que consideraba correcto, aunque todo el mundo gritara que se equivocaba.

—Supongo que la abriremos —dijo.

Me besó enfrente de todos y la multitud ovacionó.

—No tenemos que dar más espectáculos —masculló Dorothy.

—Eso solo fue por diversión —dijo Cam con una sonrisa.

Nunca le había importado la percepción de los demás y no podía amarlo más por ello.

CAPÍTULO 29

Camden

La sombra de las hojas de los álamos bailaba sobre las lápidas. Estaba de pie frente a la tumba de mi hermano menor por primera vez en seis años.

—No necesito ponerte al día —le dije, al tiempo que quitaba las hojas secas del mármol gris—. Siempre he sentido que andas por aquí cerca. Diablos, hablo contigo lo suficiente. Por supuesto, espero que no andes por aquí muy seguido, porque... —Porque tenía a Willow en mi cama todas las noches—. Pero espero que estés contento por nosotros, y aunque no lo estés, voy a fingir que lo estás, porque de cualquier manera no podría estar lejos de ella.

—Nikki me dijo que estabas aquí.

Volteé por encima del hombro para ver a papá que subía por la pequeña pendiente. Su enfermera iba unos tres metros detrás, para darnos privacidad.

—Te ves bien —le dije cuando llegó hasta mí y se paró frente a la tumba de mamá.

—Es la mente lo que estoy perdiendo, hijo, no el rostro —respondió con una sonrisa de suficiencia. Luego se acercó a la tumba de mamá para pasar la mano sobre ella—. Me alegra que no estuviera aquí para esta parte. Nadie tendría que ver desaparecer a la persona a la que ama frente a sus ojos.

Lo miré y lo evalué rápidamente. Llevaba la nueva camiseta de la Rose Rowan que le había llevado la semana anterior, iba peinado y parecía estar bien, ser él mismo.

—Nikki también dijo que las últimas veces que fuiste a la casa no te reconocí —dijo, poniéndose en cuclillas para quitar las hojas de la tumba de mamá.

—¿Y hoy sí me reconoces? —pregunté despacio.

Suspiró y se puso de pie, limpiándose las manos en los jeans para luego mirar la lápida del tío Cal, que estaba junto a la de mamá.

—Lo suficiente como para reconocer que no siempre soy yo mismo.

—¿Y todo lo que pasó hace un par de semanas? —pregunté para sondearlo.

—Sé que tu hermano está libre bajo fianza, si es eso lo que preguntas —mascullo—. ¿En serio dejó a Willow en la mina cuando eran niños?

—Sí —respondí conteniendo la rabia que me inundaba cada vez que lo pensaba.

—¿Y también incendió la barraca?

—Así es.

Papá volteó a verme.

—Y tú te echaste la culpa.

—En ese entonces me pareció que mis razones eran sólidas.

Desvié la mirada. Habíamos progresado mucho desde que regresé a casa, pero esto seguía siendo muy difícil.

—Sé que siempre te importó muy poco lo que pensara la gente, y a Xander le importaba demasiado. —Negó con la cabeza—. Había una niña en la mina…

—Rose —dije.

—Esa. ¿Está bien?

—Sí. Creo que castigada, pero físicamente bien. Tú la salvaste. Nunca la hubiéramos encontrado sin ti.

Mascullo una respuesta que no pude interpretar.

—Siento no haber podido hacer más por ti —dije suavemente, antes de perder el tiempo que pudiera tener con él.

Me miró de inmediato a los ojos.

—Más, ¿qué?

«Carajo».

—La orden de no resucitar —le recordé—. El juez nos la negó. ¿Recuerdas?

Frunció el ceño.

—Recuerdo que Walt me dijo cuál fue la decisión de la jueza. Pero sé que hiciste lo que pudiste. Por Dios, abriste la mina. Si bien recuerdo, hablaste con el juez Bradley y te lo ganaste.

—No fue suficiente.

Me removí en mi sitio y crucé los brazos sobre el pecho.

—Cam, no podemos controlar las decisiones de otras personas. Hacemos nuestro mejor esfuerzo y luego queda fuera de nuestras manos.

Miré hacia la tumba de Sullivan.

—¿Y qué pasa cuando tomas la decisión incorrecta? —Moví un poco el cuello para aliviar la sensación de tirantez en la garganta—. ¿Qué sucede cuando estás en la mina y tienes que decidir entre la izquierda o la derecha en una fracción de segundo, sin nada que justifique tu decisión?

—Tomaste la izquierda y encontraste a la niña. ¿Por qué te torturas? Todo salió bien al final.

Willow eligió la izquierda. Yo la seguí.

—Yo tomé una decisión similar. Dos hombres se ofrecieron, señalé al de la izquierda, y Sullivan murió.

Papá contuvo el aliento.

—Camden…

—Quiero que sepas lo que pasó ese día, pero no por las razones que piensas. Empiezo a darme cuenta de que no puedes perdonarme, si eso es lo que te preocupa. Lo que necesito que sepas es que, si bien soy responsable de la muerte de Sully, no sabía que estaba en el pelotón que elegí. —Cerré los ojos parar evitar las imágenes. La sonrisa de Sullivan, su risa, su mirada que se apagaba conforme se desangraba—. No lo sabía —dije, hasta que mi voz se hizo un murmullo.

Durante un buen tiempo, los únicos sonidos que se escucharon fueron el crujir de las hojas sobre nosotros y el débil paso de la brisa.

—Hicimos un trato cuando regresaste.

Al escuchar el comentario de mi papá lo miré de inmediato, y sentí un nudo en el estómago.

—Lo hicimos, pero no te obligo a cumplirlo. Quiero que me escuches, pero no te forzaré.

Aunque supiera que merecía que me escuchara, mi padre tenía el derecho de tomar sus propias decisiones sobre el asunto. Sullivan era su hijo.

—Dime qué pasó.

Lo hice, con Sullivan a unos cuantos pasos de nosotros.

—Nos informaron que un puesto de avanzada estaba en grave peligro de ser derrotado, y fuimos. Aterrizamos en medio del combate, el campo de batalla era un completo caos. Un mes antes había rotado a una nueva compañía y, por lo que vimos desde el aire, estaban ampliamente superados en número. Nuestro equipo se dividió con diferentes objetivos. Cuando mi comandante le informó lo que habíamos visto al comandante de esa compañía, me ordenaron que tomara un escuadrón con otro operador (no podían permitirse enviar a todo un pelotón) para reforzar la sección del perímetro que sabíamos que estaba a punto de caer. Hablo de minutos, no de horas.

El olor de los disparos me llenó la nariz, y aunque me dije que todo estaba en mi cabeza, el corazón me latía con fuerza.

—Dos líderes de escuadrón respondieron a la solicitud del capitán. Se ofrecieron. Señalé al hombre que tenía a la izquierda y le dije que entrara en acción. —Había recordado ese momento tantas veces, y aun así no dejaba de buscar alguna señal de que no había visto a Sullivan hasta ese momento—. Sacó a su escuadrón y corrimos.

Miré a papá, estaba concentrado en la lápida de Sullivan, pero parecía que me escuchaba, así que continué.

—No dejo de darle vueltas —admití—. Más de lo que los psicólogos quisieran. Si en ese momento hubiera elegido al sargento de la derecha, no le hubieran disparado a Sullivan.

Papá hizo una mueca de dolor.

—La siguiente oportunidad que tuve fue cuando corrimos. Dejé que su sargento abriera el paso porque él conocía mejor el puesto de avanzada, pero permanecí a su lado, a cada paso, mientras sus hombres lo seguían y Vásquez llegaba por la retaguardia. Si hubiéramos cambiado lugares, quizá hubiera reconocido la forma en que él corría. —Me aclaré la garganta de nuevo—. Nos dispersamos a lo largo del muro y empezamos a disparar. —Me salté los detalles—. Unos minutos después, escuché que Vásquez llamaba a un médico. Para ser francos, todavía ahora puedo oír su grito. Ni siquiera sé por qué miré, pero lo hice.

Giré la cabeza y esperé hasta que mi papá encontrara mi mirada.

—Era Sullivan. Estaba parado ahí, con esos grandes ojos y la mano sobre su cuello, mientras la sangre… —Cerré los ojos y respiré profundo—. Grité su nombre y corrí tan rápido como pude, pero apenas llegué a tiempo para sostenerlo antes de que cayera. Tres metros, eso era todo lo que nos separaba. Tres malditos metros.

—¿Fue rápido? —preguntó papá con voz ronca.

—Solo un par de minutos.

—¿Y no estuvo solo? —Se le quebró la voz en la última palabra.

—Estuve con él todo el tiempo. Él supo que era yo. No pude hacer nada. —Me hice consciente cuando las palabras salieron de mi boca—. He pasado seis años reviviendo esos momentos, y una vez que le dispararon, en realidad no había nada que pudiera hacer más que permanecer a su lado. Y eso hice. Me quedé con él cuando lo trasladaron a Dover, y no me aparté de su lado hasta que lo enterramos junto a mamá.

Las lágrimas me nublaban la vista, pero pude ver que papá se limpiaba el rostro.

—Amaba a Sullivan, papá. Hubiera cambiado el lugar con él sin pensarlo. Dios sabe que hice todo lo posible para reunirme con él los años que siguieron. De haber sabido que ahí estaba, nunca hubiera escogido a su escuadrón. Maldita sea, hubiera enfrentado su terquedad y lo hubiera amarrado en medio del puesto de avanzada, lejos del muro. Yo tomé las decisiones que lo mataron, pero no lo sabía. No lo sabía.

No podría decir cuánto tiempo nos quedamos ahí, pero el sol de la tarde había bajado cuando papá habló.

—Quizá no quieras mi perdón, Camden, pero lo tienes.

Mis rodillas desfallecieron y me tambaleé.

—¿Estuviste involucrado en su muerte? Sí, pero solo como un engranaje mueve las manecillas de un reloj. —Tensó la mandíbula y me miró un instante—. La verdad es que, si bien era más fácil echarte a ti la culpa, todos tomamos decisiones que lo llevaron a su muerte. Yo dejé que se enlistara, aunque tampoco hubiera podido detenerlo. Pienso en eso todos los días. Ese chico idolatraba el suelo que pisabas. Quería ser igual que tú. Incluso se enamoró de la misma chica.

—Él hubiera sido mejor para ella —admití.

—Tal vez —dijo asintiendo—. Pero tal vez no. Y tú serás mejor para ella. Tendemos a cuidar algo cuando nos damos cuenta de lo preciado que es.

—Eso haré.

Perder a Willow no era una opción, y quizá no la merecía, pero estaba seguro de que me la ganaría todos los días.

—Tu madre me dijo alguna vez: «Somos libres de tomar nuestras decisiones, pero no somos libres de las consecuencias de ellas». —Sonrió brevemente antes de ponerse serio de nuevo—. Sullivan tomó su decisión. Xander también. Todos lo hacemos. Tú no eres diferente. Tienes que amar tus decisiones, Camden, no importa cuáles sean, porque tienes la libertad de elegir. —Me miró a los ojos—. No las desperdicies tampoco, porque nunca sabes cuándo será la última que tomes. Pasa más rápido de lo que te imaginas.

Dio media vuelta y empezó a bajar la colina.

—¡Papá! —lo llamé—. Hay algo que me ha estado carcomiendo.

—¿Qué? —preguntó deteniéndose, aunque no volteó

—La puerta de la mina. ¿Para qué la pusieron?

Se encogió de hombros.

—Quién sabe. Tu bisabuelo no estaba muy bien de la cabeza.

Reprimí una risa y lo vi marcharse. Quizá no éramos una familia modelo, pero al menos ya no me disparaba.

Mi teléfono vibró cuando me dirigía al Jeep y sonreí al ver quién llamaba.

Willow: Estoy acabando un diseño y voy a tu casa.

Cam: Me parece perfecto. Solo tengo que hacer algo antes. Ahí nos vemos.

Willow: Te amo.

Sonreí. Ese era precisamente el resultado de mis decisiones, de las buenas y las malas.

Cam: Te amo.

Metí el teléfono en mi bolsillo y subí al Jeep. Hoy había una decisión más que tomar, y le correspondía a Xander.

Diez minutos después tocaba la puerta de la casa de mi hermano. Era uno de los edificios más nuevos de Alba, por supuesto, flamante, y el crepúsculo se reflejaba en las ventanas, en una imagen perfecta.

—Cam —dijo al abrir la puerta, como si nada hubiera cambiado, como si no estuviera libre bajo fianza ni enfrentara diez años en la cárcel si no se declaraba culpable—. ¿Viniste a alardear? Acabo de ver el seguimiento que le dieron en CNN al rescate de Rose, si lo que quieres es disfrutar tu gloria.

—Sigues sin entender.

Arrugué en mi mano el sobre manila, por fortuna solo había traído copias.

—¿Qué quieres?

—Sobre papá...

Me removí en mi sitio sin saber cómo abordar el tema.

—Sigo siendo su tutor, a menos que quieras llevarme a juicio otra vez. Aparte, ahora que me pasó esto, quizá ahora sí te den la tutela.

No dije lo obvio: que era su propia culpa.

—Papá no quiere morir. Lo sabes, ¿verdad? Solo quiere tener la elección. Para él, eso hace que la vida tenga sentido: la elección.

Xander cruzó los brazos sobre el pecho.

—Bueno, yo elijo que viva. Y si piensas que es egoísta, no me importa. No quiero perder a mi papá. No voy a ser el hijo que permita que eso suceda.

—¿Y si fueras tú? —pregunté en voz baja. Entrecerró los ojos y yo continué—: ¿Si fueras tú quien no pudiera tomar sus propias decisiones?

—No tengo que pensar en eso. Tengo treinta y un años —respondió, encogiéndose de hombros.

—Pero si fuera así —insistí—. ¿Qué desearías?

—¿Me estás preguntando si yo quisiera tener una orden de no resucitar?

—Te estoy pidiendo que lo pienses —dije despacio, apretando el sobre—, porque un día tal vez no tengas la opción. Lo irónico de tu pelea contra papá por su derecho a decidir sobre su cuerpo es que nunca te detuviste a pensar en la genética.

Xander se paralizó.

—Yo lo hice —agregué encogiéndome de hombros—. Cuando me di cuenta de que Willow me amaba, que quería casarme, tener hijos y todo el paquete completo, empecé a investigar. Adivina qué, Xander. El tipo de alzhéimer de papá es genético. Es una mutación presenilina-1.

Palideció.

—Eso significa que podríamos tenerlo —dijo al fin.

—Sullivan lo tenía —afirmé, dándole el sobre que se negó a tomar—. Obtuve los resultados de los tres el día de la audiencia.

—¿Cómo?

Miró el sobre como si este lo fuera a morder, la reacción más lógica que había visto en él en un tiempo.

—Mamá guardaba nuestros dientes de leche en esas cajitas de recuerdos que tenía en su clóset. Asqueroso, pero útil.

—Hiciste esto sin mi permiso —dijo, echando chispas por los ojos, pero en ellos vi el miedo crudo, penetrante.

—Lo hice. Pero el laboratorio no lo sabe. Aquí están los resultados. Pacientes S, C y A. Por completo anónimo. —Agité los papeles frente a él—. ¿No quieres saber?

—No sé —respondió, mirando el sobre.

—Yo podría decirte. Lo leí.

Me miró de inmediato con los ojos desorbitados, furioso.

—No.

—¿Por qué? ¿No te gusta que tomen decisiones por ti? —pregunté—. Podría hacerte sentir mejor. Yo no lo tengo.

Apretó los labios.

—¿En qué me hace eso sentir mejor?

—¿Aparte de saber que tu hermano menor no padecerá alzhéimer de aparición temprana? —bromeé—. Deberías sentirte aliviado porque, lo que sea que digan estos papeles, no actuaré como tú. Te escucharé. Te daré las opciones que le negaste a papá, porque me importa un comino lo que la gente diga o la manera en la que veo el mundo. Sé quién soy. Ya hice las paces con mis elecciones.

Le aventé el sobre al pecho y lo tomó despacio.

—Haz las paces con las tuyas, Xander.

Se tensó. Yo asentí, di media vuelta y regresé al Jeep.

—¿No me lo vas a decir para castigarme? —exclamó a mi espalda.

—No es mi trabajo castigarte, Xander. No por ira, no por celos. Nunca... Léelo. No lo leas. Es tu decisión, no la mía.

Yo ya sabía qué decía.

Una semana después, los documentos de la tutela de papá llegaron a la mina. Xander me había cedido todos los derechos y solo necesitábamos una cita con el juez para hacerlo oficial.

Al fondo del paquete había una orden de no resucitar firmada.

Treinta minutos después de que se lo dije a papá, quien me agradeció y colgó el teléfono al instante, llegué a la entrada de mi garaje y sonreí al ver que las luces estaban encendidas, lo que significaba que Willow ya había llegado.

—Querida, ya llegué —grité al entrar.

—¡En la biblioteca! —respondió.

Dejé la pizza que había llevado para la cena en la mesa de la cocina y me acerqué al caballete para ver sus bocetos. Sus manos se movían con gracia sobre el boceto del rostro de Rose para agregar detalles, al tiempo que ladeaba la cabeza hacia un lado y luego hacia el otro.

—¿Cómo te fue? —preguntó.

Dejó el lápiz y se acercó para rodear mi cuello con sus brazos.

—No tengo el gen del alzhéimer.

—Bien... —Frunció el ceño, confundida.

—Me hice la prueba porque el padecimiento de papá es genético. No lo tengo —La abracé por la cintura, aún sorprendido que después de todos estos meses tuviera la oportunidad de hacerlo.

—Qué bueno —dijo, alzando la mirada para besarme—. Una carga menos.

—Espera, ¿lo habías pensado?

Me alejé solo lo suficiente para mirarla a los ojos.

—Imaginé que si querías hacerte la prueba, lo harías, y si no, eso también me parecía bien —dijo, encogiéndose de hombros.

—¿Y si no lo hubiera hecho?

El corazón me dio un vuelco ante la idea de no reconocerla algún día.

—Entonces hubiera sacado todo el provecho de los años que tuviéramos.

La tomé en brazos, caminé al sillón y me senté con ella a horcajadas.

—Pero ahora me tienes por muchos años.

—Eso parece —dijo con una sonrisa, repitiendo mis palabras—. ¿Te dije que Walt llamó para decir que tú tomarías el asiento de tu papá en el consejo de la Sociedad Histórica? —preguntó arrugando la nariz.

—No —dije, negando con la cabeza.

—¿No qué? ¿No te lo dije o no lo quieres?

Me quejé y eché la cabeza hacia atrás.

—¿Habría manera de que un «no» fuera la respuesta universal?

—No, si quieres hacer el bien.

Me besó la nariz.

—Tú eres mi bien —dije, poniendo las manos en sus caderas para acercarla a mí.

La vida estaba hecha de nuestras decisiones. Las mías no siempre fueron buenas, pero no todas fueron malas. Y no podía arrepentirme ni de una sola, sobre todo no de la que tenía entre mis brazos.

Le di un beso largo y apasionado, prometiéndome que haría que cada uno de esos años valieran todo lo que nos había llevado hasta aquí.

Agradecimientos

En primer lugar, quiero agradecer a nuestro Padre Celestial por bendecirme tanto.

Gracias a mi esposo, Jason, por ser mi pareja. Por elegirnos siempre a nosotros. Eres la mejor decisión que he tomado y te amo sin medida. Gracias a mis hijos, quienes se han adaptado a mis fechas de entrega, a mis firmas de libros, y a los imprevistos que surgen día con día. A mi hermana, Kate, porque al final pudimos criar juntas a nuestros hijos. A mi mamá, por enseñarme que el lugar de una mujer es donde sea que quiera estar. A mi mejor amiga, Emily Byer, por ser mi roca los últimos veintitantos años.

Gracias a mi papá, por inspirarme tanto para este libro y para la vida. Por tu amor y tu inconmensurable amabilidad al cuidar al abuelo mientras el alzhéimer lo apagaba. Por criarme como hija de militar y luego como hija de minero. Por tu increíble amor por la historia de la minería y tu voluntad para compartir tu biblioteca. Por mantener siempre tu oficina en mi cuarto de juegos e interrumpir tus propias historias cuando pensabas que mis muñecas acabarían con las personas incorrectas. Gracias por criarme como una soñadora. Eres la norma con la que mido a todos los hombres.

Gracias a mi equipo de Entangled y Macmillan. A Liz Pelletier, no solo por editarlo, sino también por alentarme a escribir este libro. Te estoy extremadamente agradecida por tu incomparable apoyo. A Heather y Jessica, por responder las interminables cadenas de correos electrónicos. A mi fenomenal agente, Louise Fury, por aceptar de buena manera cuando le dije que me gustaría ser un hada del bosque, y luego, de alguna forma, haberlo hecho realidad. A Karen, por siempre responder al teléfono.

Gracias a las esposas de nuestra profana trinidad, Gina Maxwell y Cindi Madsen, quienes tienen mi cordura en sus manos capaces y me mantienen bajo control. A Jay Crownover, por ser mi lugar seguro y el lobo de mi conejo. A Shelby y Mel, por aguantar mi mente fantasiosa. Gracias a Linda Russel, por perseguir a las ardillas, por traerme siempre pasadores para el pelo y por mantenerme entera los días en que estoy a punto de venirme abajo. A Jen Wolfel y Cassie Schlenk, por leer este libro conforme lo escribía y por darme ánimos con tanto entusiasmo como para emocionar una pequeña ciudad. A todos los blogueros y lectores que han apostado por mí a lo largo de los años. A mi grupo de lectoras, las Flygirls, por darme alegría todos los días.

Por último, puesto que eres mi principio y mi fin, agradezco de nuevo a mi Jason. Tú eres la razón por la que mis héroes son tan románticos. Brindo por la jubilación y las galletas de malvaviscos en la sala.